FOLIO POLICIER

Björn Larsson

Le Cercle celtique

Traduit du suédois
par Christine Hammarstrand

UN ROMAN PRÉSENTÉ
PAR HEINRICH STEINFEST

Denoël

Le Cercle celtique *est un roman.*

Le lecteur a donc le droit de tenter de trouver des modèles réellement existants pour les personnages qui apparaissent dans le texte. En revanche, l'auteur précise qu'aucun nom, que ce soit Pekka, Torben, MacDuff ou Mary, ne représente un personnage réel portant le même nom.

Titre original :

DEN KELTISKA RINGEN

Né en 1953, Björn Larsson partage aujourd'hui son temps entre la Suède où il enseigne la littérature française à l'université de Lund, et le Danemark. Il a reçu le prix Médicis étranger en 1999 pour *Le capitaine et les rêves*. Comme le héros du *Cercle celtique*, Björn Larsson a vécu plusieurs années sur son bateau, le *Rustica*, et a navigué au large de la Bretagne, de l'Écosse et de l'Irlande.

HEINRICH STEINFEST

Le pain brûlé

Quel est au juste le rôle d'un roman policier ? Élucider un crime ? Dépeindre des abîmes ? Disséquer la peur ? Ma foi, ce n'est pas l'apanage des romans qui appartiennent à la littérature de ce genre. — Doit-il être palpitant ? Bon, cela voudrait dire, à l'inverse, que la soi-disant grande littérature se distingue par son caractère ennuyeux. Non, le suspense est un élément que l'on trouve dans tous les bons livres, qu'ils parlent d'un crime ou de la façon dont quelqu'un rempote ses fleurs.

Pendant que, en toile de fond, la grande littérature continue de considérer le roman policier comme si l'on avait affaire à un individu superficiel, à un être vulgaire ou à un stupide chien bâtard, l'écrivain qui œuvre dans ce genre littéraire a la possibilité — comme le dit Friedrich Dürrenmatt — « de faire de l'art là où personne ne l'attend ». Ou plutôt de s'intéresser à la « substance poétique » (G. K. Chesterton) de choses et de lieux que les autres formes de littérature jugent trop terre à terre.

Dans son essence — et parce qu'il est si volontiers sous-estimé le roman policier est avant-gardiste et progressiste. C'est justement son penchant pour le « populaire » et le « divertissement » qui est la marque de ce caractère innovant (alors que la grande littérature ne se sert du populaire que sur le mode de la citation ou du mimétisme, comme quelqu'un dont le mépris est devenu un sport).

La voile compte assurément au nombre des choses dites profanes. Certes, il s'agit d'un sujet complexe et, de temps à autre, on nous relate les péripéties de quelques régates dotées de tout l'équipement voulu. Mais ce n'est pas vraiment une activité dont on aime à décrire, de manière répétée et avec talent, la « substance poétique ». Or c'est précisément ce que fait Björn Larsson en peignant une marine moderne, un tableau aussi naturaliste que magique de cette puissance de la nature que nous percevons immédiatement quand nous sortons en mer. Là, nous sommes confrontés à une force qui nous menace dans le temps même où elle nous convoie. Et mainte vague lointaine se révèle, à l'approche, différente de ce à quoi elle ressemblait un instant auparavant. Certaines choses grandissent, d'autres rapetissent. Certaines s'enlisent, d'autres acquièrent une forme puissante.

Le Cercle celtique est une histoire énigmatique. Un ténébreux conte d'hiver qui se joue en haute mer, sur les côtes et dans les bars. Au début, le Suédois Ulf entre en possession d'un livre de bord qui se révèle être un journal intime, lequel entraîne et emporte tous les lecteurs dans son tourbillon (les lecteurs fictifs du roman comme les lecteurs réels que nous sommes). En dehors de l'intrigue policière, c'est aussi un roman sur la météo, qui peut donner aux terriens l'impression de se dérouler sur une autre planète quand il y a de la neige dans le cockpit et que, sur le pont avant, les éclaboussures d'eau se transforment en glace ou que le narrateur Ulf parle de la luminosité violente de la mer, qui « brillait avec une telle force qu'on en avait mal aux yeux. On aurait dit des éclats de verre ».

On a le sentiment que le voilier de cette histoire, le *Rustica* (un nom approprié pour ce qui est en fait un personnage principal, une figure héroïque), traverse les violentes tempêtes de Jupiter et que la zone située entre le Danemark, la mer du Nord, la côte nord-ouest de l'Écosse, le canal Calédonien (avec le « sombre miroir » du Loch Ness), les Hébrides intérieures, l'Atlantique et la côte nord de l'Irlande se fond en une seule *Grande Tache Rouge*. Une tache monstrueuse, dans laquelle les protagonistes du roman sont violemment ballottés, puis retrouvent un peu de calme devant un verre de whisky ou de vin, se rapprochent, sont repoussés, se sauvent la vie, se tuent, sombrent et émergent : jouets d'un dieu raffiné et dangereux.

En fin de compte, il apparaît que ce récit a été écrit pour partager une vérité, diminuer un risque en informant le plus de gens possible — c'est-à-dire nous, lecteurs. (Il y a aussi une certaine ironie dans le fait qu'au centre du livre se trouve une culture dont le trait le plus marqué était de ne rien écrire.)

À un moment, dans *Le Cercle celtique* de Björn Larsson, on lit : « Les yeux des labradors sont irrésistibles. » — Cela vaut aussi pour ce roman.

Une dernière chose encore, que vous ne comprendrez qu'après avoir lu le livre : ne prenez jamais le morceau de pain brûlé.

2014.

Traduit de l'allemand par Corinna Gepner

Né en Australie en 1961, d'origine autrichienne mais vivant à Stuttgart, Heinrich Steinfest a reçu quatre fois le prix du roman policier allemand. Après *Requins d'eau douce* et *Le grand nez de Lilli Steinbeck* (*Le onzième pion*), tous deux parus en Folio Policier, les Éditions Carnet Nord ont publié *Le poil de la bête* en 2013.

Pour Helle

CHAPITRE 1

C'était le 18 janvier 1990. Un fort coup de vent du sud, chargé de lourdes averses, balayait la ville de Limhamn. La rue de Järnväg était déserte. Seules quelques voitures, dont les phares se réfléchissaient sur les vitrines des magasins et sur l'asphalte humide, venaient troubler sa quiétude.

Avec le vent dans le dos, il était facile de marcher. Les plus fortes rafales de vent me poussaient vers la gare maritime où je me dirigeais. Et pourtant, je n'avais aucune raison de me dépêcher, surtout pas un jeudi soir du mois de janvier. À cette époque de l'année, les ferries circulaient à moitié vides et la salle d'attente invitait à tout sauf à attendre.

Avec les années, j'avais certes appris comment attendre, et j'arrivais, en partie du moins, à oublier que le temps passait sans apporter ni joie ni profit à personne. Pourtant, alors que je me déplaçais sans cesse, je n'avais jamais réussi à étouffer ce sentiment de ne pas être maître du temps. Il y avait toujours quelque chose à terminer, toujours quelque chose qui ne pouvait ni attendre ni être repoussé. Et le délai était toujours imposé par quelqu'un d'autre.

Au fond, c'était sûrement pour tenter d'échapper à

cette ronde infernale que je m'étais installé au Danemark. Mais je continuais à travailler en Suède et l'horloge pointeuse mesurait le temps inexorablement, tout comme auparavant. Je n'arrivais jamais à destination, je ne faisais que des aller et retour.

Année après année, trois fois par semaine, je faisais la traversée. Toutefois, je n'empruntais pas toujours le même ferry. Cela dépendait de l'endroit où j'avais élu « domicile ». En effet, je vivais à bord d'un voilier que je pouvais amarrer n'importe où entre Helsingør au nord et Dragør au sud. En hiver, j'étais à Dragør, un des rares ports d'Öresund à être animé tout au long de l'année. Grâce au pilote, aux pêcheurs et aux ferries qui naviguaient comme à l'accoutumée, le côté désagréable de ma solitude s'estompait. L'été, je changeais constamment de lieu d'ancrage. Mon bateau, le *Rustica*, n'avait pas de port d'attache.

En raison de ma façon de vivre un peu inconstante, j'étais un frontalier aux yeux de l'État. Moi, je me voyais plutôt comme un oiseau migrateur à qui l'on a donné la becquée trop longtemps. En tout cas, je ne dépassais pas de limites. Le fait de voyager et de savoir que j'avais émigré présentait, pourtant, un certain charme. Parfois, je me laissais aller à croire que, après la traversée, lorsque j'irais à terre, tout ne serait pas exactement comme d'habitude. Mais la plupart du temps, ce n'était que pure illusion.

Ce soir-là, la traversée était néanmoins un peu spéciale. *Ofelia*, le ferry entre Limhamn et Dragør, avait repris le service, et on l'avait surnommé la Reine d'Öresund. J'allais donc emprunter pour la première fois le bateau sous sa nouvelle apparence et j'étais anxieux de savoir si j'allais vraiment être dans mon élément. J'avais pris mes quartiers d'hiver et puisque je devais faire ces traversées pendant quatre longs mois sur le même ferry, j'avais envie de me sentir à l'aise à bord. Si jamais le port était pris par les glaces, il me serait difficile de déplacer le *Rustica* vers un autre abri, près d'une autre liaison dans le détroit.

Jusque-là, l'hiver avait été assez doux. Il avait neigé quelques jours en décembre, mais la neige n'avait pas tenu. Une seule nuit, le thermomètre était descendu à moins dix degrés. Mais la plupart du temps, la température restait aux alentours de zéro. Le ciel était gris, il pleuvait beaucoup et il y avait énormément de vent. À deux reprises, nous eûmes même un ouragan. L'aéroport de Kastrup avait relevé 60 nœuds de vent dans les rafales. Le jour suivant, la mer était passée par-dessus les pontons du port, ce qui m'avait empêché d'aller à terre. Bref, l'exemple type d'un hiver en Scanie ou au Danemark : humide, maussade, brumeux et sinistre. Bien sûr, tout pouvait changer rapidement. D'après les pêcheurs, il faut attendre le 15 février pour savoir si l'hiver sera sans glace. Encore un mois à attendre donc.

Les jours précédents, le temps avait été capricieux. La veille, il faisait un petit vent du nord, et ce jour-là une brise humide soufflait du sud. Il avait plu toute la journée. Le front allait bientôt passer et le vent allait tourner au nord ou au nord-ouest. Le temps instable a toujours influencé mon état d'esprit, de sorte que je m'attends à tout et à n'importe quoi. Arrivé à l'embarquement, je ne fus donc nullement surpris de voir la salle d'attente totalement vide. Je ne m'y étais jamais retrouvé seul, même si, étant donné mes horaires, il m'était arrivé de penser à plusieurs reprises que cela se produirait un jour ou l'autre. Je demandai au guichet si c'était vraiment l'*Ofelia* qui allait partir.

— Et pourquoi pas ?

— Je me demandais seulement. Où sont les autres ?

— Quels autres ?

— Les autres passagers.

— Il n'en viendra sûrement pas d'autres, dit l'employé aux billets d'une voix indifférente.

Que les ferries circulent sans passagers ne semblait pas le préoccuper beaucoup.

Il avait tort, pourtant. Au moment où le second officier s'apprêtait à poinçonner mon billet, des pas rapides se firent entendre. Nous nous retournâmes en même temps pour regarder le retardataire, un homme de grande taille, d'âge mûr et aux cheveux roux. Il portait une vareuse, un gros chandail de laine et des bottes de caoutchouc.

— Vous m'attendez ? dit-il en anglais.

Son accent semblait être écossais ou éventuellement irlandais.

Je regardai l'officier qui resta impassible.

— Je croyais que j'aurais le ferry pour moi tout seul, répondis-je.

— Nous sommes seuls ? demanda l'homme.

Il se gratta les cheveux qu'il avait en bataille.

— Il fait trop mauvais, dit l'officier. Les clients du restaurant sont restés chez eux. Il n'y aura que vous et quelques chauffeurs de camions.

L'étranger sourit.

— Tout un ferry pour nous tout seuls.

Il tendit son billet. Je remarquai au passage qu'il s'agissait d'un aller simple.

La porte se ferma derrière nous.

— Peut-être pourrions-nous nous tenir compagnie ? proposa-t-il d'une voix qui résonnait sur les murs de tôle ondulée. Si vous n'y voyez pas d'inconvénient ?

— Pas du tout, répondis-je tout de suite, mais je le regrettai aussitôt.

J'avais envie d'inspecter l'*Ofelia*, ou « la Reine » comme elle avait déjà été surnommée par les retraités, qui étaient mes seuls compagnons de voyage sur le ferry de Dragør à Limhamn à cinq heures et demie du matin. Chaque jour, à mon arrivée, je retrouvais les mêmes retraités fidèlement assis dans la salle d'attente. Ils n'allaient jamais à terre, et retournaient toujours avec le même ferry. Ils achetaient les mêmes cigarettes, s'asseyaient aux mêmes tables, jouaient aux mêmes jeux de cartes et buvaient leur café dans les mêmes gobelets en plastique qu'ils apportaient avec eux. Ces excursions leur procuraient sûrement une occupation et un sujet de conversation. Cela leur suffisait. Mais je ne compris combien ils avaient besoin de ce voyage quotidien que lorsque j'appris qu'ils habitaient à Copenhague et qu'ils étaient obligés de se lever à trois heures et demie du matin afin de prendre le car pour Dragør. Sans eux, j'aurais très souvent été seul dans la salle d'attente et l'unique passager du ferry. Maintenant que l'occasion se présentait, j'aurais aimé être seul pour le visiter.

— Vous n'êtes pas obligé, dit l'homme aux cheveux roux, comme s'il avait senti mon hésitation.

— Cela ne fait rien.

Je l'examinai de plus près. Il ressemblait à un marin ou à un pêcheur. Mais quelque chose dans son attitude et son allure assurée me fit penser que sa place était plutôt sur le pont que dans la salle des machines.

— MacDuff, dit l'étranger, et il me tendit la main tandis que nous traversions la passerelle.

Je lui serrai la main.

— Ulf, marmonnai-je à contrecœur.

Je n'ai jamais vraiment aimé donner mon nom, et cette fois-ci j'aurais mieux fait de m'abstenir.

— Heureux de faire votre connaissance, Ulf, dit-il. Puis-je vous offrir une bière ?

Quelle surprise de l'entendre utiliser immédiatement mon prénom que j'avais donné à la légère. Vous pouvez passer des heures en compagnie de Suédois et de Danois sans jamais dire comment vous vous appelez. Et même si vous dites votre nom, il n'est pas du tout certain que vos interlocuteurs s'en souviendront.

Plus tard, j'ai appris que la grande importance attribuée au patronyme en Écosse et en Irlande était un héritage millénaire des Celtes. Pour eux, ne pas avoir de nom revenait à la mort. Et oublier le nom d'une personne, c'était la tuer. Mais ce soir-là, j'étais bien loin de penser à cela.

Je proposai à MacDuff d'aller à la taverne Öresund située sur le pont supérieur. D'après les journaux, elle n'avait pas été rénovée et était restée telle quelle, avec son décor en acajou mordoré et en cuivre jaune. Il n'y avait qu'un seul garçon pour assurer le service. D'un air taciturne, il nous servit à chacun une Sort Guld. Il se fit payer et disparut pour la soirée.

Nous nous regardâmes MacDuff et moi.

— D'où venez-vous ? lui demandai-je, un peu hésitant. D'Écosse ?

— Comment ça ? demanda-t-il comme s'il pensait que ma question n'était pas totalement innocente.

J'eus l'impression qu'il était sur ses gardes. Mais ce n'était peut-être là que le fruit de mon imagination. Une de mes faiblesses est de croire, parfois, que je connais trop vite les personnes que je rencontre.

— Tous les gens qui s'appellent Mac ne viennent-ils pas d'Écosse, dis-je en guise d'explication.

— Plus maintenant, dit MacDuff.

On aurait dit un reproche.

— En tout cas vous n'avez pas l'accent américain ou anglais, continuai-je.

— Non, que Dieu m'en préserve. On ne peut pas être plus celte et écossais que moi. Je suis né et j'ai grandi sur l'île Lewis. Vous savez où ça se trouve ?

J'acquiesçai. Je le savais en effet. Je racontai alors que pendant des années j'avais rêvé de rejoindre l'Écosse à la voile et que j'avais passé de nombreuses heures à étudier les cartes marines et les atterrages en Écosse, aux Hébrides et en Irlande.

Immédiatement, MacDuff compara avec enthousiasme et fierté les Hébrides au paradis sur terre. Il ne faisait aucun doute qu'il savait d'où il venait et pourquoi. Moi qui n'ai jamais eu de racines, que ce soit géographiques ou autres, je l'enviais de plus en plus en écoutant son récit. Pour moi, mon pays et mon peuple, si tant est que la Suède et les Suédois méritent ces noms, ne sont que des coulisses. Adulte, je n'ai résidé que quelques années en Suède. Je ne ressens aucun mal du pays, si ce n'est peut-être le regret de ne l'avoir jamais éprouvé. Et c'est sans doute pour cela que MacDuff me fascinait à ce point. Mais pas seulement. Il était de plus habité d'une ardeur et d'une intensité qui m'enthousiasmaient et m'éblouissaient. Je le questionnai sur le pilotage dans les Hébrides, et son récit semblait provenir d'une source intarissable de connaissances et d'expériences à laquelle il puisait sans réserves. En fait, sa spontanéité ne semblait connaître qu'une seule limite : les questions sur lui-même et sur ce qu'il faisait en Suède en hiver. Je m'en rendis compte à l'instant même où je lui demandais, sans aucune arrière-pensée, s'il avait été marin. Avec ses connaissances maritimes, il devait bien y avoir un lien entre lui et la mer.

— On dirait que vous venez juste de débarquer, ajoutai-je.

MacDuff ne répondit pas tout de suite. Encore une fois, j'eus l'impression qu'il me soupçonnait de poser des questions dans un but bien précis.

J'expliquai que je ne voulais pas être importun, mais que j'habitais à bord d'un voilier et que donc, moi aussi, j'étais marin, *of sorts*[1]. Lorsque ensuite je racontai que j'étais allé jusqu'en Bretagne à la voile et que mon prochain voyage serait l'Écosse ou l'Irlande, il parut avoir totalement oublié ma question indiscrète. Mi-sérieux, mi-badin, je lui dis même que du sang celte circulait dans mes veines. Je fis allusion à mon manque de racines, mais j'ajoutai que la Bretagne était le seul endroit où je me sentais vraiment chez moi. Cela avait à voir avec la lumière et le tempérament, le mélange de la douceur du français et de l'aridité du breton. C'étaient les rochers, l'océan et le sentiment que tout le monde avait une histoire. MacDuff ne sourit pas. Il me prenait bien plus au sérieux que je ne le faisais moi-même.

Notre conversation prit ensuite un tour sincère et agréable, et parfois même très familier. Malgré cela, MacDuff semblait appartenir à un monde qui lui était propre et où il était interdit de pénétrer. Cela ressemblait à un exercice d'équilibriste : ne pas trop s'avancer et en même temps épargner cette complicité qui était née de notre solitude sur le ferry. Je lui demandai quand même ce qu'un Écossais pouvait bien faire en Suède en plein hiver.

1. « En quelque sorte », en anglais dans le texte. (*Toutes les notes sont de la traductrice.*)

— Je cherche un appui, répondit-il.

Il me demanda si j'avais entendu parler du projet de centrale nucléaire au nord de l'Écosse. Les Anglais voulaient détruire un des plus beaux sites écossais et plusieurs monuments historiques. Ce qui en soi n'est pas quelque chose de nouveau, ajouta-t-il.

— Qu'est-ce que cela a à voir avec la Suède et l'énergie nucléaire ? demandai-je.

— L'énergie nucléaire n'est qu'un symbole, dit MacDuff. Il s'agit de faire opposition. En Suède, vous avez l'air de savoir comment il faut faire. Nulle part ailleurs, on n'a décidé d'abandonner l'énergie nucléaire. Nous devons pouvoir en tirer une leçon.

Comme j'étais moi-même assez engagé sur ce terrain, je lui demandai avec qui il s'était entretenu et il mentionna quelques noms dont je n'avais jamais entendu parler. Il ne parut pas non plus connaître *Folkkampanjen mot kärnkraft*[1], lorsque je lui demandai son opinion sur le rôle qu'elle avait joué. De plus, il n'avait visité que quelques rares sites et je fus frappé de ce qu'il n'avait mentionné que des villes portuaires. Bien sûr, son histoire pouvait être tout à fait véridique, mais elle n'était pas plausible.

Il me fit d'ailleurs rapidement comprendre que nous avions assez parlé de lui et de ses affaires. Il me posa des questions, sur ma vie à bord, les ports dans lesquels je m'étais arrêté dernièrement. Il me demanda s'il y avait d'autres personnes comme moi ou encore si des gens faisaient de la voile en hiver. Je n'avais pas grand-chose à raconter. Les trois mois précédents, j'avais séjourné à Dragør. Les seuls navigateurs que j'avais rencontrés pendant l'hiver étaient des amis du shipchandler de

1. Campagne populaire contre l'énergie nucléaire.

Limhamn. Auparavant, j'avais bien sûr navigué entre les différents ports d'Öresund et croisé de nombreux navigateurs, mais MacDuff semblait s'intéresser seulement aux gens qui naviguaient en hiver.

Au moment où l'*Ofelia* amorça son virage vers le port de Dragør, il parut évident que MacDuff ne s'intéressait en réalité qu'à une seule personne.

— Vous n'avez pas par hasard rencontré un Finlandais qui s'appelle Pekka ? demanda-t-il incidemment, ou plutôt d'un air qu'il voulait détaché.

— Ce n'est pas impossible, répondis-je, plus pour voir comment MacDuff allait réagir.

Pekka ne m'intéressait pas, ni ce que lui voulait MacDuff. Mais la curiosité excessive de MacDuff avait en partie détruit la complicité qui s'était installée entre nous. Comme je l'avais pressenti, ma réponse avait éveillé plus de curiosité que l'indifférence de sa voix ne l'avait laissé entendre. Il se dépêcha de raconter qu'un mois plus tôt il avait rencontré Pekka en Écosse. Avec son catamaran, Pekka sillonnait la mer autour des Hébrides. Au mois de novembre ! s'écria MacDuff sur un ton qui traduisait tout le mal qu'il pensait de ce genre de prouesses. La dernière fois qu'ils s'étaient rencontrés, c'était sur la côte ouest de l'Écosse, dans une ville qui s'appelle Oban. Pekka avait affirmé qu'il rentrait en Finlande, en passant par le canal Calédonien, la mer du Nord et Öresund. MacDuff dit qu'il avait tout tenté pour persuader Pekka d'attendre jusqu'au printemps. Oui, il s'en était fallu de peu qu'il ne l'empêchât par la force de partir à la voile. D'autant que Pekka avait une femme à bord, une Écossaise qu'il avait recueillie sur une des îles. Si encore Pekka n'avait risqué que sa propre vie, dit MacDuff avec un soupçon de colère dans la voix, ça aurait été son affaire, mais mettre la vie de cette femme inutilement en péril, c'était impardonnable. Pekka avait promis d'attendre quelques jours avant de se décider, mais dès le lendemain son bateau avait disparu. MacDuff avait appelé le gardien de l'écluse qu'il connaissait bien à Corpach, mais aucun catamaran finlandais n'était passé par là. Quelques jours plus tard, MacDuff avait rencontré un pêcheur de Kirkwall sur les îles Orcades. Pekka et la jeune femme étaient passés au nord de l'Écosse, avaient traversé le fameux Pentland Firth, situé entre l'Écosse et les Orcades. Et ils avaient survécu. Une chance imméritée, dit MacDuff d'un ton sarcastique. Ils avaient ensuite mis le cap sur Skagen, malgré les avertissements des pêcheurs. Dieu seul savait maintenant où ces deux-là se trouvaient. Au pis, au fond de la mer, au mieux, échoués sur un banc de sable au nord du Jutland.

— Vous ne l'avez pas vu ? demanda MacDuff avec un empressement qu'il ne cherchait plus à cacher.

— Non. Je me serais sûrement souvenu d'un homme qui aurait tant à raconter.

— Oui, dit MacDuff avec aigreur. Des histoires qu'il ne faut pas ébruiter. D'autres pourraient être attirés et mettre leur vie en jeu. Tout à fait inutilement.

Nous fûmes interrompus par la voix du capitaine dans les haut-parleurs :

« Message personnel à nos *deux* passagers… Nous vous prions de passer par le pont garage pour aller à terre. Il y a une panne d'électricité à Dragør. Si vous jetez un coup d'œil dehors, vous verrez que la ville est plongée dans l'obscurité. Nous ne pouvons pas abaisser la passerelle sans électricité. J'espère que vous avez fait une agréable traversée et que nous aurons le plaisir de vous revoir à bord. »

Je traduisis pour MacDuff qui se mit à sourire avant même que j'eusse terminé. C'était comme s'il avait deviné ce que le capitaine avait dit, avant que je ne traduise.

— Quelle qualité de service ! Je m'en souviendrai.

Nous descendîmes jusqu'au pont garage. Une planche avait été installée pour que MacDuff et moi puissions aller à terre. Le premier officier était là pour veiller à ce que nous nous retrouvions sans encombre sur la terre ferme. MacDuff passa en premier, sans hésiter, visiblement habitué à des passerelles exiguës et branlantes. J'en avais moi-même une certaine expérience en raison de l'étroite passerelle d'étrave du *Rustica* et je n'avais pas besoin de réfléchir pour savoir où mettre les pieds.

— Soyez prudents, dit le premier officier lorsque nous fûmes à terre. Il fait noir comme dans un four.

Il n'avait pas tort. Il fallait vraiment *savoir* qu'il y avait un port devant nous, pour réussir à distinguer les contours des maisons et des bateaux. Je n'avais pas l'habitude de me déplacer dans l'obscurité. MacDuff, lui, ne semblait pas troublé le moins du monde.

Je lui demandai où il allait. Il parut hésiter un instant, puis il dit qu'il allait seulement à Copenhague.

— Venez prendre un verre à bord du *Rustica*, dis-je en toute sincérité.

On parle souvent de « coup de foudre » en amour, mais il est rare de l'entendre dire à propos d'amitié. Cette impression immédiate selon laquelle on pourrait devenir de vrais amis, si seulement on avait le temps et la possibilité de laisser l'amitié se développer et s'épanouir. En dépit de sa méfiance exagérée, c'était un peu ce que je ressentais face à MacDuff ce soir-là sur le quai du port de Dragør. Pas une seule seconde je ne pouvais imaginer combien ce sentiment pouvait être à la fois déplacé et juste.

— Volontiers, répondit MacDuff. Mais avant, vous devez me montrer le port. Je ne l'ai peut-être pas précisé auparavant, mais je suis pilote de profession. Les ports sont ma grande passion et mon hobby.

— Mais on n'y voit rien, objectai-je.

— Attendez une ou deux minutes. L'obscurité n'est jamais totale. Il y a toujours une lueur.

Il avait bien sûr raison. Peu à peu j'arrivais à distinguer les bateaux, les engins de pêche, les bords du quai et l'eau. Malgré tout, je me déplaçai avec précaution. Le quai était glissant et il devait faire aux alentours de zéro degré dans l'eau.

Je lui montrai les quelques voiliers qui étaient encore à l'eau. J'exprimai ma sincère admiration pour les pilotes et racontai ce que je savais sur les bonnes et mauvaises fortunes du port. Malgré ce qu'il avait dit, MacDuff paraissait moyennement intéressé, mais il observait tout. Rien ne lui échappait.

— Est-ce le seul port ? demanda-t-il lorsque nous eûmes tout vu et que nous nous trouvions devant le *Rustica*. Je pensais qu'il y en avait un autre.

— Il y a un port pour les bateaux de plaisance.

— Où se trouve-t-il ?

— Ce ne serait pas mieux de prendre un whisky à bord du *Rustica* ?

— D'abord le port de plaisance, ensuite le whisky, dit MacDuff d'un ton qui ne souffrait aucun compromis.

J'aurais préféré aller retrouver la chaleur et le confort de mon carré, mais MacDuff s'éloignait déjà.

Je lui montrai le chemin pour aller voir les bateaux

de plaisance, mais je savais pertinemment qu'il n'y avait pas grand-chose à voir, à part quelques embarcations au mouillage, et aucune n'était habitée. Arrivés à l'extrême nord du môle, MacDuff montra du doigt les contours d'un bateau amarré à une bouée. C'était un catamaran.

— Qu'est-ce que c'est ? demanda-t-il.

Voilà pourquoi MacDuff était si désireux de voir le nouveau port. Il me vint à l'idée que Pekka était peut-être parti avec la femme de MacDuff et que j'étais en train d'assister à un drame de la jalousie.

Mais ce catamaran était utilisé seulement pour les régates et cela faisait trois ans qu'il mouillait à Dragør. À cause de l'obscurité, je ne pouvais pas voir si MacDuff était déçu. En tout cas, il me suivit jusqu'au *Rustica*, pour prendre un whisky, un MacCallan de quinze ans d'âge. Il fut surpris. Visiblement, il ne s'attendait pas à boire un aussi bon whisky. Il me complimenta longuement sur le *Rustica*, ce qui me fit vite oublier ses secrets. Il y a toujours un moyen pour parvenir jusqu'au cœur de chaque individu. Dans mon cas, c'était le *Rustica*, mais je ne crois pas que MacDuff s'en soit aperçu. Il parlait sérieusement, ce qui donnait encore plus de poids à ses mots. Il dit, et je m'en souviens parfaitement, que c'était un bateau qui *respirait la sécurité*. C'était sûrement le cas. Mais, quand j'y pense maintenant, après tout ce qui est arrivé, et qui arrive peut-être encore, il me semble impossible qu'il ait pu *respirer la sécurité*.

MacDuff s'en alla vers onze heures. Je l'accompagnai jusqu'à l'arrêt de bus, mais une fois là, il décida d'aller à Copenhague à pied. Je le lui déconseillai, il y avait bien 16 kilomètres jusqu'au centre, mais il ne voulut rien entendre. Avant de me quitter, il me donna son adresse et son numéro de téléphone à Inverness et je promis d'aller le voir si je me rendais en Écosse. Mais lorsque je le vis disparaître dans l'obscurité, j'eus la conviction que nous ne nous reverrions plus.

CHAPITRE 2

Dragør était encore plongée dans l'obscurité lorsque je revins au port. Seuls mes pas résonnaient sur les galets. En temps normal, parcourir les rues étroites de la ville me procure un bonheur indicible. Et lorsque je passe devant les fenêtres des maisons jaunes au toit de chaume, je perçois toute la sérénité des foyers qu'elles abritent. Ce soir-là au contraire, tout me paraissait étrange et fantomatique, et les bougies, qui vacillaient ici et là, semblaient mener une lutte inégale contre l'obscurité compacte.

Je dépassai le *Rustica* et poursuivis mon chemin jusqu'au bout de la jetée. Semblable à des languettes d'argent, de l'écume s'arrachait des vagues. Le vent, qui soufflait encore très fort, avait toutefois perdu un peu de sa vigueur. J'apercevais les clignotements des phares et des bouées dans Öresund-Drogden, Nordre Röse, Flinten et Oskarsgrundet. Un avion s'apprêtait à atterrir à Kastrup. Ses projecteurs illuminaient même la jetée où je me trouvais. Un cargo, se dirigeant vers le nord, passa à ce moment dans un rai de lumière. Voilà pourquoi j'avais choisi Dragør comme port d'hiver. Chaque fois que je voyais croiser un bateau ou décoller un avion, je me rappelais qu'il y avait un monde à explorer en dehors de Dragør.

Lorsque je revins au *Rustica*, je me demandais encore pourquoi MacDuff était si désireux de retrouver le Finlandais. Avait-il fait le voyage jusqu'à Dragør simplement parce que Pekka avait une Écossaise à son bord ? J'avais du mal à le croire, mais d'un autre côté je ne trouvais pas d'autre explication. En tout cas, j'étais persuadé que MacDuff avait dissimulé les véritables raisons de sa présence au Danemark.

Le carré du *Rustica* était chaud et confortable. Un instant, je restai debout dans l'obscurité, avant d'allumer la lampe à pétrole. Les reflets lumineux provenant du petit regard de la plaque chauffante du poêle dansaient au plafond. Ce regard servait à contrôler si le poêle fonctionnait bien, mais je ne l'utilisais jamais. Il me suffisait de regarder les reflets au plafond pour savoir s'il fallait ramoner.

Je n'avais d'ailleurs pas souvent besoin de me préoccuper du chauffage. L'appareil, ancien et traditionnel, semblable à ceux que les pêcheurs ont utilisé pendant plus de cinquante ans, fonctionnait au mazout. Nul besoin d'électricité ni même de mèche à changer. Au fond du poêle, il y avait deux anneaux de chauffe en métal et l'alimentation en mazout s'effectuait par un simple régulateur. Ce système avait fait ses preuves et ne m'avait jamais laissé tomber. Il avait chauffé le *Rustica* quatre hivers de suite et j'avais seulement besoin de le ramoner tous les deux mois.

Petit à petit, ce poêle était devenu une partie intégrante du bateau. Je le contemplais souvent, avec gratitude, car il m'avait permis d'avoir ce style de vie et je pouvais lui faire confiance par tous les temps. En plus, avec son acier inoxydable poli et ses formes arrondies, il décorait merveilleusement le salon du *Rustica*.

Je nourrissais les mêmes sentiments à l'égard de ma lampe à pétrole, une lampe Stelton, que j'avais suspendue au-dessus de la table. Tout comme le poêle, elle était belle, solide et fonctionnelle. Elle avait une ligne moderne mais elle était équipée d'un brûleur réputé qui existait depuis des années. Lorsque la mèche était entièrement sortie, la lampe éclairait autant qu'une ampoule de 40 watts et elle me procurait en plus 700 watts de chaleur.

À bâbord, j'avais fixé un réchaud en émail blanc à deux feux, un ancien modèle également, qu'on ne trouve plus. Il était préchauffé à l'alcool et de ce fait ne noircissait que très rarement. Les modèles plus récents, préchauffés au pétrole, sont difficiles à allumer et il faut les surveiller comme du lait sur le feu.

Tout compte fait, j'avais eu de la chance. Pour le bateau aussi. C'était un Rustler 31, que j'avais acheté d'occasion, si incroyable que cela puisse paraître, à Barsebäck[1]. Il faisait 31 pieds de long, 9 pieds de large et il était à quille longue. Construit par Anstey Yachts en Angleterre, il possédait les qualités dont disposent les bateaux à quille longue bien construits, c'est-à-dire toutes, sauf la rapidité. L'aménagement était classique. Une petite cuisine à bâbord et la table à cartes à tribord. Ensuite, deux couchettes, une penderie et les toilettes, puis la cabine avant, ma chambre à coucher. D'habitude, l'aménagement est en teck foncé, mais sur le *Rustica* il était en frêne. Auparavant, je n'avais jamais pensé à l'importance de la lumière. En été, le teck est sans doute une variété de bois chaleureuse et

1. Site d'une centrale nucléaire suédoise qui a été fermée en 2012.

séduisante, mais lors des après-midi pluvieux de novembre, les cloisons et les placards peints en blanc sont très appréciables.

Avec le temps, j'avais pris certaines habitudes. Sitôt monté à bord, je vérifiais le poêle et rajoutais du mazout si nécessaire. Ensuite, j'ôtais le verre de la lampe à pétrole et du doigt j'égalisais la mèche avant de l'allumer. Au bout d'un petit moment, la petite flamme bleutée projetait une douce lumière dans le carré du *Rustica* et donnait au bois un éclat doré. Je mettais la bouilloire sur le poêle et sortais la bouteille Thermos pour le café. Je rangeais, ou plutôt cachais, mon porte-documents et je me préparais quelque chose à manger.

Lorsque le café était prêt, je m'allongeais sur la couchette à tribord, et, la tête bien calée contre un coussin, je lisais. Dans la semaine, je me consacrais rarement à mon bateau, sauf éventuellement au printemps et en été lorsque les soirées sont claires et douces. Les mois d'été, j'avais parfois du mal à faire face aux contraintes de la vie en société. Pour la plupart des navigateurs, les vacances constituent une sorte de renaissance et souvent ils tentent de compenser, pendant cette période, le manque de chaleur humaine du reste de l'année. Des gens qui ne disent peut-être pas bonjour à leurs voisins habituels sont pris d'une envie irrésistible de rencontrer d'autres individus. Dès l'arrivée du printemps, où de plus en plus de plaisanciers venaient s'amarrer près du *Rustica*, je regrettais souvent la solitude et les horizons infinis de l'hiver. Rien n'apportait autant de sérénité qu'une soirée d'hiver passée seul à bord, avec pour seule compagnie les goélands, le vent et les vagues.

Mais ce soir-là, je n'arrivais pas à retrouver cette

plénitude de l'âme. L'envie de bouger se transforme souvent en nervosité sur un bateau. En été, il n'est pas difficile de lutter contre cette fébrilité — on largue les amarres et on s'en va. Mais en hiver ? On ne peut pas tourner comme une âme en peine dans son carré, faire une promenade de trois mètres dans un sens et trois mètres dans l'autre, tête baissée si en plus le plafond est trop bas. La volonté de bouger à bord d'un bateau est une affection pénible. C'est pour cela que la plupart des navigateurs détestent plus souvent encore les accalmies que les tempêtes. Si cette affection s'embarque insidieusement sur un bateau par mer calme, il n'y a pas de remède connu pour la combattre.

Cette nuit-là, j'essayais de me soigner en lisant les instructions nautiques et les cartes marines de l'amirauté britannique. Au fil des années, j'en avais réuni un certain nombre, et en rêve je naviguais sur toutes les mers du monde. Ces guides de pilotage étaient le fruit de plusieurs centaines d'années d'expérience et ils décrivaient tout, aussi bien les vents et les courants que les ports et les mouillages ou encore les routes et les récifs.

Je pris le guide NP 52 sur le nord de l'Écosse, et parcourus l'article sur le raz formidable de Pentland Firth. Je n'arrivais pas à comprendre comment Pekka avait pu lui survivre. Au milieu du firth, au plus fort du courant, se dresse l'île de Stroma. Cette île ne semblait pas avoir d'abri, pas même une crique où mouiller. Les courants de marée, qui se précipitent sur les récifs, vont jusqu'à dix nœuds, c'est-à-dire à une vitesse que la plupart des voiliers ne peuvent atteindre. J'imaginais facilement l'eau bouillonnante, les lames s'écrasant dans tous les sens, les vagues de plusieurs mètres de haut surgissant du néant et disparaissant tout aussi vite, mais qui pendant leur courte existence pouvaient faire sombrer les navires et mettre fin à des vies humaines.

Il devait être près d'une heure du matin lorsque j'entendis le crépitement d'un moteur hors-bord. Le vent s'était un peu calmé, et entre des lambeaux de nuages je distinguais quelques étoiles et même la lune qui faisait scintiller la mer. Dragør était toujours dans l'obscurité, mais la lune éclairait vaguement la ville.

Le bruit du moteur se rapprocha et devint plus distinct. Je me levai et regardai par le hublot à bâbord. Certains pêcheurs amateurs de Dragør ont des moteurs hors-bord, mais je ne les ai jamais vus sortir si tard et sûrement pas avec un temps pareil. Je n'aperçus aucun feu de navigation au-delà de la jetée, et je me rappelle avoir pensé que ce ne pouvait être ni un voilier ni un cotre de pêche.

Lorsque le visiteur inconnu dépassa l'extrémité de la jetée, il apparut pleinement dans la clarté de la lune qui semblait baliser l'entrée du port. C'était un catamaran.

L'espace d'un instant, je songeai à éteindre la lampe à pétrole. Le désir de mieux voir était aussi fort que l'envie de devenir invisible. Si c'était Pekka — et ce ne pouvait être quelqu'un d'autre — je me sentirais obligé de parler de MacDuff. C'était inévitable, même si j'avais l'impression que c'était justement la chose à ne pas faire.

D'un autre côté, Pekka avait essuyé du très mauvais temps et il apprécierait sans doute que je l'aide à s'amarrer et l'invite à prendre une bonne tasse de café, à bord du *Rustica*. Il devait être transi de froid et épuisé, si comme l'avait laissé entendre MacDuff il avait traversé Öresund sous un fort vent du sud, à la limite de la tempête. Tout cela, pour faire ensuite escale dans un port plongé dans le noir.

Je ne tardai pas à me rendre compte qu'il se dirigeait sur moi. Lorsque la lune disparut derrière les nuages, la lumière jaillissant du *Rustica* était la seule chose qu'il pouvait distinguer et sur laquelle il pouvait mettre le cap.

Il s'arrêta tout près, à l'arrière de mon bateau, qui était amarré à deux pieux en bois à l'arrière. Le vent de travers eut prise sur le catamaran qui fut drossé contre les poteaux. Le bateau heurta plusieurs fois les pieux, sans que cela parût préoccuper le skipper. Il se tenait debout, raide, les jambes écartées, dans le cockpit, une main sur la barre. Il regarda fixement le *Rustica.* Je vis que ses lèvres bougeaient. J'imagine qu'il criait, mais je n'entendais rien à cause du bruit du moteur et du vent qui hurlait dans le gréement.

Je regardai une dernière fois avant d'ouvrir le panneau. Il portait une capuche d'aviateur en fourrure qui dissimulait son visage.

Le vent me fouetta le visage lorsque je passai la tête par le panneau. Pekka, je fus alors convaincu que c'était lui, leva à peine le bras en guise de salut. Je lui répondis d'un geste.

— J'ai besoin d'électricité, cria-t-il dans un suédois de Finlande parfaitement reconnaissable.

Sa voix était lasse et cassée.

— Savez-vous où je peux trouver de l'électricité ? J'ai besoin de courant.

Je lui indiquai l'autre côté du port. Moi-même, je n'avais pas d'électricité depuis plusieurs semaines. En raison de la forte montée des eaux, tous les appontements avaient été inondés ; mais avec un peu de chance, il y avait peut-être de l'électricité sur l'appontement opposé. Il leva la main en remerciement, mais guère plus haut que la taille. Lorsqu'il se baissa pour embrayer, il faillit tomber. Il ne tenta pas de repousser le bateau ou de donner un coup de barre pour s'éloigner des pieux. Il accéléra. Un bruit déchirant se fit entendre lorsque la coque racla le bois avant que le bateau ne vire vers le large.

Pekka avait vraiment besoin d'aide. Il n'avait pas compris la direction que je lui avais indiquée et il s'amarra au poste du bateau-pilote. Je me décidai à lui porter secours. Mon temps, pas plus que ma nervosité d'ailleurs, n'était à ce point précieux. De plus, il me vint à l'idée que j'avais oublié de lui dire qu'il y avait une panne de courant dans tout Dragør.

J'enfilai mon ciré et fis le tour du port. Près du Strandhotell, sur le parking, il y avait une voiture, feux de stationnement allumés. Il y avait quelqu'un à l'intérieur. Une autre personne se tenait près du véhicule et parlait dans un talkie-walkie. Si je n'avais pas été préoccupé par Pekka, je me serais sans doute demandé ce que ces individus faisaient là dans le noir, au milieu de la nuit. Mais pour une fois, alors que j'en aurais eu le plus besoin, je ne laissai pas libre jeu à mon imagination débordante.

J'allai vers l'appontement. Pekka était déjà à terre. Tenant à peine sur ses jambes, il cherchait une prise de courant.

Je m'avançai et lui dis qu'il ne s'était pas amarré au bon endroit. Le bateau-pilote allait bientôt revenir et il gênait le passage. Il me regarda, sans comprendre. Je montrai à nouveau du doigt l'embarcadère un peu plus loin.

Son visage s'éclaira. Il m'agrippa le bras.

— Pouvez-vous m'aider ? demanda-t-il.

Il me serrait fort, comme pour donner plus d'intensité à sa requête.

Je montai à bord avec lui. Il était obligé de se tenir au hauban pour ne pas perdre l'équilibre. On aurait dit un boxeur qui tente de se relever après une mise à terre.

— D'où venez-vous ? lui demandai-je.

— Anholt, répondit-il sèchement.

— Cette nuit ?

— Oui.

— C'était dur ?

D'abord, il ne répondit pas, mais après quelques instants, il dit :

— Non, non. Ce n'était pas dur. Il n'y avait pas de glace non plus.

À nouveau il se tut. Il parut réfléchir, puis ajouta :

— J'ai une femme à bord.

Il n'aurait pas employé un autre ton s'il avait voulu m'annoncer qu'il avait une ancre ou un quelconque instrument à bord. Je ne comprenais pas quel message il tentait de me faire passer. Peut-être que la traversée avait été éprouvante pour elle.

Il se pencha au-dessus du moteur. *C'était* Pekka. La femme à bord devait être l'Écossaise qu'il avait trouvée sur une île et dont il avait risqué la vie. Celle qu'il avait peut-être enlevée sous les yeux de MacDuff.

Je repoussai le bateau de l'appontement.

— Voulez-vous une bière ? cria-t-il pour couvrir le bruit du moteur qui tournait de nouveau à plein régime.

Je fis signe que oui, mais en réalité, je n'en avais pas envie. Pekka cria quelque chose en direction du carré. L'instant d'après, apparut le visage d'une jeune femme, qui me regarda d'un air totalement dépourvu d'expression. Je ne savais pas si je devais lui dire quelque chose, mais son regard m'en dissuada. Jamais auparavant je n'avais vu un tel vide dans les yeux de quelqu'un. Elle disparut, mais revint quelques secondes plus tard avec deux bières qu'elle déposa sans un mot sur la première marche de la descente. Elle s'esquiva à nouveau.

— Mary, dit Pekka d'un ton bref et il regarda vers le carré.

Nous nous dirigeâmes vers l'autre bassin. Je fis à nouveau signe et Pekka parut comprendre cette fois-ci où je voulais qu'il s'amarre. Il ralentit le moteur et me tendit la main.

— Pekka, dit-il. Je m'appelle Pekka.

— Je sais.

Il sursauta.

— J'ai rencontré MacDuff.

Pekka recula. Soudain ses yeux n'exprimaient plus de fatigue. Mais de la peur, une crainte incontrôlée.

— Où ? demanda-t-il.

Je lui racontai que je n'avais pas la moindre idée de l'endroit où MacDuff pouvait se trouver, et que je ne le connaissais pas, mais que je l'avais rencontré par hasard, et que d'après ce qu'il avait dit, il se dirigeait vers le nord.

— Je ne crois pas qu'il revienne, ajoutai-je.

Pekka parut se calmer, mais il tremblait un peu lorsqu'il lâcha la barre pour fermer la porte du carré. Il me prit à nouveau par le bras et me fixa droit dans les yeux. Toute trace de fatigue avait complètement disparu. Il était extraordinairement présent. On aurait dit qu'il tentait de graver son regard dans ma mémoire.

— C'est important, dit-il. Voulez-vous m'aider ?

Machinalement, j'acceptai. Je ne savais pas ce que je devais faire. Ensuite, tout alla si vite que je ne suis pas certain de me souvenir du fil exact des événements. Pekka reprit la barre et vira à l'instant où nous allions heurter le chaland auquel nous voulions nous amarrer. Le *Sula*, c'était le nom du catamaran, percuta malgré tout le chaland avec fracas. Je trébuchai, mais pus me rattraper à une corde. J'amarrai le bateau, allai à l'arrière et arrêtai le moteur. Je ne sais pas ce que Pekka faisait pendant ce temps-là, mais lorsque je me relevai, la porte du carré était ouverte. Je vis alors deux véhicules arriver sur le quai, une voiture de police et celle que j'avais vue sur le parking. Sitôt après, quatre hommes en uniforme se tenaient de l'autre côté du chaland.

Je passai la tête par la porte du carré.

— C'est la douane, dis-je à Pekka. Et la police.

Il se leva avec précipitation. Mais j'avais eu le temps de le voir assis auprès de la femme qui pleurait. Il l'enlaçait.

Pekka regarda la jeune femme, puis moi. Je sentais qu'il me jaugeait, qu'il m'évaluait. Quelques instants plus tard, Pekka se retourna et ouvrit la porte d'un placard dont jamais personne n'aurait pu soupçonner l'existence. Il attrapa un objet enveloppé dans du papier brun.

— Prenez ça ! dit-il. Allez-y !

Comme j'hésitai, il enchaîna rapidement.

— Faites-le. Je n'en peux plus. Allez leur dire que vous n'avez rien à voir avec nous, que vous vouliez nous aider seulement.

Et de nouveau, ce regard brûlant. Sans réfléchir plus longtemps, je dissimulai le paquet sur moi et me retournai pour partir. Il m'attrapa le bras une nouvelle fois. Il me serra si fort qu'il me fit mal.

— Le Cercle celtique, dit-il. Je vous fais confiance. Il faut que je fasse confiance à quelqu'un.

Tout cela s'était passé en moins d'une minute. Je grimpai sur le chaland et allai à terre. Je fus immédiatement arrêté par un policier, tandis que les autres montaient à bord du *Sula*. Le policier me demanda qui j'étais, et je lui expliquai que j'avais seulement aidé à amarrer le catamaran. J'ajoutai que j'habitais à bord du *Rustica* et qu'il pouvait demander à la capitainerie s'il voulait en avoir confirmation. J'entendis aussi un des douaniers dire dans son talkie-walkie « ils ont pris contact » et « il y avait un Finlandais et un Suédois ».

Je sentais bien que le policier m'examinait avec méfiance. Étant donné les circonstances, c'était assez naturel. Je regrettais d'avoir dit que *j'habitais* sur un bateau dans le port. Ce n'était pas très crédible. Tant d'autres avaient du mal à le croire. Je lui donnai alors mon ancienne adresse officielle au Danemark : Oehlenschlægersgade 77, deuxième porte à gauche. Un Suédois ne pouvait pas inventer une pareille adresse ! Alors que je m'éloignais, le policier prétendit qu'ils avaient été appelés parce que le bateau naviguait sans feux de navigation.

— C'est interdit, dit-il, et il me pria de quitter les lieux.

Avant de partir, je me retournai une dernière fois et je vis Pekka, debout dans le cockpit, entouré de trois hommes en uniforme. Il leva le bras pour la troisième fois. Mais cette fois-ci, on aurait dit qu'il pouvait le lever plus haut, qu'il n'était pas aussi lourd.

Ce fut la dernière vision que j'eus jamais de lui.

CHAPITRE 3

À mon retour à bord du *Rustica*, je n'allumai pas la lumière et me contentai de la faible lueur des reflets des flammes du poêle au plafond de la cabine. Le bateau, qui se balançait légèrement, tressaillit lorsque survint une rafale plus puissante. Je compris aux mouvements du bateau que le vent avait tourné à l'ouest-nord-ouest. Je tentai de me souvenir de ce qu'avait dit la météo, lorsqu'il me revint à l'esprit que la présence de MacDuff m'avait fait oublier de l'écouter. Il m'arrive rarement de manquer les prévisions météorologiques. Pour des raisons bien naturelles, c'est le programme de radio que je préfère. J'ai l'habitude d'écouter le bulletin danois le soir à onze heures moins dix. En revanche, je saute presque toujours le bulletin suédois diffusé une heure plus tôt, car il est précédé de la prière du soir qui n'est ni aussi divertissante ou ni aussi sûre que les prévisions météo.

J'étais debout au centre de la cabine du *Rustica* et j'écoutais. J'essayais de saisir les bruits provenant de l'autre côté du port, peut-être une voiture qui démarrait ou des pas qui se rapprochaient sur l'embarcadère. J'étais persuadé que la police allait venir me rendre visite. Pourquoi croiraient-ils mon histoire s'ils soupçonnaient Pekka d'être un contrebandier ?

J'observai le paquet brun et je pensai soudain qu'il *pouvait* contenir de la drogue. Plus je le regardais et plus l'idée faisait son chemin dans mon esprit. Que se passerait-il si la police fouillait le *Rustica* et trouvait de la drogue à bord ? Ce serait la fin de mes espoirs de mener une vie libre et indépendante. J'étais sur le point de jeter le paquet par-dessus bord lorsque je me ravisai. Si Pekka avait de l'alcool ou de la drogue à bord, il n'aurait pas navigué avec un moteur qui s'entendait à plusieurs milles à la ronde. Et il ne serait pas entré dans un port de pilotage et de ferries où les autorités portuaires ne manquent pas.

Pourtant, le paquet devait contenir quelque chose qui ne devait pas tomber entre les mains des autorités, puisque je l'avais reçu au moment où la police était arrivée à quai. Je pensais aux expressions et au regard de Pekka, à sa peur de MacDuff, à son appel à l'aide, à sa décision de me faire confiance, aux yeux sans vie de la jeune femme, au Cercle celtique. S'il s'agissait d'un drame de la jalousie, il prenait une ampleur bien plus importante et bien plus effrayante que je ne l'avais imaginé. Sauf pour cette frayeur que j'avais perçue, je ne crois pas que j'aurais pris le paquet. Comparé à Pekka, MacDuff apparaissait comme quelqu'un de calme et très équilibré. MacDuff rayonnait de chaleur et d'assurance, Pekka, lui, n'exprimait que fatigue et panique.

Je sortis le paquet de ma veste. Mis à part sa dureté, il paraissait anodin. Je le cachai dans mon compartiment secret, où je conservais les originaux des papiers du bateau, un second passeport et une importante caisse de bord contenant des devises diverses. Une fois cela fait, je me sentis plus calme et repris mon attente. Quelque chose allait arriver.

Une heure entière se passa durant laquelle je n'entendis rien d'autre que la pendule du bateau qui sonnait le quart. Le vent s'était enfin calmé et tout était tranquille. C'est cette quiétude qui me rendit totalement sûr d'avoir entendu une femme crier juste avant que deux voitures ne démarrent et s'éloignent en passant devant la gare maritime. Après, tout redevint calme, comme si rien ne s'était passé. Que *s'était-il* passé ?

Cela aurait-il changé quelque chose que je retourne jeter un coup d'œil au *Sula* ? Probablement pas. En tout cas, cela ne vaut pas la peine de regarder en arrière. Et pourtant, si je relate maintenant ce qu'il s'est passé et comment cela s'est passé, c'est seulement parce que cela se passe encore. Prenez-le comme un avertissement. Je me rappelle encore ce qu'avait dit MacDuff. Il y a certaines choses qui *ne doivent pas* être racontées et je pense qu'il avait peut-être raison. Mais comment en avoir la certitude, à moins justement de raconter ce qu'il s'est passé.

De plus, je n'osais pas retourner au *Sula*. Ce n'était pas par lâcheté. En effet, je possède un certain courage, une forme de froideur et de calme dans des situations où d'autres, peut-être, pourraient paniquer. Mais il ne s'agit pas alors de personnes, du moins pas de personnes qui ont besoin justement de moi.

Après le cri, j'attendis encore un quart d'heure. J'avais petit à petit acquis la certitude que je n'entendrais plus rien et que plus personne n'apparaîtrait près de la jetée nord, que ce soit la police ou quelqu'un d'autre. Je tirai les rideaux et allumai deux bougies dont la lueur m'éblouit presque : j'avais écarquillé si longtemps les yeux dans l'obscurité. Je me préparai ensuite un café fort, me servis un verre de MacCallan et sortis le paquet de sa cachette.

En déchirant le papier, je découvris un livre de bord bleu tout usé. Je l'ouvris à la première page. Sur la page de garde, avait été inscrit, d'une écriture hachée et à l'encre noire, « S/Y *Sula*, Helsinki, Finlande ». Je mouillai mon doigt et le passai sur les lettres. L'encre était indélébile. Seuls ceux qui ignorent que, lorsque quelques gouttes d'eau tombent de la capuche, elles effacent les dernières notes du livre de bord, écrivent avec de l'encre lavable à l'eau. MacDuff avait laissé entendre que Pekka était un écervelé téméraire qui ne connaissait rien à la mer. Pourtant, il avait écrit son journal de bord à l'encre indélébile. Il avait traversé par deux fois la mer du Nord et il avait survécu à Pentland Firth. MacDuff avait-il menti sur les connaissances nautiques de Pekka, tout comme il avait dissimulé la raison de sa présence en Scandinavie ? Ce n'était peut-être pas uniquement par bêtise ou par ignorance que Pekka avait traversé à la voile Pentland Firth. Mais qu'est-ce qui avait pu le pousser à le faire ? Avec impatience, j'ouvris le livre à la première page et commençai à lire.

CHAPITRE 4

Les premières notes n'étaient pas particulièrement instructives. Pekka avait quitté le port d'Helsinki le 16 septembre et la traversée de la mer Baltique semblait s'être déroulée sans histoire. Il s'était dirigé tout droit sur Visby et, dès le jour suivant, il avait gagné Hanö. Il avait seulement passé la nuit à Hanö, et ensuite il s'était hâté vers Kåseberga, où il s'était arrêté et avait pris le temps de visiter les vestiges d'Ales Stenar. Au verso de la page, il avait collé une coupure d'article sur Stonehenge, son équivalent anglais. L'article portait sur les druides d'aujourd'hui qui fêtent le solstice d'été à Stonehenge chaque année. Il décrivait comment plusieurs cercles de druides se concurrençaient pour avoir priorité sur le monument en vue de leurs cérémonies annuelles. Il racontait également que nombre d'entre eux s'étaient retirés vers d'autres lieux sacrés, à l'écart, en raison de l'afflux des touristes. L'article prétendait qu'il y avait une sépulture celtique près de Northampton. Les druides et leurs rites étaient manifestement dépeints avec ironie. Ils déclamaient des vers et portaient des étendards aux symboles étranges. Ils allumaient un feu dans un globe de cuivre. Sur une photo, une vingtaine d'hommes portant des robes blanches formaient un cercle autour du globe de cuivre. Au centre, le chef des druides présidait la cérémonie. À mes yeux, c'était assez risible. Cela avait-il quelque chose à voir avec le prétendu Cercle celtique ? Je pensais à la frayeur de Pekka qui exprimait tout, sauf le ridicule.

De Kåseberga, le voyage se poursuivit vers Gilleleje au nord de Sjælland. Pekka devait avoir une prédilection pour la navigation nocturne. La plupart auraient évité de naviguer seuls dans l'Öresund, les eaux les plus fréquentées au monde, au milieu de la nuit. Le livre de bord comportait bien des notes sur les navires qu'il rencontrait. Le style était assez négligé et l'écriture de Pekka s'agrandissait au fur et à mesure, signe certain de fatigue.

Le jour suivant à 7 h 00, Pekka quitta Gilleleje et prit le cap 275 en direction du fjord de Mariager dans le Jutland. Il avait aperçu Hässelö dans un poudroiement de soleil et racontait que l'île semblait « enveloppée de mystique ». À partir de Hässelö, le *Sula*, bénéficiant d'un vent frais du sud, avait pris une bonne allure. Pekka avait fait escale dans le fjord de Mariager au crépuscule et, dans une envolée lyrique, il avait décrit son entrée dans le fjord, sous le soleil couchant, devant les vaches qui beuglaient de chaque côté du canal sinueux. À 22 h 30, il s'amarra dans le port de pêche de Hadsund.

Il resta quelques jours à Hadsund et fit plusieurs excursions dans le Jutland. Il avait collé de nouveaux articles provenant de brochures touristiques. L'un concernait une pierre tombale d'origine celtique, dans l'église de Tømmerby. Un autre parlait de l'homme de Tollunda, un corps vieux de deux mille ans, qui avait été découvert à Borremose en 1946. L'homme, qui était très bien conservé, avait été offert en sacrifice et pendu à une corde de chanvre qu'il avait toujours autour du cou. Ses ongles très bien soignés indiquaient qu'il était noble. J'avais déjà entendu parler de l'homme de Tollunda, mais la coupure de presse trouvée dans le livre de bord de Pekka faisait état de nouvelles théories, selon lesquelles l'homme de Tollunda était en réalité un druide. L'article prétendait que l'on avait retrouvé un corps en Angleterre qui avait été sacrifié de façon similaire. Manifestement, Pekka s'intéressait déjà aux Celtes et aux druides avant d'aller en Écosse. Était-ce pour cette raison qu'il s'y était rendu ? Il n'avait pas ajouté de commentaires sur cet article. Étonné, je continuai à lire.

De Hadsund, il avait navigué jusqu'à Skagen et le lendemain il avait atteint la mer du Nord. *Enfin en route sur une mer à l'horizon infini*, écrivait-il. Le *Sula* suivait le cap 271, droit sur Rattray Head, et le vent était favorable, est à sud-est. Les notes du journal de bord étaient succinctes. Ce n'est que lorsque le *Sula* s'approcha de la terre que Pekka devint plus bavard. Il avait noté le premier oiseau de terre et se demandait jusqu'où cette sorte d'oiseaux s'aventuraient au large, s'il y avait une limite absolue qu'ils n'osaient pas dépasser et comment ils savaient qu'ils avaient atteint cette limite. Il se posait aussi des questions sur la représentation que nous nous faisons des limites en tant que lignes infinies. « Cette image est fausse, rien n'est infini », écrivait Pekka. Il est toujours possible de s'approcher de la limite, la toucher, obliquer et la suivre pour enfin la dépasser à l'endroit où elle se termine. *Il en va de même pour l'Histoire*, avait-il ajouté un peu plus bas. *Toute chose continue à vivre et peut ressusciter*.

Après trois jours et 340 milles, il était arrivé au port de pêche de Fraserburgh. Il avait noté : *Brumeux et bruineux. Le* Sula *et moi sommes en Écosse*. Mais apparemment il n'était pas encore parvenu à son but. Déjà le jour suivant, il avait mis le cap sur Inverness. Il avait essuyé de fortes rafales près de Mary Head et pris deux ris dans la grand-voile. À en juger par tous les changements de voiles, il naviguait très concentré, de façon à arriver le plus vite possible. Dans la marge, il avait calculé plusieurs fois, selon différentes vitesses, dans quels délais il pouvait atteindre le canal Calédonien. Pourquoi cette hâte ? pensai-je. On aurait dit qu'il devait atteindre quelque chose de particulier. J'en eus la confirmation à la page suivante.

15 M jusqu'à Urquhart Castle dans le Loch Ness à l'endroit où la piste commence peut-être. Je suis sûr qu'il existe une nouvelle voie d'or. Je dois l'atteindre avant Samain. *Alors, je saurai.*

Je posai le livre. D'abord des druides, ensuite des sacrifices rituels dans la préhistoire et maintenant une voie d'or et quelque chose qui s'appelle Samain. Cela ne correspondait pas du tout à l'impression que j'avais eue de Pekka. Que venait faire MacDuff dans l'histoire ? Et la jeune femme, Mary ? Je repris du café et continuai ma lecture.

Pekka jeta l'ancre dans une baie du Loch Ness au nord-est d'Urquhart Castle. Pour la première fois depuis Hadsund dans le Jutland, il s'attarda un peu plus. Mais deux jours plus tard, sans indiquer ce qu'il s'était passé, le *Sula* leva l'ancre et parcourut les dix milles qui le séparaient de Fort Augustus à l'autre extrémité du Loch Ness. Seul commentaire de Pekka sur ce lac légendaire : l'eau était *noire*. Il avait éclusé à Fort Augustus, et il avait continué à moteur. Il avait passé deux autres écluses et le même après-midi il était parvenu au Loch Lochy, le deuxième des trois lacs reliés par le canal Calédonien.

Là, à l'évidence, il s'était passé quelque chose. Pekka s'était amarré au pied d'un château appelé Invergarry Castle. Il était question d'*ouverture souterraine*, du *présent qui s'enterre pour cacher ses racines et son avenir*, de *préparatifs secrets pour une nouvelle époque sous une apparence ancienne*. Plus loin, il avait écrit : *Au temps du roi Arthur, c'étaient les petites gens, païens et énigmatiques, qui vivaient dans l'ombre. Aujourd'hui ce sont les dirigeants, les rois qui sont entrés dans la clandestinité et vivent comme des petites gens parmi nous. Mais bientôt, ils vont apparaître, exactement comme cela a été prévu. Le royaume des Ombres a un roi. La voie d'or a été rétablie*.

Incrédule, je fixai la page du livre de bord. Je ne manque pas d'imagination et peux raconter à tout instant une bonne histoire et y croire. Mais mes histoires restent dans le cadre du possible, ce qui ne semblait vraiment pas être le cas de celle de Pekka.

Après Invergarry Castle, il ne s'arrêta pas avant d'avoir atteint Oban, la plus grande ville de la côte ouest de l'Écosse. Oban lui servait de base d'où il partait pour se rendre dans les îles des alentours, souvent pour la journée, parfois pour une ou plusieurs nuits.

Je pris une carte pour tenter de situer les lieux qu'il visitait. J'en trouvai certains sans difficulté, Kerrera en face d'Oban, Garvellachs au sud de Mull, Duart Bay à l'est de Mull, Inch Kenneth à l'ouest de Mull et Loch Breachacha sur l'île de Coll. Mais j'eus beau chercher, je ne trouvai pas les autres. Je n'étais pas certain que tous les noms mentionnés par Pekka se rapportassent à des emplacements particuliers sur les cartes. J'eus la confirmation de ce que je pressentais quelques pages plus loin. Pekka avait dessiné une carte grossière de l'Écosse et de l'Irlande sur laquelle il avait localisé et indiqué le nom d'un certain nombre de châteaux et de monuments historiques. Il avait tracé des lignes en pointillé ou avec des tirets qui reliaient les différents lieux et formaient un ensemble curieux. Du doigt, je suivis ces lignes et je me rendis compte qu'elles couvraient de façon ininterrompue toute l'Écosse et allaient jusqu'en Irlande.

Les pages du journal de bord abondaient de commentaires historiques un peu elliptiques. La plupart ne me disaient rien. L'histoire ne m'avait jamais véritablement intéressé, et malgré mes nombreuses visites en Bretagne, je ne savais que très peu de chose sur la civilisation celtique. J'avais cependant un ami, Torben, qui avait, parmi bien d'autres choses, consacré une grande partie de sa vie à l'histoire européenne. Jamais je n'avais ressenti pour autant le besoin de profiter de ses connaissances. Torben aurait peut-être compris ou du moins aurait pu se faire une idée de ce à quoi les notes de Pekka faisaient référence. Pour moi, le texte du livre de bord était quasi incompréhensible et ressemblait plutôt à une série de fragments provenant d'un récit écrit sans méthode.

À un endroit, il avait écrit : *Je dois me rendre à Staffa. La grotte de Fingal doit faire partie de l'ensemble. Mais où vais-je débarquer ? La mer est trop grosse. Un pêcheur m'a raconté qu'il pouvait se passer des mois, parfois des années avant qu'on puisse aller à terre. C'est précisément pour cette raison que je dois m'y rendre.*

Plus loin sur la même page : *Le* Sula *et moi avons doublé Garvellachs, les îles de la Mer, en route pour*

Iona. J'ai vu un feu sur Eileach an Naoimh, l'île située le plus au sud. Pekka avait souligné *À vérifier ! L'île est inhabitée, mais du temps de saint Columba, c'était un grand centre religieux. Et maintenant le feu.*

Qui était Columba ? me demandai-je presque agacé. Un saint, apparemment, mais quoi encore ? Que représentait-il ?

Pekka ne semblait jamais avoir eu le temps de débarquer aux îles Garvellachs.

Le style du livre de bord changea brutalement dès l'instant où apparut un nom qui maintenant était devenu trop familier : MacDuff. C'était comme si Pekka avait commencé à écrire une sorte de journal intime, à la place d'un livre de bord ; qu'il écrivait, non pas pour son propre plaisir ou pour naviguer, mais plutôt parce qu'il fallait qu'un lecteur inconnu *sût* ce qu'il s'était passé.

Aujourd'hui j'ai enfin rencontré quelqu'un qui ne pense pas que je suis fou et que je raconte des bêtises. Il s'appelle MacDuff et il a écouté mes théories avec intérêt. Toute la soirée, il m'a posé des questions : comment j'en étais arrivé à mes conclusions, est-ce que d'autres personnes pensaient comme moi, et bien d'autres choses du même genre. Lorsque nous nous sommes quittés, il a promis de m'aider dans mes recherches.

15 octobre

J'ai rencontré à nouveau MacDuff. Lorsque je lui ai dit que je comptais me rendre à Sligo, son visage s'est éclairé et il m'a dit qu'il connaissait là-bas plusieurs personnes qui pourraient m'aider. Il s'est empressé d'aller leur téléphoner. Lorsqu'il est revenu, il m'a dit que ses amis étaient tout à fait disposés à me recevoir. Il m'a alors demandé si je pouvais, en retour, lui rendre un service et prendre avec moi deux ou trois caisses de livres.

Il a raconté qu'il avait, aussi, une petite maison d'édition, et que, si je lui donnais ce coup de main, cela lui permettrait d'économiser le port. J'ai bien sûr dit oui, c'est la moindre des choses. Il est revenu vers deux heures avec quelques caisses en bois et il m'a aidé à les ranger. J'avais pensé partir vers quatre heures pour arriver de jour le lendemain, mais MacDuff m'a entraîné au pub et je n'ai pu finalement partir qu'à 19 h 30. MacDuff avait à nouveau téléphoné à ses amis pour les prévenir de mon retard. Il m'a dit de passer par Lough Swilly. Ils me rencontreraient près de Fahan juste au sud de la ville de Buncrana. Le chenal était facile à trouver. Il suffisait de se diriger vers le phare de Malin Head. Les amis de MacDuff m'indiqueraient un port de nuit sûr où je pourrais rester jusqu'à ce que je parte pour Sligo. Mais l'idée de MacDuff d'entrer dans le port tous feux éteints ne me plaisait pas. C'est contraire à l'esprit marin. *Mais MacDuff insista tellement que je promis finalement de faire ce qu'il me demandait. En échange, je devais signaler ma présence avec une lampe après avoir traversé Buncrana.*

Je sautai le passage sur la navigation elle-même, mais je remarquai qu'il était vraiment arrivé à la faveur de la nuit. Ses dernières annotations du jour avaient été inscrites lors du passage de Malin Head. Il avait probablement d'autres choses en tête que d'écrire dans le livre de bord, lorsqu'il dut s'engager dans le fjord long et étroit. La note suivante fut écrite le lendemain matin.

Qu'ai-je fait ? Je n'aurais jamais dû venir ici. J'ai tenu ma promesse et suis entré dans Lough Swilly tous feux éteints. J'ai eu toutes les peines du monde à trouver l'entrée du fjord. Je ne pouvais me fier qu'aux lumières de Buncrana. Mais j'y suis arrivé. Il était plus de minuit lorsque j'ai lancé les signaux avec ma lampe de poche. Cinq minutes après, un bateau à moteur rapide est apparu avec trois hommes à bord. Ils m'ont dit de les suivre, mais comme ils n'avaient pas non plus de lumières, ils m'ont remorqué pour que je puisse trouver le chemin. Sitôt après que j'eus jeté l'ancre, ils sont montés à bord et ont réclamé les caisses. Ils paraissaient nerveux et travaillaient rapidement. Pour les aider, j'ai allumé l'éclairage du pont, mais l'un d'entre eux m'a crié de l'éteindre. En même temps, il a laissé tomber l'une des caisses et le couvercle s'est soulevé. Ils n'ont pas dû remarquer que j'avais vu quelque chose car tout est allé très vite. Avant de disparaître, ils m'ont dit qu'ils reviendraient aujourd'hui afin de pouvoir discuter calmement avec moi.

Je n'ose pas rester. Comment ai-je pu être aussi naïf de penser qu'il s'agissait de livres ? Le Cercle celtique n'est pas du tout ce que je croyais. La voie d'or non plus. Le pire, c'est que MacDuff devait savoir ce qu'il y avait dans les caisses. Il fait partie de la bande. Et maintenant, il sait ce que je sais. Je lui ai tout raconté. MacDuff ne m'a pas envoyé ici sans mobile. Je n'ai pas beaucoup de temps. Bientôt ce sera Samain.

Qu'avait donc découvert Pekka ? Des armes ? Dans ce cas, il devait s'agir d'armes destinées à l'IRA. Sur la carte marine, je m'aperçus que Lough Swilly constituait vraiment une frontière naturelle entre l'Irlande et l'Irlande du Nord. Et une fois de plus il était question de *Samain*.

Mais quoi qu'il eût vu ou découvert, Pekka avait continué sa route le long de la côte ouest de l'Irlande. Il ressemblait à nouveau à un historien amateur parti en expédition. Des noms comme Grianán of Aileach, Dún Aengus, Dunluce Castle, Kilmacduagh Abbey et

Creevykeel exprimaient bien ce qu'ils voulaient dire. Les commentaires étaient anodins, ce qui indiquait bien que Pekka n'était pas à la recherche de curiosités. Il était en quête de quelque chose qui devait se trouver là *en raison* ou *en plus* des curiosités. Cela est confirmé par ce qu'il écrivit le 21 octobre, alors qu'il mouillait dans une baie située juste au sud de Galway.

J'ai vu ce qu'il fallait. Tout concorde. Mais je dois rassembler des preuves. Aujourd'hui j'ai décidé de retourner à la fosse aux lions. Dans trois jours ce sera la pleine lune. Je dois aller jusqu'au bout, sinon ce serait immoral.

Le soir même, Pekka mit le cap à nouveau vers le nord et le livre de bord ne faisait plus mention que du vent, du temps, de la navigation et des voiles. Le 24 octobre, il jeta à nouveau l'ancre au sud de Buncrana, pas très loin de Fahan où il était déjà allé. Mais cette fois-ci, il mouilla à l'ouest d'une petite île au milieu du fjord. Il avait également dessiné une carte avec deux croix sur le côté est du fjord. Dans la marge, il avait écrit *Fahan high cross* et *Grianán of Aileach*. Visiblement, ces deux sites étaient en Irlande du Nord, alors que le *Sula* se trouvait de l'autre côté de la frontière.

Tous les préparatifs sont terminés ici, écrivait-il. *Pourtant, je ne pense pas que ce soit ici. C'est pour tromper des gens comme moi. Mais où ? Il faut que je me décide. Il ne reste plus beaucoup de temps.*

À l'évidence, il s'était décidé, puisque dès le lendemain il jetait l'ancre à Loch Spelve, au sud de Mull, en Écosse. Le peu de tirant d'eau et la vitesse du catamaran constituent vraiment un avantage, pensai-je. Avec un bon vent, Pekka avait pu parcourir les quatre-vingts milles qui séparaient l'Écosse de l'Irlande en une nuit. En outre, il pouvait s'engager n'importe où et se cacher. À marée basse, il reposait simplement sur le fond asséché jusqu'à ce que la marée monte. Pas même un bateau de pêche n'aurait pu parvenir à certains mouillages que le *Sula* avait utilisés. Ce n'était même pas la peine d'y penser avec le *Rustica*, avec son tirant d'eau de près de deux mètres, et qui ne pouvait pas se tenir droit sans béquilles. Si j'avais été à la place de Pekka, je n'aurais pas pu jouer à cache-cache.

Curieusement, à la lecture du livre de bord, je m'identifiais de plus en plus à Pekka. Sans y réfléchir, c'était moi que je voyais dans les pérégrinations de Pekka, c'était moi qui tenais la barre, c'était moi qui avais vu le feu à Garvellachs et c'était moi qui en étais sûr lorsque Pekka écrivait : *Maintenant j'en suis sûr. J'ai vu le feu avec les jumelles. Et demain c'est le 1er novembre. Mais comment puis-je traverser le firth ? Il faut que je voie de mes propres yeux.*

Il ne mentionnait aucun nom, mais tout indiquait qu'il parlait des îles Garvellachs situées de l'autre côté de Firth of Lorne. C'était là qu'il était passé une première fois et avait vu un feu sans avoir le temps d'aller à terre. Je concevais très bien qu'il pût s'inquiéter sur la meilleure façon de traverser, étant donné qu'il pensait utiliser son annexe et non le *Sula*. Sur la carte que je gardais près de moi pendant ma lecture, j'évaluais la distance à cinq milles, en fonction de l'endroit d'où il partait. En outre, le Firth of Lorne était totalement exposé à la vigueur de l'océan Atlantique.

Le jour suivant, il avait écrit :

Cette nuit, je vais enfin voir. J'ai peur, mais je ne peux plus reculer. J'en sais déjà trop.

Venait ensuite la dernière note rationnelle dans le livre de bord pour plusieurs pages : *23 h 00. SW 3-4. Ciel clair. Pleine lune. Quitte le* Sula *et prends l'annexe.* La suite était un fouillis chaotique de phrases courtes écrites dans un style tendu et déformé : *Nous fuyons. Ils vont nous trouver bientôt.*

C'était la première annotation après l'excursion nocturne. Une partie de l'explication était écrite à la page suivante : *Je l'ai sauvée d'une mort atroce. Pourtant, elle n'a même pas l'air reconnaissante. C'est peut-être le choc de constater qu'elle vit encore. Elle était morte.*

Elle ? Il ne pouvait s'agir que de Mary. De quoi Pekka l'avait-il sauvée ? Mais Pekka semblait bien trop agité pour pouvoir fournir une réponse ou des explications. Deux jours plus tard, il écrivait : *Je crois que je l'aime. Mais je ne peux pas le lui dire. Sinon elle croira que c'est pour cela que je l'ai sauvée. Elle pleure beaucoup.*

Le 28 octobre, il semblait enfin avoir retrouvé un peu de sérénité, et pour la première fois il mentionnait le Cercle celtique.

À l'ancre à Loch Na Droma Buidhe, totalement seuls. Personne ne vient ici en cette période de l'année. Aujourd'hui, j'ai questionné Mary sur le Cercle celtique. Elle n'a pas pleuré, mais elle a refusé de répondre. Je lui ai demandé pourquoi elle devait mourir, et elle n'a pas donné de réponse non plus. Je lui ai finalement demandé si elle voulait *mourir. Elle a secoué la tête. Je lui ai alors demandé si elle voulait m'accompagner en Finlande. « Ça n'a aucune importance. Je les ai tous trahis », a-t-elle répondu. Demain, j'ai l'intention d'aller à Oban et de parler à MacDuff. Il est peut-être l'un d'eux, mais ce n'est pas un assassin. Le rite de la tête et les sacrifices doivent s'arrêter. Que veulent-ils ? Le Cercle celtique n'est pas un cercle. Il est rompu. C'est un arc, une faucille.*

Vite, je tournai la page. Une explication allait bientôt venir, forcément. Mais les deux feuilles suivantes étaient vides. Sur la troisième, il y avait seulement indiqué d'une écriture heurtée : *Nous avons navigué jusqu'à Oban, mais je n'ai pas trouvé MacDuff. Pour une fois, j'ai eu de la chance. Le capitaine du port m'a dit que MacDuff était parti en bateau, mais qu'il lui avait demandé de lui signaler lorsque je viendrais. J'ai demandé où se trouvait MacDuff. Le capitaine du port m'a raconté qu'il s'agissait d'une histoire tragique. MacDuff était à la recherche d'une femme qui l'avait quitté. Elle s'appelait Mary. J'ai dit que j'allais chercher MacDuff et nous nous sommes tout de suite mis en route. MacDuff est le plus dangereux du lot. Il aime Mary.*

Je tournai la page, mais après il n'était question que de cap et de positions. Pekka partit vers le nord, mais il ne prit pas le chemin le plus direct. Sa course ressemblait plutôt à la fuite d'un renard devant une meute de chiens. J'avais beaucoup de peine à suivre son itinéraire sur la carte et trouver les mouillages du *Sula*. Ils étaient tous situés dans des baies isolées, retirées, dangereuses et sans aucune population aux alentours. Pekka prenait de grands risques pour se cacher. Le plus petit changement de vent pouvait transformer plusieurs de ses mouillages en pièges mortels. Ce n'est qu'à la dernière page du livre de bord que je trouvai une nouvelle indication, mais elle était pratiquement illisible. Pekka avait d'abord retranscrit les prévisions météorologiques : *W force 8 avec des rafales atteignant la tempête*. Il me fallut un bon moment pour interpréter le reste, mais j'y parvins finalement. Comme j'ai encore le livre de bord en ma possession, j'ai pu le copier textuellement.

Tempête. Nous sommes sauvés, si nous survivons. MacDuff n'osera jamais nous suivre dans Pentland Firth. Mary ne sait pas ce qui nous attend. Moi non plus, d'ailleurs. Coup de vent par l'arrière et neuf nœuds de courant contraire. Nous allons probablement sombrer. Nous avons peut-être vingt-cinq chances sur cent de nous en sortir. Pour moi, cela n'a de toute façon plus d'importance. Elle ne m'aime pas. Mais il ne faut pas qu'elle meure. MacDuff se trouve à quatre milles derrière nous, mais le Sula *est plus rapide que son prétendu bateau de pêche. Nous filons à 15 nœuds et lui n'y arrive pas malgré toute la puissance de son moteur. Je dois écrire cela. Mary ne sait pas que c'est MacDuff qui est à notre poursuite. Je n'ai pas osé le lui raconter.*

Stroma en vue. L'eau est bouillonnante. C'est l'enfer. Le courant nous pousse vers Pentland Skerries. S'il ne faiblit pas avant, nous sommes perdus. Les vagues sont aussi hautes que le mât. MacDuff a rebroussé chemin. Même lui ne croit pas que nous allons nous en sortir. Ma seule joie, c'est qu'il doit croire qu'il a poussé aussi Mary vers la mort. Mais je vais nous faire passer. Pour Mary. Et aussi pour révéler le Cercle celtique.

C'était la dernière page du journal de bord. Je ne pouvais que deviner la suite, d'après ce que m'avait raconté MacDuff. Mais j'aurais donné beaucoup pour pouvoir lire la suite, qui se trouvait sûrement encore à bord du *Sula*.

Je n'entendais plus qu'un clapotis régulier à bâbord du *Rustica* et les soupirs du poêle lorsque le vent diminuait. J'entendais le tic-tac de la pendule du bateau dans le vide, mais je n'avais pas la moindre idée de l'heure. Je voyais devant mes yeux le *Sula* se dirigeant vers un chaos bouillonnant de vagues de plusieurs mètres de hauteur qui se croisaient, et Pekka à la barre. MacDuff m'avait froidement menti tout comme il avait menti à Pekka. C'était lui qui avait obligé Pekka à s'exposer, lui et Mary, à un danger mortel. Mais pour quelle raison ? Et pourquoi MacDuff était-il *dangereux* ? Pourquoi Mary devait-elle mourir ? Que signifiaient le Cercle celtique, la voie d'or, le roi des Ombres et tout le reste ? Les sacrifices humains ? Le culte de la tête ? Les questions se bousculaient dans ma tête et à la fin j'avais l'impression de ne même plus pouvoir penser. Quand finalement je m'endormis, je n'avais qu'une certitude. J'irais jusqu'au *Sula* et je tirerais tout cela au clair. Ou alors je rendrais le livre de bord et j'oublierais que j'avais jamais rencontré Pekka, MacDuff et Mary.

CHAPITRE 5

Le lendemain, mon réveil aux alentours de midi ne fut pas particulièrement agréable. J'avais rêvé que le *Rustica* allait à la dérive emporté par la marée vers les récifs de Stroma. Je tirais frénétiquement sur la barre pour le faire virer, mais le courant était trop fort. Pour finir, je comprenais qu'il allait sombrer. J'ai dû être réveillé par le fracas lorsque l'étrave vola en éclats contre la paroi rocheuse qui se dressait à la verticale. Je restai allongé un moment sur ma couchette et à travers le panneau je vis un ciel bleu. Étais-je éveillé ? Étais-je encore en vie ? Après coup, il me vint à l'idée qu'il n'est peut-être pas possible de rêver de sa mort. Même à l'état d'inconscience, le cerveau est court-circuité s'il se doute qu'il ne fonctionne plus. On ne sort pas d'un rêve pour ressusciter de la mort, mais plutôt par crainte ou par peur de croire que l'on va mourir.

Toutes les questions auxquelles je n'avais pas pu répondre la veille ne tardèrent pas à tournoyer dans ma tête. Je tentai de penser à quelque chose d'autre — aux goélands qui étaient installés sur les pieux des quais, la tête tournée en direction du vent. Et je songeai que je n'avais jamais vu de goéland tourner le dos au vent. J'avais également découvert que ces oiseaux savaient non seulement faire la distinction entre les navires, mais aussi entre les personnes. Maintenant, lorsque je passais la tête par le panneau, ils jetaient des regards inquiets, mais ils ne bougeaient pas. Petit à petit, ils avaient appris qui j'étais, de la même manière qu'ils semblaient différencier un bateau de pêche des autres bateaux. D'habitude, je passe beaucoup de temps à étudier le vol et les chamailleries des goélands, mais cette fois-ci j'étais anxieux. Les événements de la veille supplantaient tout le reste. D'avoir laissé le livre de bord du *Sula* sur la table de la cabine n'arrangeait rien, car il me rappelait que je devais faire quelque chose.

L'histoire de Pekka m'avait à la fois effrayé et fasciné. Qu'était donc le Cercle celtique ? Une conspiration politique ? Une confrérie secrète ? Plus j'y pensais, et plus cela excitait ma curiosité. Mais une curiosité dont j'étais encore le maître ; un peu comme si j'avais lu un roman où quelques chapitres avaient été omis. Je voulais seulement *savoir* de quoi il s'agissait. À ce moment-là je n'envisageais pas du tout de *faire* quelque chose pour obtenir des éclaircissements, si ce n'est demander éventuellement à Pekka quelques explications. Je décidai d'aller rendre le livre de bord et de me dégager de la responsabilité et de la confiance qui m'avaient été données.

Le mauvais temps de la veille avait disparu et un léger vent du nord apportait avec lui un temps radieux et froid de l'océan Arctique. Pendant la nuit et au cours de la matinée, la température était descendue au-dessous de zéro. Il y avait du givre sur le pont et sur les quais.

Je m'habillai et je fis le tour du bassin ouest. Je n'étais

pas à mi-chemin que je vis ce qu'il s'était passé. Le *Sula* était déjà parti. Je questionnai le capitaine du port, mais il ne savait même pas qu'un bateau était arrivé la veille. Il se demandait bien sûr de quel genre de bateau il s'agissait, mais je répondis de façon évasive. Si c'était la douane qui avait déplacé le bateau, elle l'aurait sans doute prévenu. C'étaient donc Pekka et Mary qui étaient partis de leur propre chef.

Je restai sur le quai et fixai l'endroit où le *Sula* avait été amarré. Si je n'avais pas senti le livre de bord dans ma poche, j'aurais peut-être pu me persuader que ce n'était qu'un incident, parmi tant d'autres, qui ne menait nulle part. Mais j'avais accepté le livre de bord et j'avais laissé croire à Pekka que je prenais la responsabilité de ce qu'il m'avait confié.

Qu'allais-je faire maintenant ? Pekka était-il allé vers le nord, vers le sud ? En réalité, cela n'avait pas d'importance. Peut-être me faudrait-il des semaines pour le trouver, même si en prenant des congés je me consacrais à plein temps à sa recherche. Mais pourquoi ferais-je cela ? Je n'étais aucunement mêlé à l'affaire. Je retournai au *Rustica* et je m'installai à nouveau avec le livre de bord et les cartes marines. Après avoir tout examiné une nouvelle fois, je n'en savais pas plus qu'avant. Je me demandais si malgré tout je ne devais pas aller à la police. Mais en même temps je répugnais à le faire. Pekka n'avait pas voulu que la police ou la douane voient le journal de bord. Je ne savais pas pourquoi. Y avait-il un rapport avec Mary ? Si la police procédait à des recherches, peut-être la vie de Mary allait-elle être à nouveau en danger. Ou bien Pekka avait peur que la police ne veuille parler à MacDuff et ne lui donne le fil conducteur dont il avait besoin pour retrouver Pekka et Mary. Bien sûr, il ne s'agissait que d'hypothèses, mais le moins que je puisse faire pour Pekka, c'était, malgré tout, de garder le livre de bord pour moi.

Je ne me souviens pas à quel moment précis l'idée d'aller en Écosse m'effleura l'esprit. Tout a commencé comme une question : « Qu'est-ce qui pourrait m'empêcher de partir ? » qui fut bientôt suivie d'une autre : « Qu'ai-je à perdre ? » Aux deux questions, la réponse était la même : « Rien. Absolument rien. »

Depuis longtemps, le *Rustica* était entièrement équipé pour la croisière hauturière. J'avais consacré des années et des dizaines de milliers de couronnes à le préparer pour les grands océans. Tous mes emprunts étaient remboursés et j'avais plus de quatre-vingt mille couronnes à la banque, que je réservais à mes expéditions lointaines en bateau. Au fond, j'étais moi-même la cause du retard. J'avais attendu depuis longtemps ce que j'appelais le « bon » moment pour m'en aller, mais je m'étais parfois demandé si cela se produirait jamais. Pourquoi pas maintenant ? Une occasion se présentait, même si je savais pertinemment que cette occasion n'était qu'un prétexte. Je précise cela, pour bien souligner que je ne partais pas pour justifier la confiance que Pekka avait placée en moi, même si je n'avais pas oublié son regard lorsqu'il me remit le livre de bord. Pas plus ce regard que les larmes de Mary.

Néanmoins, le sentiment que je n'avais rien à perdre était le plus important. Pour pouvoir réaliser mon rêve, j'avais porté une cravate et pointé des années durant, et je ne connais rien de plus humiliant que de devoir pointer à une horloge seulement pour pouvoir gagner de l'argent. Cela avait laissé des traces profondes. Pendant longtemps, ma joie de vivre avait été sur le déclin, et je n'avais pas voulu m'en aller sans elle. Je ne voulais pas prendre le large comme pour fuir un quotidien insupportable, car c'était m'exposer à des déceptions. À la fin, c'était devenu un cercle vicieux et vivre à bord du *Rustica* avait été pour moi la seule façon de tenir le coup. Les matins d'hiver étincelants, avec la glace qui s'amoncelait dans l'Öresund, les cris des mouettes et des canards sauvages, le vent, le ciel, la mer et les variations constantes offraient un contraste nécessaire à la vie à terre, lente et prévisible, où pourtant rien n'était simple.

Mais cela n'avait pas suffi. Ma crainte de vivre et de mourir exactement comme tout le monde était à la fois réelle et bien fondée. Il était si facile et parfois bien tentant de se contenter d'une sécurité apparente. Malgré tout ce qu'il s'est passé, j'éprouve d'une certaine manière de la reconnaissance envers Pekka ; car lui et son livre de bord ont causé le réveil abrupt dont j'avais besoin. Lorsque j'ai quitté Dragør j'avais trente-six ans et le temps s'écoulait de plus en plus vite. Maintenant, en tout cas temporairement, je l'ai arrêté.

Le fait que les recherches de Pekka touchaient les Celtes revêtit une certaine importance dans ma prise de décision. C'était cela même qui me fit à nouveau penser à mon ami Torben. J'avais laissé toute ma bibliothèque chez lui. Il avait sûrement lu mes livres sur la Bretagne, qui était aussi un pays celte. Il les avait probablement lus, non pas comme moi qui les parcours de façon superficielle, mais au contraire de façon approfondie et réfléchie, exactement comme tout ce qu'il lisait. Je savais, en outre, qu'à une époque il s'était intéressé aux druides, les chefs intellectuels et spirituels des Celtes, qu'il considérait comme une sorte d'idéal. D'après Torben, les druides avaient pour mission et pour vocation de maintenir en vie les connaissances du monde, et c'était ce à quoi il consacrait lui-même une grande partie de sa vie. Si quelqu'un pouvait comprendre de quoi parlait le livre de bord de Pekka, c'était lui.

Allais-je demander à Torben d'aller avec moi en Écosse ? L'idée n'était pas tout à fait farfelue. Je connaissais Torben depuis de nombreuses années et j'avais toujours considéré son amitié comme une évidente nécessité. Je ne concevais donc aucune crainte à passer plusieurs mois à bord d'un petit bateau à voile en sa compagnie — ce qui n'était pas le cas pour beaucoup d'autres. En outre, Torben avait la faculté et la possibilité de jeter par-dessus bord n'importe quel projet en un instant, si tant est qu'il eût des projets allant au-delà du lendemain.

Il avait maintenant quarante-deux ans et il n'avait encore jamais subi le joug d'un emploi fixe à plein temps. Il visitait assidûment les bouquinistes de Copenhague. Lorsqu'il avait besoin d'argent, il se rendait dans les librairies ou bien il fouillait les caisses de livres des salles de ventes aux enchères. Il y découvrait des premières éditions qu'il revendait le jour même aux bouquinistes du centre-ville, avec un bénéfice qui couvrait ces besoins immédiats. L'autre source de revenus de Torben n'était pas aussi rentable, mais elle lui apportait en revanche beaucoup plus de plaisir : Torben était consultant en vin. C'était un *connaisseur* et il avait des papilles tellement sensibles que les importateurs de vin renommés le sollicitaient pour leurs dégustations. Parfois, il était payé en vin, parfois en argent comptant. Il préférait presque toujours le vin. À ses yeux, l'argent était bien trop abstrait et représentait une forme de profession de foi collective qu'il détestait, et avec laquelle il ne cohabitait qu'en cas de stricte nécessité.

Afin de satisfaire dans une certaine mesure les souhaits des autorités en matière d'ordre — mais aussi parce que cela l'intéressait — Torben étudiait le russe à l'université. Il pouvait ainsi évoquer le statut d'étudiant lorsque le besoin s'en faisait sentir. Mais les études, sous une forme organisée, n'avançaient pas très vite. Il estimait que l'université avait transformé les connaissances en un métier au lieu d'en faire une forme de vie. Il lisait et étudiait presque tout, mais à sa manière, à son rythme et dans l'ordre qu'il avait lui-même choisi. Je n'ai jamais rencontré un être ayant une telle soif de savoir, mais qui ne ressentait pas pour autant le désir de voir ses connaissances certifiées ou mises en pratique. Des mots comme carrière, ambition, prestige, perspectives d'avenir ou honneur lui étaient totalement étrangers. Lorsque l'une de nos connaissances communes me demandait ce que Torben faisait, je n'avais pas véritablement de réponse à donner. Il était disponible au plus haut point, à la fois intellectuellement et physiquement.

De temps à autre, nous avions envisagé de faire une partie du chemin ensemble, le jour où je me déciderais à larguer les amarres pour de bon. Il n'était certes pas un navigateur, mais dans les circonstances actuelles, c'était à la fois une bonne et une mauvaise chose. Bonne, parce qu'il ne réfléchirait peut-être pas à ce qu'impliquait la navigation en mer du Nord au mois de janvier, du moins pas avant qu'il ne fût trop tard pour revenir en arrière. Mauvaise, parce que bien sûr j'aurais préféré avoir avec moi un équipier expérimenté.

Je ne mis pas beaucoup de temps à me décider. J'allai jusqu'à la cabine téléphonique et appelai Torben. Il répondit tout de suite. On aurait dit qu'il attendait mon coup de téléphone. Son esprit se concentrait totalement sur la personne avec laquelle il parlait, de sorte qu'on ressentait le fait de s'entretenir avec lui comme un privilège.

— Je pars ce soir pour l'Écosse, dis-je seulement. Veux-tu venir ?

— C'est l'heure du grand départ ?

— Oui, il est temps.

Puis ce fut le silence. Ni lui ni moi n'aimions parler au téléphone. Lorsque nous le faisions, c'était seulement pour décider du lieu et de l'heure de notre prochaine rencontre. Je crus percevoir de l'étonnement dans la voix de Torben. Non pas parce que je lui demandais si par hasard il voulait m'accompagner en Écosse, mais plutôt parce que je lui posais la question par téléphone.

— Que dois-je prendre avec moi ? demanda-t-il au bout d'un moment.

— Prends tout ce dont tu penses avoir besoin. Je me charge du reste.

— Pas de souhaits particuliers ?

Je réfléchis.

— Si. Prends tous les livres que tu as sur l'histoire celtique. Les miens aussi, si j'en ai.

— Est-ce ton dernier coup de cœur ? demanda-t-il.

Il savait que je me lançais souvent à corps perdu dans un nouveau sujet qui absorbait toute mon énergie pendant plusieurs semaines, avant de disparaître à nouveau sans laisser de traces.

— Quelque chose dans ce genre.

— Quand veux-tu que je vienne ?

— Ce soir. Dès que tu peux. J'ai encore des choses à régler, mais c'est l'affaire de quelques heures.

— Es-tu si pressé ?

— Oui. J'ai attendu suffisamment longtemps.

— D'accord, je viens, dit-il, mais je devinai un étonnement réel.

Je réfléchissais à ce que j'allais lui dire s'il me demandait pourquoi nous devions partir si rapidement. Plus j'y pensais et moins je me sentais disposé à lui raconter quoi que ce soit avant d'être déjà en mer du Nord. Il y avait des éléments dans le récit de Pekka qui pouvaient provoquer le scepticisme de Torben. Il avait des relations compliquées avec les théories et les symboles, et avec tout ce qui ne laissait pas l'inexplicable inexpliqué. D'une certaine manière, il était doctement objectif. Il acceptait le mystique, mais refusait d'y croire. Au contraire, il estimait que la foi était la meilleure manière de tuer le mystique. Il fallait toujours aller droit au but. Le mystique, c'était ce qui restait. Et il n'était pas question de transiger inutilement. Il avait l'habitude d'affirmer qu'une hypothèse reste une hypothèse, et rien d'autre. Mais dès qu'elle était formulée, il y avait toujours beaucoup de gens pour croire qu'elle était vraie. « Nous n'avons pas besoin de croire », était aussi un de ses chevaux de bataille. Tout cela me faisait craindre qu'il ne pût pas prendre Pekka au sérieux et qu'il ne considérât toute l'histoire comme de pures élucubrations.

Je fis le tour de la cabine du *Rustica*. Tout était préparé. J'avais par exemple à bord des listes complètes de ravitaillement. Il suffisait de quelques instants pour sélectionner celle qui s'intitulait « Dix jours de voyage ininterrompu et trois semaines de stocks ». Comme je ne savais pas si nous pourrions aller souvent à terre, c'était aussi bien de se pourvoir dès le début.

Je sortis également une liste de tout ce qu'il y avait à faire avant de larguer les amarres. Plus pour ressentir la satisfaction de pouvoir constater qu'il y avait, en réalité, très peu de mesures à prendre. La plupart de ceux qui envisagent de faire de longues croisières décident la date du départ des années à l'avance. Ils font « le compte à rebours », un peu comme au service militaire, lorsqu'on languit après la quille. Mais lorsque le jour tant attendu approche, il reste toujours une multitude de choses à faire. Un jour, j'ai rencontré l'équipage d'un bateau à Ålborg la veille de leur départ pour une croisière de quelques années en Méditerranée. Ils étaient littéralement épuisés et ne se réjouissaient même pas de l'arrivée de ce grand jour. Ils ne désiraient qu'une chose : dormir. Et c'est exactement ce qu'ils faisaient, lorsque nous les rencontrâmes à nouveau dans un port de Limfjorden. À mes yeux, fixer à l'avance le moment du départ a toujours été un signe caractéristique de mauvaises prévisions. L'important n'est pas de décider l'époque, même pas de voyager. Ce qui est important, c'est qu'on *puisse* voyager lorsque le moment est venu. Mais les préparatifs doivent être faits avec soin.

Le plus difficile est de rompre les liens avec les « autorités administratives », expression qui me fait frémir, car je n'ai jamais compris de quel droit et en vertu de quoi l'administration exerçait son autorité. Ne serait-il pas plus simple de dire les choses telles qu'elles sont : par exemple, j'aimerais bien partir à la voile pendant quelques années. Mais non, c'est là que les problèmes deviennent sérieux. J'avais résolu la question en rétribuant un comptable qui remplissait ma déclaration sur des feuilles que j'avais signées en blanc pour répondre aux diverses demandes. Cela faisait deux ans déjà que j'employais ce système et tout fonctionnait bien. Je pouvais donc partir sans que je sois porté disparu et sans perturber les plans de qui que ce fût. Si je le voulais, je pourrais disparaître de la surface de la terre et ne plus exister. Autrement qu'*en blanc*. Voilà probablement un point de départ qui convenait à ce voyage, pensais-je en allant faire les courses. Quoi qu'il arrivât, personne ne nous regretterait. Et personne ne saurait non plus où nous nous trouverions.

Dans le magasin Irma de Dragør, j'eus à me préoccuper de questions beaucoup plus pratiques. Avec la liste des courses à la main, je fis rapidement le tour des rayons et remplis plusieurs chariots que je descendis jusqu'au bateau. Le chargement fut rapide ; sur la liste, j'avais indiqué précisément à quels endroits les marchandises devaient être rangées.

Lorsque Torben arriva, le *Rustica* était prêt à appareiller, avec le protège-bôme retiré et le foc préparé sur le pont avant. Quant à moi, je prenais un café et feuilletais le livre de bord de Pekka.

— Qu'est-ce ? demanda Torben immédiatement lorsqu'il descendit dans le carré avec son paquetage.

— Un livre de bord, répondis-je, d'un ton qui, espérais-je, paraissait totalement désintéressé.

Sa passion pour les livres, et pour tout ce qui est écrit en général, poussait Torben à poser ce genre de questions. Il était toujours curieux de savoir quel livre on lisait, pour quelle raison on le lisait et avait envie de le feuilleter.

— Vraiment ! dit-il. J'ai lu plusieurs livres de bord. Celui de Magellan n'est pas mal. Qui a écrit celui-ci ?

— Quelqu'un que je connais et qui est allé en Écosse.

— Un manuscrit, donc.

— Oui, mais il n'est pas très intéressant. Même si on le compare à d'autres livres de bord. Je l'ai emprunté plutôt pour avoir des idées sur les lieux où nous allons nous rendre.

Je mis le journal de bord de côté, hors de portée de la curiosité et de la soif de lecture de Torben. Il aurait tout le temps de le lire. Mais pas avant que je ne l'aie préparé à son contenu.

— Cela ne fait rien, dit-il. Je le lirai plus tard.

Il ouvrit son sac de voyage qui ne contenait que des livres.

— J'ai pris quelques ouvrages de ma bibliothèque sur l'Écosse et les Celtes, dit-il.

Il les posa sur la table. Avec curiosité, je regardai leurs titres. Comme je m'y attendais, plusieurs ne concernaient que les druides. *The Druids* de Piggot, *Les Druides* de LeRoux et Guyonvar'ch, *The Life and Death of a Druid Prince* de Ross et Robins. D'autres traitaient de l'histoire celtique en général, *The Celts* de Delaney, *The Celts* de Chadwick et *La Civilisation celtique* de LeRoux et Guyonvar'ch dans la même collection que leur livre sur les druides. Il y avait également des ouvrages de vulgarisation sur l'Écosse et l'Irlande. Deux autres volumes traitaient de l'IRA, *The IRA* de Coogan et *The Provisional IRA* de Bishop et Mallie. Je reconnus également un de mes livres que je n'avais encore jamais lu, *La Bretagne secrète* de Jean Markale.

Je regardai Torben avec un certain étonnement.

— Où as-tu donc trouvé tous ces livres ? demandai-je.

— J'en avais déjà certains, répondit-il. Par exemple, le livre sur les druides et ceux qui traitent de l'IRA. Il y a quelques années, je lisais tout ce qui touchait au terrorisme. Et en venant ici, je me suis arrêté dans une librairie où j'ai trouvé les autres. N'était-ce pas ce que tu voulais ?

— Bien sûr.

Mais j'aurais dû me douter qu'il viendrait avec la moitié d'une bibliothèque. Des yeux, je cherchais un endroit où les mettre. Mes listes de rangement n'avaient pas prévu cela. J'avais bien réservé le côté bâbord du carré pour Torben, mais il fallait beaucoup plus de place pour les livres.

— As-tu beaucoup d'autres bagages ? demandai-je avec anxiété.

— Ne t'inquiète pas, s'esclaffa-t-il. Je n'ai pas pris beaucoup plus.

D'un petit sac qu'il portait en bandoulière, il sortit un nécessaire de toilette, quelques carnets de notes reliés, d'un type particulier, qu'il achetait en Allemagne, un rechange de vêtements et enfin sa clarinette.

— C'est tout ? demandai-je.

— Tu as dit que tu te chargeais du reste.

J'avais peut-être commis une erreur. Je n'aurais pas dû dire à Torben d'apporter ce dont il *croyait* avoir besoin. À l'exception des livres et du vin, ce n'était presque rien.

— La clarinette peut servir de corne de brume, dis-je seulement.

— Les dauphins aiment bien la clarinette, dit Torben, avant de jouer deux mesures. Je l'ai lu quelque part.

Il est tout à fait possible que les dauphins apprécient la clarinette. C'est leur problème, pas le mien.

— Tu peux tout ranger dans le placard à bâbord. C'est ta couchette.

— À bâbord ? demanda Torben. Je ne savais pas s'il plaisantait ou non. À droite ou à gauche ?

— Le côté gauche d'un navire lorsqu'on regarde vers l'avant. Je te donnerai un livre qui t'expliquera tout.

— Bien. Quand partons-nous ?

— Maintenant.

Il leva les yeux.

— Bien qu'il fasse nuit ?

— Oui.

— Que dois-je faire ?

— Rien de particulier. Profite du paysage. Pour commencer du moins.

— Et après ?

— Après, je t'apprendrai la voile.

— N'aurait-il pas mieux valu attendre l'été ?

— Si, mais j'ai attendu bien trop longtemps. J'avais peur de ne jamais pouvoir le faire.

Torben connaissait mon souci constant de travailler pour économiser de l'argent et il parut se contenter de mes explications.

Je fouillai dans mes propres armoires et sortis des chandails de laine et une combinaison en fibre polaire pour Torben.

— Enfile tout ça, lui dis-je.

Il allait faire froid pour naviguer au mois de janvier. Le poêle ne fonctionnait pas si le *Rustica* gîtait de plus de quinze degrés. Je ne réalisai qu'à ce moment-là que nous allions naviguer *en plein hiver*, avec tout ce que cela impliquait. Nous allions être obligés d'écouter les bulletins de glace, du moins jusqu'à ce que nous parvenions à la mer du Nord. Tout d'un coup, un avis de coup de vent devenait une bagatelle comparé aux risques de formations de glace. En fait, nous aurions dû avoir un piolet à glace à bord. Je notai mentalement de penser à nous en procurer un dès que nous atteindrions le prochain port.

Je regardai Torben du coin de l'œil, mais il paraissait confiant et sifflotait en enfilant les chandails et le ciré. Je me demandai comment il supporterait les harassements que nous allions forcément éprouver. Que pouvait-il endurer en réalité ? Torben était champion pour « s'adapter-à-toutes-les-situations ». Peu de choses arrivaient à le décontenancer. Mais supporterait-il le froid ? Aurait-il le mal de mer ?

Un court instant, j'envisageai d'interrompre les préparatifs, de m'asseoir, de prendre un verre de whisky et de raconter dans quelle aventure nous nous engagions. Non seulement à propos de la traversée, mais aussi au sujet de Pekka, de MacDuff et du Cercle celtique. Mais j'étais tout le temps miné par le doute : Torben allait-il me prendre au sérieux ? À la fin, je décidai de façon souveraine que nous allions hisser les voiles, que nous allions le faire le plus tôt possible et que je ne raconterais rien avant d'être au moins au milieu de la mer du Nord. Je le regrette maintenant, mais telle était ma décision.

CHAPITRE 6

Nous larguâmes les amarres le 19 janvier 1990, à 21 heures, dans l'obscurité, avec des nuages chargés de neige au-dessus de nos têtes. Torben s'était pelotonné près de la descente, tandis que je m'occupais des manœuvres. Il observait tout ce que j'entreprenais et voulais savoir pourquoi je faisais telle ou telle chose. Il me demanda par exemple si l'ordre des amarres à larguer avait de l'importance. Ce fut l'occasion pour moi d'expliquer que l'on doit toujours *agir en fonction du vent* lorsque l'on fait de la voile et que l'amarre sous le vent est presque toujours larguée, si le courant n'est pas trop fort, avant l'amarre au vent, celle qui se trouve le plus près du vent et qui pour cette raison est tendue. Torben approuva de la tête. Il ne perdait jamais une occasion d'apprendre quelque chose de nouveau.

Lorsque nous nous glissâmes, tels des fantômes, devant l'extrémité du môle, Torben avait allumé sa lampe frontale, qu'il emportait partout où il allait, et lisait un de mes manuels de navigation. La lampe était d'un modèle haut de gamme que l'élite des coureurs d'orientation utilise habituellement, mais Torben se l'était procurée pour pouvoir lire en toutes circonstances et quel que soit l'endroit.

Je le laissai faire, bien que le reflet de sa lampe perturbât la vision nocturne dont j'avais tant besoin pour identifier les lumières des phares et repérer les navires que nous pouvions croiser. Mais je connaissais par cœur l'Öresund et nous allions remonter le long de la côte danoise qui est dépourvue d'écueils et de récifs.

Nous ne bavardâmes pas beaucoup cette première nuit. Je maintins le cap sur Ven, avec un léger vent de nord-ouest, et restai plongé dans mes pensées sur les Celtes, Pekka, Mary et sur ma propre témérité. Torben s'était déjà glissé dans sa couchette lorsque je bloquai le gouvernail et écoutai le premier bulletin météorologique en mer. C'était surprenant d'entendre parler de la situation des glaces dans la Baltique et de savoir en même temps que nous pouvions très bien rencontrer des blocs de glace dans le Kattegatt, même s'il n'y en avait pas eu jusqu'à ce moment-là. Je n'étais sûr que d'une chose : je voulais retrouver la mer du Nord aussi vite que possible.

J'étais donc presque ravi d'entendre l'avis de coup de vent annoncé pour le jour suivant : SW, force 7. Mais nous aurions pu nous passer des « risques de formation de glace » et « précipitations sous forme de neige », même si l'avertissement concernait uniquement la formation de glace sur le pont à cause des embruns. Mais je me rappelle avoir pensé alors que ce n'était pas plus mal d'être mis aussitôt à l'épreuve. Nous avions besoin de nous aguerrir et de retrouver nos jambes de marin le plus rapidement possible.

Je ressentais par exemple une certaine aversion à monter jusqu'à l'obscurité et le froid du cockpit après être resté dans la chaleur du carré à écouter la radio, comme si nous n'étions pas du tout en train de faire de la voile. C'était une mauvaise habitude qu'il me fallait perdre. Même si la température allait remonter de quelques degrés lorsque nous parviendrions dans la mer du Nord et que nous ressentirions les effets du Gulf Stream, nous allions certainement avoir froid avec le poêle éteint. Les lampes à pétrole donnent un peu de chaleur, mais elles ne sont pas suffisantes pour modérer le vent humide, glacé et pénétrant de la mer du Nord.

Lorsque je montai, je vis s'enchaîner les lumières d'Helsingborg et d'Helsingør, comme s'il s'agissait d'une seule et même ville sur une bande de terre oblongue. À 4 h 30, nous nous faufilâmes devant la silhouette du château de Kronborg et notre cap nous mena au large. Le thermomètre indiquait –3 °C, le vent était encore légèrement portant et l'obscurité demeurait tout aussi impénétrable. Il allait falloir attendre plusieurs heures avant le lever du soleil.

Je barrai debout pour lutter contre cette fatigue insidieuse qui m'envahit toujours juste avant l'aube. Pour me tenir occupé, je pris des relèvements par rapport au phare de Kullen. La carte marine se trouvait dans un étui plastique sous l'éclairage rouge du compas et je m'exerçais à tracer les relèvements sans l'aide du rapporteur. Avec un peu d'entraînement, il est possible de les placer à l'œil nu à cinq degrés près.

Le jour se leva vers 8 heures, de façon toujours aussi imperceptible. Il n'est jamais possible de dire quand l'obscurité disparaît pour laisser place à la lumière. On se doute tout à coup, plus qu'on ne voit, de la présence d'un ton gris dans la nuit, ou dans ce qui, l'instant d'avant, avait été la nuit. La lumière des phares et des étoiles pâlit petit à petit et à la fin il est difficile de les distinguer dans le gris. On écarquille les yeux avec fébrilité et on croit voir parce qu'on s'en persuade, et qu'on voudrait tellement qu'il fasse déjà jour. En réalité, on ne voit rien au moment du passage entre l'obscurité et la lumière, et tout se confond. Je crois que c'est la raison pour laquelle l'aube apporte avec elle une sorte de crainte et d'inquiétude. La nuit est un cocon douillet, l'aube, un no man's land sans ciel ni terre. En cas de tempête, lorsque le jour paraît, on frémit à l'idée de voir l'écume des crêtes des vagues immenses. Par temps calme, on a peur de découvrir les premiers signes de l'approche du mauvais temps. À l'aube, on ne croit jamais que le matin sera calme, beau et clair. Je ne sais pas pourquoi ; c'est comme ça.

Mais lorsque Torben, mal éveillé, passa la tête par le panneau, je n'étais plus inquiet, je ressentais seulement de la fatigue.

— Ne vas-tu pas aller te coucher, toi aussi ? demanda-t-il.

— Nous verrons.

Je lui expliquai comment il devait préchauffer le réchaud avec la mèche de Tilley qui est toujours imbibée d'alcool à brûler. Peu de temps après, nous étions assis tous les deux et tenions à deux mains nos gobelets remplis de café brûlant. Le vent s'était un peu renforcé, suffisamment pour que je puisse brancher le régulateur d'allure, qui maintenant dirigeait le *Rustica* sans mon aide.

Il y avait une fine couche d'eau condensée gelée sur le pont et du givre sur les hublots. À la dérobée, je vérifiais de temps à autre s'il n'y avait pas de glaces flottantes. La coque en plastique du *Rustica* était solide, mais je n'étais pas sûr qu'à une vitesse de quelques nœuds le bateau ne subît pas de dommages, en cas de collision avec un bloc de glace acéré.

Brusquement, Torben leva les yeux de sa tasse de café, me regarda en face et demanda :

— Où allons-nous exactement ? Je n'ai bien sûr pas autant de connaissances que toi en matière de navigation, mais n'est-ce pas risqué de faire de la voile en plein hiver ? Et surtout, de tous les endroits du monde, pourquoi aller précisément en Écosse ?

— J'ai toujours eu envie d'aller en Écosse à la voile.

— Oui, je le sais. Mais ça peut devenir un sacré voyage, non ?

— Oui.

— J'ai lu, il y a quelque temps, qu'en mer du Nord ils vont relever les plates-formes pétrolières d'un mètre. Sais-tu pourquoi ?

— Non.

— Parce qu'elles sont descendues au-dessous de la limite de la plus grande hauteur théorique des vagues de la mer du Nord. Sais-tu de combien elle est ?

Je fis signe que non.

Je n'avais pas envie de le savoir non plus.

— Vingt-sept mètres ! dit Torben d'un ton triomphant. Et, en hiver, les tempêtes peuvent durer deux jours.

— Tu n'as pas besoin de m'accompagner si tu ne veux pas. Dans quelques heures, nous serons arrivés à Anholt, et là il y a un ferry pour Grenå.

— Ce n'est pas ce que je voulais dire. Je voulais seulement savoir ce qui nous attendait. À quel point ça peut être épouvantable ?

— Assez épouvantable, je suppose. Si nous avons de la chance. Sinon, ce sera encore pire.

— Dans ce cas, je reste à bord.

Je le regardai, d'un air étonné.

— Que veux-tu dire ? demandai-je.

— Tu ne crois tout de même pas que je vais te laisser naviguer seul au milieu de la mer du Nord en de telles circonstances. Tu as besoin d'une personne raisonnable si tu veux rentrer sain et sauf à la maison.

— Et d'une clarinette, dis-je sur un ton qui, j'espérais, exprimait toute la chaleur que je ressentais.

— D'ailleurs, j'aimerais bien voir une de ces énormes vagues, dit-il. Ce doit être extraordinaire.

— Tu ne sais pas de quoi tu parles.

Au cours de la dernière demi-heure, j'avais remarqué qu'au sud-ouest le ciel avait changé de couleur. Je levai les yeux et compris aux nuages effilochés que le vent soufflait déjà très fort dans les couches d'air supérieures.

— Tu vas bientôt en avoir un avant-goût. Regarde là-bas !

De gros nuages bleu acier se rapprochaient rapidement.

— Nous devons réduire. Diminuer la surface des voiles, ajoutai-je, et je modifiai la girouette sur le régulateur afin de faire remonter le *Rustica* dans le vent. Descends et éteins le poêle. Range toutes les tasses et la clarinette, moi je m'occupe du reste en haut.

Torben disparut, mais il revint très vite pour voir et pour s'instruire.

Au moment où le *Rustica* remonta dans le vent, je courus sur le pont, amenai la grand-voile, fixai l'œillet de la bande de ris, étarquai la bosse de ris et hissai la grand-voile à nouveau. J'affalai la voile d'avant que je saisis le long du pont.

— Quatre minutes, dit Torben lorsque je revins et réorientai le régulateur d'allure sur son cap. Crois-tu que ton héros Hornblower aurait été satisfait ?

Torben connaissait ma passion pour les romans anglais sur les corsaires, et par amitié il en avait lu quelques-uns. C'est là qu'il avait dû glaner quelques informations sur les bourrasques et la navigation. Malheureusement, avec ses deux hommes d'équipage, le *Rustica* ne ressemblait en rien à une frégate ou à un vaisseau de ligne avec plusieurs centaines de matelots à bord.

— Le vent arrive, dis-je en pointant à nouveau le doigt. Et la neige. Nous allons avoir une tempête de neige.

En quelques instants le ciel et la mer disparurent et on ne vit plus qu'un scintillement blanc de coups de fouet. Le cockpit fut bientôt recouvert de neige et l'abondante barbe noire de Torben devint blanche. C'est de la folie, pensai-je, et je me demandai très sérieusement si nous n'aurions pas dû prendre une pelle à neige. L'écume des vagues se transformait en glace sur le pont avant et s'accrochait à la filière. Si le mauvais temps persistait nous allions être obligés de piquer la glace. Des navires ont sombré à cause du seul poids de la glace.

Cependant, nous gardions une bonne allure. Le loch indiquait 8 nœuds et s'y maintenait.

— Comment allons-nous apercevoir Anholt ? cria Torben dans le vent.

— Lorsque nous serons arrivés.

Il n'y avait rien d'autre à répondre. En fait, j'avais un simple goniomètre qui pouvait nous aider à trouver l'île mais non une entrée de port étroite. Je me suis toujours défendu d'avoir trop d'électronique à bord. Une radio à ondes courtes pour les signaux horaires destinés à la navigation astronomique et la gonio constituaient mes seules concessions. J'étais bien obligé de reconnaître maintenant que mes principes n'avaient pas grande valeur si nous faisions naufrage à Anholt. D'un autre côté, il y avait presque toujours une route sûre loin des récifs et des rochers.

— Au pire des cas, nous l'éviterons, ajoutai-je.

Torben approuva de la tête, sans montrer de déception. Il me faisait confiance.

— On peut tout aussi bien descendre pour être à l'abri, dis-je.

Je vérifiai le compas. Le vent était fort et stable ; des conditions idéales pour le régulateur d'allure baptisé « Sten » d'après l'un de mes équipiers préférés. Il restait 20 milles à parcourir et il n'y avait rien à faire sur le pont, qui d'ailleurs était très glissant. Il valait mieux éviter de se déplacer dessus.

J'attrapai la bouteille Thermos et nous servis deux tasses de café bouillant. Nous nous laissâmes tomber, Torben et moi, sur la couchette à tribord pour éviter d'avoir à lutter contre le roulis, alors que nous tenions nos tasses à deux mains pour ne pas gaspiller la précieuse chaleur.

Une rafale de vent brutale coucha le *Rustica* sur la lisse et Torben renversa quelques gouttes de café. Je passai la tête par le panneau, mais tout était comme avant. La grand-voile, même réduite, tirait bien, la girouette du régulateur faisait des aller et retour, la neige était cinglante, l'écume s'échappait des crêtes des vagues et se projetait sur la voile d'avant ferlée, où elle se transformait en glaçons qui se cassaient de temps à autre et tombaient sur le pont avec un bruit de verrerie. Je refermai le panneau. Tout paraissait irréel, et je n'étais pas habitué à cela lorsque je faisais de la voile. J'aurais dû aller me reposer, mais c'était comme si nous manquions de temps. Je me tournai vers Torben qui tentait de se balancer au même rythme que le roulis.

— Que sais-tu sur les Celtes ? demandai-je aussi bien par soif de connaître que pour détourner mes idées du coup de vent et du sifflement dans le gréement.

Il me regarda avec curiosité.

— Que sais-tu toi-même ? Ce n'est pas la peine que je te raconte ce que tu sais déjà.

— Pas beaucoup. Que c'était un peuple puissant qui dominait le nord de l'Europe quelques siècles avant Jésus-Christ. Que les druides, qui étaient tout à la fois prêtres, juges, bibliothécaires et enseignants des Celtes, avaient une grande influence sur le bonheur et le malheur de leur peuple. Que César mit fin à la domination des Celtes lorsqu'il vainquit Vercingétorix à Alésia, mais que la tradition celtique subsiste en Bretagne, en Irlande, au pays de Galles et en Écosse. Et que les gens s'intéressent à nouveau à leur héritage celtique. J'ai lu quelque chose là-dessus dans le *National Geographic*. J'ai bien sûr entendu parler de la légende du roi Arthur dans différentes versions et j'ai lu quelques contes irlandais.

— Tous écrits et altérés par des moines chrétiens, dit Torben avec une ombre de réprobation, comme si ces moines l'avaient personnellement privé de lire les contes irlandais en version originale.

— C'est là que réside le problème, poursuivit-il. La plupart de ce que nous savons sur les premiers Celtes nous vient des Romains, et plus particulièrement de César, qui naturellement considérait ses ennemis comme des barbares incultes. La seconde source n'est pas meilleure : ce sont les contes celtiques qui ont été rapportés par des religieux chrétiens qui ont tout fait pour que les anciennes traditions s'accordent aux enseignements du christianisme. De plus, l'une des nombreuses particularités intéressantes des Celtes est qu'ils n'écrivirent jamais quoi que ce soit d'important. Ils avaient une langue écrite, mais tout ce qui était essentiel se transmettait oralement. Les seules traces écrites qui aient été conservées sont des fragments de mots sur des pièces et des inscriptions sur des pierres. Avant tout, ils n'ont jamais rien écrit sur leurs rites et leurs cultes ou sur ce que nous appellerions aujourd'hui leur religion. Beaucoup prétendent que les Celtes croyaient que ce qui était écrit *mourait*. Et d'une certaine manière ils avaient raison. Si toutes les connaissances doivent entrer dans la mémoire de l'homme et être transmises oralement, elles doivent être maintenues en vie. C'est sûrement pour cette raison que les druides avaient une si grande influence et qu'ils étaient les égaux des rois. Tout simplement, les druides conservaient dans leur esprit la totalité du savoir des Celtes. On compte qu'il fallait vingt ans d'enseignement pour devenir druide. Et qu'apprenaient-ils ? Probablement à se souvenir de toutes les connaissances qui étaient dignes d'être préservées. Ils étaient véritablement à la fois des bibliothèques et des universités vivantes.

Torben se tut et je lus une sorte de nostalgie dans son regard. L'image selon laquelle le savoir devait être constamment accessible et vivant exerçait une grande force d'attraction sur lui. Il n'était pas difficile de comprendre pourquoi il s'était intéressé aux druides.

— Il est possible, reprit-il, que, pour cette même raison, ils n'aient pas construit de temples ou d'églises. Ils se sont contentés de forêts et de sources sacrées. Les Celtes n'ont jamais réussi non plus à créer un État ou une nation. À la différence de la plupart des autres peuples, ils vivaient en fédération avec de nombreux rois de la même classe sociale. Jean Markale, qui est une autorité en histoire celtique et plus particulièrement bretonne, estime que la culture celtique s'oppose aux frontières stables et fixées à l'avance, géographiques ou autres, et que la notion d'État ou de nation était totalement étrangère aux Celtes. Il est par exemple typique que la Bretagne ait été gouvernée par un duc jusqu'en 1532, époque à laquelle elle a perdu son indépendance. Personne n'a osé se proclamer roi par peur de s'attirer le mécontentement du peuple. En vieux celtique, il n'y a même pas de terme pour exprimer le mot « pays », comme *patrie* en français ou *Vaterland* en allemand.

« En outre, ils plaçaient le pouvoir spirituel, intellectuel avant le pouvoir temporel. Les druides n'étaient pas seulement les égaux des rois, ils étaient au-dessus d'eux. Aucun roi ne pouvait faire quoi que ce soit sans demander auparavant le conseil des druides. C'est peut-être pour cela qu'ils ont perdu contre les Romains, bien que Vercingétorix disposât d'une armée de cinq cent mille hommes. Les soldats celtes combattaient nus, car ils avaient reçu la bénédiction des druides et se croyaient invulnérables. Mais ils croyaient aussi à une autre vie après celle-ci, dans le *sid*, un paradis situé quelque part au loin, à l'ouest de l'Irlande, où tout n'était que paix, jeunesse et amour, et où le temps s'était arrêté. César pensait que c'était pour cela qu'ils partaient si facilement à la guerre et que leur foi en une autre vie en faisait de redoutables guerriers. Curieusement, cette opinion a survécu jusqu'à aujourd'hui. Jean Markale a écrit exactement la même chose. Mais tout comme César, il se trompe. Les Celtes ne se battaient pas pour leur vie. Au contraire. Il devait être tentant d'être un peu imprudent, de mourir et d'aller dans le *sid*. Non pas pour se soustraire à la vie qu'ils menaient, le concept de péché n'existait pas, mais uniquement parce que le *sid* en soi était aussi attirant. Il n'y avait tout simplement pas de meilleur endroit où vivre.

— As-tu entendu parler du culte de la tête et des sacrifices humains ? coupai-je en pensant au livre de bord de Pekka.

Torben fit signe que oui.

— De nombreux admirateurs des Celtes pensent que ce sont des mensonges et des calomnies. Moi je ne crois pas. Il y en a tant qui ont idéalisé les druides et en ont fait des hommes pacifiques en robes blanches. Il y a d'autres preuves que la parole de César selon lesquelles les Celtes sacrifiaient des êtres humains, leurs ennemis ou eux-mêmes, et gardaient volontiers la tête des morts pour le spectacle. Personne ne sait si c'était habituel, quelles étaient les personnes qu'on sacrifiait et pourquoi. Était-ce Pierre, Paul ou Jacques, le premier venu, un criminel, ou bien était-ce un honneur pour les dirigeants d'être sacrifiés aux dieux ? Personne ne sait. Selon la dernière théorie en vogue, les druides se sacrifiaient mutuellement sur un coup de tête, pour ainsi dire. Deux archéologues qui ont examiné l'homme de Lindow — un corps vieux de 2 000 ans que l'on a retrouvé en Angleterre — prétendent qu'il s'agit d'un éminent druide qui avait été sacrifié, par ses propres collègues, à trois dieux différents. Chaque dieu avait le privilège d'avoir droit à sa propre méthode d'exécution. Ainsi l'homme de Lindow a été assommé de trois coups derrière la tête, puis étranglé avec un garrot et enfin noyé, afin qu'aucun dieu ne se sente lésé.

— Comment peut-on savoir cela ?

— Un conte irlandais raconte comment on choisissait celui qui allait être sacrifié. On coupait un pain rond en morceaux que l'on plaçait dans une corbeille. L'un des morceaux de pain était brûlé, et celui qui le recevait était sacrifié. Une sorte de roulette russe celtique. Et il semble que l'on ait trouvé un morceau de pain brûlé dans l'estomac de l'homme de Lindow. Mais le plus intéressant peut-être est que l'on a retrouvé des corps sacrifiés de la même façon au Danemark, par exemple l'homme de Tollunda. As-tu entendu parler de lui ? Cela pourrait signifier que les Celtes ont dominé spirituellement tout le nord de l'Europe.

Pekka avait écrit quelque chose à propos de l'homme de Tollunda. J'allais précisément poser des questions sur lui, quand nous entendîmes un bruit fort et sourd sur le côté de la coque.

— Qu'est-ce que c'est ? dit Torben.

— De la glace sans doute, répondis-je en tentant de garder une voix aussi calme que possible.

Je me précipitai sur le pont avec Torben sur mes talons. Dans le sillage du bateau disparut un petit bloc de glace qui n'avait pas pu provoquer de dégâts.

— Nous devrions commencer à veiller au lieu de raconter des histoires, dis-je.

Torben me regarda d'un air circonspect.

— Pourquoi t'intéresses-tu tant aux Celtes ? Tu as même oublié que nous étions en mer.

— Nous verrons ça plus tard, répondis-je un peu sèchement.

Dans la mer du Nord, pensai-je, lorsqu'il sera trop tard pour retourner en arrière. En plissant les yeux, je regardai à travers la neige et tentai de détecter la présence de blocs de glace éventuels. Torben ne me posa plus de questions, mais il ne m'aida pas non plus à surveiller. Il me connaissait depuis assez longtemps pour comprendre que je lui cachais quelque chose. En même temps, il savait que je ne ferais jamais rien à ses dépens. Si je l'avais entraîné en mer en plein hiver, il partait du principe que j'avais de bonnes raisons. Je pensais au fait que nous n'avions jamais remis en question les bonnes intentions de chacun. D'une certaine manière, cela constituait les fondements de notre amitié. Ce qui devrait être le cas de *toute* amitié.

Mais à ce moment-là, au milieu de la tempête de neige, je me rendais compte que ce voyage en hiver vers l'Écosse et l'Irlande pouvait très bien s'accomplir à ses dépens. Faire de la voile en mer du Nord en hiver n'était pas sans danger, sans compter tout ce qui pouvait se passer lorsque nous serions arrivés à destination. Cette pensée me rendait mal à l'aise. Mais il y avait encore quelque chose qui m'empêchait de lui raconter toute l'histoire. Et du coup, je m'entêtai encore plus à scruter les tourbillons de neige.

À 15 h 45, nous aperçûmes Anholt. En réalité, ce n'est pas une île que nous vîmes, mais plutôt une masse blanche derrière la blancheur mouchetée et dansante de la neige qui tombait. Nous nous trouvions environ à un demi-mille de l'extrémité sud de l'île et lorsque nous nous rapprochâmes, nous découvrîmes que les sommets étaient recouverts de neige. De loin, cela ressemblait plutôt à un iceberg monumental qui venait de se dégager de l'inlandsis du Groenland.

La mer était encore grosse et je réalisai que l'entrée du port, orientée au sud-ouest, serait un chaudron de sorcière. En d'autres circonstances, je ne me serais probablement pas arrêté, ou alors je me serais mis cap sous le vent de l'île et aurais attendu un changement de temps. Mais Torben et moi avions besoin de rompre notre silence inexpliqué, et de plus j'étais tellement fatigué que j'avais mal partout. Nous devions aussi nous habituer le plus vite possible à prendre des risques. Rien ne laissait penser que les prochains jours allaient être plus faciles.

L'entrée du port, qui faisait vingt mètres de large, soit deux longueurs de bateau, se rapprochait rapidement. Je fis en sorte que le *Rustica* se présentât avec le vent au largue. C'était son bord le plus rapide et nous avions besoin de vitesse pour pouvoir gouverner. Le loch indiquait 9 nœuds lorsque la coque du *Rustica*, propulsée sur la crête d'une vague gigantesque, fut projetée dans l'avant-port. En quelques secondes tout était terminé, et le calme retomba sur le bateau comme quelque chose d'irréel, quelque chose qui en réalité n'existait plus. On n'y peut rien, mais le fait est que de nombreux navigateurs ne vivent que pour cet instant. Moi aussi, même si je préfère avoir fait quelques centaines de milles afin de pouvoir ressentir pleinement la tension qui se relâche pour laisser place à la satisfaction et à la sérénité.

Dans le grand avant-port, nous amenâmes les voiles, mîmes le moteur en route, un SAAB norvégien vieux de vingt ans, qui nous conduisit au port intérieur, avec un bruit de tracteur. Nous accostâmes derrière un bateau de pêche, AN 29, enregistré sur l'île ; l'unique embarcation de ce grand port qui, en été, accueille des centaines de bateaux de plaisance. C'était à la fois sublime et effrayant de le voir, maintenant, à la lumière de quelques rares lampadaires, dans le reflet fragmenté des éclats du phare sur les extrémités de la jetée, et avec de la neige sur les embarcadères. Un port sans bateaux me fait toujours penser à un cimetière, et je n'ai jamais aimé les cimetières.

Deux pêcheurs apparurent sur le pont du bateau de pêche et nous regardèrent comme si nous étions le *Flying Dutchman*, version scandinave.

— Je descends me coucher, dis-je à Torben. Nous parlerons plus tard.

— Bien, capitaine. Je vais faire un tour en ville.

— Il n'y en a pas. Ici vivent 160 âmes seules en hiver. La plupart habitent dans un petit village au centre de l'île. Mais il y a un bar.

— Dans ce cas, je vais aller y boire une bière.

Torben enfila son vieux caban et disparut sur la côte raide entre les sapins et les genévriers torturés par le vent. Je saluai les deux pêcheurs, descendis dans le carré, allumai le poêle et me couchai.

Je fus réveillé par quelqu'un qui frappait sur le balcon. Qui était-ce ? Torben n'aurait jamais frappé. J'ouvris le panneau et passai la tête. Sur le quai, j'aperçus les contours obscurs et informes d'un individu.

— Puis-je monter à bord ? dit une voix rugueuse en danois.

— Bien sûr, répondis-je rapidement sans réfléchir.

Je refermai vite le panneau. Le vent était froid et perçant.

Je me levai, enfilai un pantalon, allumai la lampe à pétrole et ouvris le panneau. Un homme se tenait dans le cockpit. Il portait des bottes, une combinaison bleue et un gros bonnet de laine. Il avait deux bouteilles de bière à la main. C'était l'un des deux pêcheurs du cotre.

— Puis-je vous offrir une bière ? Ce n'est pas souvent que l'on reçoit de la visite à cette époque de l'année.

— Entrez !

Il descendit et regarda autour de lui. Je me réveillais peu à peu et me demandais pourquoi je l'avais invité à bord. De toute façon c'était trop tard pour regretter. À la pendule je vis que j'avais dormi deux heures. C'était peu, mais j'avais toute la nuit devant moi.

— Ici, il fait bon, dit l'homme en s'aidant d'une bouteille de bière pour ouvrir l'autre.

Pendant mes longues années passées au Danemark, j'avais appris à ne pas m'étonner des façons qu'ont les Danois pour ouvrir une bouteille de bière.

— Vous êtes arrivés avec un drôle de temps. L'anémomètre indiquait 30 nœuds.

— Ça aurait pu être pire.

Il me tendit une bouteille.

— C'est facile à dire. Quand on est arrivé au port. Santé !

Les bouteilles s'entrechoquèrent.

— Où allez-vous ?

Je n'avais aucune raison de cacher quoi que ce fût. Torben avait sûrement raconté à tous ceux qui voulaient l'entendre que nous nous dirigions vers le nord. Vers la mer du Nord. Et je le lui dis. Carsten, c'est ainsi qu'il s'appelait, secoua la tête.

— Cette année, on dirait que tous les navigateurs ont perdu la tête, dit-il quelques secondes après, comme pour lui-même.

Je le regardai, d'un air probablement étonné, car il ajouta :

— Oui, avant-hier, un Finlandais est arrivé directement d'Écosse.

En même temps, j'entendis des pas sur le pont. Torben revenait au pire moment, sans que j'aie pu lui donner ma version des faits. J'avais peur qu'il additionne deux plus deux mais qu'il obtienne cinq et quitte le bateau. À toute vitesse, j'essayai de trouver une manière de dévier la conversation.

L'instant d'après, le visage barbu de Torben apparut, avec un large sourire aux lèvres.

— Tu ne vas pas me croire, dit-il. Nous voici sous une tempête de neige discutant de Celtes et maintenant j'entends au bar que l'île vient d'être envahie par des gens avec des affiliations écossaises. Parmi eux se trouvait un Finlandais, des plus extravagants, venant directement d'Écosse à bord d'un catamaran. Dans son sillage, surgit un vrai Écossais qui voulait mettre la main sur le Finlandais. Sur ces entrefaites, j'arrive tout guilleret et raconte fièrement que nous nous dirigeons vers l'Écosse. Tu comprendras sûrement qu'ils m'aient regardé d'un air un peu bizarre. Et je ne pouvais même pas leur expliquer pourquoi nous allions là-bas précisément maintenant. Je ne pouvais tout de même pas leur dire la vérité, que moi aussi j'accompagnais un skipper fou ayant plein d'idées excentriques. Peut-être as-tu une meilleure explication ? Une explication plausible éventuellement ?

Je compris au ton de Torben que nous avions atteint le point de non-retour et que j'allais être obligé de m'expliquer. Mais à cet instant précis il aperçut Carsten.

— Excuse-moi, je ne savais pas que tu avais un invité.

CHAPITRE 7

— Mon équipier, Torben, expliquai-je à Carsten qui regardait avec un certain étonnement cette apparition couverte de neige, une lampe autour du front, qui descendait dans le carré.

Torben se donna un coup de brosse pour faire partir la neige et posa sa lampe sur la table.

— Vous devriez installer des réverbères sur l'île, dit-il à Carsten.

Il s'assit à la table de navigation et mit les pieds sur le capot du moteur.

— De quoi parliez-vous ? demanda-t-il.

— Nous venions juste de commencer lorsque tu es arrivé, dis-je.

— Vous conviendrez, dit Torben en se tournant vers Carsten, qu'il est curieux de voir autant de personnes venir ici au même moment et prétendre s'intéresser à l'Écosse.

— Oui, dit Carsten.

— Avez-vous rencontré ce Finlandais, Pekka ? demanda Torben.

— Pas beaucoup, répondit Carsten de façon évasive.

— Comment était-il ?

— Qui ? Pekka ?

À l'évidence, Carsten voulait éviter ce sujet. Mais Torben ne céda pas.

— Oui, dit-il, Pekka. D'après ce que j'ai entendu au bar, c'était quelqu'un d'assez extraordinaire.

— Il parlait beaucoup, dit Carsten.

— De quoi ?

— De tout. De bêtises surtout. Il buvait.

— Était-il seul à bord ?

Carsten souleva les sourcils.

— Je ne sais pas. Je n'ai jamais été à bord.

— Au bar, quelqu'un croyait avoir vu une femme inconnue ici au port. Et à la station radar, il paraît que quelqu'un avait vu un feu au sommet du rocher, au sud du port. Avec ses jumelles, il avait aperçu une femme debout auprès du feu, les bras tournés vers le ciel et la mer. Mystérieux, n'est-ce pas ?

Carsten ne répondit pas.

— N'avez-vous pas vu le feu de votre bateau ? poursuivit Torben.

— La nuit, je dors.

— Et l'Écossais alors ? demanda Torben avec un entêtement qui me surprenait. Celui qui s'appelle MacDuff ? Qui c'est, celui-là ?

— Un qui posait trop de questions lui aussi.

Manifestement, Carsten n'aimait pas l'obstination de Torben.

— Vous êtes de la police ? laissa échapper brusquement Carsten d'un ton agressif.

L'étonnement de Torben était cocasse. Il fallait vraiment que quelqu'un eût perdu la tête pour le confondre avec un policier.

— Pekka était un marin, poursuivit Carsten. Rien d'autre.

— Croyez-vous vraiment que nous aurions traversé cette tempête de neige à la voile, si nous étions de la police ? demandai-je à Carsten.

— Non, pas vraiment, reconnut-il après quelques secondes.

— Jusqu'à aujourd'hui, je n'avais jamais entendu parler de ce type, dit Torben lorsqu'il eut retrouvé l'usage de la parole.

Il retira ses pieds du capot.

— Au bar, quelqu'un a dit que Pekka avait mis le cap sur Öresund lorsqu'il est parti d'ici. Dragør plus précisément. Et je viens justement de Dragør.

Torben tourna les yeux vers moi.

— Curieuse coïncidence, dit-il. N'est-ce pas ?

Rien ne se passait comme j'avais prévu. J'allais être obligé de raconter tout ce que je savais avant d'arriver en mer du Nord. Mais peut-être allais-je pouvoir garder le plus important pour plus tard, lorsque je serais tout seul avec Torben.

— C'est de ma faute du début à la fin, dis-je aussi bien à Carsten qu'à Torben. J'ai rencontré Pekka.

Torben ne montra pas le moindre signe d'étonnement. En revanche, il n'y avait aucun doute sur la curiosité de Carsten. Je me rendis compte que Carsten avait plus parlé à Pekka que ce qu'il avait bien voulu laisser entendre.

— Quand ? demanda Carsten.

— Avant-hier.

— Où donc ?

— Dans le vieux port de Dragør. Pekka est arrivé vers onze heures.

— Était-il seul ?

— Non.

J'attendis quelques instants avant de continuer.

— Il avait une femme à bord.

— Où sont-ils maintenant ? demanda Carsten.

— Je n'en ai pas la moindre idée.

— Et MacDuff ?

Sans y réfléchir, il posait presque les mêmes questions que Torben. Je savais déjà qu'il allait me demander si j'avais vu MacDuff.

— Ils ne se sont jamais rencontrés, dis-je pour devancer Carsten.

Il parut tout de suite comprendre ce que je voulais dire et je lus un franc soulagement sur son visage. Il fit tourner la bouteille dans ses mains.

— Que s'est-il passé ? demanda-t-il.

Je racontai en peu de mots ce qui était arrivé, mais sans dire tout ce que je savais, et bien sûr sans préciser que j'avais lu le livre de bord de Pekka. Je tenais toujours à entendre ce que Carsten avait pu apprendre.

— Pauvre Pekka ! s'écria-t-il lorsque j'eus terminé.

— Pourquoi donc ? coupa Torben. Moi-même je ne sais rien de cette histoire, absolument rien, si ce n'est ce que j'ai entendu au bar, et ce que vous venez de raconter. Mais on dirait que tous les autres savent quelque chose. Ne serait-il pas possible de partager ces informations de façon démocratique ?

— Pourquoi allez-*vous* en Écosse ? demanda brusquement Carsten ; exactement la question que je voulais éviter à tout prix, avant d'avoir pu parler à Torben.

— Pour aider Pekka, répondis-je avec une franchise qui m'étonna moi-même.

— Dans ce cas, ne devrions-nous pas aller dans l'autre direction ? demanda Torben.

— Non, répondis-je sans donner de raisons.

— Je ne comprends pas, dit Torben. Quelqu'un pourrait-il m'expliquer ce qu'il se passe. À vous entendre, on dirait que MacDuff est le diable en personne.

Torben se tourna vers moi, mais je tentai de détourner la question en regardant Carsten, qui à son tour baissa les yeux. Lorsque enfin il releva la tête, il s'était visiblement décidé à nous confier ce qu'il savait.

— Je n'en sais guère plus que vous, commença-t-il. MacDuff est arrivé ici le jour où Pekka nous a quittés. Dès que MacDuff a mis pied à terre, il a fait le tour du port et il nous a demandé, à nous les pêcheurs, si nous avions vu un Finlandais sur un catamaran. Je crois qu'il est monté à bord de tous les bateaux. Nous étions cinq ou six à ce moment-là. Mais nous ne lui avons rien dit. Nous n'aimons pas nous mêler de ce qui ne nous regarde pas. En outre, cela nous paraissait curieux qu'il vienne ici à Anholt uniquement dans le but de chercher Pekka. Certains pensaient qu'il était de la police anglaise, ce qui n'arrangeait rien. Normalement, nous n'avons pas de policiers sur l'île, et nous n'en avons pas besoin.

Carsten regarda Torben d'un air plein de sous-entendus.

— Comme MacDuff ne pouvait rien obtenir de nous, poursuivit Carsten, il est allé au bar, où il a dû rencontrer un ivrogne qui lui a raconté que Pekka était venu sur l'île et qu'il en était reparti le matin même. Peu de temps après, MacDuff est revenu en courant. Il voulait partir pour Sjælland à n'importe quel prix et demandait que l'un de nous le conduise là-bas. Il nous proposa beaucoup d'argent, mais aucun de nous n'accepta. Plus il en offrait, et moins nous étions intéressés. Lorsqu'il s'est rendu compte que nous ne lèverions pas le petit doigt pour lui, il a commencé à nous raconter qu'il était lui-même pêcheur, et que les pêcheurs devaient se montrer solidaires les uns avec les autres. Mais personne ne l'a cru. Après, je ne sais pas ce qu'il est devenu. Il n'a pas été au bar en tout cas. Il n'y avait pas de ferry jusqu'au lendemain matin. Soit il l'a pris, soit il a commandé un avion-taxi. Je suppose qu'il est parti en avion, puisqu'il est arrivé si vite à Dragør.

— N'a-t-il pas dit pourquoi il était si important qu'il retrouve Pekka ? demandai-je.

— Il prétendait que Pekka lui avait volé quelque chose.

— Quoi ?

— Il ne l'a pas dit. J'ai d'abord cru qu'il mentait, mais ensuite j'ai pensé que cela avait peut-être quelque chose à voir avec cette jeune femme.

Carsten se tut à nouveau.

— Pourquoi avez-vous dit « pauvre Pekka » ? demanda Torben. Les gens qui sont à plaindre ne manquent pas ici-bas. Qu'avait-il donc de spécial ?

Carsten termina sa bière.

— Pekka avait peur, répondit-il. De ma vie, je n'ai jamais vu quelqu'un être aussi effrayé.

— De quoi avait-il peur ? demanda Torben.

— De MacDuff, répondit Carsten, mais pas que de lui. Il y avait autre chose, mais je n'ai pas compris de quoi il s'agissait. Pendant qu'il était ici, Pekka buvait beaucoup. Il s'était produit un événement épouvantable lorsqu'il était en Écosse. Il ne nous a pas raconté ce qui s'était passé, mais lorsqu'il devenait ivre il discourait à propos de meurtriers et de personnes que l'on offrait en sacrifice. Lorsqu'il était à jeun, je lui demandais ce qu'il entendait par là, mais alors il ne disait plus un mot, et semblait vouloir se débarrasser de moi le plus vite possible. Un soir, il dit qu'il avait trop vu de choses. C'est tout ce qu'il a reconnu.

— Et la femme ? demanda Torben, qui avait écouté Carsten de façon très intense.

Torben semblait être captivé par le récit.

— Pekka l'avait cachée dans son bateau. J'en suis certain, dit Carsten. Ou alors, c'était elle-même qui se tenait à l'écart. Ce devait être un peu des deux. Je ne l'ai jamais vue. Mais avec qui serait-elle venue ici, si ce n'est avec Pekka ?

La question était rhétorique, et Carsten aurait sûrement apprécié que je confirme ses soupçons. Mais je ne voulais pas lui confier ce que je savais. C'était à moi et à personne d'autre que Pekka avait fait confiance. C'était moi qui avais reçu le livre de bord. Pas Carsten.

— Qu'avez-vous l'intention de faire ? demanda Carsten. Si MacDuff retrouve Pekka, alors tout peut arriver, j'en ai peur. Vraiment tout.

Torben ne répondit pas. Il me regardait avec curiosité seulement.

— Nous pensons aller en Écosse pour savoir pourquoi MacDuff veut mettre la main sur Pekka.

— Il faut que quelqu'un l'aide, dit Carsten. Ici sur l'île, personne ne l'a pris au sérieux. Tout le monde pensait qu'il était fou, même après le passage de MacDuff. Mais Pekka n'était pas fou, j'en suis sûr.

Carsten se leva.

— Quand partez-vous ? demanda-t-il.

— Demain.

— Je viendrais volontiers avec vous.

Il jeta un coup d'œil rapide à Torben.

— Vous devriez avoir un homme de plus à bord. En hiver, on ne plaisante pas avec la mer du Nord.

— Nous le savons, dis-je. Tout ira bien.

— Je l'espère, dit Carsten.

Il sortit dans le cockpit. Nous entendîmes ses pas lourds sur le pont avant qu'il saute à terre. La neige devait avoir assourdi tous les bruits, car nous ne l'entendîmes pas s'éloigner.

— Pourquoi m'a-t-il regardé de cette façon ? dit Torben. Croit-il que je ne vais pas pouvoir me débrouiller en mer du Nord ?

Je n'étais pas sûr d'avoir bien entendu.

— Nous verrons bien de quoi je suis capable, quand nous y serons, ajouta Torben d'un air qui ressemblait à de la fierté blessée.

— Veux-tu m'accompagner ? demandai-je.

— Pourquoi ne m'as-tu pas dit ce qu'il en était dès le début ? dit-il en guise de réponse.

— J'avais peur que tu ne considères cela comme pure affabulation de ma part.

Sans attendre de réponse, je m'allongeai sur la couchette de navigation, plongeai la main dans le compartiment secret sous le cockpit et attrapai le livre de bord de Pekka.

— Lis ça avant de dire quoi que ce soit de plus ! Voici le fameux livre de bord de Pekka.

Torben prit le livre avec avidité. Son regard exprima clairement qu'il n'était pas question de lui parler pendant quelque temps. Quand il lisait, sa capacité de pénétration et de concentration était sans limites. Que ce fût un document, ce qui était peut-être le cas du livre de bord de Pekka, ou un roman, cela revenait au même. Pour Torben, il n'y avait pas de différence fondamentale entre la fiction et la réalité, et s'il y avait quelque chose de réel, c'était la fiction et les mots.

Je le laissai lire en paix et fis une promenade le long de la plage. La neige avait cessé de tomber, mais l'obscurité formait une masse compacte et le ciel était sans étoiles. Mes yeux mirent du temps à s'habituer, mais j'utilisai tout autant mon ouïe pour éviter de marcher dans les vagues, qui explosaient sur le sable mouillé avec des claquements étouffés. Derrière moi se distinguaient vaguement les lumières du port et les éclairs rouges de la station radar en haut de la montagne. Je pouvais seulement imaginer les contours de l'île, parce que je savais qu'ils devaient se trouver là, mais si quelqu'un m'avait demandé d'indiquer les hautes silhouettes des rochers et avait ensuite vérifié le résultat, ma tentative n'aurait été que tâtonnements sur des bases peu solides. Comme pour beaucoup d'autres choses.

J'évitai de penser à MacDuff et à Pekka. J'essayai plutôt d'identifier la dernière langue de terre avant la baie où les navires mouillaient autrefois pour décharger. C'était avant que le nouveau port ne soit construit. En cas de fortes tempêtes, les navires de commerce attendaient dans la baie que le temps se calme. À ce moment-là, pour apaiser le sentiment de solitude que je ressentais, j'avais envie de voir les feux de mouillage et l'éclairage des ponts. Mais, alors que, selon mes calculs, j'aurais dû être arrivé, l'obscurité restait aussi inhumaine qu'auparavant. Les lumières du port avaient disparu derrière moi. Je restai debout, indécis sans être inquiet pour autant. J'avais la sincère conviction qu'on ne peut pas se perdre sur une île. Et *en principe* j'aurais continué de le prétendre, s'il n'y avait pas eu les îles Garvellachs sur la côte ouest de l'Écosse.

Après m'être arrêté sur la plage, j'eus à nouveau le temps de penser. L'image de Mary me vint à l'esprit. Qui était-elle et pourquoi avait-elle accompagné Pekka ? Était-elle une victime, une fugitive ou tout simplement amoureuse ? Je l'avais aperçue pendant deux courts instants. Je tentai de m'imaginer ce que MacDuff allait entreprendre s'il les retrouvait. J'envisageais toutes les possibilités, mais rien de tout cela n'était proche de la réalité.

Je retournai au bateau à longues et rapides enjambées. Soudain, je ne pus plus attendre, je devais raconter à Torben tout ce que je savais.

Lorsque je revins au port, les hublots du *Rustica* laissaient échapper une douce et agréable lumière. Sur le pont, la neige et la glace avaient fondu. Comme d'habitude, le panneau grinça lorsque je le poussai. J'avais tout essayé pour l'en empêcher, huile, graisse, vaseline, stéarine, rien n'y faisait.

Torben était tranquillement assis sur la banquette à bâbord, sa pipe à la bouche, avec devant lui plusieurs livres sur les Celtes, le livre de bord de Pekka et quelques cartes marines. Je m'assis en face de lui et attendis.

— Si je n'avais pas entendu Carsten, dit-il enfin, j'aurais probablement eu du mal à croire les histoires de Pekka. Il aurait très bien pu avoir fait comme Crawhurst, le navigateur qui devait participer à une course en solitaire autour du monde, mais qui tournait en rond dans l'Atlantique, et qui télégraphiait des positions fantaisistes sur les lieux qu'il avait atteints… jusqu'à ce qu'il n'en puisse plus et se suicide. Mais j'*ai* entendu Carsten et j'*ai* vérifié chaque syllabe du livre de bord. Tout concorde.

Mon regard se porta sur le titre d'un des livres sur la table,

Ancient Mysteries of Britain. Torben s'en aperçut.

— Ce livre évoque de nombreux monuments historiques et vestiges avec des esquisses et des illustrations. Pekka en indique plusieurs et ses descriptions correspondent en tout point. Mais il n'a pas copié, il s'est rendu à ces endroits-là. Il y a tout de même quelque chose que je ne m'explique pas.

— Quoi donc ?

— Comment les Celtes peuvent-ils être la cause de ce que Pekka écrit. Les Celtes ne sont pas un peuple. Ils n'ont pas de nation. Leur langue est sur le point de disparaître. Même l'Irlande du Nord ne sera pas celtique, si elle devient libre. La renaissance celte est un beau rêve. Que les étudiants irlandais obtiennent des points supplémentaires lorsqu'ils passent leurs examens en irlandais plutôt qu'en anglais ne changera rien. Cela démontre seulement que l'on se bat pour une cause perdue.

J'objectai que son idée de la valeur des symboles et des mythes n'était peut-être pas forcément partagée par les autres, et qu'elle l'empêchait parfois de voir la réalité, notamment dans les cas où ces mythes et ces symboles étaient fêtés par de vrais êtres humains.

— C'est possible, répondit-il. Mais Pekka semble faire référence à un puissant complot. Pourquoi les Celtes voudraient-ils constituer des nations maintenant, alors qu'ils n'en ont jamais voulu ? D'après le livre de bord de Pekka, il s'agit plutôt de mort violente. Soit il est question de tout autre chose — une sorte de terrorisme politique déguisé — ou alors Pekka est tombé sur une secte fanatique. Il en existe.

Torben poussa alors un petit livre vers mon côté de la table, *Druidernas lære — eller occidentens lys*[1], écrit par quelqu'un du nom de Coarer-Kalondan. À ma

1. *Le druidisme ou la lumière de l'Occident*. Éditions et Publications Premières, 1971, p. 206.

grande surprise, je vis qu'il était traduit du français, édité en 1971 et publié en danois dès l'année suivante.

— Où l'as-tu trouvé ? demandai-je.

— Chez un antiquaire. Il était tellement différent des autres que je me devais de l'acheter.

Je le feuilletai au hasard et tombai sur l'épilogue. Un passage capta mon attention.

Et nous parviendrons à faire restituer à notre peuple cette Culture, qui lui permettra de pénétrer jusqu'au tréfonds de leur sens les arcanes de la Pensée et de la Sagesse celtique. Celui qui permettra de collaborer valablement à l'épanouissement de la Pensée et de la Sagesse humaine, en général. Ce but, nous l'atteindrons parce que, nous l'avons déjà dit, nous sommes patients, obstinés, irréductibles.

Je lus le passage à Torben. Il secoua la tête.

— Il est fou. Il prétend être druide, et il est membre du conseil des Collèges de druides, de bardes et de devins en Bretagne. C'est ce qui est indiqué dans le livre. Il dit être pacifiste et paisible. Il consacre beaucoup de pages à démontrer que les Celtes ne coupaient absolument pas la tête des gens et qu'ils ne les sacrifiaient pas non plus. Son argumentation est d'une formidable simplicité. Certes, on sacrifiait parfois des individus, écrit-il, mais seulement lorsqu'ils *étaient déjà condamnés à mort*. Il dit également que le sang ne coulait pas lors de l'exécution légale des condamnés à mort. Et pourquoi donc ? Eh bien, parce que les victimes *étaient brûlées vives*.

— Mais en tout cas Pekka parle des sacrifices humains et du culte de la tête comme s'il les avait vus de ses propres yeux.

— Oui, dit Torben, sans aucun doute. Et c'est ce

qui est effrayant. Tu te souviens de ce que j'ai dit sur l'homme de Lindow. On croit que c'était un druide influent qui s'était fait sacrifier volontairement. On pourrait presque croire que Pekka a lu le livre de Ross et Robins, qui est paru en Angleterre l'année dernière. Ils pensent que le druide s'est sacrifié pour tenter de mettre un terme à l'avance des Romains, qui menaçaient la principale route commerciale des Celtes, celle qu'ils utilisaient pour transporter l'or d'Irlande en Europe. Selon leur théorie, les druides contrôlaient le commerce de l'or et c'est pour cela que les Romains pourchassaient les druides et leur science comme jamais ils ne l'avaient fait en Gaule. Les druides transportaient l'or d'Irlande jusqu'à Anglesey, que les Romains ont rasé en 60 après Jésus-Christ. De là, l'or suivait un chemin bordé d'emplacements celtiques sacrés. L'or était la condition *sine qua non* de la civilisation celtique d'importance et « l'or d'Irlande » était un véritable concept à l'époque romaine. Et c'est ici que cela devient étrange. Pekka écrit que « la voie d'or est rétablie », exactement comme si la théorie de Ross et Robins sur les temps anciens avait un véritable équivalent actuel. Peut-être y a-t-il des gens qui tentent en secret de recréer les conditions d'un royaume celte. C'est difficile à croire. Et Pekka parle du « Roi des Ombres », comme s'il y avait vraiment des dirigeants celtes qui soient entrés dans la clandestinité en attendant de libérer les peuples celtes, exactement comme beaucoup de légendes celtiques l'ont prétendu. Cela paraît trop fantastique pour être vrai.

— Mais cela pourrait-il être vrai ? demandai-je.

Torben ne répondit pas, mais il me demanda si c'était pour cela que je voulais aller en Écosse, pour en savoir plus.

— Pas seulement pour ça. En réalité, je n'avais pas compris grand-chose de ce qu'avait écrit Pekka.

Je lui racontai mes hésitations. Peut-être insistai-je un peu lourdement sur l'envie d'avoir une certitude et d'acquérir des connaissances, de résoudre un mystère et de satisfaire ma curiosité, mais dans le fond j'étais totalement honnête.

— Je t'accompagne, dit-il au bout d'un moment. À la condition que tu ne dissimules pas de renseignements importants à l'avenir. Si nous nous trouvons dans le même bateau, autant le faire correctement. Commence par me raconter ce qui s'est passé à Dragør sans oublier le moindre détail. Je veux tout savoir.

Lorsque je terminai mon récit, la montre du bateau sonnait le quart et il était minuit. Je mis la tête dehors pour me rendre compte du temps qu'il faisait. Le vent s'était calmé, il y avait une légère brise d'ouest et le ciel était constellé d'étoiles. Le bassin était calme et sans une ride. Dans le carré du *Rustica*, rien ne laissait supposer que nous étions en route.

Torben restait assis et regardait droit devant lui, l'air pensif.

— Je pense, dit-il, que la jeune femme, Mary, est l'une des clés de l'énigme. Pourquoi accompagnait-elle Pekka en mer du Nord en plein hiver ? Au fait, comment était-elle ?

Je répondis de façon évasive.

— On dirait qu'elle avait quelque chose de particulier, insista Torben.

— Comment le saurais-je ? Je l'ai à peine vue.

— Mais, tu l'*as* vue, n'est-ce pas ?

Je ne savais que dire. Ses yeux semblaient manquer de vie humaine. Torben ne persista pas. Mais je sentais moi aussi que Mary était un personnage clé. En même temps, je regrettais de ne pas être retourné au *Sula* lorsque j'avais entendu les voitures partir. Et maintenant, nous nous éloignions à la fois du *Sula* et de Mary. Peut-être que tout n'était qu'erreur dès le départ. J'avais l'impression que j'avais commis une faute en perdant de vue Pekka et Mary.

Je ne pouvais pas m'imaginer, lors de cette singulière nuit à Anholt, à quel point mon raisonnement était juste. Mais un premier signe allait bientôt surgir.

Torben et moi bavardâmes encore une demi-heure devant un verre de whisky, de presque tout sauf de notre croisière à venir, comme si nous en avions assez des mystères et des mauvais présages. Nous ne voulions être que deux navigateurs qui savourent la satisfaction d'avoir regagné le port après une traversée difficile. D'habitude, l'un des plus grands plaisirs de la navigation est de sentir que *tous* les problèmes sont résolus lorsqu'on est en sécurité, amarré dans un port. Pour nous c'était le contraire. C'était au port que les problèmes commençaient.

CHAPITRE 8

Le lendemain, lorsque nous nous réveillâmes, je me rendis compte à quel point le temps pouvait varier en hiver. Lorsque nous quittâmes Anholt, l'air était limpide avec un léger vent d'est et deux ou trois degrés au-dessous de zéro. La mer brillait avec une telle force qu'on en avait mal aux yeux. On aurait dit des éclats de verre. L'horizon paraissait infini, comme si on voyait au-delà de ce que l'on regardait.

Nous mîmes le cap sur le phare de Hals Barre à l'embouchure de Limfjorden, mais je ne savais pas encore si nous allions faire le tour par Skagen ou si nous allions couper à l'ouest par Limfjorden jusqu'à Thyborøn.

Lorsque enfin, après avoir entendu le bulletin météo de midi, je me décidai pour Limfjorden, l'absence de glace rapportée dans le fjord n'était probablement qu'un prétexte parmi d'autres. Au fond de moi-même, mon choix s'était porté sur la route la plus improbable. En hiver, le plus normal aurait été d'aller jusqu'à Skagen et ensuite de filer vers la mer du Nord. Mais si jamais on nous poursuivait, ce serait aussi vers là que se dirigeraient les recherches.

Je ne prétends pas avoir cru à ce moment-là que

quelqu'un nous poursuivait. MacDuff ne pouvait pas savoir où nous étions allés, ni même que nous avions pris la mer, et encore moins que j'avais rencontré Pekka et reçu son livre de bord. *À moins que* pour une raison quelconque MacDuff soit retourné à Dragør et ait mis la main sur Pekka. Ou encore qu'il ait vu partir le *Rustica* et qu'il ait commencé à poser des questions. Mon moi conscient s'inquiétait seulement du risque des glaces, du froid et du vent. Mais dans mon moi subconscient, ces petits mots *À moins que* agissaient de façon insidieuse. Je mis beaucoup de temps à me rendre compte de leur influence sur mes actes, et plus tard aussi sur ceux de Torben.

Vers 13 heures surgit la silhouette caractéristique de Hals Barre, gros et pansu comme une oie. Avec l'horizon bien dégagé, il paraissait flotter sur l'eau.

Nous parvînmes ensuite aux deux phares qui indiquaient l'entrée du fjord, hauts, élancés et figés. J'avais entendu des histoires sur l'entrée de Limfjorden lorsque le courant rencontre un fort vent d'est. Mais avec cette petite brise, nous ne pouvions pas être inquiétés, même si sous la surface de l'eau cela gargouillait et bouillonnait.

Le petit port de Hals était désert. Quelques drapeaux flottaient devant le shipchandler fermé pour l'hiver. Les bateaux-pilotes étaient à quai et les bateaux à voile abandonnés sous leur taud pour l'hiver. Les embarcadères étaient blancs du givre qui étincelait au soleil. Il n'y avait pas une âme en vue, et personne ne nous vit passer.

Nous ne croisâmes pas un seul bateau sur notre route pour Ålborg. Torben, qui ne connaissait pas cette région, se plaignit du paysage plat et sans contours. Il affirma qu'au Danemark on parlait beaucoup — trop — de la beauté du Limfjorden.

Mais le soleil était beau dans le crépuscule hivernal. Il s'enfonçait lentement sur l'étrave du *Rustica* comme une boule d'acier fondu descendant dans l'eau le long de l'étai avant. L'hiver, la tombée du jour a quelque chose de spécial. Même les jours clairs et ensoleillés, le ciel a une teinte aride et tranchante qu'il n'a pas en été.

Lorsque Ålborg fut en vue, les grues éparpillées se détachaient sur un ciel gris-noir, ponctué des lumières de la ville. L'ancien pont suspendu s'élevait au-dessus de nos têtes. Nous dûmes attendre longtemps avant que le gardien du pont nous remarque. Sans communication radio, nous dûmes avoir recours aux signaux lumineux en morse avec un projecteur.

Au bout de vingt minutes, la circulation fut interrompue et nous pûmes passer à l'aide de la voile avant seulement. Je n'avais pas mis le moteur pour que Torben puisse s'entraîner à manœuvrer, et il effectua des figures géométriques au hasard. Le gardien du pont avait ouvert sa fenêtre et nous dévisageait comme si nous étions des extraterrestres. Je ne vis pas son visage dans la demi-obscurité, mais je lui fis un signe en remerciement de la main, auquel il ne répondit pas.

De l'autre côté du pont, nous accostâmes à un quai vide du port industriel et nous évitâmes les deux ports de plaisance un peu plus à l'ouest. Grâce à mes listes d'approvisionnement, nous étions tout à fait autonomes. J'avais promis de faire la cuisine et je fis une tentative honnête avec du chili con carne auquel je rajoutai de l'ail pour dissimuler mes lacunes en cuisine. Torben, qui était un cuisinier incomparable, avala goulûment le tout par pure faim, sans aucun commentaire.

Mais lorsque j'eus terminé, il demanda si ce n'était pas mieux qu'il se charge de la cuisine et moi de la vaisselle. J'acceptai la proposition sans discuter. Je trouvais tout aussi ennuyeux de faire la vaisselle que de cuisiner, mais comme en même temps j'aimais beaucoup la bonne chère, l'affaire était entendue. Torben souleva ensuite un problème délicat, auquel je n'avais pas non plus accordé suffisamment d'importance, alors que j'aurais dû le faire : le vin.

— Où se trouve la réserve de vin ? demanda-t-il.

Je montrai du doigt le casier à bouteilles, reconnus qu'il était vide et me disculpai en disant que le vin secoué en mer n'était pas bon.

— Il y a des vins qui le supportent et d'autres qui deviennent imbuvables. Demain, j'irai en ville et je nous munirai du plus important.

J'aurais préféré partir à l'aube avant que trop de monde n'ait remarqué notre présence. Mais si j'avais émis une réserve, cela aurait été comme si un capitaine de navire de croisière expliquait à son chef de cuisine comment faire cuire un steak.

À mon réveil vers 8 h 30, Torben avait déjà disparu. Je pris avec plaisir mon petit déjeuner tout seul. Avec toutes les émotions de ces derniers jours, j'avais oublié que le *Rustica* était mon foyer. En temps normal, à l'occasion d'une traversée par exemple, beaucoup de choses me rappelaient que j'*habitais* véritablement à bord. Sur le pont et dans le cockpit, près de la mer et des vagues, tout était comme au temps où mon bateau n'était qu'une résidence de vacances. Mais dès que j'arrivais au port et me faufilais dans le carré, j'avais ce sentiment particulier d'être chez moi, *quel que soit l'endroit où je me trouvais*. À un moment, être parti comme on peut l'être seulement lorsqu'on est en mer, et l'instant d'après se sentir plus chez soi que peut-être nulle part ailleurs, était une sensation à laquelle je n'avais jamais vraiment pu me faire.

Vers dix heures, un taxi s'arrêta sur le quai. Torben en sortit et déchargea quatre cartons de vin de six bouteilles.

— J'ai eu de la chance. J'ai trouvé exactement ce dont nous avions besoin. Attrape !

À contrecœur, je réceptionnai les cartons. Dans la mesure où le *Rustica* était à la fois un bateau et ma maison, il était déjà quelques centimètres en dessous de sa ligne de flottaison ; les livres et les bouteilles de Torben accusaient encore plus son poids. Je me consolai en pensant qu'en compagnie de Torben le vin ne resterait pas une charge permanente.

— Sommes-nous prêts ? demanda Torben lorsque nous eûmes rangé à grand-peine le vin sous l'une des couchettes.

Le vent d'est s'était maintenu. Nous hissâmes le génois et quittâmes le quai directement à la voile. Plusieurs passants se retournèrent et nous observèrent longuement. La vue d'un bateau à voile dans le Limfjorden en hiver était-elle vraiment si bizarre ?

Après Ålborg, le paysage devint encore plus plat. Les bords étaient envahis de roseaux bruns gelés, et il était impossible de s'orienter par rapport au rivage. Nous nous dirigeâmes au compas en restant loin des berges, car nous n'étions pas certains que les balises se trouvaient bien aux emplacements indiqués sur la carte. En effet, l'hiver, les informations danoises destinées aux navigateurs comportaient toujours le même message préliminaire : « Il ne faut pas s'attendre que les balises soient à leur place. »

Avant Løgstør, nous obtînmes immédiatement le

passage du pont, comme si le gardien savait que nous devions passer. Ce pouvait être un pur hasard et ça l'était d'ailleurs très certainement. Nous traversâmes Løgstør, en hibernation depuis qu'un nouveau chenal, qui contournait la ville même, avait été creusé en 1945. Après Løgstør, le fjord et le paysage s'élargissaient à hauteur de Løgstør Bredning, réputé pour son dur clapot. Aussi le léger vent d'est fut un soulagement pour nous. Nous filions à trois nœuds sous la grand-voile et le génois et nous prenions plaisir à notre voyage.

Mais, lorsque nous nous rapprochâmes du pont d'Oddesund, une certaine nervosité monta en moi et j'avais envie d'aller plus vite. Nous mîmes le moteur en route pour arriver avant que le gardien du pont ne rentrât chez lui à 5 heures, mais en vain. Au moment où nous actionnâmes notre corne de brume, je vis à l'aide des jumelles le gardien verrouiller ostensiblement la porte de sa guérite et partir.

Tout en le maudissant, nous entrâmes dans le port abandonné d'Oddesund près de la pile nord du pont. Dans le bassin, il y avait deux épaves et un cotre de pêche qui flottaient contre toute attente. Malgré le froid et la solitude, l'endroit empestait le poisson. Nous nous regardâmes et descendîmes dans le carré.

Le lendemain, lorsque je regardai l'état pitoyable du port, le vent soufflait encore de l'est. Nous avions de la chance avec le vent. En revanche, j'avais peur que les hautes pressions ne disparaissent, ce qui nous obligerait à louvoyer pendant les quatre cents milles qui nous séparaient de l'Écosse. Le gardien du pont nous laissa passer et nous lança un morne salut. Après le pont, la voie s'élargissait à nouveau et nous nous retrouvâmes à Nissum Bredning. Le contour des rives disparut dans une brume bleuâtre. L'odeur de la mer était proche.

Le bon vent nous rendait tous deux d'humeur exubérante et nous réglâmes les écoutes comme si nous participions à une course. Torben prit la responsabilité de la navigation, du tracé de la route et de la mesure des distances. En très peu de temps, il avait pris tellement d'assurance que je ne le contrôlais que pour le principe ; principe selon lequel précisément nous devions vérifier mutuellement notre navigation aussi souvent que possible. À cet égard, nous ne nous faisions pas confiance, mais uniquement parce que nous n'avions pas confiance en nous-mêmes. Ou bien simplement parce que tout le monde peut se tromper.

Au bout de quelques heures, nous aperçûmes la rangée de bouées du canal de Thyborøn. Les bouées étaient couchées dans le fort courant portant au large et nous les passâmes à toute vitesse en direction de l'entrée de l'immense port de pêche. Je dis à Torben de tenir le cap droit sur l'extrémité sud de la jetée, comme s'il allait l'éperonner, et de ne pas dévier d'un pouce de ce cap. Il me regarda d'un air étonné, mais il en comprit vite la raison lorsque le courant nous projeta sur le brise-lames opposé avec tant de force et de vitesse que finalement nous n'avions plus que deux ou trois mètres de marge lorsque nous pénétrâmes dans l'avant-port. Je remarquai quelques gouttes de transpiration sur le front de Torben et son soulagement lorsque nous fûmes en sécurité.

Je ressentis tout autant de soulagement lorsque nous dépassâmes toute une série de cotres de pêche, tous peints du même bleu clair. Mais moi je soupirais d'aise parce que nous avions échappé aux glaces. Dans le canal de Thyborøn, il y a trop de courant et l'eau est trop tempérée pour qu'elle puisse geler. Nous pouvions maintenant partir au large si nous le souhaitions. Rien ne pouvait plus nous en empêcher.

Nous accostâmes dans le bassin ouest. Un court instant, toute activité cessa sur quelques bateaux de pêche et les pêcheurs nous regardèrent à la dérobée. L'hiver, ici, il n'y a rien d'extraordinaire à être en mer. Mais ils devaient se demander si nous étions suffisamment expérimentés.

Après nous être amarrés, avoir serré les voiles et allumé le poêle, nous traversâmes la petite plage de sable à l'ouest du port et sortîmes sur les gigantesques brise-lames pour voir comment la mer du Nord se présentait. L'inspection ne nous donna aucun indice ; avec la brise de terre, elle ressemblait à n'importe quelle autre étendue d'eau. Les vagues se formaient trop loin pour que nous nous en fassions une idée, et la mer du Nord, baptisée « le plus grand cimetière marin » du monde, avait plutôt l'air engageant.

Nous retournâmes en ville, c'est-à-dire deux rues principales : l'une menant au port et l'autre située le long du port, avec quelques magasins, deux ou trois bars et des marchands de hot dogs, ainsi qu'un foyer de marins, un bâtiment de deux étages en crépi jaune pâle. C'est là que nous nous rendîmes. Au rez-de-chaussée, il y avait un restaurant et une salle de télévision. Le restaurant ressemblait plutôt à un milk-bar, avec un comptoir en verre et des chaises en bois brun bien usé. Aux murs, il y avait des affiches et des peintures banales, mais je ne me souviens pas de ce qu'elles représentaient, à l'exception d'un tableau de deux loups de mer hâlés devant une mer tourmentée. Je me demandais si quelqu'un avait jamais remarqué leur présence. Sur les étagères, étaient rangés le *Dansk Fis-*

keri, et d'autres magazines spécialisés, quelques quotidiens, et d'édifiantes revues religieuses et moralisatrices. Si les pêcheurs accordaient beaucoup de prix au foyer des marins, ils ne semblaient pas pour autant s'être attardés à la lecture des brochures sur les bienfaits de Dieu. Mais je savais aussi que le nord du Jutland constituait la place forte des congrégations libres, exactement comme l'avait été le Bohuslän en Suède.

Torben fit la grimace lorsque je commandai l'un des plats nationaux danois : du filet de plie pané avec des pommes frites et de la sauce rémoulade. Lui-même tenta de se faire une idée du niveau de la cuisine en étudiant la carte des vins, mais au nom de Dieu le choix se réduisait à la bière légère locale.

— Je prends une douche à la place, dit-il.

Il acheta un jeton de douche pour trente couronnes. Les ablutions corporelles étaient chèrement payées, contrairement aux spirituelles qui semblaient être gratuites.

La plie arriva. On me dit qu'elle avait été pêchée exprès pour moi, mais elle n'avait aucun goût si ce n'est celui de la panure. Que l'insipidité fût compensée par une quantité phénoménale ne rendit pas le repas plus agréable pour autant.

Je ne lus pas en mangeant, ce qui était aussi inhabituel pour moi que de boire un café sans fumer une cigarette… ou plutôt l'inverse. Au café, j'empruntai tout de même le journal *Jyllandsposten*, que l'on appelle « la Peste de Jylland » à Copenhague sans que cela signifie pour autant qu'il soit meilleur ou pire que les autres journaux.

D'abord, je parcourus d'un œil distrait les nouvelles et je constatai rapidement que rien de radical n'avait été accompli pour rendre le monde plus facile à vivre.

Ensuite, je cherchai les prévisions météorologiques et tentai d'interpréter la tendance générale. Les hautes pressions et le vent d'est allaient persister tout en s'affaiblissant. Une zone de très basses pressions se trouvait juste au sud du cap Farewell au Groenland, mais tout indiquait qu'elles choisiraient une voie nord-est sur le nord de la Norvège. Cela pouvait donner approximativement des vents de sud-est. Les prévisions à cinq jours parlaient d'un fort vent de sud-est à sud-ouest. Selon les bulletins danois, le vent allait forcir jusqu'à force 6. Pour la mer du Nord, cela représentait beaucoup de vent, mais ce n'était pas un coup de vent et avec un peu de chance nous n'aurions pas à trop louvoyer. En somme, c'était plus encourageant que ce que j'avais osé espérer, et sur ce sentiment j'allais ranger le journal, lorsque mon attention fut attirée par un petit entrefilet situé complètement en bas de page.

> Meurtre bestial sur un voilier
>
> Hier vers 17 heures, un voilier à la dérive a été retrouvé au large de Falsterbo, au sud de la Scanie, selon les gardes-côtes suédois. À bord se trouvait le corps d'un homme d'une quarantaine d'années. L'homme, dont l'identité n'a pas encore pu être établie, avait été décapité et la tête n'a pas été retrouvée sur le lieu du crime. La police, qui ne dispose d'aucun indice ni sur les auteurs ni sur les mobiles de ce meurtre, demande à toutes les personnes, au Danemark ou en Suède, qui ont vu le voilier, un catamaran baptisé *Sula*, de se mettre immédiatement en rapport avec elle.

CHAPITRE 9

— Qu'est-ce que tu as ? Tu es malade ? demanda Torben lorsqu'il revint vers moi. Tu n'aurais pas dû manger cette plie.

Je lui passai le journal et lui fis voir l'article. J'avais du mal à empêcher ma main de trembler.

— Eh bien, dit Torben d'une voix éteinte, lorsqu'il eut fini de lire. Il ne reste plus qu'à trouver une cabine téléphonique et à téléphoner à la police suédoise.

Le calme apparent et la triste résignation de sa voix me sortirent de ma léthargie.

— Attends une seconde, dis-je. D'abord, il faut réfléchir.

— Il n'y a rien à réfléchir. Ce n'est plus notre problème.

Je ne savais pas que répondre. Depuis une demi-heure je tentais de penser, mais les questions s'amoncelaient les unes sur les autres pour finalement retomber comme un château de cartes.

— Retournons au bateau.

La promenade me laissa un peu de répit. Nous dépassâmes les grands entrepôts de poisson. Un chalutier déchargeait sa cargaison de poissons industriels devant le dernier hangar. Il était tellement chargé que l'eau coulait par le dalot lorsqu'il roulait. Lorsque nous passâmes devant lui, j'entendis un des pêcheurs dire quelque chose à propos de l'Écosse, mais je ne compris pas ce qu'il disait.

— On se demande comment il peut encore flotter, dit Torben à propos du bateau surchargé.

Il ignorait sans doute que des bateaux de pêche avaient sombré corps et biens, parce qu'ils étaient tellement chargés que l'étrave n'avait plus suffisamment de flottabilité pour refaire surface après avoir enfourné une vague creuse. Un pêcheur m'avait raconté qu'un jour un bateau était rentré au port si chargé qu'il n'avait pas pu s'amarrer. Les pêcheurs avaient été obligés de maintenir une certaine vitesse pour que la lame de l'étrave puisse soutenir le bateau à la surface. Quand enfin ils s'étaient amarrés, il avait fallu décharger le maximum de poissons en quelques secondes avant que le bateau ne coulât. Tout cela pour quelques billets de plus. J'éprouve plus de compréhension pour ceux qui risquent leur vie par goût de l'aventure. C'est plus honnête.

Plus loin se trouvait un petit bateau de pêche à la coque noire, qui semblait abandonné. Aucune lumière ne brillait à bord, ni sur le pont ni dans le carré. J'eus un coup au cœur lorsque nous parvînmes à sa hauteur. Je me rappelai soudain avoir vu sur des brochures que les chalutiers écossais avaient une coque noire. « F 154 » était peint sur l'étrave, mais je ne distinguai pas de nom ni de port d'attache. Je me promis mentalement de revenir plus tard. Son capitaine devait pouvoir nous donner quelques conseils sur les abris sûrs de la côte est de l'Écosse.

À cette pensée, je compris que, finalement, je n'avais pas abandonné l'idée de traverser la mer du Nord et de découvrir ce que Pekka avait vu, ce qui avait provoqué sa mort. M'en retourner maintenant, alors que j'avais enfin largué les amarres, aurait été le plus grand échec de ma vie.

Mais il me fallait encore convaincre Torben. Et je ne pouvais le faire qu'à l'aide d'arguments indiscutables.

— De quoi voulais-tu parler ? dit-il dès que nous nous installâmes dans le carré du *Rustica*.

Je ne répondis pas et sortis à la place la carte anglaise de la mer du Nord, une des rares cartes où se trouvent rassemblées les différentes cartes de la région, avec à la fois Thyborøn et Rattray Head — la pointe est de l'Écosse et le point d'atterrissage naturel pour se lancer ensuite dans l'estuaire d'Inverness.

— Je veux que nous mettions au point notre traversée de la mer du Nord, dis-je, après avoir déplié la carte sur la table du carré.

— Ça va pas la tête, dit lentement Torben. Ça n'allait déjà pas bien avant, mais maintenant tu vas trop loin. C'est une chose d'aller en Écosse à la voile et de se mettre à la recherche de francs-maçons ou de rotariens celtes et de s'informer sur leurs passe-temps favoris. S'ils font rôtir des moutons vivants sur des autels en pierre ou s'ils conjurent les esprits et ramassent des feuilles de chêne. Je suis même d'accord pour le faire en hiver. Au moins on évite de s'entasser avec les touristes dans les ports. Mais un *meurtre* a été commis, et cela change quand même les données de notre travail de détectives.

Je pris ma longue règle et traçai une ligne au crayon de Thyborøn à Rattray Head. Je n'avais même pas besoin de mesurer le cap avec le rapporteur : à vue d'œil, il était clair que le bon cap était presque plein ouest, au 275. À cela, il fallait ajouter une déclinaison ouest pour obtenir le cap que nous suivrions au compas. Le problème, c'était que la déclinaison était de 3° sur la côte du Jutland et de 8° lorsque nous nous rapprochions de l'Écosse, mais après quelques calculs j'obtins une valeur moyenne. L'opération suivante consistait à prendre le compas, mesurer une distance sur l'échelle des latitudes au niveau de la route que nous avions envisagée, et mesurer ensuite la totalité de la distance à parcourir, soit 340 milles. Bien sûr, c'était le parcours idéal, mais tout portait à croire que nous aurions de temps en temps des vents d'ouest et que nous serions obligés de louvoyer et de changer de cap. Les préparatifs étaient très importants et je les effectuais avec encore plus de soin que d'habitude dans l'espoir que Torben changerait d'avis si je mettais du temps. Ce fut peut-être le cas, car son ton était plus doux lorsqu'il me demanda encore une fois pourquoi je ne téléphonais pas tout simplement à la police, leur racontais tout ce que je savais, pour ensuite laisser tomber les Celtes et l'Écosse. Pour sa part, dit-il, il était tout à fait prêt à passer l'hiver à Thyborøn. Il y avait sûrement beaucoup à apprendre sur la vie des autochtones, et en plus on ne se lassait jamais de regarder la mer.

Mais j'avais pris ma décision, et il y avait un argument auquel Torben aussi devait réfléchir avec le plus grand sérieux.

— Que se passera-t-il si nous prenons contact avec la police ? demandai-je finalement. À coup sûr, nous allons être interrogés, et s'ils attrapent MacDuff nous serons appelés comme témoins. Et même s'ils ne lui mettent pas la main dessus, il risque d'apprendre que nous avons été interrogés et que nous *savons* que

Pekka a été assassiné. Peut-être même que nous avons le livre de bord. Et qu'arrivera-t-il alors ? Qui dit que nous ne serons pas ses prochaines victimes ? La meilleure chose à faire est d'aller en Écosse, trouver MacDuff et lui demander aussi innocemment que possible s'il a vu Pekka. Il croira alors que nous ne savons rien. Et tant que nous resterons en Écosse, nous n'entendrons pas parler d'un meurtre quelque part en Suède. MacDuff est dangereux. Nous savons maintenant *à quel point* il l'est. Tu sais ce que Pekka a écrit dans son livre de bord. D'après moi, nous serons plus en sécurité en Écosse qu'ici.

Je vis que mon argumentation avait fait une certaine impression sur Torben.

— Mais qu'allons-nous faire une fois que nous serons en Écosse ? objecta-t-il.

— Nous n'avons pas besoin de faire quoi que ce soit. Rester dans le carré et lire des livres, regarder les moutons, aller au pub et boire de la Guinness et du whisky.

— Pas du whisky, dit Torben sèchement.

— Ils ont certainement du vin aussi, si c'est ça que tu veux dire.

— Ils ont du bon vin en Écosse ?

J'étais sur la bonne voie.

— Pourquoi pas ? En bouteille en tout cas.

Torben se permit un sourire, mais redevint sérieux.

— Je reconnais, dit-il, la justesse de ton raisonnement à propos de MacDuff. Il vaut mieux aller le voir pour qu'il ne lui vienne pas à l'idée de nous tuer nous aussi. D'un autre côté, il a tranché la gorge de l'un de nos semblables et il a emporté la tête avec lui. Tu ne trouves pas que cela mériterait d'être puni d'une manière ou d'une autre ?

— Je suis d'accord avec toi.

— Bien sûr. Mais je soupçonne que tu penses à autre chose. On dirait que tu crois que toi et moi allons démasquer une grande conspiration et que du coup nous deviendrons des héros. Ulf Berntson, le Hornblower de notre époque. Le monde a changé depuis son ère de grandeur. Les gens comme toi et moi ne *savent* rien faire. Nous ne savons pas tirer, nous ne faisons pas de karaté, nous ne pouvons pas tenir les leviers de commande d'un avion, et nous n'avons même pas fait de musculation. As-tu seulement ton permis de conduire ?

— Non.

— Tu vois ! Nous ne pourrions même pas louer une voiture si on en avait besoin.

Torben avait raison. Toutes les conditions manquaient pour jouer aux héros. Qu'étions-nous capables de faire en fin de compte ? Je savais naviguer et j'étais maître de plongée, mais quoi de plus ? Je *m'exprimais* facilement, et même en plusieurs langues. Mais que valait le fait de pouvoir *s'exprimer* face à des gens comme MacDuff ? Pas grand-chose. Probablement rien. Torben savait penser et tirer des conclusions. Il avait des connaissances. C'était toujours quelque chose.

— Ma seule prouesse sera de nous faire traverser la mer du Nord, dis-je.

— Est-ce une promesse ?

— Oui.

L'instant d'après, je regrettais ce que j'avais dit. Sur la mer, face à la mer, sur un petit bateau, il vaut mieux ne pas se croire le plus fort.

Cependant nous ne quittâmes Thyborøn que deux jours plus tard, sans regret, avec une petite brise de sud-est par temps clair et une température de deux degrés au-dessus de zéro. Au cours de la nuit, contre toute attente, la brise forcit jusqu'à force 8, un fort coup de vent nous forçant à rester au port. Pendant vingt-quatre heures, la mer s'acharna impitoyablement sur la côte basse. Nous avions passé le temps à lire les descriptions de navigation et les livres sur l'Écosse, à discuter avec les pêcheurs au foyer des marins et à regarder la furie de la mer quand elle se déchaînait. J'avais eu l'occasion d'aller seul à l'extrême pointe d'une des digues. J'étais resté là plusieurs heures afin de m'habituer à la violence du vent. Quand je revins, j'étais sourd et complètement gelé, mais je n'avais plus peur du mauvais temps. Il est très important de s'habituer le plus vite possible au vent, à l'arrivée d'un coup de vent ou d'une tempête. Beaucoup font l'erreur d'attendre et d'espérer que cela n'empirera pas, ou lorsque cela a empiré, que cela va passer aussi rapidement que possible.

Nous avions fait le tour du port et regardé les bateaux de pêche qui chargeaient et déchargeaient malgré le coup de vent. Nous échangeâmes quelques mots avec quelques membres d'équipage. Ils n'étaient pas très bavards, mais ils étaient aimables. Somme toute, les gens de Thyborøn paraissaient être à la fois plus affables et plus hospitaliers que la moyenne. Un après-midi, alors qu'on prenait une bière dans une auberge, on se disait, Torben et moi, que regarder la télévision pourrait nous faire passer un bon moment. Ni l'un ni l'autre n'avions de télévision et je crois qu'il s'était bien passé six mois depuis que j'avais vu un programme. Lorsqu'il m'arrivait parfois de me trouver devant un écran, le charme de la nouveauté opérait toujours et je devenais obsédé. Je voulais tout regarder. L'auberge avait un téléviseur, mais l'hôtesse derrière le bar nous dit que malheureusement ce soir-là ils étaient fermés. Cependant, nous étions à peine sortis qu'elle nous rattrapa en courant pour nous proposer de venir quand même, un peu plus tard, par la porte de derrière. Elle avait seulement dit non pour que les habitués ne croient pas que c'était ouvert. Ils avaient besoin de cuver leur vin. Mais bien sûr, nous pouvions regarder la télévision.

Nous fûmes tellement surpris de son amabilité que nous refusâmes. Après, j'eus honte de mon incapacité à accepter son hospitalité.

Je n'eus jamais l'occasion d'entrer en contact avec l'équipage du F 154 écossais. Je passai devant plusieurs fois, mais sans voir personne. Une fois, je montai même à bord et frappai à la cabine, mais je n'obtins aucune réponse. Les pêcheurs des chalutiers d'à côté ne savaient rien. Le F 154 était arrivé une semaine plus tôt, mais ils n'avaient vu personne à son bord.

Plusieurs fois, j'avais fait allusion à ce qui avait pu être la cause de la mort de Pekka pour faire dire à Torben ce qu'il en pensait. Mais ce n'était pas dans son caractère de spéculer et, en outre, il voulait sûrement éviter à tout prix d'attiser ma témérité. En même temps, j'étais sûr qu'il réfléchissait et s'inquiétait plus qu'il ne le laissait paraître. Ce fut un soulagement pour nous deux de pouvoir reprendre la mer, lorsque le coup de vent se calma enfin.

Lorsque nous quittâmes le canal de Thyborøn, la mer du Nord nous fit face avec une houle désordonnée de nord-ouest qui fit rouler le *Rustica* de façon irrégulière. La grand-voile et les poulies tapaient et cliquetaient. Torben avait l'air soucieux, mais j'étais enthousiasmé à l'idée de naviguer en pleine mer. Vers

3 heures seulement, Thyborøn disparut à l'horizon. Comme Torben ne semblait pas spécialement décidé à s'occuper de la cuisine, je descendis préparer le repas, quelque chose avec de la purée de pommes de terre, si je me rappelle bien. Nous nous assîmes dans le cockpit pour profiter du soleil couchant (plus que de ma cuisine), mais Torben ne prit que quelques bouchées. Il prétendit ne pas avoir faim. Je croyais bien sûr que mes talents culinaires étaient en cause, mais ces quelques morceaux furent la seule chose que Torben mangea les trois jours suivants. Il avait le mal de mer, mais il lui fallut beaucoup de temps pour l'admettre.

Vers 6 heures, il y eut une détonation, et le *Rustica* monta dans le vent et les voiles faseyèrent. Je crus d'abord que les drosses du régulateur s'étaient décrochées, mais c'était bien plus grave que ça. L'axe de la girouette s'était cassé. Il n'y avait rien d'autre à faire que de barrer le reste de la traversée.

Nous décidâmes de prendre des quarts de trois heures, jour et nuit. Je pris volontairement le premier quart pour que Torben puisse se reposer et échappe au quart de minuit, le plus difficile. Il paraissait encore pouvoir combattre son mal de mer pour prendre son tour à la barre, mais guère plus.

Peu après le changement de quart, il me réveilla pour me dire que « nous étions suivis par un bateau de pêche ». En d'autres circonstances, je l'aurais renvoyé d'un haussement d'épaules. Les bateaux de pêche sont imprévisibles et changent de cap au moment où on s'y attend le moins, et toujours, semble-t-il, de façon telle qu'on est obligé de virer. Mais cette fois-ci, je pris Torben au sérieux et je montai au cockpit avec les jumelles. Il avait raison. À quelques milles derrière nous, je vis les feux d'un chalutier, vert et blanc, qui avait le même cap que nous.

— J'ai changé de cap à deux reprises, dit Torben. Mais chaque fois, on dirait qu'ils font la même chose.

— De combien de degrés as-tu modifié la route ?

— Je ne sais pas. Trente ou quarante degrés, j'imagine.

— Cela ne se remarque pas de l'autre bateau. Il faut au moins soixante-sept degrés et demi pour que les feux latéraux se voient. Modifie le cap de soixante-quinze degrés, nous verrons bien ce qu'il se passe.

Le *Rustica* prit sagement son nouveau cap. Je continuai à observer le bateau de pêche à la jumelle. D'abord, il ne se passa rien, mais ensuite il vira lentement à bâbord comme s'il essayait de nous couper la route.

— Je ne sais pas, dis-je à Torben. C'est peut-être une coïncidence. Mais il vaut mieux en être sûr, dans la mesure du possible.

J'éteignis les feux et descendis le réflecteur radar qui était suspendu sous la barre de flèche à tribord.

— Nous ne pouvons pas faire plus. Réveille-moi s'il se passe quelque chose.

Il me réveilla une heure plus tard.

— Je ne le vois plus, dit Torben. Ses lumières ont disparu peu après que tu t'es couché. Mais le vent commence à forcir. Ne faut-il pas faire quelque chose ?

J'enfilai une veste et je grimpai sur le pont. Il ne soufflait qu'une brise fraîche, mais c'était aussi bien de prendre un ris au cas où le vent se lèverait. Ainsi nous n'aurions plus à nous en préoccuper cette nuit. Avec un ris dans la grand-voile et le petit foc, le *Rustica* pouvait, s'il le fallait, affronter un petit coup de vent.

— Est-ce bien conforme aux règles de l'art de prendre des ris en caleçon long ? demanda Torben.

— Hornblower n'aurait pas pensé à cela une seule seconde. Que ce qui doit être fait, soit fait.

— Désolé de t'avoir réveillé.

— Ce n'est rien.

Mais quand, vingt minutes plus tard, je fus réveillé pour la troisième fois, je m'apitoyai un peu sur mon sort. Dans la Thermos, le café était tiède, les cigarettes humides et fades, et en plus il faisait froid et sombre et j'étais fatigué. Mais, une demi-heure après, j'étais rentré dans le rythme de la navigation nocturne : cette sensation curieuse que l'on éprouve de se trouver dans une sorte d'espace sentimental intérieur vide, avec, mis à part la vue, tous les sens orientés vers l'extérieur, en alerte. Mon regard se posait seulement sur la ligne de foi du compas, éclairé par une faible lueur rouge qui n'agressait pas la vision nocturne. Je sentais le vent sur le visage et sur la main qui tenait la barre. Mon corps, qui suivait les mouvements du bateau, percevait les vagues. Parfois, on essaie malgré tout de regarder droit devant et de pénétrer le noir. Je ne sais pas pourquoi. Cela ne sert pourtant à rien, à moins que le ciel ne soit constellé d'étoiles ou que la lune ne se soit levée.

Je n'aperçus pas le bateau de pêche pendant mon quart, mais si malgré tout il nous voyait sur son radar, il pouvait très bien nous suivre dans l'obscurité. Lorsque je réveillai Torben à 3 heures, et que j'allumai la lampe du carré, je vis que son mal de mer avait empiré.

— Pourras-tu barrer ? demandai-je, bien que je fusse moi-même transi de froid et épuisé.

Mes doigts étaient engourdis et, la dernière demi-heure, j'avais barré debout par peur de m'endormir.

— Et pourquoi pas ? répondit-il, les dents serrées, et il se hâta de s'emmitoufler pour sortir à l'air frais.

— Tiens un cap de 250, jusqu'à ce que j'en aie calculé un nouveau.

Le vent avait forci et il soufflait maintenant un bon force 6. Il avait viré au nord-ouest, et nous ne pouvions plus maintenir le cap droit sur Rattray Head. Nous avions parcouru soixante milles, notre position était 6° 30' E 56° 40' N, presque au nord de Monkey Bank et le cap sur la plate-forme pétrolière d'Ekofisk.

Torben reçut un nouveau cap avec du mou dans les écoutes, malgré le bord de près, mais en serrant le vent de trop près nous aurions risqué d'avoir à modifier à nouveau le cap sous peu. Je m'endormis comme une masse.

Je m'éveillai, dans un matin pétillant de couleurs, pas vraiment frais et dispos, mais bien remonté. Je préparai avec quelque peine deux Thermos de café, mangeai quelques sandwiches et roulai plusieurs cigarettes. Le *Rustica* roulait bord sur bord, mais il ne souffrait pas et glissait régulièrement, calmement et vite sur les hautes vagues que je voyais s'accumuler devant les hublots. Torben avait l'air exténué à la fin de son quart. J'espérais chaque fois que le sommeil l'aiderait un peu, mais après sa période de repos il se réveillait encore plus malade.

— Tout va bien, dit-il seulement, et il disparut.

La mer était grosse et forte, mais le *Rustica* vogua comme dans un rêve toute la journée. À cinq-six nœuds, il fonçait à travers les énormes masses d'eau verte et projetait de l'écume blanche.

À l'aube, j'aperçus à bâbord un bateau de pêche sur une route parallèle. Il était bien sûr impossible de déterminer s'il s'agissait de notre visiteur nocturne.

Mais, déjà de loin, je voyais que sa coque était peinte en noir. Lorsqu'il se rapprocha, je pus lire son numéro d'immatriculation. Je vis ainsi qu'il s'agissait du même bateau qu'à Thyborøn. Je lui fis signe lorsqu'il nous dépassa péniblement à quelques centaines de mètres sous le vent. Mais personne ne réagit à mes signaux. Ils avaient probablement branché le pilote automatique et l'équipage était à l'intérieur.

Lorsqu'il nous eut dépassés, je sentis une inquiétude inexplicable monter en moi. Je me dis qu'il n'y avait rien de plus naturel que de rencontrer un bateau de pêche écossais en route pour l'Écosse. Je savais que les Danois et les Écossais vendaient souvent leurs prises l'un chez l'autre, à la recherche du meilleur prix. Mais mon anxiété ne s'apaisait pas pour autant. Je trouvais ce bateau un peu petit pour la pêche en haute mer. Et pourquoi n'avait-il ni nom ni port d'attache ? Je le suivis longtemps des yeux et, lorsqu'il disparut à l'horizon, je me maudis de ne pas avoir pensé à demander aux pêcheurs danois de Thyborøn à quoi ressemblaient l'équipage et le capitaine. Mais maintenant c'était trop tard.

Ce fut le dernier bateau que nous vîmes sur deux cents milles. Les vingt-quatre heures suivantes furent sans changement : vent fort, ciel limpide, froid, encore des bords à tirer au près. Mais je me souviens de deux choses : la formidable progression du *Rustica* sur la mer verte et la lutte de Torben contre le mal de mer. À chaque réveil, on aurait dit qu'il ressuscitait des morts après un tour en enfer. Il ne mangeait ni ne buvait. Il ne faisait que dormir et barrer, barrer et dormir. Il souffrait, mais il s'en sortait bien.

Le troisième matin seulement, le vent tomba et la mer s'apaisa. Nous avions dépassé Ekofisk sans la voir. Le mal de mer de Torben avait aussi commencé à se calmer, surtout parce qu'il avait enfin reconnu qu'il avait le mal de mer et rien d'autre. Lorsque je pris la relève à l'heure du dîner, il s'autorisa à vomir plusieurs fois, absorba deux cachets et se coucha. Lorsqu'il se réveilla, la crise était passée, bien que le médicament l'eût fatigué. Mais, comme il dit, il valait mille fois mieux être épuisé qu'avoir le mal de mer. Un peu plus tard, alors que Torben croyait sans doute que je dormais, je l'entendis dire à lui-même et aux dieux de la mer : il faut être masochiste pour aimer la voile. Je l'interprétai comme un signe de bonne santé.

Moi, qui n'ai jamais été sujet à ce genre d'indisposition, j'étais soulagé. Je comprenais maintenant ce qu'avait voulu dire Ian Nicholson, le navigateur au long cours anglais qui avait toujours le mal de mer, lorsqu'il écrivait qu'il y avait deux stades dans le mal de mer : le premier, quand on croit qu'on va mourir ; le second, quand on commence à craindre de *ne pas* mourir.

À 19 heures, nous voguions sur une mer plate avec un léger vent de nord-est. Nous parlions déjà de voir la terre, même si d'après mes calculs à l'estime, au compas et au loch, il nous restait encore quatre-vingt-dix milles à parcourir. Mais nous avions changé de cap une douzaine de fois, sans que Torben ait eu la force de vérifier notre position.

La nuit fut agitée. Pour la première fois depuis que Torben avait pris son premier quart de nuit, je fus réveillé.

— Qu'est-ce que tu veux ? demandai-je depuis mon duvet que je répugnais à quitter.

— Il vaut mieux que tu viennes.

J'enfilai un à un tous mes vêtements. C'est là l'un

des plus grands inconvénients de la voile en hiver : sous-vêtements, fibre polaire, combinaison de ski et ciré fourré, bonnet, deux paires de gants, deux paires de chaussettes et des grandes bottes pour être à l'aise. Il fallait tout mettre, si possible dans le bon ordre. J'espérai que Torben ne m'avait pas réveillé inutilement.

Lorsque je montai, je vis tout de suite à l'avant un certain nombre de points lumineux alignés comme les feux le long des pistes d'atterrissage. Au milieu, il y avait une forme lumineuse gigantesque, qui ressemblait à un sapin de Noël décoré.

— Il doit y avoir beaucoup de courant ici, dit Torben. J'ai essayé de contourner le monstre, mais rien à faire. Quoi que je fasse, il se rapproche de plus en plus.

Je n'en croyais pas mes yeux et je n'y comprenais rien. Il n'y avait pas de courant ici au large et aucun forage n'était indiqué sur la carte. J'étais tellement déconcerté que je ne pensais même pas à prendre les jumelles. Au bout de quelques minutes, lorsque nous parûmes être aspirés par le monstre, Torben prononça les mots magiques :

— C'est peut-être lui qui se déplace ?

Ce n'est qu'à ce moment-là que je sortis de mon engourdissement et attrapai les jumelles. Je vis alors ce que c'était : deux gros remorqueurs qui tiraient une plate-forme pétrolière de cinquante mètres de haut en travers de notre route. Les autres lumières devaient tout simplement provenir de bateaux de pêche. L'ambiance à bord changea en un instant et j'eus du mal à me rendormir, d'autant que le vent léger ne remplissait pas la grand-voile, qui battait à nouveau avec un grincement agaçant.

Lorsque je repris la barre vers 4 heures, les bateaux de pêche avaient disparu. Nous avions passé le méridien de Greenwich sans nous en rendre compte, le vent avait tourné et s'était renforcé, et venait presque par l'arrière. Je pensais avoir assez dormi et me préparais mentalement à barrer au-delà de mes trois heures.

Le jour se leva avec le soleil et encore plus de vent. L'étrave du *Rustica* crachait de l'écume lorsqu'il se précipitait sur une vague. Puis il s'arrêtait avec un soupir jusqu'à ce que l'arrière se soulève et il repartait de plus belle. J'étais tenté de crier des encouragements pour aller plus vite et apercevoir la terre aussitôt que possible. J'étais à moitié allongé en travers du cockpit et j'essayais de ne pas me relever pour guetter la terre. Curieusement, beaucoup de navigateurs sont atteints de cette affection chronique qui est de chercher des yeux la terre trop tôt, comme s'ils n'avaient pas confiance en leur propre capacité de naviguer, ou comme s'ils préféraient être à terre plutôt qu'en mer. J'appartiens à ceux qui doivent naviguer. La mer éveille en moi quelque chose qui semble être aussi profond que l'instinct de conservation. Mais c'est peut-être ce même instinct de conservation qui fait que je ne passe jamais plus d'un jour en mer avant de souhaiter d'être déjà arrivé au port.

Lorsque Torben se réveilla enfin, j'avais barré pendant six heures, et le vent avait augmenté pour atteindre les limites de la navigation insouciante. Il se renforça rapidement et nous fûmes obligés d'amener la voile avant. Les vagues se dressaient de plus en plus haut derrière nous. À 10 heures, j'estimais la force du vent à quarante nœuds et les plus grosses vagues à quatre mètres. Bien qu'il fût à quille longue et pesât sept tonnes, le *Rustica* surfait sur les vagues. Parfois, une vague d'étrave parvenait jusqu'au bord avant du cockpit. L'aiguille du loch touchait souvent la butée et restait collée à dix nœuds. La barre vibrait dans ma main. La pression sur le gouvernail était si forte que je n'étais pas sûr de savoir jusqu'où je pourrais le contrôler. Je n'avais jamais vu des vagues aussi abruptes et aussi chaotiques. Si j'avais su ce que je sais maintenant, que les parages de Rattray Head ont mauvaise réputation et qu'ils ont englouti deux bateaux de sauvetage de Fraserburgh, j'aurais très certainement fait route plus au nord.

Pour occuper Torben qui était debout dans la descente, derrière le panneau de plexi, et regardait les crêtes des vagues énormes qui venaient s'écraser, je lui demandai de prendre des photographies. J'évitais moi-même de regarder en arrière. En fait c'était pire pour lui. Je le voyais tressaillir de temps en temps lorsque l'une de ces grosses vagues déferlait et se lançait à notre poursuite à une vitesse folle. Mais à chaque fois, l'arrière du *Rustica* était soulevé par une main invisible et laissait passer les masses d'eau bouillonnante. Toutes les fois sauf une. Je compris, à l'expression de Torben, que quelque chose n'allait pas et je jetai un coup d'œil à l'arrière. Trois crêtes de vagues gigantesques se dressaient à la suite. Je réussis à parer la première et la seconde, mais la troisième projeta des cascades d'écume dans le cockpit et déferla contre le plexi du panneau de descente. Lorsque l'eau s'écoula, j'aperçus les traits figés de Torben. Je lui fis signe qu'il n'y avait pas de danger, même si je n'en étais plus tout à fait convaincu.

Au sommet d'une vague, j'entrevis ensuite la terre à deux milles seulement. L'étrave du *Rustica* pointait droit sur le phare de Rattray Head. Nous étions allés droit au but après trois cent quatre-vingts milles et douze changements de cap, à peu près comme si nous avions seulement parcouru les huit milles qui séparent Limhamn de Dragør. Mais cette satisfaction fut de courte durée, car avec le phare comme amer, je vis que le courant fort nous poussait rapidement vers le sud. Nous allions être obligés d'empanner afin de pouvoir doubler le cap. Avec la grand-voile toute dehors par force 7 ou 8, la manœuvre n'était pas sans danger, mais je tentai de dissimuler mon inquiétude car Torben se réjouissait déjà à l'idée d'être bientôt sur la terre ferme.

J'attendis que le *Rustica* se lance sur une très grosse vague, puis lorsque la vitesse fut à son maximum et la force sur les voiles à son minimum, je poussai avec prudence la barre à bâbord. La grand-voile changea de côté en claquant comme un coup de fouet, mais ce ne fut pas aussi dramatique que ce que j'avais d'abord cru. Je maîtrisai à nouveau la situation.

Lorsque je dis à Torben que nous ne pourrions probablement pas entrer dans le port de Fraserburgh, en raison de l'état de la mer et du coup de vent venant du large, je vis son visage se décomposer. Toute la joie disparut de ses yeux à l'idée de veiller encore une nuit et de parcourir soixante milles avant d'atteindre le prochain abri. Si Torben avait été seul, je suis sûr qu'il aurait risqué sa vie pour y arriver.

Mais après avoir contourné Rattray Head, nous fûmes à l'abri du vent et à 14 h 30 nous pûmes passer entre les digues de quatre mètres de haut de Fraserburgh. Au même moment, comme sur commande, un épais brouillard s'abattit sur nous et il commença à bruiner. Il n'y avait pas de doute, nous étions en Écosse.

J'avais barré sans interruption depuis 3 heures du matin, et mes yeux papillotaient. Maintenant que la tension se relâchait, j'étais obligé de puiser dans mes dernières forces pour nous conduire jusque dans le bassin nord, situé au fond du port. Nous nous amarrâmes au premier bateau venu, l'un de ces nombreux bateaux de pêche qui ne semblaient pas prêts à partir dès le lendemain matin.

Pendant que nous ferlions les voiles, mes jambes tremblaient de fatigue. Mais nous étions arrivés. À cet instant-là, tout le reste n'avait aucune importance. Il nous fallut sûrement une demi-heure pour ranger les voiles et encore une demi-heure pour ôter nos cirés. Ensuite, nous préparâmes du café, sans un mot nous nous serrâmes la main, et nous nous assîmes dans le cockpit pour observer les façades grises et tristes de Fraserburgh qui à nos yeux paraissaient idylliques et hautes en couleur. Je ressentais un plaisir irrépressible et j'étais reconnaissant de pouvoir le percevoir. Je suis sûr que nous éprouvions tous deux la même chose, et que pour cette raison, juste à ce moment-là, nous rompions la solitude qui trop souvent est la seule chose qui unit les hommes.

Je ne sais pas combien de temps nous savourâmes ce sentiment. Mais je sais quand il prit fin. Ce fut lorsque Torben montra du doigt, par-dessus mon épaule, un bateau de pêche avec une coque noire. Je lus le numéro d'immatriculation sur l'étrave : F 154.

CHAPITRE 10

Était-ce le fruit de mon imagination ? Je trouvais que les douaniers nous traitaient avec méfiance. Ils étaient bourrus et voulaient voir tous les papiers que nous avions à bord. Ils regardèrent tous les placards, soulevèrent les planches de la cale et ouvrirent même les trappes des réservoirs d'eau. À mes yeux, ils fouillaient de façon trop systématique pour que cela ne fût qu'une pure coïncidence. Cela devint particulièrement critique lorsque l'un d'entre eux commença à fouiller dans la couchette de navigation. Mais mon compartiment secret était caché sous l'isolation et il était pratiquement impossible de le découvrir. Il ne trouva d'ailleurs rien, mais avant de partir, les douaniers profitèrent de l'occasion pour nous expliquer qu'il était illégal d'aller à terre sans avoir accompli les formalités d'arrivée. Leur méfiance pouvait très bien provenir de leur incrédulité. Somme toute, « faire de la navigation de plaisance » en mer du Nord en hiver nécessitait peut-être une explication.

À moins que… À nouveau, ces mots me vinrent à l'esprit. Se pouvait-il que MacDuff ait appris où nous étions partis ? Non, comment l'aurait-il pu ? *À moins que* Pekka n'ait été obligé de parler de moi et du livre de bord. Mais Pekka aurait-il vraiment raconté ce qu'il savait, même sous la menace ? Non, sûrement pas. *À moins que* cette menace n'ait concerné Mary. Ce n'était pas impossible, mais était-ce vraisemblable ? Non. *À moins que* cela n'ait été précisément ce qui était arrivé. Que la douane fût aussi consciencieuse n'était peut-être pas uniquement un défaut professionnel.

D'un autre côté, les douaniers n'étaient pas sur le quai à nous attendre. Nous avions hissé le pavillon jaune de libre pratique, et nous avions attendu une heure. Comme personne ne venait, nous allâmes à terre d'un pas mal assuré, nous demandâmes le bureau de douane où nous laissâmes un message indiquant l'heure de notre arrivée, le lieu où nous nous trouvions, et notre demande d'autorisation d'entrée. Ensuite, nous nous retrouvâmes dans un bar minable près du port. Au bar nous prîmes les deux sièges libres, en similicuir noir ; je commandai un whisky bien mérité, et Torben un verre de vin de marque incertaine, tout aussi mérité. De chaque côté de nous étaient assis deux rustres qui parlaient entre eux, au-dessus de nos têtes, comme si nous n'existions pas. Je me rendis compte au bout d'un moment que je ne comprenais qu'un seul mot de tout ce qu'ils disaient. C'était le mot *fuck* qui revenait toutes les deux phrases. Le reste était inintelligible et ne ressemblait à aucune langue de ma connaissance.

— Est-ce du celtique ? demandai-je à Torben.

Il écouta avec attention. Manifestement il n'avait pas réalisé non plus qu'il ne comprenait pas ce que les deux hommes disaient.

— Tu veux dire de l'écossais ? dit Torben au bout d'un moment. Oui, on dirait. Mais ce n'est pas aussi courant sur la côte est que sur la côte ouest. Ici, on parle plutôt une variante écossaise de l'anglais, qui peut, elle aussi, être pratiquement incompréhensible.

Je ne pouvais pas m'empêcher de regarder les deux hommes du coin de l'œil, comme s'ils possédaient quelques traits de caractère particulièrement celtiques en plus de la langue. Mais, en fait, c'était uniquement le peu d'attention qu'ils nous accordaient, à nous, des étrangers dans leur pub local, qui paraissait inhabituel ou différent. On aurait dit, pensai-je, qu'ils avaient conscience de parler une langue que personne d'autre ne comprenait. En réalité, combien d'étrangers ont appris à parler une langue celtique ? Il ne peut pas y en avoir énormément.

Les séquelles du mal de mer de Torben avaient disparu à l'instant où nous étions entrés dans les eaux calmes du port de Fraserburgh. Il ne fut pas très bavard pendant son premier verre de vin, signe qu'il avait faim. J'avais déjà décidé qu'il pourrait manger tout ce qu'il voudrait sur le compte de la cagnotte du *Rustica*. Il le méritait bien. Il avait vraiment accompli un exploit en surmontant chaque quart pendant trois jours et demi, dont deux avec le mal de mer, et en ne mangeant rien.

Nous quittâmes le bar et entrâmes dans le premier restaurant venu sur l'artère principale, où les lustres étaient poussiéreux et les tapisseries fleuries. Les principaux clients étaient de vieilles dames venues prendre le *high tea*, quelque chose entre le thé de l'après-midi, avec des gâteaux, et un vrai dîner — nous apprîmes plus tard qu'il s'agissait d'une coutume écossaise récemment remise au goût du jour. Je ne me rappelle guère le dîner, si ce n'est que je bus une pinte de bière et que ma fatigue était devenue telle que nous dûmes partir avant le dessert. Sans que je pusse y faire quelque chose, ma tête plongeait inexorablement vers mon assiette.

Torben retourna avec moi au *Rustica* où je m'abîmai aussitôt dans une quasi-inconscience. Je fus réveillé le lendemain matin par l'odeur de café et de pain frais. Torben raconta que j'avais dormi profondément, et que si je jetais un coup d'œil dehors je verrais que nous étions amarrés à un bateau en acier rouillé. Lui-même avait été réveillé, vers 4 heures, par des bruits curieux sur le pont. Il s'était précipité, car il croyait que c'était l'heure de son quart. Mais une fois sur le pont il vit que l'équipage du bateau de pêche d'à côté, qui allait sortir, avait détaché le *Rustica* et l'avait réamarré à un autre bateau. Lorsque Torben voulut les aider, les pêcheurs refusèrent d'un signe et lui dirent simplement *Go back to sleep !*[1] Ils paraissaient presque déçus de ne pas avoir été plus discrets. Si cela s'était passé en Suède ou au Danemark, les pêcheurs nous auraient d'abord réveillés et ensuite injuriés pour leur avoir bloqué le passage.

Torben raconta aussi qu'il avait tourné autour du F 154, et il me demanda si c'était vraiment le même bateau qui nous avait dépassés en mer du Nord.

— Regarde dans le livre de bord et tu verras.

Je lui avais relaté l'épisode du F 154, mais je ne croyais pas qu'il avait entendu ce que je disais pendant qu'il était torturé par le mal de mer. En revanche, je n'avais rien dit de mes réflexions et de mon inquiétude. Tout cela avait très bien pu être le fruit de mon imagination.

— C'est parce qu'on a l'impression qu'il n'est pas

1. « Retournez vous coucher ! »

allé pêcher depuis des années. Et il n'y a personne à bord.

— Comment le sais-tu ? demandai-je surpris.

— J'ai frappé.

À son ton, on aurait dit que c'était la chose la plus naturelle au monde.

— Pourquoi donc ? demandai-je.

— Pourquoi pas ? dit-il en guise de réponse.

— Est-ce que nous n'avions pas décidé de ne pas nous en mêler ?

— Si, bien sûr, mais ne pas nous mêler de quoi ? Tu ne crois tout de même pas que ce bateau de pêche a quelque chose à voir avec MacDuff ?

Je n'eus pas le temps de répondre, car au même instant nous entendîmes frapper sur le toit du carré.

— C'est peut-être quelqu'un qui veut rendre ta visite, dis-je à Torben en ouvrant le panneau.

Il y avait un homme d'une quarantaine d'années sur le bateau voisin. Il nous salua et se présenta : John, le propriétaire du bateau auquel nous étions amarrés.

— Je voulais seulement vous souhaiter la bienvenue à Fraserburgh, si personne ne l'a encore fait. Je suis plongeur au port, mais l'hiver il n'y a pas grand-chose à faire, aussi vous pouvez rester ici quelques jours sans problème.

C'était une bonne nouvelle. Ainsi nous ne serions pas obligés d'ajuster constamment les amarres à cause de la marée. John regarda le pavillon à l'arrière du *Rustica*.

— Vous n'arrivez tout de même pas de Suède ? demanda-t-il.

— Si, répondis-je. De Suède et du Danemark.

— À cette époque de l'année !

Il me regarda d'un air pensif, mais aimable.

— Bon, je suis un peu pressé maintenant ; si vous voulez, ce soir, nous pourrions prendre une bière ensemble. C'est d'accord ?

Je fis signe que oui.

— Bien. Je viendrai vous chercher vers cinq heures.

Il porta la main à hauteur de son front et monta sur le quai par l'échelle de fer glissante et recouverte d'algues. Nous étions à marée basse et le bord du quai était cinq mètres au-dessus du pont. Il faudrait nous y habituer. Autour de nous les bateaux de pêche étaient amarrés avec de longues aussières tendues à marée basse, mais tellement détendues à marée haute que les bateaux paraissaient dériver librement en cas de vent.

— Nous sommes invités, dis-je à Torben. Par quelqu'un qui s'appelle John.

— Oui, j'ai entendu.

— Il avait l'air sympathique.

— Pourquoi ne le serait-il pas ? Les Écossais sont connus pour leur hospitalité. Du moins, si l'on n'a pas un compte à régler avec eux ou si l'on appartient au bon clan. Il a demandé combien nous étions à bord ?

— Non, pourquoi ?

— Peut-être pour savoir combien de personnes il invitait. Nous aurions pu être six hommes à bord.

Je n'y avais pas pensé. En même temps, je m'aperçus que Torben aussi avait un *À moins que* dans la tête. Nous étions dans le même bateau, comme convenu, mais pas comme nous l'avions imaginé.

Peu avant 5 heures, John revint en voiture. Il nous fit faire le tour de la ville et nous montra ce qu'il y avait à voir. Il nous raconta que pendant plusieurs années il avait été professeur de lycée aux États-Unis. Mais il s'était rendu compte que l'argent ne pouvait pas remplacer une bière dans un pub écossais ou une promenade dans le brouillard de l'automne le long des côtes de la mer du Nord. Il nous amena au *Oyster Bar*, dont le propriétaire, Robert, venait juste de revenir, après trois ans passés en Australie.

— On trouve des Écossais dans le monde entier, dit Robert. Nous sommes un peuple de voyageurs.

— Avec un mal du pays chronique, ajouta John.

Torben demanda ce qui leur procurait cette nostalgie.

— Cela a à voir avec les racines, dit John. On perd quelque chose lorsqu'on quitte l'Écosse, quelque chose qu'on ne trouve nulle part ailleurs. Pendant quatre ans, je n'ai jamais vraiment été moi-même.

Je leur demandai, au passage, si l'héritage celte avait de l'importance pour eux, mais ils parurent vouloir éviter la question.

— J'ai été longtemps en Bretagne, dis-je en guise d'explication, et là-bas il semble que la culture celtique reprenne vie. Il y a même une station de télévision celtique.

— La télévision ne peut pas transmettre un héritage celte, dit Robert, sans expliquer ce qui dans ce cas pouvait le faire.

John lui jeta un regard, que j'interprétai comme un avertissement. Ils nous ont ensuite posé des questions sur notre voyage. Je restai silencieux et laissai Torben répondre. On aurait dit un marin expérimenté qui avait traversé les océans *by the dozen*[1], mais il devint prudent lorsque les questions portèrent sur les raisons de notre voyage en hiver.

Les verres se succédaient sur la petite table ronde, sans que nous sachions quand ils étaient commandés

1. « Par dizaines ».

et qui les offrait. Il était difficile de boire avec mesure, de garder la tête froide et surtout de payer les tournées à notre tour. Lorsque enfin nous prîmes congé, nous avions échoué sur toute la ligne. Nous sûmes par la suite que l'hospitalité écossaise, quels qu'en soient le but ou le mobile, était catégorique. Si l'on voulait inviter, il fallait être rusé et profiter que l'hôte aille aux toilettes ou commander une nouvelle tournée bien avant que la précédente soit vide. Curieusement, cela concernait aussi ceux que nous vînmes à considérer plus tard comme nos ennemis.

Lorsque John nous raccompagna, il nous recommanda la plus grande prudence pour descendre jusqu'au bateau. Nous étions à nouveau à marée basse et seule la pointe du mât du *Rustica* dépassait le bord du quai. Il nous engagea à aller à la station de sauvetage le lendemain. Le duc de Kent allait inaugurer le nouveau bateau de sauvetage de Fraserburgh, le premier en vingt ans depuis que le précédent avait sombré avec son équipage tandis qu'ils essayaient de porter secours au navire russe *Inian*. C'était la deuxième fois que cela arrivait à la ville, et c'est la raison pour laquelle il avait fallu attendre si longtemps avant d'en avoir un nouveau.

— *It will be a nice ceremony*, dit John. *You must come*[1].

— Une agréable cérémonie ! dit Torben lorsque nous descendîmes du quai. Typiquement anglais !

— Nous sommes en Écosse, objectai-je.

— Apparemment, ça ne fait pas de différence. Quelques cornemuses, un duc et un tapis rouge, et ensuite une équipe de volontaires va flirter avec la mort. C'est fou !

1. « Ce sera une belle cérémonie. Il faut que vous veniez. »

Torben était si troublé qu'il ne faisait pas attention à l'endroit où il mettait les pieds. Par chance, je vis qu'il perdait l'équilibre et je pus le pousser dans la bonne direction. Il ne se rendit même pas compte que je l'avais aidé.

— Tu n'as pas besoin de participer, dis-je, lorsque nous montâmes à bord.

— Bien sûr que je vais participer. On peut toujours apprendre quelque chose qu'on ignorait avant.

— Et à quoi cela te servira-t-il ? demandai-je.

— À rien, répondit typiquement Torben. Il est toujours bon d'avoir des connaissances, même si on ne les utilise pas dans un but précis. C'est d'ailleurs à ce moment-là qu'elles sont le plus intéressantes.

Torben se hâta de descendre dans le carré du *Rustica* et sortit quelques-uns de ses livres. Il voulait sans doute vérifier ce que John et Robert avaient raconté sur l'histoire de l'Écosse.

Je restai debout dans le cockpit à couvrir du regard les vagues contours des coques et des mâts. Les pâles reflets des réverbères du quai éclairaient les ponts des bateaux. Dans le nombre, je tentai de trouver le F 154. Je pris finalement les jumelles, pour découvrir qu'il était parti. Les amarres avaient également disparu.

Je remis les jumelles en place, descendis voir Torben pour lui raconter la nouvelle. Mais il était tellement absorbé par son livre qu'il n'entendit pas ce que je lui dis. J'ouvris l'équipet de navigation à tribord pour sortir le livre de bord et noter les événements de la journée. Mais l'équipet était vide.

— Sais-tu où est le livre de bord ? demandai-je à Torben.

— Non, répondit-il sans cesser de lire. Je ne l'ai pas touché. C'est ton domaine.

— Est-ce que tu es sûr de ne pas l'avoir sorti ? demandai-je.

— Mais oui, dit Torben en me regardant d'un air irrité.

Visiblement, je le dérangeais.

— Quelqu'un est venu à bord.

Son agacement laissa la place à une expression d'incompréhension.

— Qu'est-ce que tu veux dire ?

— Exactement ce que je dis. Quelqu'un est venu. Le livre de bord ne se trouve pas à sa place habituelle.

— Tu as bien cherché ?

— Il n'y a rien à chercher. Il n'est plus là.

Torben se leva et ouvrit plusieurs tiroirs.

— Le voici ! dit-il d'un air triomphant.

Il l'avait trouvé dans la table de navigation, au-dessus des cartes marines.

— Tu t'es trompé d'endroit, c'est tout, dit-il en retournant à son livre.

Je ne répondis rien, mais je *savais* que Torben avait tort. Depuis que j'avais le *Rustica*, j'avais toujours mis le livre de bord dans l'équipet de navigation à tribord. C'était la seule façon de l'avoir toujours à portée de main. Et je n'avais *jamais* oublié de le remettre à sa place. Une ou plusieurs personnes étaient venues à bord pendant que nous étions à l'*Oyster Bar* en train de boire de la bière. Je regardai autour de moi. Que cherchaient-ils ? Le livre de bord mis à part, tout semblait être à sa place. Ils avaient naturellement vu les livres de Torben sur les Celtes. Ils pouvaient lire le livre de bord, si ça leur chantait. J'avais fait très attention de ne pas écrire quoi que ce soit qui puisse faire songer à Pekka. Tout d'un coup, mon sang se glaça. Le livre de bord de Pekka ! Je me jetais sur la couchette de navigation, j'arrachai toutes les voiles qui se trouvaient au fond et plongeai la main dans l'espace entre la double coque. Le verrou était cassé. Mais le livre de bord de Pekka était là. En revanche, l'argent, mille couronnes en différentes devises, et mon passeport de rechange avaient disparu. Qu'est-ce que cela signifiait ? Était-ce un simple cambriolage ? Mais comment avaient-ils trouvé mon compartiment secret ?

Torben me regarda avec de grands yeux, lorsque je réapparus.

— Nous avons eu de la visite, dis-je. Des spécialistes. Je pensais que mon compartiment secret était impossible à trouver, si on ne savait pas où chercher. Il ne peut pas s'agir de voleurs ordinaires. Pourquoi n'ont-ils pas pris la gonio ? Pourquoi ont-ils laissé le livre de bord de Pekka, si c'était ça qu'ils cherchaient ? Tu peux m'expliquer ?

Torben se gratta la barbe, comme il avait l'habitude de faire lorsqu'il ne savait pas exactement ce qu'il fallait croire ou dire, ce qui ne lui arrivait pas si souvent.

— Une explication possible serait, dit-il finalement, qu'ils avaient seulement besoin de savoir si nous avions lu le livre de bord de Pekka, et qu'ils l'ont laissé pour ne pas éveiller de soupçons. Ils ont lu le livre de bord du *Rustica* pour s'informer sur ce que nous savions éventuellement et sur ce que nous comptions faire. Ils ont pris l'argent pour que cela ressemble à un cambriolage ordinaire. Il ne peut pas s'agir de professionnels, sinon ils auraient cherché dans tous les coins et pris tout ce qui pouvait se vendre.

— Et le passeport ?

— Ils en avaient besoin pour en faire un faux. Ou bien ils pensaient que tu n'avais qu'un passeport.

Dans ce cas, il faut nous attendre à la visite des douaniers, vrais ou faux, dans très peu de temps.

— Nous avons déjà accompli les formalités.

— Oui, à Fraserburgh. Mais la douane d'Inverness, par exemple, ne le sait pas.

Ce que disait Torben était tout à fait plausible. Mais cela ne nous donnait aucune réponse ni ne résolvait aucun problème. Cela ne donnait lieu qu'à de nouvelles questions auxquelles nous ne pouvions pas non plus répondre : Comment étaient-ils montés à bord du *Rustica* ? Quel rôle jouaient John et Robert ? Le fait que le F 154 fût parti le même soir avait-il une signification ? Qu'est-ce qui nous rendait si gênants ? Nous ne savions même pas sur quelle piste nous pouvions être ni pour qui nous pouvions représenter un danger. Et surtout l'hypothèse de Torben ne nous aidait pas pour le plus important — qu'allions-nous faire ensuite ?

Tard dans la nuit, nous discutâmes des différentes possibilités, y compris celle de rebrousser chemin et rentrer chez nous. Mais pas même Torben ne semblait enclin à abandonner. Je soupçonne que l'idée de risquer éventuellement trois jours de mal de mer le poussait à bien peser *toutes* les autres possibilités. Nous ne prîmes aucune décision, si ce n'est de signaler le vol à la police, mais sans mentionner le passeport.

— Quoi qu'il arrive maintenant, dit Torben, quand nous nous couchâmes, il faut agir comme si nous ne savions pas qu'ils savent. En même temps, nous devons agir comme s'ils savaient que nous savons. Mes hypothèses ne sont peut-être pas justes — elles le sont rarement — mais ce serait risqué de ne pas en tenir compte pour le moment.

CHAPITRE 11

Nous nous éveillâmes par un matin clair, sans vent, déchiré par le son strident des cornemuses.

— Je crois que je vais avoir le mal de mer, dit Torben en se relevant d'un mouvement brusque.

Je regardai par le hublot. La foule vêtue de ses plus beaux habits avait envahi le quai. Au milieu de toute cette cohue, une douzaine d'Écossais en kilt jouaient de la cornemuse.

— C'est l'inauguration, dis-je.

Nous prîmes rapidement notre petit déjeuner, enfilâmes nos vêtements habituels un peu défraîchis et nous nous mêlâmes aux badauds. Au bout d'une demi-heure, deux policiers de Fraserburgh frayèrent un chemin, à travers la foule, aux notables de la ville : les dames portaient des jupes fleuries, des vestes de tweed et des chapeaux tapageurs avec des rubans de soie ; les messieurs arboraient leurs décorations sur leurs costumes sombres. Ils devaient être transis de froid, mais il est certain que leurs médailles n'auraient pas fait autant d'effet sur un manteau d'hiver. Une odeur de parfum sucré et d'après-rasage planait dans leur sillage. Ils se placèrent devant les rangées de chaises face à la tribune, et l'hymne britannique fut entonné.

Tout le monde chantait dans les bancs, mais à l'endroit où nous nous trouvions, le silence était de rigueur. L'instant d'après, le duc de Kent, également président de la Fédération de sauvetage de Grande-Bretagne, surgit de nulle part. Il parla de tous ceux qui avaient participé financièrement au nouveau bateau de sauvetage, amarré derrière lui. C'était le troisième bateau de sauvetage de Fraserburgh, après le naufrage, corps et biens, des deux précédents. L'équipage de volontaires se tenait au garde-à-vous sur le pont. Le duc dit aussi quelques mots sur la grande solidarité que le peuple de Grande-Bretagne avait montrée à la population de Fraserburgh. Il ajouta que ce type de générosité était le signe de la fraternité d'un peuple.

— Quelles conneries ! dit une voix derrière moi. Le pétrole aux Écossais !

C'était la devise du parti nationaliste écossais, le S.N.P. Au cours des années 70, les nationalistes écossais avaient commis plusieurs attentats contre les installations pétrolières et les oléoducs. On avait alors parlé de prétendues connexions avec l'IRA au moment des attentats. Je me rappelais aussi que le S.N.P. avait recueilli trente pour cent des voix en Écosse lors d'une élection vers 1975. Beaucoup avaient pensé à l'époque qu'il ne s'agissait plus que d'une question de temps avant que le démembrement de la Grande-Bretagne devienne une réalité. Les travaillistes avaient dû faire des concessions, ce qui avait provoqué leur défaite. Mme Thatcher était devenue Premier ministre, et elle avait déclaré, comme prévu, que toute forme d'autonomie en Écosse était impensable. C'est ce genre de prise de position qui avait fait de l'Irlande du Nord un des derniers États militaires d'Europe. Il était évident que l'Angleterre allait adopter la même attitude si jamais le pays de Galles se mettait en tête de devenir indépendant. Mais je me disais que la politique de Mme Thatcher et des conservateurs avait dû au contraire aiguiser les oppositions et attiser l'amertume. Vue avec des yeux celtes, la composition de la Grande-Bretagne était tout aussi injustifiée que celle de l'Union soviétique ou de la Yougoslavie.

Je me retournai pour voir qui avait protesté. Il y avait derrière moi un des pêcheurs que j'avais vus dans le port. Près de lui se tenait John, qui nous adressa un grand sourire lorsqu'il nous aperçut, Torben et moi.

— Quelle agréable soirée, dit-il en se répandant en remerciements, alors que dans une telle circonstance, du moins en Suède, c'eût été plutôt à nous de remercier. Vous êtes bien rentrés ?

— Bien sûr, répondis-je en décidant d'aller droit au but. Torben a failli tomber à l'eau et, quand nous sommes finalement montés à bord, nous nous sommes aperçus que nous avions été cambriolés. Nous allons déposer plainte à la police.

— Cambriolés ? dit John.

Il avait l'air étonné.

— C'est sûrement un malentendu, dit-il d'un ton énigmatique. Vous étiez mes invités. Je vais tout de suite mener ma petite enquête. Ne faites rien avant mon retour. En tout cas, ne vous mettez pas en rapport avec la police.

Il disparut très vite.

— Tu as vu ? dit Torben.

— Quoi donc ?

— Dès que tu as mentionné la police, l'homme qui a fait une réflexion sur le pétrole écossais a disparu. On a dû nous suivre. Il devait peut-être chercher à savoir si nous croyions à un cambriolage ordinaire.

Maintenant ils doivent penser qu'ils nous ont bernés : c'est déjà quelque chose.

L'inauguration se termina quelques minutes plus tard. Le nouveau bateau de sauvetage largua les amarres sous les applaudissements. Je me demande combien de spectateurs ont vraiment pensé à l'équipage, qui allait risquer volontairement sa vie pour sauver celle des autres, jour après jour, année après année. Ils lui ont peut-être accordé une brève pensée, légèrement étonnés à l'idée que quelqu'un pût prendre de tels risques en toute connaissance de cause, sans en recueillir gloire ni argent. Combien de personnes entendant à la télévision qu'il va y avoir un fort coup de vent pendant la nuit pensent qu'un bateau-pilote va quitter le port de Dragør, que les bateaux de pêche en mer du Nord tentent de sauver leur prise ou que les équipages des bateaux de sauvetage attendent avec anxiété un appel au secours par radio ? Un sauteur en hauteur qui saute un centimètre plus haut que les autres devient un héros. Un pilote qui saute du bateau-pilote à l'échelle d'un pétrolier en pleine tempête de neige et grimpe dix mètres le long de la coque alors que la température est en dessous de zéro, n'a droit à aucune pensée. Et si le duc de Kent n'était pas venu à Fraserburgh, le tapis rouge serait resté à l'hôtel de ville. On ne l'aurait pas déroulé pour l'équipage.

Torben et moi restâmes sur le quai pendant qu'on rangeait le tapis rouge. Les élégants se dispersèrent rapidement et disparurent en direction des pubs et des bars.

— Et maintenant, qu'est-ce qu'on fait ? demanda Torben.

— Nous prenons le large, dis-je spontanément. Nous avons besoin de la terre ferme.

— Qu'est-ce que tu veux dire ?

— Je n'aime pas l'ambiance ici. En mer, quand on a des problèmes, on sait au moins pourquoi. Avec les êtres humains, on ne sait jamais à quoi s'attendre.

— N'est-ce pas ce qui fait leur charme ? demanda Torben. Si on savait à quoi s'attendre, l'existence ne serait pas très palpitante.

— Elle peut devenir trop palpitante, répondis-je.

Nous retournâmes au *Rustica* et mîmes de l'ordre dans le bateau : le livre de bord n'était pas la seule chose à avoir une place précise. Lorsque nous fûmes prêts, nous entendîmes quelqu'un frapper. C'était John. Il nous tendit une enveloppe.

— Voilà l'argent, dit-il. C'étaient quelques jeunes pas très malins. Il aurait été dommage de les dénoncer à la police. En Écosse, c'est sacré, un invité. Maintenant ils le savent. J'espère que nous pouvons en rester là.

— Bien sûr. Torben et moi répondîmes en chœur.

— Je ne pense pas que vous accepterez une invitation à déjeuner pour mettre du baume au cœur ?

Si nous avions dit oui, John nous aurait certainement invités avec largesse. Mais au son de sa voix, il était évident qu'il n'en avait pas très envie.

— Non, merci, dit Torben. Nous partons dans une demi-heure, à la renverse de marée.

— Ah bon, répondit John intéressé. Et vers où vous dirigez-vous maintenant ?

— Nous ne savons pas vraiment, répondis-je sincèrement.

Mais après, j'eus une idée.

— Nous avons pensé à Pentland Firth.

John sursauta.

— Vous êtes fous, dit-il tout d'abord. C'est affreusement dangereux.

— C'est pour ça, dis-je en enlevant les garcettes de la grand-voile.

Torben me regardait avec un air bizarre et John ne pipait mot. Finalement, il prit un crayon et du papier et écrivit quelques mots.

— Avant que vous fassiez quelque chose d'inconsidéré, dit-il à voix basse, allez à John O'Groates Harbour au sud de l'île de Stroma. Demandez des conseils à Brian Coogan. C'est un vieux pêcheur et il connaît Pentland Firth comme sa poche. Mais ne lui dites pas que c'est moi qui vous envoie. C'est promis ?

— Sûr, répondis-je en me demandant si John partait du principe que je tiendrais ma promesse.

À peine avais-je répondu qu'il se dépêcha de partir.

— Tu ne parles pas sérieusement ? demanda Torben lorsque nous fûmes à nouveau seuls.

— Non, je voulais seulement voir sa réaction. Je pense toujours que nous devons continuer jusqu'à Inverness, comme prévu, mais il vaut mieux mettre le cap au nord jusqu'à ce que nous soyons hors de vue.

Un quart d'heure plus tard, nous larguâmes les amarres et quittâmes le port au moteur. Au milieu de la dernière courbe étroite, avec une jetée de quatre mètres de haut de chaque côté, nous rencontrâmes un gros bateau de pêche qui rentrait. Je maudis notre malchance et signalai à Torben que nous allions nous faire invectiver car nous bloquions le passage. Au contraire, tout l'équipage nous salua et le capitaine nous souhaita un bon voyage, et nous laissa de la place avec quelques décimètres de marge du côté opposé. Leur amabilité me réchauffa le cœur, et une fois encore je pensai combien c'était différent en Scandinavie et en Suède où, pour ainsi dire, il y avait des cloisons étanches entre les pêcheurs et les navigateurs.

À 14 heures, dès que nous passâmes l'entrée du port de Fraserburgh, nous hissâmes la grand-voile et le génois léger. La brise du sud était entre légère et fraîche et, comme elle venait de terre, Torben n'avait pas à craindre les supplices du mal de mer. La première heure, nous profitâmes du soleil et du miroitement de la mer. Le seul inconvénient était la visibilité exceptionnelle. Selon le bulletin météo, on voyait au-delà de trente milles. À cinq nœuds, nous allions être obligés de filer vers le nord pendant au moins six heures avant de disparaître de la vue des hauteurs de Fraserburgh.

Mais, deux heures plus tard, les contours de la terre se fondirent imperceptiblement dans un voile bleu argenté, et tout de suite après le crépuscule tomba. Nous discutâmes sur l'opportunité de naviguer tous feux éteints, mais je décidai, après un très court temps de réflexion, qu'avant tout nous devions rester des marins. En outre, je savais que notre manœuvre de diversion serait remarquée par le radar des gardes-côtes. Il ne restait plus qu'à espérer *qu'ils*, quels qu'ils fussent, n'avaient pas de contact avec les gardes-côtes.

Le crépuscule était magnifique et bientôt nous nous retrouvâmes dans notre propre monde, à l'écart. À certains moments, j'avais envie de remettre le cap sur le nord, passer au nord des îles Orcades et disparaître ensuite sans laisser de traces dans l'Atlantique.

La discussion au sujet des feux de navigation brisa l'enchantement et nous parlâmes de John. Nous ouvrîmes l'enveloppe. L'argent y était bien, mais pas le passeport. Je me concentrai sur la navigation et laissai à Torben le soin de tirer des conclusions.

— Ils ont gardé le passeport pour avoir prise sur nous, dit-il peu après. Avec ton passeport en leurs mains, ce serait facile de te faire expulser, si c'était nécessaire. En même temps, ils ne voulaient visiblement pas que nous déposions plainte à la police. Cela signifie peut-être qu'ils ne veulent pas attirer l'attention. Pas encore, en tout cas.

— Et John ? demandai-je.

— John avait reçu la mission de nous éloigner du bateau, mais sans qu'il sache forcément pourquoi. Son conseil amical à propos de Pentland Firth indique bien aussi qu'il ne souhaitait pas particulièrement nous laisser périr. Quelque chose que son employeur verrait peut-être d'un assez bon œil.

— Peut-être que nous fabulons, tout simplement, dis-je en allumant une cigarette.

— Le livre de bord de Pekka n'est pas de la fabulation, répondit Torben. Sa mort non plus.

Au même moment, il me vint une idée.

— Qu'avons-nous fait de l'article de journal ? demandai-je.

— L'as-tu gardé ? demanda-t-il. N'était-ce pas imprudent ?

C'était le moins qu'on puisse dire.

— Tiens la barre ! lui dis-je.

Je descendis dans le carré et ouvris le placard à tribord. Le journal se trouvait sagement enroulé à l'endroit où je l'avais laissé. Puis, de soulagement, je commençai à rire tout fort.

— Qu'est-ce qu'il y a de si drôle ? demanda Torben.

Je remontai sur le pont.

— Combien d'Écossais savent lire le danois ?

— Pas beaucoup, sans doute, reconnut-il.

Il examina à nouveau l'entrefilet et mon soulagement fut de courte durée.

— Mais même un Écossais peut comprendre « contacter la police » et *Sula*. Il vaut mieux partir du principe qu'ils savent que nous savons.

— N'est-ce pas un peu invraisemblable ?

— Si, mais malheureusement possible.

À l'aube, nous aperçumes le clocher de Lossiemouth. Tout était calme dans le port. Sept gros bateaux de pêche se serraient dans le bassin est où nous accostâmes. La marée était basse et Torben dut grimper quatre mètres sur une échelle rouillée pour fixer les amarres. Nous verrouillâmes le *Rustica* et allâmes faire un tour en ville pour nous dégourdir les jambes. Ce n'était pas la peine de continuer contre le courant.

La première personne que nous rencontrâmes était un homme âgé qui lavait sa voiture. Il nous gratifia d'un joyeux « hello, boys » et nous demanda tout de suite d'où nous venions et ce que nous pensions de l'Écosse. Il était pêcheur et il était très intéressé par notre voyage. Nous eûmes l'impression qu'il était fier des efforts que nous avions faits pour venir visiter son pays. Un peu plus loin, dans la même rue, nous rencontrâmes un couple qui poussait un landau. Nous étions à peine parvenus à portée de voix qu'ils nous saluèrent et firent un commentaire sur le temps. Avant d'avoir terminé, ils avaient presque marié leur fille aînée à Torben et nous eûmes toutes les peines du monde à refuser une invitation à déjeuner.

Nous retournâmes au bateau d'un pas léger. Rencontrer une telle amabilité sans arrière-pensée nous consolait sainement de tout ce que nous avions vécu depuis notre départ de Dragør. Nous allions constamment la côtoyer pendant notre séjour en Écosse. C'est peut-être elle qui nous a permis de garder courage.

Une fois à bord, tout nous parut plus simple. À la renverse de marée, nous gagnâmes le large et à l'aide du courant nous parcourûmes vingt-deux milles en trois heures. Nous laissâmes rapidement derrière nous Burghead, Findhorn et Nairn, séduisantes petites villes côtières agrippées aux côtes vert clair. Après Nairn, le poudroiement du soleil revint et nous dûmes nous fier au loch et au compas pour éviter les deux hauts fonds de Moray Firth. Après un moment d'hésitation, nous trouvâmes la bouée qui indiquait la pointe est de Riff Bank. Nous devinâmes bientôt la terre des deux côtés et peu de temps après nous aperçûmes Chanonry Point et l'entrée d'Inverness Firth. Tandis que Torben était descendu préparer du café, je m'émerveillais de l'extraordinaire lumière verdoyante du ciel. Je vis de chaque côté du bateau une bande de côte blanche qui se perdait dans la verdure. Je levai les yeux un peu plus haut et je contemplai, tout ébahi, les montagnes recouvertes par la forêt, qui s'élevaient à plusieurs centaines de mètres, à quelques encablures seulement. Le soleil m'avait empêché de voir que c'était des montagnes et non pas le ciel. Mon regard fut ensuite captivé par un objet gris et rond à l'avant du bateau.

— Monte ! criai-je à Torben. Il y a quelque chose de bizarre dans l'eau.

Mais lorsque nous nous approchâmes, nous vîmes que c'était un phoque, qui écarquillait autant les yeux que nous lorsque nous le dépassâmes. Tout de suite après apparurent une demi-douzaine de dauphins qui s'amusaient autour du *Rustica*. Torben me saisit le bras.

— Tu sais quoi ? dit Torben. Je crois que je commence à comprendre pourquoi il est indispensable de naviguer.

Les dauphins nous quittèrent bientôt pour un cargo. Quelques instants plus tard nous les vîmes surfer sur la vague d'étrave du navire. Nous nous rendîmes pleinement compte des capacités limitées du *Rustica* pour attirer les faveurs des dauphins face à une telle concurrence. Sitôt après, Kersock Bridge, la porte des Highlands, était en vue.

Nous discutâmes longtemps sur le point de savoir si nous nous amarrerions dans la ville même ou si nous écluserions tout de suite dans le canal Calédonien. Nous optâmes finalement pour le canal et à 16 heures précises les portes de l'écluse coulissèrent pour nous laisser entrer dans Muirtown Basin. De toute la journée, aucun de nous n'avait prononcé un mot sur les Celtes, MacDuff ou Pekka, mais nous avions conscience d'avoir évité le port d'Inverness pour avoir un moment de répit supplémentaire avant qu'il ne fût trop tard.

CHAPITRE 12

Nous dormîmes longtemps le lendemain. Il faisait froid lorsque nous nous réveillâmes. Le thermomètre indiquait –6 °C, un rude vent du nord soufflait sur le pont et emportait avec lui une partie de la chaleur du poêle. Je fourrai un chiffon dans l'aérateur du rouf, augmentai le feu du poêle et installai la lampe à pétrole dans l'entrée, où l'air froid descendait dans le carré.

Nous prîmes le petit déjeuner en silence. Torben lisait un livre sur l'IRA, avec une feuille de trèfle verte sur la couverture. Quant à moi, je regardais dans le vague et tentais de mettre de l'ordre dans les événements de ces derniers temps. Je n'y parvins pas vraiment, au contraire. Après avoir écarté à grand-peine tout ce que nous ne savions pas *avec certitude*, il ne resta plus que quelques bribes d'acquis.

Je laissai Torben plongé dans son livre et montai voir la suite d'écluses de Muirtown avec ses portes en bois partiellement de travers et délabrées. À plusieurs occasions, il était arrivé que l'une des vieilles portes cédât, et il n'était pas difficile d'en comprendre la cause. Le canal avait plus de cent ans, et ça se voyait.

Au pied de l'escalier de l'écluse, il y avait une petite

épicerie où j'achetai des cigarettes et une boîte de Tennent's lager agrémentée d'un top-model en bikini, comme si ça rendait la bière meilleure. J'achetai également un plan d'Inverness. Muni du plan et de la bière, j'allai m'asseoir sur un banc à l'écart, face aux pontons déserts l'hiver, destinés normalement aux bateaux de location, en amont des écluses. Après quelques recherches, je finis par trouver Andersson Street. MacDuff habitait sur la rive gauche de la rivière Ness, pas très loin du port.

Lorsque je quittai le banc pour me diriger vers le centre-ville, je n'avais pas encore décidé si j'allais chercher MacDuff. C'était plutôt comme si je me lançais un défi pour voir jusqu'où j'étais prêt à aller. Au bout d'une demi-heure de marche, je parvins à Waterloo Bridge qui coupe Inverness en deux. MacDuff habitait dans un quartier miséreux, avec des maisons à un étage en brique rouge. Andersson Street était animée par deux pubs, un bureau de tabac, une laverie et une épicerie ornée d'affiches alimentaires jaunies par le soleil et de quelques boîtes de conserve dans la vitrine.

La maison du numéro 15 ne semblait ni mieux ni pire que les autres. J'hésitai longtemps avant d'entrer. Rien ne correspondait à l'image que je me faisais de MacDuff. Je m'étais imaginé qu'il vivait dans une superbe maison avec vue sur la mer.

Un passant me regarda curieusement, ce qui me poussa à traverser la rue et à entrer dans la maison. Dans la pénombre de l'escalier, je vérifiai l'adresse une nouvelle fois, mais il n'y avait pas d'erreur. MacDuff habitait au premier à gauche. Sur le palier il n'y avait qu'une seule porte dont la peinture verte était écaillée. Aucun nom n'était inscrit. J'hésitai à nouveau, mais si quelqu'un était dans la maison, il devait avoir entendu le bruit de mes pas dans l'escalier nu et il devait se demander où j'avais disparu. La porte pouvait s'ouvrir à tout moment. J'aurais l'air suspect de rester planté sur le palier sans rien faire.

Je frappai. D'abord, il n'y eut pas un bruit, à l'exception de l'écho de mes propres coups sur la porte, mais au bout d'un moment j'entendis le bruit vague de pas traînants. La porte s'entrouvrit prudemment. Par la fente, j'aperçus une vieille dame aux cheveux blancs qui m'examina des pieds à la tête d'un intense regard bleu vif que j'avais du mal à soutenir.

— Que voulez-vous ? demanda la dame d'une voix à la fois sourde, douce et coupante qui semblait appartenir à une femme bien plus jeune.

— Je cherche MacDuff.

— Il n'habite pas ici. Plus maintenant.

La réponse fusa. Elle répondit comme si c'était ce qu'elle *devait* dire.

— Vous ne savez pas par hasard où je peux le joindre ? demandai-je tout en sachant qu'elle me répondrait par la négative.

— Non, dit-elle très justement.

Bon, tout est dit, pensai-je en quelque sorte soulagé. MacDuff n'est plus dans le coin. Je ne peux pas le trouver. Au moment où j'allais partir, la vieille dame tendit la main, comme si elle voulait me retenir.

— Oubliez MacDuff ! dit-elle d'une voix suppliante. Puis, elle claqua la porte.

Je frappai à nouveau plusieurs fois, mais la porte resta close. Je sortis dans la rue et regardai en vain vers les fenêtres, mais il n'y eut pas un signe de vie. Au bout d'un quart d'heure, je tournai les talons et retournai à Muirtown et au *Rustica*. Qui était-elle ? Sa gouvernante ? Je ne pouvais pas m'imaginer qu'il avait du personnel de maison. Sa mère ? Ils ne se ressemblaient pas. Mais si je n'avais pas été certain du contraire, j'aurais cru que je l'avais déjà rencontrée.

Lorsque je revins, Torben était encore allongé sur la couchette. Il avait encore lu quelques centaines de pages, on aurait dit qu'il n'avait même pas remarqué mon absence. Mais lorsque je m'assis et ouvris une bière, il posa son livre et dit tout de go :

— Nous avons eu de la visite !

— De qui ? De MacDuff ?

Torben me jeta un regard étonné et, me sembla-t-il, amusé.

— Pourquoi lui justement ?

— Comme ça.

— Non, notre visiteur était un douanier plein de zèle. J'ai sorti nos papiers d'entrée de Fraserburgh, qui ne semblaient pas du tout l'intéresser. Il voulait voir nos passeports. Je peux m'être trompé, ça arrive à tout le monde, mais je suis presque sûr qu'il était tout déconfit lorsque je les lui ai présentés. Je l'ai prié de les tamponner, mais il est parti en marmonnant quelques mots incompréhensibles. Finalement, mes hypothèses et mes prévisions n'étaient pas si mauvaises.

Torben avait l'air très content de lui. Il semblait avoir pris goût à toutes les questions laissées sans réponse qui tourbillonnaient autour du *Rustica*.

— Où étais-tu ? demanda-t-il sans pour autant paraître intéressé par la réponse.

— J'ai rendu visite à MacDuff, répondis-je d'un air détaché, en réussissant par là le tour de force de le rendre muet.

— Il n'était pas chez lui, ajoutai-je.

Je racontai en quelques mots ce qu'il s'était passé.

— Tu n'aurais pas dû y aller tout seul, dit Torben lorsque j'eus terminé mon récit.

— Pourquoi pas ?

— Tu le sais aussi bien que moi.

Le savais-je ? N'était-ce pas justement ce que je *ne* savais *pas* ? Je n'obtins jamais de réponse à la question, car l'instant d'après le gardien de l'écluse passa et nous proposa d'écluser en même temps que le *Scot II*, un remorqueur reconstruit pour transporter les touristes en été jusqu'au Loch Ness et qui sert de brise-glace en hiver. Une demi-heure plus tard, nous partîmes au moteur sur le canal. De temps en temps, nous entrevoyions la rivière Ness qui faisait son apparition entre les sapins le long du canal. Au fur et à mesure que nous nous approchions du Loch Ness, la forêt s'épaississait et le soleil jaillissait. C'était agréable de naviguer sans avoir à penser au cap, à la marée et au temps qu'il faisait. C'était comme si nous agissions au lieu de nous laisser gagner par la méfiance. Malgré tout, je ne pouvais pas m'empêcher de jeter un coup d'œil de temps en temps entre les arbres, convaincu de voir le reflet de jumelles ou les contours d'une ombre qui aurait suivi notre course. J'éprouvais aussi une autre sensation particulière qui n'allait jamais me quitter pendant toute cette aventure. Le fait de savoir ou de soupçonner que nous pouvions être surveillés nous empêchait d'être pleinement nous-mêmes. L'idée que nous pouvions être épiés à n'importe quel moment, sans que nous voyions la personne qui nous observait, nous obligeait à une vigilance constante pour demeurer ceux que nous étions. Nous ne pouvions jamais nous détendre complètement.

L'une des rares fois où nous oubliâmes notre vigilance fut lorsque le paysage s'ouvrit et que le Loch Ness s'élargit devant nos yeux, une eau longue et étroite bordée de montagnes aux pentes et aux talus luxuriants qui, à moitié chemin, perdaient leur verdure en faveur des sommets arides et tranchants recouverts de neige. Nous étions subjugués par cette puissance et surpris par l'eau noire du Loch Ness. Je n'ai jamais vu, ni avant ni après, une eau de cette couleur. Il y avait une nuance qui évoquait des monstres marins mythiques, et qui faisait penser au fond du lac plus qu'à sa surface.

De loin, nous vîmes se dessiner clairement Urquhart Castle juste à l'est de la baie où nous avions l'intention de mouiller pour la nuit. Mais, une heure plus tard, la baie semblait encore tout aussi lointaine et nous comprîmes que nous avions grossièrement mésestimé la distance. Il nous fallut du temps pour apprendre à apprécier les distances en Écosse les jours où le ciel est dégagé et translucide, sans nuages.

Vers 6 heures seulement, nous jetâmes l'ancre dans cette baie tranquille où l'eau était lisse comme un miroir. De l'autre côté, au sommet du versant de la montagne, à l'exception d'une fenêtre éclairée, une obscurité totale régnait. Nous allumâmes une bougie et bûmes une bouteille de vin dans un silence recueilli, interrompu seulement par les commentaires de Torben sur le bouquet, la robe et le goût du vin. Je l'écoutais avec intérêt et comme d'habitude je fus emporté par son enthousiasme. Lorsque nous l'eûmes terminée, il commença à fouiller ses affaires et sortit une bouteille de vin vide, qu'il avait rebouchée.

— Sens ! dit-il.

Il ôta le bouchon et fit passer la bouteille sous mes narines.

La bouteille exhala le parfum riche et lourd d'un vin portugais.

L'esprit consciencieux de Torben ne cessait jamais de m'étonner. Pourtant, après tant d'années, ce n'aurait plus dû être le cas. Il avait dans son appartement des rangées de bouteilles vides avec leur bouchon. C'était sa façon de prolonger le plaisir que lui avaient procuré les meilleurs vins qu'il avait goûtés. De temps à autre, il ôtait un bouchon et humait l'arôme fugitif que les parois de la bouteille avaient conservé. Au début, je pensais qu'il se moquait de moi, mais finalement il m'avait appris à sentir le parfum d'une réminiscence de dégustation. Il était donc tout à fait naturel qu'en mer du Nord il eût dans ses affaires une bouteille vide.

— Louis Pato, 1978, dit-il.

Il huma lui-même la bouteille et la replaça dans le placard.

Un peu plus tard, la lune se leva et déposa un rayon argenté sur la baie.

— Je crois que je vais aller à terre jeter un coup d'œil au château, dit Torben.

Je l'aidai à mettre l'annexe du *Rustica* à l'eau, un Optimist baptisé *Sussi* que j'avais acheté d'occasion, pour un prix dérisoire, au club nautique Ulvsund à Kalvehave dans le sud de Sjælland. Je suivis Torben du regard lorsqu'il pénétra dans le reflet du clair de lune pour disparaître ensuite dans l'obscurité près de la terre.

Je m'allongeai sur la couchette et somnolai. Deux heures plus tard, je fus réveillé par le bruit d'un clapotis qui venait de la terre. Je me précipitai au cockpit pour découvrir Torben qui pataugeait vers l'Optimist, avec de l'eau jusqu'aux genoux. Que s'était-il passé ? Derrière lui, il n'y avait rien d'autre que les formes noires des arbres et les contours des ruines du château. Je ne pouvais rien faire pour l'aider. Sans l'annexe, j'étais aussi impuissant qu'il me paraissait l'être. Lorsqu'il disparut dans l'obscurité, l'attente devint insupportable. Mais j'entendis bientôt le grincement des rames et quelques secondes après il apparut dans le clair de lune, ramant avec frénésie.

Sussi buta bruyamment contre le *Rustica* et, si je n'avais pas attrapé Torben par le bras, il serait tombé à l'eau. Avec fermeté, je le fis asseoir et allai chercher un whisky qu'il avala avant de se rendre compte de son erreur.

— Bon sang, qu'essaies-tu de me faire ingurgiter ? demanda-t-il d'une voix effrayée mais qui commençait à retrouver un son normal.

— Que s'est-il passé ? demandai-je en tentant de dissimuler mon anxiété.

Brisé, il haussa les épaules, et me regarda comme s'il voulait s'excuser.

— J'ai été suivi, dit-il d'une voix éteinte.

— Suivi ? Par qui ?

— Pas par *qui*, corrigea-t-il. Par *quoi*.

Je ne comprenais rien.

— Un bélier. Un bélier fou furieux qui voyait rouge.

D'abord, je crus que je n'avais pas bien entendu.

— Lorsque je suis monté vers le château, tout était calme, expliqua Torben. C'est beau, d'ailleurs. Mais pas de traces de Pekka ou de Celtes.

Il était ainsi allé là-bas à la recherche de traces ! Mais maintenant cela ne paraissait pas avoir la moindre importance.

— Au retour, je suis tombé sur une clôture. Je l'ai suivie un moment pour trouver un chemin vers la rive. Mais en fait je me suis retrouvé nez à nez avec une pancarte ornée d'une grosse tête de bélier en colère. *Warning ! Danger !* était inscrit sur le panneau. Je retournai au château et pris un autre chemin pour aller vers l'eau. Mais j'ai dû dépasser la clôture sans m'en rendre compte, car, soudain, j'ai entendu le trépignement de sabots. J'ai couru dans l'eau, mais le bélier m'a poursuivi. J'ai cru ma dernière heure arrivée.

Torben leva les yeux, avec un petit sourire fatigué.

— Mais j'ai survécu.

— Comment peux-tu avoir peur d'un mouton ?

— Parce que j'*ai* peur des moutons. Serait-ce un quelconque défaut moral ?

Je présentai des excuses. Mon soulagement m'avait rendu injuste.

— N'y pense plus, dit-il.

Il n'était pas aussi facile de faire abstraction du fait qu'il était monté à Urquhart Castle, s'élevant tel un spectre au pied de la montagne au sommet arrondi, qui se détachait très distinctement dans le clair de lune. Mais cette discussion pouvait attendre.

Le lendemain, le vent du nord-est soufflait très fort. Nous hissâmes seulement le tourmentin et nous eûmes l'impression de voler entre les versants montagneux. À Fort Augustus, la porte de la première écluse s'ouvrit comme sur commande et, trois quarts d'heure plus tard, les cinq portes d'écluse étaient derrière nous.

Nous étions si contents de notre rapide parcours que nous nous amarrâmes à un des pontons en bois et allâmes à l'unique pub de Fort Augustus, au nom-calembour de Loch Inn[1]. Le temps était à nouveau

1. *To lock in* (enfermer, verrouiller) et Loch Inn (auberge du Loch), phonétiquement similaires.

limpide et les rayons du soleil étaient si intenses que le paysage vert semblait briller de lui-même.

Lorsque nous entrâmes dans le pub, c'était comme si la réalité était soudain devenue une photographie. Alors que tous les visages se tournaient vers nous, tout devint figé et le silence s'installa. Comme c'est souvent le cas, nous ne pûmes, Torben et moi, faire autrement que nous arrêter momentanément. Lorsque le barman nous eut salués brièvement, nous nous décidâmes à nous approcher du bar pour commander. Ce n'est que lorsque j'eus demandé un verre du meilleur malt de la maison que l'image fixe redevint vivante.

Mais elle ne fut jamais vraiment réelle pendant le court instant où nous restâmes au pub. L'atmosphère était lourde et les regards paraissaient hésitants. Les conversations étaient assourdies, évasives, anodines mais sans hostilité. Nous n'étions peut-être même pas la cause de cette ambiance oppressée. Je laissai mon regard glisser d'une personne à l'autre, mais je n'avais pas encore fait la moitié du pub que Torben murmurait :

— Tu vois, le grand dans le coin près de la fenêtre ? N'est-ce pas notre ami, le pêcheur de Fraserburgh, celui qui n'aimait pas le duc de Kent ?

Je l'examinai de plus près. Il était le seul à nous tourner le dos, mais je voyais son visage dans la fenêtre sombre.

— Tu as raison, dis-je à Torben. C'est lui. Partons.

— Pourquoi ?

— Plus tard.

Je terminai mon whisky et Torben son vin. Pour regagner la sortie, nous étions obligés de passer devant la table de l'homme. Je m'arrêtai derrière lui, posai la main sur son épaule en lui disant *hello*.

— Nous ne nous sommes pas déjà rencontrés ? demandai-je rapidement.

— Nom de Dieu ! dit-il en se retournant brusquement.

Puis il s'arrêta en nous voyant, Torben et moi.

— Non, ajouta-t-il calmement. Je ne crois pas.

— Excusez-moi, répondis-je en tournant les talons. Je vous ai pris pour quelqu'un d'autre.

— Qu'est-ce qu'il te prend ? dit Torben, lorsque nous sortîmes.

— Et toi, qu'est-ce qui t'a pris d'aller à Urquhart Castle hier soir ? rétorquai-je. Je voulais seulement voir à quoi ressemblait ce type. Il n'y a pas de mal à ça.

Nous retournâmes en silence au *Rustica*, levâmes l'ancre sans un mot et poursuivîmes notre route vers l'ouest.

— Nous devons clarifier certaines choses, dit Torben après avoir allumé sa pipe.

— Oui, on dirait.

— D'abord, il serait peut-être plus sage d'agir de concert et non chacun pour soi, et d'arrêter de faire semblant de rien.

— Même si ce n'est pas sans risques ?

— Ce n'est pas un crime d'être curieux. En plus, nous savons trop peu de chose pour être dangereux.

Je pensais à mes réflexions de la veille. Torben était ainsi arrivé à la même conclusion. Mais il oubliait qu'il y en avait peut-être d'autres qui pensaient différemment.

— C'est ça qui est si bizarre, poursuivit-il. Nous ne savons rien, et rien ne nous est véritablement arrivé, à part le cambriolage. Pourtant on dirait que ça va de mal en pis. J'estime qu'il est temps d'agir.

J'évitai soigneusement de lui rappeler ce qu'il avait

dit à Thyborøn au sujet de nos possibilités de jouer aux héros.

— As-tu une suggestion ? demandai-je.

— Premièrement, arrêtons de feindre. Quel que soit notre comportement, en plein hiver, avec un voilier battant pavillon suédois, nous ne sommes pas des touristes ordinaires. Nous pouvons tout aussi bien montrer ouvertement notre intérêt pour l'histoire celtique. Il n'y a rien d'extraordinaire à cela. Nous devons poser des questions si nous voulons des réponses. Deuxièmement, suivons la route de Pekka à l'avenir. Ce qu'il a trouvé, nous le trouverons.

— En d'autres termes, nous allons en Irlande ?

— Oui, par exemple.

— Et par le Pentland Firth ?

— Si nous ne pouvons pas l'éviter. Je ne crois pas que Pekka ait eu l'intention de passer par le Pentland Firth. Il y a été obligé pour sauver sa peau. C'était sa seule chance.

— Ce sera peut-être aussi la nôtre.

— Dans ce cas, nous ferons pareil.

Torben n'avait pas encore suffisamment appris à respecter la mer, malgré notre traversée de la mer du Nord et son mal de mer. Le ton de sa voix était léger et il considérait la navigation comme quelque chose qui allait de soi. Je pensais déjà aux mouillages exposés de la côte nord-ouest de l'Irlande, où la houle et les tempêtes de l'océan Atlantique pénétraient avec une force indomptable. Je me demandais comment nous pourrions éviter Corrywreckan, un détroit presque aussi réputé et craint que le Pentland Firth. Torben me laissait, le cœur léger, tout ce genre de soucis.

— J'ai un peu réfléchi, poursuivit-il, lorsque nous nous rapprochâmes d'Inverness Loch, la dernière écluse avant Loch Oich. La contrebande sur les armes dont Pekka parle rappelle tout à fait l'IRA. C'est pour cette raison que je lisais le livre de Coogan, ces jours-ci. Je voulais voir quelles connexions l'IRA pouvait avoir avec le nationalisme celte.

— Et quel est le résultat ?

— À la fois oui et non. Selon l'une des plus célèbres devises de l'IRA, l'Irlande doit devenir « non seulement libre mais aussi celtique, non seulement celtique mais aussi libre ». Il y a en outre plusieurs preuves concrètes de coopération entre les mouvements nationalistes celtes. Au début des années soixante par exemple, l'IRA n'avait pratiquement plus d'armes. Sais-tu pourquoi ?

Naturellement, je n'en savais rien.

— Parce que l'IRA les avait vendues aux nationalistes gallois ! Et le pays de Galles est profondément celtique. Coogan affirme de plus que si les Anglais ne veulent pas lâcher l'Irlande du Nord, c'est surtout parce que cela encouragerait l'Écosse et le pays de Galles à la rébellion. Si c'est vrai, et c'est très possible, il n'y aurait rien d'extraordinaire à ce qu'une partie des Celtes gallois et écossais soutiennent l'IRA. Après tout, il est encore indiqué dans le *Green Book* de l'IRA, leur déclaration de tactique et de programme, qu'ils veulent avoir une Irlande celtique.

— Mais comment expliques-tu le roi des Ombres, la voie d'or, le culte de la tête et tout le reste ?

— Je n'explique rien pour l'instant. Je trace quelques parallèles.

J'étais si absorbé par les réflexions de Torben que je n'avais pas remarqué que la porte de l'écluse d'Invergarry Loch était affreusement proche. Je me précipitai sur l'inverseur d'hélice et nous vécûmes quelques instants d'angoisse, avant d'être certains que nous n'allions pas nous fracasser contre la porte. Après j'ai mieux compris le sens des panneaux suspendus dans chaque écluse : *Don't trust your reverse !* Ne vous fiez pas à votre marche arrière !

Mais avant d'avoir perdu totalement notre erre, les portes coulissèrent à nouveau comme sur commande. Les gardiens d'écluse doivent se prévenir mutuellement. Pourtant, il n'y avait aucun gardien en vue. Seul un labrador courait le long du bord en aboyant joyeusement.

— Que faisons-nous ? demanda Torben.

Les bittes d'amarrage étaient trop hautes.

— Lance les amarres, on verra bien. Quelqu'un va forcément venir.

Torben enroula nos aussières et les lança sur le quai. Quelle ne fut pas notre surprise lorsque le labrador attrapa un œillet puis l'autre dans sa gueule et les plaça sur les pieux. Lorsqu'il eut terminé, le gardien arriva en flânant, ferma la porte derrière nous et le sas se remplit. Le labrador attendait plein d'espoir, agitant la queue, que nous soyons arrivés à la même hauteur, du moins suffisamment haut, pour que nous puissions lui donner sa récompense. Et c'est ce que nous fîmes. Les yeux des labradors sont irrésistibles.

Nous voulions également donner un pourboire au gardien, mais il ne voulut pas en entendre parler.

— Nous n'avons jamais eu à attendre, à aucune des écluses, donnai-je comme explication. Est-ce toujours ainsi ?

— Pas en été. Mais mes collègues ont téléphoné pour me dire que vous arriviez. Je crois que vous êtes les seuls dans le canal. À l'exception de *Scot II*, le bateau de passagers, mais il est toujours ici. Ah oui, et puis hier il y a eu un bateau de pêche de Fraserburgh. Sinon, le chien et moi n'avons pas grand-chose à faire en cette saison. C'est pire pour le chien qui ne reçoit pas autant de friandises qu'en été. C'est devenu une mauvaise habitude, vous comprenez. Moi, je suis postier, alors j'ai toujours à faire.

Torben put enfin poser sa question.

— Un bateau de pêche ? Vous rappelez-vous du numéro ? Nous avons rencontré de sympathiques pêcheurs lorsque nous étions à Fraserburgh. Ils devaient prendre ce chemin.

— Je crois que c'était 154, répondit l'éclusier.

— Ont-ils dit où ils se rendaient ?

— Non. Je crois qu'il n'y avait qu'un seul homme à bord, et il n'était pas très bavard. Mais si vous avez deux minutes, je vais téléphoner à l'écluse de Corpach et demander s'il est passé là-bas.

Il disparut, mais revint peu après.

— C'est bizarre, dit-il. Il n'est pas passé à Corpach. J'ai téléphoné à l'écluse de l'autre côté du Loch Oich, mais il n'avait pas éclusé non plus. Il doit être quelque part sur le Loch Oich. Je me demande ce qu'un bateau de pêche peut faire là-bas en plein hiver.

— Merci beaucoup ! criai-je lorsque nous partîmes. Nous les trouverons sûrement.

— Si c'est ce que nous voulons, dit Torben pour lui-même.

Le Loch Oich est le plus élevé, le moins profond et le plus petit des trois lacs qui sont reliés par le canal Calédonien. Tout comme le Loch Ness et le Loch Lochy, il est entouré de montagnes, mais elles ne sont pas aussi hautes ni aussi majestueuses. Le Loch Oich est aussi bien plus étroit, il ne fait que cinq cents mètres de large, et les berges sont plus luxuriantes. Il a un petit air scandinave.

Au centre du lac, il y a un îlot, pas plus grand que la moitié d'un terrain de tennis, que nous devions d'après la carte garder à tribord pour ne pas nous échouer sur un écueil. Nous découvrîmes le F 154 à l'ancre derrière l'îlot. Il semblait abandonné. Ni Torben ni moi ne vîmes un semblant de vie à bord. Nous en étions absolument sûrs. Pourtant, à cette distance, le bruit du vieux moteur du *Rustica* était très perceptible.

Plus loin, on aperçut à travers les arbres les ruines d'Invergarry Castle, où nous avions pensé nous amarrer pour la nuit. D'après la carte, il devait y avoir un appontement à proximité du château. Pekka s'y était amarré, mais avec son catamaran, il pouvait entrer partout.

Il faisait presque nuit lorsque nous arrivâmes et nous dûmes avancer à l'aveuglette, jusqu'au petit ponton. Torben était à l'avant et donnait des ordres comme le meilleur des sondeurs. Lorsque lui et le moteur se turent, le silence qui s'ensuivit était compact, un brin sinistre. On entendait seulement le bruit d'un torrent éloigné. Au-dessus de nous s'élevait la silhouette imprécise du château en ruine, qui jaillissait au-delà des branchages. Je me revois, en train de me demander ce que ce château avait de spécial. C'était à propos d'Invergarry Castle que Pekka avait fait des commentaires sur les rois des Ombres. Le château avait été incendié au XVIIIe siècle au cours de l'un de ces innombrables actes de vengeance entre les clans. Il n'avait jamais été habité depuis.

Après un dîner sommaire mais savoureux, Torben alla sur le ponton prendre l'air. Il faisait souvent trop chaud dans le carré du *Rustica*, du moins à hauteur de la tête, lorsque le poêle et les deux lampes à pétrole fonctionnaient. En hiver, lorsque le thermomètre descendait au-dessous de zéro, j'avais toujours une différence de température de vingt degrés entre le plancher et le plafond du carré.

Quelques minutes plus tard, j'entendis un bruit de rames et puis des voix. Le visage de Torben apparut dans le panneau d'entrée.

— C'est un jeune garçon des environs qui demande s'il peut emprunter un leurre. Il doit aller pêcher et il a oublié les siens.

— Bien sûr.

Je sortis la boîte plastique contenant des leurres de toutes sortes.

— Il veut savoir si je peux l'accompagner.

Torben sentit mon hésitation.

— Il a l'air correct.

— Sois prudent quand même, on ne sait jamais.

— As-tu un sifflet ? demanda Torben après avoir pris les leurres.

— Il y en a un dans le casier des jumelles. Que veux-tu en faire ?

— Je sifflerai si j'ai besoin de quelque chose.

Je n'étais pas tout à fait tranquille, mais au bout d'une heure j'entendis le battement des rames.

— Pas de prise, dit Torben en revenant. D'aucune sorte. Nous sommes passés près du F 154, mais je n'ai pas vu de lumière. Que dirais-tu d'inviter notre ami le pêcheur à prendre un verre ?

— Fais-le, toi !

Torben traînait à sa suite un jeune homme tout dégingandé, d'une vingtaine d'années. Il était habillé d'un duffel-coat et portait une casquette. Il regarda autour de lui d'un air curieux et s'assit près du poêle sans y être invité. Il n'était pas timide.

Il raconta, sans hésitation, l'histoire de sa vie. Il habitait dans un petit village pas très loin de là et pêchait souvent dans le lac. Surtout la nuit, car il n'avait pas les moyens de s'acheter un permis de pêche. Il n'avait pas de travail, aussi avait-il tout le loisir de pêcher et d'aller boire de la bière avec ses amis au pub. Le seul problème, c'était sa femme, une fille qu'il avait mise enceinte l'année d'avant et qu'il avait épousée. Il se faisait constamment disputer parce qu'il ne rentrait pas à la maison à l'heure. À trois reprises, elle l'avait laissé dehors. Mais ce n'était pas bien grave, tout allait bien sinon. L'Écosse était un beau pays. Un bon pays.

Il raconta avec feu l'histoire de la région, plusieurs siècles en arrière. Je lui demandai comment il la connaissait aussi bien. Lisait-il beaucoup ?

— Jamais, dit-il. Je n'ouvre jamais un livre.

— Mais où as-tu appris tout cela ?

— Je le sais tout simplement. Tout le monde le sait. Demandez à n'importe qui.

Un peu plus tard, nous parlâmes d'Invergarry Castle et Torben fit remarquer que c'était dommage que le château eût brûlé.

— Sûrement pas ! s'écria Tom, c'était le nom du jeune homme, d'un ton méprisant. Il a été construit par MacLeod, un clan intrus qui n'avait rien à y faire. Le château devrait être rasé.

Torben et moi avions du mal à comprendre comment il pouvait être aussi excité par un événement qui s'était passé il y a trois cents ans. Mais il l'était vraiment. Il réprimait une si grande colère que nous n'osâmes pas suggérer la prescription du crime.

Pour changer le sujet de la conversation, je lui demandai si beaucoup de touristes venaient par ici.

— En été il y a plein d'étrangers. Américains pour la plupart. Ils devraient être interdits. C'est une bande d'abrutis. Presque comme les Français et les autres Méridionaux. J'ai été à Paris un jour pour voir un match de football. Bon sang, quel pays ! Ils n'ont pas intérêt à venir ici, sinon ça va barder.

Tom passa en revue tous les peuples qu'il ne supportait pas. Il associait ses condamnations à des histoires drôles, à de l'ironie, mais sous la surface il était totalement sérieux. Après les « gens du Sud » vint le tour des Allemands, dont tout le monde connaissait bien le genre. Ensuite les Anglais ; mais là sa haine était si forte que toute trace de plaisanterie disparut. En Écosse, on détestait les Anglais, particulièrement ceux qui venaient du riche sud de l'Angleterre et parmi eux Thatcher, dit-il. Savions-nous, par exemple, que Mme Thatcher avait envoyé des régiments écossais en Irlande du Nord ? Mais elle n'allait pas pouvoir échapper longtemps à son sort. Regardez l'attentat de Brighton. Il avait pleuré lorsqu'il avait entendu qu'elle avait survécu.

Après les Anglais, ce fut le tour des Lowlanders, qui avaient vendu l'Écosse à l'Angleterre. Et enfin, outre quelques clans dans les Highlands qui ne paraissaient pas avoir le droit à l'existence, même le village voisin méritait parfois une leçon. Ce n'était pas si grave. Une bagarre de temps en temps, ça permet de garder la forme. Restait le propre village de Tom, et quelques étrangers qui pouvaient être tolérés s'ils se comportaient comme des gens civilisés, c'est-à-dire comme des Écossais. C'était un patriotisme sans égal, qui ne semblait pas avoir à faire avec les frontières entre les nations. Lorsque Tom eut terminé sa harangue, je lui demandai s'il y avait un peuple qui pouvait convenir.

— Les Irlandais, répondit-il immédiatement.

Ils étaient *purs*, tout comme les Écossais. Nous ne sûmes jamais ce qu'il entendait exactement par *purs*, ni ce qu'il pensait des Scandinaves, dont il ne fit peut-être pas mention par égard pour nous.

— Et les Celtes ? demanda Torben. Es-tu celte ?

Pour la première fois, Tom sembla réfléchir, non pas en raison de la question, mais plutôt parce qu'il hésitait à répondre.

— Je suis écossais, finit-il par répondre. Au village, il y a un type qui prétend que nous sommes d'abord celtes, puis écossais.

— Pourquoi donc ? demanda Torben.

— Comment ça, pourquoi ?

Tom eut l'air étonné.

— Oui, expliqua Torben. Ce n'est pas suffisant d'être écossais ?

— C'est ce que je croyais aussi, dit Tom. Mais le gars du village dit que l'Écosse devrait être indépendante, mais pas toute seule. Nous devrions former une fédération avec l'Irlande, le pays de Galles, la Bretagne et avec la Galice, je crois. Bien que je ne comprenne pas pourquoi nous devrions avoir des pays du Sud avec nous. Là-bas, il n'y a plus personne qui parle celte.

— Mais les autres alors ? demanda Torben.

— Bon, oui. Pourquoi pas ? Mais qu'on puisse s'occuper de nos propres affaires. Je ne veux pas que des étrangers viennent me dire ce que je dois faire ou pas. Pas même les Irlandais.

— Y en a-t-il d'autres au village qui parlent d'une

fédération celte ? Le gars du village n'y a pas pensé tout seul. Est-ce un parti politique ?

— Je ne crois pas, dit Tom. Il y a bien eu quelques réunions, mais je ne sais pas qui est derrière. Pas les nationalistes en tout cas. Nous en avons eu pendant longtemps, et eux, ils ne parlent que de pétrole et ne font rien. Non, il s'agit d'autres gars. Ils disent que nous devons faire comme l'Europe de l'Est.

— Tu n'as pas rencontré quelqu'un qui s'appelle MacDuff ? demandai-je sous le coup d'une soudaine inspiration.

Tom secoua la tête.

— C'est un de mes amis, continuai-je. Je croyais qu'il avait peut-être participé à l'une de ces réunions.

— Pas que je sache, rétorqua Tom. Mais je ne suis pas allé à toutes. Je préfère aller pêcher au lac.

Il se leva.

— Merci pour les leurres et le whisky, dit-il. Si vous repassez par ici, je vous indiquerai quelques bons endroits pour pêcher. Demandez après Tom. Tout le monde me connaît.

— Peut-on aller à ton village, si l'on est étranger ? demanda Torben.

— Et pourquoi pas ? Vous seriez mes invités. Il suffit de se conduire comme des gens civilisés.

— C'est-à-dire ?

— Commencez par appeler les Écossais, Écossais et non pas Anglais. C'est un bon début. Ensuite, un conseil : quand vous êtes dans un pub, évitez de parler politique, religion ou morale. Ce sont des sujets sensibles.

Après le départ de Tom, nous restâmes un moment avec un arrière-goût un peu amer. Comment pouvait-on mélanger tant d'hospitalité, d'humour et de chaleur à tant de haine ?

— Qu'en penses-tu ? demandai-je à Torben.

— Cela paraît incroyable, mais apparemment il y en a qui pensent que ce qui est arrivé en Europe de l'Est peut se produire ici.

— Et pourquoi cela ne serait-il pas possible ? objectai-je. Si la Lituanie a pu se déclarer indépendante, pourquoi le pays de Galles, l'Écosse ou la Bretagne ne pourraient-ils pas en faire autant ?

— Je ne prétends pas que cela soit impossible. C'est peut-être même souhaitable. Plus les nations sont petites, moins elles peuvent faire de mal. Je ne pense pas, tout simplement, que les Celtes se considèrent comme une nation. Mais je me demande comment les démocraties occidentales réagiraient si les peuples celtiques revendiquaient véritablement leur indépendance, s'ils élisaient leur propre parlement et refusaient d'accomplir leur service militaire en France ou en Angleterre. Que ferait Mitterrand si la Bretagne déclarait sa souveraineté ? Après toute l'aide que nous avons apportée à l'Europe de l'Est au saint nom de la démocratie, ce serait difficile. Mais que les Celtes soient mûrs pour cela, non je refuse de le croire. Ils ne *sont* tout simplement pas encore celtes. Tu l'as entendu toi-même. Tom préfère aller à la pêche plutôt qu'aux réunions.

— C'est peut-être cela la mission du Cercle celtique.

— Possible. Mais d'après ce que nous croyons savoir, le Cercle celtique est une société mystique avec des rites et des cérémonies. Comment pourraient-ils rassembler les Celtes en un peuple ? Que le besoin de liberté puisse le faire, et en même temps rendre les armées sans défense et inoffensives, c'est une chose, mais que les mythes et les traditions en soient capables, je refuse de le croire.

Je ne tentai pas d'argumenter, mais je fis remarquer à Torben que les sentiments de Tom envers l'histoire pouvaient très bien servir de détonateur.

— Rappelle-toi sa réaction lorsque nous l'avons questionné sur le château, dis-je.

— Oui, reconnut Torben. Mais c'est l'histoire écossaise, pas celtique. D'ailleurs, nous devrions aller jeter un coup d'œil sans tarder au château. Nous pouvons tout aussi bien commencer nos recherches dès maintenant.

— Ce soir ?

— Pourquoi pas ? Il nous faut partir tôt, si nous devons atteindre Corpach demain, n'est-ce pas ? Et ce soir, nous aurons sûrement le château pour nous tout seuls. Personne n'ira soupçonner que notre curiosité est telle que nous voulons visiter le château pendant la nuit.

Je n'étais pas franchement enthousiasmé par l'idée de me promener dans un vieux château en ruine au milieu de la nuit, mais Torben avait sûrement raison, nous n'allions pas être dérangés. Je n'avais pas très envie de laisser le *Rustica* avec le F 154 à proximité. D'un autre côté, je ne voulais pas laisser Torben aller tout seul à Invergarry Castle. Bien que cela puisse paraître cynique, le choix n'était pas évident. Je décidai finalement de suivre Torben et d'abandonner le *Rustica* à son sort.

Quand nous arrivâmes devant le château, nous projetâmes le faisceau de nos lampes de poche sur la façade de la tour. Invergarry Castle avait l'air d'un fantôme. Il était clôturé et un cadenas verrouillait la grille. Une pancarte indiquait, de façon très contradictoire, que l'on visitait le château à ses risques et périls. Nous fiant à cet avertissement, nous enjambâmes la clôture et pénétrâmes dans l'enceinte du château, dont il ne restait plus que les murailles. Le château n'avait pas été très grand. L'espace où nous nous trouvions faisait environ trente mètres de côté et, à en juger par les orifices béants tout au long des poutres du toit, la tour devait avoir eu trois étages. À l'exception des quatre murs, seule la tour extérieure, qui donnait sur le Loch Oich, était encore debout.

Nous ressortîmes pour prendre le chemin à droite vers des escaliers délabrés, situé le long d'une sorte d'annexe au pied de la tour. Parvenus du côté faisant face au lac, nous nous arrêtâmes. La tour était située sur une pente escarpée qui plongeait directement dans le lac. Le *Rustica* mouillait quelque part en dessous, mais nous ne pouvions pas apercevoir la lumière qui filtrait par les hublots en raison des grands arbres accrochés à la falaise.

— Nous ne pouvons plus avancer, dis-je à Torben. C'est trop raide.

— Je vais voir.

Il passa devant moi avec peine et il balaya de sa lampe le pied de la muraille du château.

— Mais si, bien sûr que nous pouvons continuer, dit-il en cachant mal son ardeur. Il suffit de prendre appui contre les arbres.

Sans attendre de réponse, il commença à descendre. Je le suivis à contrecœur.

Nous nous agrippâmes aux branches et aux racines pour inspecter minutieusement la muraille. Quelle bêtise ! pensai-je. Pekka ne pouvait pas avoir pris ce chemin. Pourtant, l'instant d'après, Torben indiqua un trou noir quelques mètres plus loin.

— Voici un passage, dit-il. On dirait qu'il mène à la cave.

Nous dûmes entrer à quatre pattes dans le trou, mais nous pûmes nous relever bientôt. Nous nous trouvions sous la tour, dans un tunnel qui ne semblait pas aussi délabré que le reste du château. Le passage était devenu très pentu, mais après une vingtaine de mètres, il s'aplanissait à nouveau et s'arrêtait devant une solide porte de fer qui pouvait bien avoir trois cents ans.

— C'est sûrement le cachot, dit Torben. Tous les chefs de clan qui se respectaient disposaient de cachots. Il y avait probablement une trappe en haut du château.

Torben appuya sur la poignée et la porte s'ouvrit sans bruit. Nous entrâmes prudemment dans la pièce. J'aperçus dans le faisceau de la lampe une table et des chaises. Sur la table, il y avait quelques verres à moitié pleins et des bouteilles de bière, comme si la pièce avait été abandonnée en toute hâte.

— Cet endroit est habité, dit Torben, en avançant un peu plus.

Au même instant, la porte de fer se referma avec un écho métallique qui se répercuta sur les murs de pierre et alla mourir loin sous terre. La pièce fut alors inondée de lumière. Je me retournai. MacDuff était debout à gauche de la porte. Il avait à ses côtés deux hommes costauds qui se tenaient à l'écart de la lumière du plafonnier. L'un deux était celui que nous avions rencontré à Fraserburgh et à Fort Augustus. Je n'avais jamais vu l'autre auparavant, et ce n'était pas plus mal. À l'épaule, il avait une mitraillette.

— Bienvenue à Invergarry Castle, dit MacDuff. Que le monde est petit, capitaine !

CHAPITRE 13

Stupéfait, je regardai MacDuff et ses acolytes.

— Qui aurait dit que nous allions nous retrouver ici, poursuivit MacDuff, avec une cordialité un peu coupante, comme deux vieux amis qui se rencontrent par hasard au pub du coin. Le monde *est* petit. Il l'a toujours été. Je n'aurais jamais pensé que mon invitation serait acceptée aussi vite ou que nous aurions le plaisir de voir par ici un voilier aussi séduisant que le *Rustica*.

Je cherchais une réponse avec fébrilité en espérant que Torben me laisserait parler tandis qu'il se donnait le temps d'écouter, de réfléchir et d'intervenir si j'étais en difficulté, ce qui allait se produire tôt ou tard.

Après un silence, qui me parut une éternité, mais qui ne dura probablement que quelques secondes, je retrouvai l'usage de la parole.

— Alors, ce doit être votre bateau qui mouille derrière la petite île.

J'avais pensé pouvoir surprendre MacDuff, mais il répondit calmement.

— C'est exact. Je croyais que vous le saviez déjà. N'aviez-vous pas posé la question à Invergarry Loch ?

Je ne répondis pas.

— Pourquoi ? demanda MacDuff.

Était-ce parce qu'il ne savait pas ou bien pour vérifier si nous essayions de cacher quelque chose. Je penchais pour la seconde solution. S'il savait déjà que nous avions cherché le F 154, il disposait à coup sûr d'autres informations.

— Nous avions l'impression d'être suivis, dis-je. Votre bateau était sur nos talons en mer du Nord. Nous l'avons ensuite vu à Fraserburgh. Aussi quand l'éclusier nous a appris qu'un bateau de pêche était passé avant nous, il était naturel de penser qu'il s'agissait du vôtre.

— Pourquoi ? insista MacDuff. Le hasard veut qu'un bateau de pêche aille de Thyborøn à Fraserburgh, deux grands ports de chaque côté de la mer du Nord. Il y reste deux jours et traverse ensuite le canal Calédonien vers d'autres zones de pêche. Qu'y a-t-il d'extraordinaire à cela ?

Je n'avais qu'à m'en prendre à moi-même. Il n'y avait bien sûr rien d'extravagant à cela, à moins d'avoir, comme nous, des idées préconçues.

— Il n'avait pas de nom, tentai-je d'une voix faible.

— Tout le monde peut trouver un bateau avec le numéro d'immatriculation.

Je ne pouvais pas le nier. Mais Torben était allé plus loin dans sa réflexion.

— Mais avouez, dit-il avec son ironique ambiguïté, que nos soupçons étaient fondés. Il s'agissait bien de *votre* bateau.

Le regard de MacDuff se porta rapidement sur Torben, puis à nouveau vers moi.

— C'est aussi votre avis, skipper ?

Je ne sais pas pourquoi il persistait à ne s'adresser qu'à moi. Soit il sous-estimait Torben, soit il croyait que c'était moi qui prenais les décisions en ma qualité de « capitaine ». J'ai remarqué que les personnes qui ont du pouvoir ont souvent cette attitude. Ils ne peuvent s'adresser qu'à d'autres dirigeants. Je me laissai séduire par l'idée que c'était une faiblesse chez MacDuff et une force pour Torben et moi. La question de savoir qui décidait ne s'était jamais posée entre nous, et si MacDuff s'imaginait quelque chose d'autre, cela ne pouvait que nous convenir.

— D'une certaine manière, répondis-je après avoir simulé un temps de réflexion. En tout cas, nous avions raison. Le F 154 n'était pas un quelconque bateau de pêche. Vous étiez peut-être même à bord lors de la traversée de la mer du Nord.

— C'est possible.

— Et à Fraserburgh ?

— Peut-être.

— Mais vous n'étiez pas à votre appartement ?

— Non.

MacDuff savait donc que j'avais fait un tour vers Andersson Street. J'étais fier de l'avoir poussé à se dévoiler et je m'imaginais avoir pris le dessus. Mais ce n'était pas aussi simple.

— Vous avez parlé à ma gouvernante, ajouta-t-il d'une voix posée.

— Elle a dit que vous n'habitiez plus là.

— C'est vrai. C'est son appartement désormais. Mais elle prend mon courrier et s'occupe de mes visiteurs.

— Elle n'est pas très douée pour cela alors, objectai-je. Elle m'a dit de vous oublier. Qu'entendait-elle par là ?

Il me sembla percevoir à ce moment-là une sorte d'incertitude ou d'étonnement chez MacDuff. Il jeta un regard furtif à ses comparses, comme s'il voulait vérifier s'ils avaient compris ce que j'avais dit.

— Ce n'était pas correct, poursuivit-il. Il faut que je lui parle. On n'oublie pas MacDuff comme ça.

— C'était une très belle dame, ajoutai-je spontanément. Elle faisait jeune pour son âge.

À ce moment-là, je fus certain d'avoir touché un point sensible.

— Le plus curieux, c'est que je pense l'avoir déjà rencontrée, dis-je.

Je crus un instant que MacDuff allait perdre son calme, mais il se reprit avant même que je me rende compte de ce qui se passait.

— Que cherchez-vous ? demanda-t-il. Que voulez-vous ?

— Nous nous posons aussi la question. Nous sommes des touristes. Et pourtant, certains veulent absolument que nous soyons autre chose.

— Pourquoi exploriez-vous Invergarry Castle ? Peu de touristes grimperaient, côté lac, au milieu de la nuit sans raison. C'est extrêmement dangereux.

— Exact, mais ce n'est rien comparé à une mitraillette.

— Pourquoi avez-vous dit que vous pensiez passer par Pentland Firth ?

— Sans doute parce que nous n'étions pas encore décidés. Mais maintenant nous le sommes, et nous nous sommes ravisés.

John, ou un autre, avait dû faire un rapport à MacDuff, qui semblait être entouré d'un groupe d'informateurs. MacDuff connaissait probablement tout et avait prise sur nous, même si je pensais m'en sortir relativement bien. Torben m'avait raconté que les Celtes, tout comme les Groenlandais, organisaient des compétitions de poésie. Ils se défiaient mutuellement et, avec les mots comme armes, ils combattaient jusqu'aux larmes, aux cris et à la sueur. Ce n'était pas un jeu pour épater la galerie, mais quelque chose de terriblement sérieux, qui pouvait pousser le perdant au suicide. Le vainqueur gagnait pouvoir et influence, le vaincu, humiliation et mépris. Je pensais que nous étions peut-être en train, MacDuff et moi, de nous battre en duel. Il m'était pourtant difficile de faire abstraction de la mitraillette derrière mon dos. Nous étions obligés de gagner, Torben et moi. Ce n'était pas *fair play*. Quel était le point faible de MacDuff ? Tout le monde en a au moins un. Alors que nous savions si peu de chose, nous étions accusés d'en savoir trop. Je sentais que MacDuff allait bientôt m'interroger sur Pekka. Et tandis que je répondais de façon évasive aux premières questions de MacDuff, j'essayais de mettre au point une réponse à la question de savoir si j'avais rencontré Pekka. Mais MacDuff ne disait rien, comme s'il voulait nous faire avouer ce que nous savions sans mentionner le nom de Pekka.

— Est-ce une sorte d'interrogatoire ? demandai-je.

MacDuff semblait évaluer la prochaine étape. Il semblait hésiter à nous menacer de la violence qu'il avait à disposition. Cela me donna l'occasion de paraître offensé, si tant est que ce mot ne soit pas trop faible lorsqu'on est en danger de mort.

— Et lui, pourquoi a-t-il le doigt sur la détente ? Je croyais les Écossais hospitaliers.

— Nous le sommes, dit MacDuff. Sauf vis-à-vis de ceux qui mettent leur nez partout.

— En d'autres termes, nous nous occupons de ce qui ne nous concerne pas. Quoi par exemple ? On ne peut pas se mêler de ce qu'on ignore.

— Non, répondit MacDuff, retrouvant un peu de sa cordialité, c'est vrai, si justement on ne sait rien ou si on se dispense de se renseigner sur ce qu'on ne connaît pas. Ou encore si on oublie une fois pour toutes ce qu'on a pu apprendre.

— Mais alors, il faut savoir ce que l'on doit oublier, n'est-ce pas ?

— Il faut comprendre qu'il y a des choses dont on ne doit pas s'occuper. Dans son propre intérêt. Peut-être aussi dans l'intérêt des autres. Vous ne semblez pas être du genre à vivre aux dépens des autres.

C'était vraiment curieux d'entendre cela de la bouche de MacDuff. Ne jamais vivre aux dépens des autres était pratiquement le seul principe moral important auquel j'essayais de me conformer.

— N'êtes-vous pas du même avis ? demanda MacDuff à Torben en se retournant brusquement.

— Certainement, rétorqua Torben. Mais que fait-on de ceux qui pensent différemment ?

— On les brise, répondit MacDuff.

— Comment ça ? demanda paisiblement Torben comme si la réponse lui importait peu.

— Une fois pour toutes, répondit MacDuff.

— Alors nous avons de la chance d'être du même avis, coupai-je, en regardant les deux hommes du coin de l'œil.

Ils n'avaient pas bougé. Et rien ne laissait deviner si notre conversation avait eu un quelconque effet sur eux.

— Écoutez, me dit MacDuff. Je vous aime bien. Nous nous ressemblons vous et moi.

Je voulais protester mais il continua :

— Si j'avais été à votre place, j'aurais fait exactement la même chose. En réalité, je vous envie. Vous pouvez encore faire comme si la vie était une sorte d'aventure. Dans cent ans, quelqu'un pensera peut-être que la vie de MacDuff a été une passionnante aventure, une vie qui a valu la peine d'être vécue. Peut-être même déjà maintenant. Mais ce n'est pas vrai. C'est pour cela que je vous envie. Et j'aimerais pouvoir continuer à le faire.

— Qu'est-ce qui vous en empêcherait ? Si vous pensez que c'est si important.

— Personne d'autre que vous. C'est vous qui décidez.

La voix de MacDuff redevint tranchante.

— Chaque peuple a le droit de décider de sa propre destinée, poursuivit-il. Vous comprenez bien que Dick ne se promène pas avec une mitraillette pour la forme. Et pourquoi nous sommes là à boire une bière dans un ancien cachot. Ce sont *nos* affaires et *notre* destin. Cela n'a rien à voir avec vous. Absolument rien. C'est la seule chose dont vous devez vous souvenir. Ce que je pense est sans importance. Et j'espère que vous écoutez et réfléchissez à ce que je dis. Il est dommage que vous ayez été si curieux. C'eût été plus simple si vous ne nous aviez jamais vus ici. Maintenant, vous avez, encore plus qu'auparavant, quelque chose à oublier. Il ne s'agit plus seulement d'éviter de poser trop de questions.

Je commençais à respirer plus calmement à nouveau. Il me semblait que pour l'instant rien n'allait nous arriver. Mais je continuais à me demander pourquoi il ne posait pas de questions sur Pekka. C'était pourtant la meilleure façon de nous prendre sur le fait. Il avait peut-être peur de dévoiler quelque chose que nous *ne* savions *pas*. Et dans ce cas, c'était aussi bien, car nous savions vraiment très peu de chose.

Je n'arrivais pas à chasser de mon esprit le fait qu'il

prétendait me trouver sympathique, et même que nous nous ressemblions. Il avait très certainement déjà tué une personne, peut-être même plusieurs. De quelle façon nous ressemblions-nous ? En même temps, il était indéniable que MacDuff exerçait une certaine fascination. Même à cet instant-là, alors que je tentais de me persuader qu'un meurtrier ne peut être considéré qu'avec mépris, je ressentais sa force d'attraction.

— Et Pekka ? demandai-je soudain. Avait-il lui aussi quelque chose à oublier ? Était-ce pour cela que vous le recherchiez avec autant d'ardeur ? Pour lui dire la même chose qu'à nous.

— Pekka est mort, dit MacDuff d'une voix éteinte. *Il* ne pouvait pas oublier.

Était-ce un aveu ? À ma stupeur, je découvris que je ne voulais pas connaître la vérité. Je ne voulais pas croire que MacDuff avait exécuté Pekka de sang-froid. Je n'arrivais pas à poser la question logique qui aurait dû suivre : comment Pekka était-il mort ? Je ne dis rien du tout, même si mon silence pouvait être interprété comme si je savais déjà qu'il était mort. En fait, j'avais cessé de penser. Ce fut Torben qui interrompit ce long silence.

— Et Mary ? demanda-t-il. Qu'est-elle devenue ? Ne pouvait-elle pas non plus oublier ?

La question de Torben resta dans le vide qui fut déchiré par la voix de MacDuff qui résonna sur les murs.

— Qui ? De qui parlez-vous ? dit-il lentement.

— Mary. La jeune femme qui naviguait avec Pekka, dit Torben d'une voix anormalement calme.

Il ne s'était pas laissé duper. Il avait écouté, réfléchi et puis trouvé le point faible de MacDuff. Mais était-ce bien prudent d'en profiter juste à ce moment-là ?

Le grand corps de MacDuff parut se raidir comme celui d'un chat avant le saut fatal. Cela ne dura qu'un instant, mais suffisamment longtemps pour rendre nerveux les deux hommes campés derrière nous. Je n'osai pas me retourner, mais j'étais certain que la mitraillette était pointée sur nous, prête à nous abattre. Torben avait pris un grand risque.

— Elle n'existe plus, dit MacDuff lorsqu'il eut repris contenance.

Sa voix était sourde et pas même Torben n'osa objecter quoi que ce soit. MacDuff renvoya ses complices d'un geste.

— Attendez dehors ! dit-il d'une voix habituée à donner des ordres et à être obéie.

L'homme à la mitraillette marmonna sa désapprobation, mais un coup d'œil de MacDuff le fit taire. La porte de fer se referma avec le même écho d'outre-tombe que la fois précédente. Écho qui disparut dans les murs de pierre épais et ruisselants d'humidité.

— Vous ne vous en êtes probablement pas rendu compte, mais aujourd'hui je vous ai sauvé la vie. Si je ne m'étais pas trouvé ici, par hasard, quand vous êtes arrivés, vous seriez morts à l'heure qu'il est.

— Par hasard ? interrompit Torben. Prétendez-vous que nous nous sommes rencontrés par pure chance ici ce soir ?

— Chance, répéta MacDuff. Sûrement pas. Plutôt un malheureux concours de circonstances. Ce n'est pas pour vous que je suis ici ce soir. Demain, je vous aurais peut-être attendu ou cherché. Seul. Mais comment pouvais-je deviner que vous alliez être assez fous pour vous consacrer à l'escalade à cette heure-ci. Heureusement, nous vous avons entendus à temps. Sinon, je peux vous garantir que ça ne se serait pas terminé ainsi. Vous avez gagné du temps. J'ignore combien, mais suffisamment en tout cas pour que vous disparaissiez d'ici. Partez demain à Corpach. Mettez le cap sur l'Angleterre, l'île de Man, n'importe où. Mais pas l'Écosse. Et l'Irlande non plus.

Il se tourna vers Torben.

— Excusez-moi, si je ne parle qu'au capitaine du *Rustica*.

— Ce n'est rien, dit sincèrement Torben. Absolument rien. De toute façon, je ne voudrais pas mettre le pied sur un voilier avec vous deux à bord.

— Non, dit aimablement MacDuff. Que signifie pour vous un mouillage isolé du Pentland Firth ? Rien. Ou bien de naviguer dans des lieux si époustouflants de beauté que vous êtes une autre personne lorsque vous en repartez ? Mais dans l'intérêt du skipper, il est votre ami d'après ce que j'ai compris, j'espère que vous réfléchissez aussi à ce que j'ai dit. Vous ne connaissez rien de la vie et de la mort. Moi, si. Et je souhaite que vous n'en sachiez jamais rien. Comprenez-vous ce que je vous dis ?

Ni Torben ni moi ne répondîmes.

Il se leva.

— Je vous laisse partir maintenant.

Il ouvrit une porte dissimulée derrière lui.

— Ce n'est pas la peine de risquer votre vie en prenant le même chemin que tout à l'heure. Il faut protéger une vie que l'on reçoit en cadeau une deuxième fois. Combien ont cette chance ?

Il sourit.

— Ne soyez pas surpris. Vous allez arriver dans une remise à l'extérieur du château voisin, Glengarry Castle. Il y a toujours beaucoup de voyageurs à l'hôtel, personne ne fera attention à vous.

Nous traversâmes la pièce. MacDuff nous arrêta à la porte.

— Encore une chose, dit-il silencieusement. Ce n'est pas pour moi, mais je dois vous le dire. Ne parlez jamais de la femme qui répond au nom de Mary.

Il regarda plus particulièrement Torben.

— Au grand jamais ! Si j'entends dire que vous avez parlé d'elle ou que vous avez prononcé son nom, je donnerai l'ordre de vous éliminer. Si nécessaire, je veillerai personnellement à ce que ce soit fait.

Il s'écarta d'un pas.

— *Gentlemen*, dit-il poliment, et il indiqua d'un geste que nous pouvions partir.

Nous nous engageâmes dans le passage et partîmes à la hâte. Quelques instants après, nous entendîmes un bruit de dispute. C'était un signe qui prouvait que MacDuff avait dit la vérité. Il était possible et même probable qu'il ne s'était pas attendu à nous voir cette nuit. De même qu'il était possible et probable qu'il nous ait sauvé la vie. Nous ne savions toujours pas ce que nous ne devions pas tenter de connaître. Mais maintenant, comme MacDuff l'avait dit si justement, nous avions quelque chose à oublier. Si nous pouvions.

CHAPITRE 14

Il était plus d'une heure du matin lorsque nous fûmes de retour au *Rustica*. La lampe à pétrole brillait plaisamment dans l'obscurité et je repensais à MacDuff lorsqu'il avait dit à Dragør que le *Rustica* respirait la sécurité. Pour Torben et moi, c'était peut-être toujours le cas, mais je me demandais pour combien de temps encore. Alors que je ne le fais jamais, je tirai les rideaux cette nuit-là. C'était bien un signe que tout n'était pas comme d'habitude.

— C'était juste, dis-je en m'asseyant.

J'étais moite sous les bras et mes muscles étaient aussi tendus que les haubans et l'étai du gréement du *Rustica*. Je mis du temps à retrouver une respiration normale. À mon grand étonnement, Torben avait en revanche l'air presque ragaillardi. On aurait dit qu'il n'avait pas pleinement perçu ce qui aurait pu se produire.

— En tout cas, nous savons une chose maintenant, poursuivis-je. Le Cercle celtique n'est pas fait de druides pacifiques vêtus d'une robe blanche, avec une faucille à la ceinture. Ils l'ont échangée contre une mitraillette.

— Je me demande, dit Torben comme si c'était un

problème purement intellectuel parmi tant d'autres, pourquoi MacDuff nous a laissés partir.

— Parce qu'il est gentil, suggérai-je dans l'espoir de ramener Torben sur terre.

— Sans vouloir t'offenser, dit Torben sur le même ton doctoral, je crois que d'une certaine manière tu as raison. Tout indique qu'il n'aurait pas dû le faire.

— Qu'avait-il comme possibilité ? Nous abattre ?

— Oui, pourquoi pas ? Dans ce domaine, il ne semble pas avoir de scrupules. Il n'y a pas de doute, il est mêlé de près ou de loin à la mort de Pekka.

— Il ne l'a pas forcément fait lui-même, dis-je d'une voix faible.

Torben leva les yeux.

— Tu le défends ? dit-il étonné.

— Non, dis-je seulement ; mais je compris tout de suite que cela sonnait creux.

Je me tus. La vue de la mitraillette m'avait fait perdre la parole. Tant que les mots avaient suffi à notre survie, je n'avais eu aucun mal à les exprimer. Mais maintenant ? Qu'y avait-il à dire lorsqu'on savait que la réponse pouvait sortir d'une mitraillette ?

— Est-ce la peine de continuer ? demandai-je finalement à Torben.

Il me regarda à nouveau d'un air surpris, comme s'il n'avait pas compris la question.

— MacDuff ne va pas toucher un cheveu de nos têtes, répondit-il peu après avec assurance. Il suffit que nous ne mentionnions pas le nom de Mary.

— Et les autres ?

— Ils ont l'air d'obéir à MacDuff. *So, what's the problem ?* Nous devons de toute façon suivre les traces de Pekka jusqu'à ce que nous arrivions à Oban. Si j'ai bien compris, il n'est pas possible de bifurquer avant. Il peut se passer beaucoup de choses en quelques jours.

C'était exactement ce dont j'avais peur. Je laissai Torben et allai me coucher. Sa façon distante de considérer nos problèmes m'irritait. C'était comme s'il ne s'agissait pas de *nous*.

Le lendemain, nous quittâmes Invergarry Castle et Loch Oich après un rapide petit déjeuner. Je compris au regard de Torben qu'il avait terminé sa réflexion de la veille, et j'attendais le résultat avec une certaine curiosité malgré tout. Mon agacement avait pratiquement disparu pour faire place au fatalisme. Quelle que soit notre décision, nous étions de toute façon, comme Torben l'avait fait remarquer, obligés de suivre la route que nous avions prise. Nous aurions pu faire le tour de l'île et voir si MacDuff était encore là, mais aucun de nous ne le suggéra.

La longueur du canal était très courte entre le Loch Oich et le Loch Lochy après l'écluse de Laggan. Au loin se dressait le Ben Nevis avec son sommet nu couvert de neige, et devant l'étrave du *Rustica* le lac s'étendait sur dix milles. Sur les versants de la montagne et jusqu'aux alpages, la forêt découvrait ses larges blessures ; des coupes arides en longues bandes étroites.

Le vent frais nous donnait une bonne vitesse. Torben, désœuvré, jetait des miettes de pain aux goélands qui tournoyaient derrière nous. Bientôt, leur talent acrobatique nous fit oublier toutes nos misères. Quel spectacle unique que de les voir planer, plonger en piqué, attraper le pain et remonter sans perdre ni vitesse ni équilibre. Torben jetait les morceaux de pain de plus en plus haut et à chaque fois ils disparaissaient dans le ventre d'un goéland avant même qu'ils aient eu le temps de retomber. Puis, Torben ne se préoccupa plus de jeter les miettes. Il tint un morceau entre le pouce et l'index et les oiseaux n'hésitèrent pas longtemps à venir prendre le pain directement de sa main, sans même se poser sur le pont. Je réussis à prendre une photo d'un goéland en train de happer le morceau de pain. J'ai collé la photo dans le livre de bord pour me souvenir que, malgré tout, nous avions eu aussi des instants heureux et réconfortants au cours de notre voyage.

Le petit jeu se termina lorsque nous parvînmes à l'extrémité ouest de Loch Lochy. Nous n'avions plus de pain et les voiles devaient être amenées et ferlées avant que nous nous engagions dans la dernière partie du canal Calédonien.

— Et voilà, dis-je, lorsque nous eûmes terminé. Dans deux heures, nous serons dans l'océan Atlantique. L'eau à perte de vue jusqu'aux Caraïbes.

C'était une proposition dissimulée, mais j'étais persuadé que Torben ne relèverait pas le défi.

— Je me demandais pourquoi MacDuff avait fait sortir les deux autres lorsqu'il fut question de Mary, dit Torben exactement comme s'il n'avait rien entendu. MacDuff paraît être habitué à décider. Pourtant, il est clair qu'il cachait quelque chose à ses comparses. N'a-t-il pas dit qu'il avait songé à nous rencontrer tout seul ? Pourquoi a-t-il insisté là-dessus ? Je crois en fait qu'il avait quelque chose qu'il était *obligé* de cacher. En y pensant un peu plus, je me suis dit que nous devions pouvoir trouver de quoi il s'agissait. MacDuff craignait que nous ne dévoilions ce que c'était, volontairement ou non. En d'autres termes, nous allons pouvoir avoir prise sur MacDuff.

— Peut-être, rétorquai-je, mais nous ne savons pas

avec quoi et si cela en vaut la peine. En plus, n'a-t-il pas un solide ascendant sur nous ? Il t'a sauvé la vie. Et la mienne aussi d'ailleurs.

— En quoi aurait-il une plus grande emprise sur nous ? demanda Torben.

— Moralement, on peut toujours se moquer d'une menace. Elle ne représente rien. En revanche, il est plus difficile de faire abstraction du fait que quelqu'un vous a sauvé la vie.

Torben bourra consciencieusement sa pipe et l'alluma avec la même attention que lorsqu'il lit un livre ou boit du vin. Rien n'était laissé au hasard.

— Tu veux donc dire que nous devons ressentir de la gratitude envers MacDuff, dit-il lorsqu'il eut terminé. Je ne comprends pas. C'était son foutu devoir de nous sauver la vie. Sans lui, nous ne nous serions jamais retrouvés dans une situation qui l'a conduit à nous sauver la vie.

— Bien sûr, mais il pouvait très bien ne pas le faire.

— Exactement, dit Torben. Tu commences à penser comme moi. MacDuff a sûrement pris un risque en nous laissant partir.

— Qu'est-ce qui te fait croire cela ?

— La dispute quand nous sommes partis, à défaut d'autre chose.

— Mais pas seulement cela ?

— Qu'as-tu dit à propos de sa gouvernante ? Qu'elle faisait jeune pour son âge ? Et que tu pensais l'avoir déjà rencontrée.

— Quelque chose de ce genre.

— Je crois que tu l'*as* déjà vue.

Ses mots pénétraient lentement dans mon esprit, mais je ne comprenais toujours pas où il voulait en venir.

— Mary ! dit-il presque en passant, comme s'il n'espérait plus pouvoir éviter de raconter tout dans le moindre détail.

Ma première réaction fut d'écarter cette idée qui me paraissait tellement saugrenue, mais Torben n'a jamais de telles idées. Je repensai aux yeux de Mary à bord du *Sula*, l'instant d'après, à la gouvernante de MacDuff fixant son insupportable regard intense sur moi. C'étaient les mêmes yeux, vides et sans vie, remplacés par leur contraire.

— Oui, dis-je seulement. Tu as raison.

— J'ai une théorie, commença Torben, qui fut interrompu car nous parvenions à ce moment-là à May Bridge.

Nous nous amarrâmes provisoirement à un pieu, mais nous n'eûmes pas besoin d'attendre longtemps avant que le pont coulissât lentement. Nous fîmes à peine attention à l'écluse située tout de suite après le pont, et lorsque les portes s'ouvrirent Torben continua comme s'il n'y avait pas eu d'interruption. Même maintenant, lorsque je repense à May Bridge et à l'écluse, je ne me rappelle pas à quoi cela ressemble.

— Je crois que nous nous sommes trop focalisés sur Pekka et MacDuff, poursuivit Torben. Je me suis fié à l'idée que MacDuff voulait écarter Pekka parce que celui-ci savait trop de choses. Sur quoi ? Nous ne savons pas. Sur l'IRA. Probablement. La contrebande d'armes porte à le croire. Lough Swilly n'est pas très loin de la frontière avec l'Irlande du Nord. Et le Cercle celtique ? Sûrement. Mais de quoi s'agit-il ? Une assemblée de druides fanatiques ? Un nom de couverture de l'IRA donné par Pekka ? Ou bien une nouvelle branche inconnue de la mouvance terroriste ? Les possibilités sont multiples. Il serait probablement très risqué d'en faire plus amplement connaissance. Il ne fait aucun doute que Pekka a pris la chose trop à la légère. De même que c'est l'une des raisons pour lesquelles il a perdu la vie. Mais la question est de savoir si c'était *seulement* pour ça. Que savait réellement Pekka ? Le plus important, et le plus dangereux pour Pekka, fut peut-être ce qu'il a appris de Mary. Mais je crois aussi que Pekka serait mort *même* s'il n'avait rien appris au sujet du Cercle celtique ou d'autre chose, que ce soit par Mary ou par lui-même.

— Tu ne penses tout de même pas que MacDuff l'aurait tué par jalousie ? Je refuse de le croire. MacDuff n'est pas comme cela.

— Je suis d'accord avec toi. Mais si nous nous fions à ce que Pekka a écrit dans son livre de bord, Mary devait mourir. Elle était condamnée. Nous ne savons pas par qui et pourquoi, mais il est probable qu'il s'agissait d'une histoire de trahison. Pourquoi n'y avait-il rien sur elle dans le journal ? Où est-elle partie ? A-t-elle été jetée à la mer ? N'oublie pas que, d'après Pekka, MacDuff aimait Mary. Je suis sûr que Mary est en vie. Je crois que MacDuff lui a aussi sauvé la vie. Du côté de MacDuff, le nombre d'actes héroïques commence à être élevé !

— Oui, dis-je, mais il n'y a rien d'extraordinaire à ce qu'il ait sauvé la vie de Mary, puisqu'il l'aimait.

— Non, répondit Torben, mais je pense qu'il lui a sauvé la vie *contre les ordres* !

— Que veux-tu dire ?

— MacDuff peut avoir reçu l'ordre de se débarrasser aussi bien de Pekka que de Mary. Mais il ne pouvait pas se résoudre à la tuer. MacDuff est fort et courageux, mais peut-être pas comme on pourrait s'y attendre. Pour son amour, il risque sa vie, et sans doute tout ce pour quoi il a combattu pendant des années. MacDuff est courageux, mais il marche selon toute vraisemblance sur une corde raide. Que nous pouvons couper si nous voulons.

— Comment ça ?

J'avais l'impression d'avoir l'esprit obtus, comme si je ne *voulais* pas comprendre.

— En annonçant à qui veut l'entendre que Mary est en vie. Et que MacDuff la cache, car c'est précisément ce qu'il fait. Tôt ou tard, cela parviendra aux oreilles de l'organisation, quelle qu'elle soit. Alors MacDuff sera un chapitre terminé. Et Mary aussi.

— Que se passera-t-il pour nous, si nous racontons ce que nous savons ?

— Tout dépend qui arrivera en premier. Si MacDuff met la main sur nous ou si l'IRA attrape MacDuff. Mais il doit se dépêcher. L'IRA est efficace. Coogan raconte dans son livre qu'il a demandé aux dirigeants de l'IRA pourquoi ils condamnaient et exécutaient les leurs pour échec ou trahison. La réponse fut, « c'est bon pour la discipline ». Coogan relate aussi le cas de deux fils qui sont restés fidèles à l'IRA, alors que leur père, qu'ils savaient innocent, avait été exécuté pour trahison.

— Tu parles de l'IRA maintenant.

— L'IRA doit y être mêlée d'une manière ou d'une autre. Je ne peux pas imaginer qu'il y ait de la place pour deux organisations de ce calibre. L'IRA ne le tolérerait pas. Plus maintenant. MacDuff est audacieux. Il sait à qui il lance un défi.

— Mais est-ce que *nous* le savons ? demandai-je en sentant revenir mon agacement.

Nous n'étions pas seulement des pièces sur un échiquier, comme Torben le laissait entendre. Cette fois-ci, il parut remarquer le ton de ma voix.

— Non, répondit-il, nous ne le savons pas vraiment. Nous devons peut-être y penser sérieusement.

— Tu veux mourir ? lui demandai-je.

— Il n'est pas possible de répondre à cette question.

— Pourquoi ? Je ne veux pas mourir.

— Tu veux dire que tu veux vivre. Qui ne le veut pas ? La question est plutôt pour quelle raison on veut vivre. Si l'on n'a pas d'autres chats à fouetter, bien entendu.

Il désigna quelque chose du doigt. Je levai les yeux. Torben barrait pendant que nous parlions et j'avais à peine prêté attention aux rivages que nous longions et à l'endroit où nous nous trouvions. Il est plus facile de manœuvrer un voilier dans un canal que de conduire une voiture. Il n'y a même pas de sortie. Nous sortions juste d'une courbe et à quelques encablures il y avait Neptune's Staircase, l'avant-dernier éclusage avant l'Atlantique, avec huit bassins successifs et un pont pivotant au bout.

Je suivais du regard l'index de Torben et vis un homme qui repartit en courant lorsqu'il nous eut découverts.

— Tu l'as vu ? demandai-je à Torben.

— Qui ?

— Celui qui a disparu dans les buissons, là-bas.

— Non, quoi donc ? Je voulais seulement signaler que nous allions bientôt écluser.

J'oubliai vite l'homme pour me préoccuper des pare-battages et des amarres. Corpach et les deux dernières écluses avant le Loch Linnhe et l'Atlantique n'étaient plus qu'à un demi-mille de Neptune's Staircase. L'odeur de la mer nous parvint, apportée par un vent d'ouest humide chargé de gros nuages gris qui s'accrochaient aux versants de la montagne. On ne distinguait plus du Ben Navis que son pied large et massif, qui semblait disparaître dans les profondeurs de la roche. Apparemment la chance que nous avions eue avec le temps était terminée.

— Les portes sont ouvertes, dit Torben.

— Bien. Plus vite nous sortirons, mieux cela vaudra. Au moins, nous serons libres de décider où nous voulons aller.

J'en avais assez d'être prisonnier de l'immobilité de l'eau du canal. Si je faisais de la voile, c'était justement pour pouvoir m'écarter des chemins battus.

Je courus sur le pont pour préparer les aussières, des cordages en polyester de vingt mètres de long et de deux centimètres de diamètre, chacune ayant une force de rupture égale à sept tonnes. Avec elles, nous pouvions, si nous le voulions, soulever le *Rustica*. J'avais entendu tellement d'histoires effroyables de courants et de torrents dans toutes sortes d'écluses que je ne voulais prendre aucun risque.

Jusque-là, tout s'était passé si calmement que nous aurions pu maintenir le bateau en place avec le filin d'un pavillon autour du petit doigt. L'éclusage en lui-même était devenu pure routine ; nous ne pensions plus vraiment à ce que nous faisions.

Nous nous tenions sur le bord avec chacun notre cordage. Le *Rustica* était seul, bien protégé par de vieux pneus de voiture. Lorsque les portes s'ouvrirent, nous le halâmes à la main dans l'autre bassin, et ce fut la même procédure. Je commençais à croire que ces horribles histoires étaient pure exagération, ou du moins qu'elles devaient avoir pour cadre le canal de Panamá.

Le seul moment d'inquiétude était le passage des portes. Beaucoup d'entre elles étaient neuves et avaient été installées lors de l'automatisation du canal dans les années 60. Mais certaines dataient de la construction du canal et elles craquaient, grinçaient et gémissaient avant de coulisser à contrecœur et à grand-peine.

Il y avait deux portes de ce type dans le Neptune's Staircase, la seconde et l'avant-dernière. Nos expériences précédentes nous avaient probablement aguerris, car je n'accordais pas la moindre importance aux halètements et aux gémissements des portes.

Avant le dernier éclusage, nous remontâmes à bord et plaçâmes les amarres autour des pieux à terre. Ainsi nous n'avions qu'à ajuster la longueur suivant la hauteur. Lorsque Torben alla chercher deux tasses de café, je pris les deux cordages en main. Il remonta au moment où les dernières portes commençaient à s'écarter. Je me baissais pour mettre le moteur en route. J'avais déjà repris les amarres à bord et pendant la dernière minute, j'avais tenu le bateau en place avec la main sur l'échelle de la paroi de l'écluse.

Lorsque je me relevai, Torben avait laissé tomber les tasses sur le plancher et pointait le doigt vers l'arrière.

— Les portes ! dit-il d'une voix presque inintelligible. Elles sont en train de céder.

Je me retournai. Je n'oublierai jamais cette vision. Lentement, incroyablement lentement, millimètre par millimètre, la masse d'eau forçait les énormes portes à s'ouvrir. Combien de temps les portes allaient-elles pouvoir tenir ? Plus elles s'écartaient et moins elles pouvaient offrir de résistance, pour finalement se rompre en un clin d'œil.

Un gardien courut dans la descente en gesticulant.

— Sortez de là ! cria-t-il. Je dois ouvrir les portes, sinon tout va s'écrouler.

Ce furent les plus longs moments de ma vie. Le *Rustica* est équipé d'une hélice à pas réversible au lieu d'une marche arrière, et il faut un moment avant qu'elle n'agisse à plein rendement. Quand enfin nous commençâmes à avancer, ce fut si lentement que nous avions l'impression d'être pris dans des sables mouvants. Je me souviens avoir pensé que je devais installer un moteur plus puissant, ce qui bien sûr était complètement idiot. Premièrement, nous avions le moteur que nous avions, et deuxièmement, rien ne disait qu'il y aurait une prochaine fois.

Ensuite, tout arriva presque en même temps. Nous étions entre les portes ouvertes, lorsque nous entendîmes un grand fracas à l'arrière, le bruit que fait le bois qui part en éclats et le grondement de l'eau qui jaillit.

— Ferme le panneau de descente ! criai-je à Torben.

J'étais content de toutes les mesures que j'avais prises pour faire du *Rustica* un bateau vraiment marin. S'il devait être inondé, je savais qu'il était étanche. Quelques litres d'eau pouvaient s'infiltrer par les aérations dans le moteur, mais rien d'autre.

Torben repoussa le panneau d'un coup, mais lorsqu'il se retourna je vis qu'il était désespéré.

— Le pont ! dit-il seulement. Nous n'avons aucune chance.

Cinquante mètres devant nous, un pont pivotant bloquait le passage. Il était si bas que le *Rustica*, même sans mât, ne pouvait pas passer dessous. Le gardien de l'écluse avait commandé l'ouverture du pont, mais il n'allait jamais avoir le temps de s'ouvrir suffisamment. À moins que… il ne restait qu'une solution : avancer pleins gaz !

— Tu es fou ! cria Torben.

— C'est notre seule chance ! criai-je à mon tour. La barre doit répondre.

Alors la masse d'eau nous rattrapa, bouillonnante, tourbillonnante, déchaînée. Nous reçumes quelques centaines de litres, mais ensuite le *Rustica* se redressa sur la crête de la vague et prit de la vitesse. Par chance, la plus grande masse d'eau arriva par en dessous. La vague ne fut pas aussi abrupte, nous commençâmes à planer comme une planche de surf et je sentis tout de suite que le *Rustica* répondait bien. Mais à quoi cela servait-il ?

La distance qui nous séparait du pont parut diminuer beaucoup plus vite que ne s'élargissait l'ouverture entre la tête du pont et le bord du canal. Heureusement le pont pivotait vers l'aval. S'il s'était ouvert vers l'amont, nous aurions été perdus, et dans ce cas il aurait mieux valu tenter de sauver notre peau. J'entr'aperçus une possibilité, une sur un millier, que nous allions sauver le bateau et nous-mêmes. Je poussai la barre de façon que l'étrave du *Rustica* soit en direction du centre du pont et non de l'extrémité.

— Bon sang, que fais-tu ! hurla Torben.

— Il faut le faire gîter.

Je n'eus pas le temps de donner plus d'explications. Peu après, à environ quinze mètres du pont, je tirai la barre et attendis que le *Rustica* vire. Ce qu'il fit probablement en quelques secondes, mais cela me parut interminable. Je me rappelle avoir pensé à ce moment-là que tous les clichés des secondes qui durent une éternité étaient justifiés même s'ils étaient usés, et que le temps que nous mesurions avec nos montres n'avait aucun sens.

L'étrave du *Rustica* pointait maintenant vers l'autre côté du canal, le côté à partir duquel le pont s'ouvrait, alors que nous nous rapprochions à pleine vitesse *en longeant* le pont. Il était ainsi impossible de voir si l'ouverture serait assez large pour nous laisser passer. Mais cela n'avait aucune importance. Nous n'avions qu'une seule possibilité.

— Tiens-toi ! criai-je à Torben, qui n'entendait sûrement pas ce que je disais.

Il regardait vers l'avant, hypnotisé. Lorsque l'étrave arriva à hauteur de l'extrémité du pont, et à trois mètres tout au plus de l'autre bord, je repoussai la barre une dernière fois. Et le *Rustica* gîta ! Pas beaucoup, pas comme une vedette à moteur dans une embardée, mais suffisamment pour nous donner les quelques centimètres qui manquaient.

L'instant d'après, tout était terminé. Deux chandeliers de filières se détachèrent de leur fixation, mais en raison de notre vitesse et de notre poids cela ne risquait pas de nous freiner ou de faire virer le bateau. Je n'ose pas imaginer quelle était la distance entre le côté tribord et le bord du canal. Je n'avais eu qu'une chose en tête, barrer aussi près que possible du pont. Je ne remarquai même pas que le viaduc situé avant le pont du chemin de fer avait été ouvert dès le début.

Tout de suite après, nous hurlâmes presque de joie et de soulagement. Torben m'étreignit si fort que notre bonheur nouvellement gagné faillit connaître une fin pitoyable. En effet, je souffre d'une maladie chronique qui affecte certains barreurs — je suis incapable de tenir un cap et de faire autre chose en même temps. Cela se termine toujours par de brusques embardées dans tous les sens, mais au dernier moment je réussis à corriger le cap.

En outre, nous allions encore bien trop vite. Le niveau de l'eau avait déjà baissé, une partie avait rejailli sur les bords, mais un demi-mille en aval se trouvaient Corpach et une nouvelle écluse qu'il valait mieux éviter de fracasser.

Je réussis à ralentir en laissant tourner l'hélice en position arrière et de temps en temps je mettais pleins gaz. Avec le *Rustica* il est impossible de reculer de façon ininterrompue. Un bateau à quille longue ne peut pas être barré lorsqu'on recule ; soit il tire vers bâbord, soit il remonte dans le vent. C'était tellement prévisible que je lâchais toujours la barre lorsque nous reculions.

Cette particularité présentait un avantage car, n'ayant pas besoin de barrer, je pouvais me concentrer sur autre chose dans le cas où le *Rustica* et moi voulions aller dans la même direction. Lorsque nous nous approchâmes de l'écluse suivante, je vis un homme aux cheveux roux à bord d'un voilier en acier dont la coque était couleur carotte, qui nous faisait des signes. L'homme et son bateau se voyaient de loin.

— Nous nous amarrons à couple, dis-je à Torben. Peux-tu t'occuper des aussières ?

— Après ce qui vient de nous arriver, je peux m'occuper de tout ce que tu veux. Tu n'as qu'à me dire ce que je dois faire.

Arrivés à hauteur de l'homme aux cheveux roux et de son bateau d'acier, au profil spécifique des bateaux dessinés par Maurice Griffith, je mis le moteur à plein régime un court instant. L'arrière du *Rustica* tira vers bâbord comme d'habitude et Torben put placer une amarre sur le taquet du bateau voisin sans avoir à se pencher.

— C'était parfait, dit le roux, qui présentait tous les traits caractéristiques des Écossais et des Irlandais.

— Un prototype vivant ! dit Torben. Tu as vu

les taches de rousseur. Il a sûrement une cornemuse à bord.

— Qu'est-ce qui était parfait ? demandai-je en anglais.

— L'amarrage. Était-ce de la chance ou de l'habileté ?

— Il lui arrive de faire comme ça parfois.

Je ressentais à ce moment-là une formidable tendresse pour le *Rustica*, car je venais de comprendre combien j'avais été près de le perdre. Je le possédais depuis cinq ans, et c'était la première fois que j'avais failli le trahir.

— Pas mon bateau, répondit le roux. Il faut dire aussi que je sais à peine faire de la voile.

Il pointa le doigt vers Neptune's Staircase.

— Quelle malchance, dit-il, compatissant. Vous prendrez bien un whisky ?

— Vous appelez cela de la malchance ? coupa Torben. Deux portes d'écluse qui nous tombent sur la tête ? Moi, j'appelle ça une catastrophe.

— Oui, dis-je, d'un ton un peu plus aimable, je prendrais bien un whisky. Mais vous voudrez bien excuser mon ami.

— Pourquoi donc ?

— Il ne supporte pas le whisky.

Le roux regarda Torben d'un air hésitant.

— Je sais très bien que le whisky est la boisson de la vie, mais je préfère le vin, dit Torben.

— Je suis désolé, je n'en ai pas à bord, répondit notre voisin.

Il avait vraiment l'air chagriné. Sans doute parce qu'il ne pouvait pas être généreux et hospitalier, comme il aurait souhaité l'être. Torben avait compris le problème car il ajouta d'un ton aimable :

— J'ai toujours du vin avec moi. Vous pouvez m'inviter au pub ce soir, à la place.

Torben descendit chercher une bouteille de vin blanc allemand. Ensuite nous passâmes sur le pont de notre voisin.

— Je m'appelle Junior, dit-il.

Torben nous présenta et demanda à Junior s'il avait vraiment été baptisé Junior.

— Non, pas du tout. Je porte le même nom que mon père, Hugh McNair. Nous nous ressemblions beaucoup et pour nous différencier, on m'a appelé Junior, et cela m'est resté. Je m'appellerai Junior jusqu'à la fin de mes jours.

Il remplit deux verres à eau à ras bord de ce qui semblait être un whisky assez ordinaire. Torben remplit son verre du vin qu'il avait apporté et Junior le regarda avec effarement. Torben manipulait son verre comme si nous étions dans un grand restaurant parisien.

— Santé ! dit Junior, lorsqu'il lui sembla que Torben était prêt à déguster le contenu de son verre. Si les portes de l'écluse ne se sont pas disloquées par malchance, en tout cas vous avez eu la chance de vous en sortir.

— Pas du tout, dit Torben. Nous le devons uniquement à l'habileté du skipper. Il a barré le *Rustica* comme une voiture de rallye.

Soudain, je commençai à réagir. Une forme de panique paisible, à retardement. Mes jambes tremblaient et je commençai à basculer.

— Tu te sens mal ? demanda Torben.

— Un peu. Cela va passer.

Je m'assis et renversai un peu de whisky en posant le verre.

— C'est seulement la réaction, dis-je.

— *I am sorry*, dit Junior, comme si c'était de sa faute.

Venant de Neptune's Staircase, un homme s'approchait à grandes enjambées. J'essayais de retrouver mes esprits, mais j'avais du mal à fixer mon regard.

— C'est l'éclusier, dit Torben.

Lorsqu'il arriva, je le reconnus. C'était l'homme qui s'était occupé de l'éclusage et qui avait fermé les malheureuses portes.

— *I am sorry*, dit-il lui aussi.

Torben secoua la tête, d'un air fataliste.

— Est-ce tout ce que vous avez à dire ? demanda-t-il à l'éclusier. Nous aurions pu mourir.

— Mais je *suis* désolé, dit le gardien. Et je suis heureux que vous vous en soyez sortis.

Il me regarda d'un air qui me parut admiratif.

— Ce n'est pas ce qui était prévu, ajouta-t-il.

— Quoi ? dit Torben. Que voulez-vous dire ?

— Ce n'était pas prévu que vous vous retrouviez ici indemnes sur le bateau. Je ne sais ni pourquoi ni comment. Mais c'était un sabotage. Quelqu'un a veillé à ce que les portes se disloquent.

— Un sabotage !

Junior nous regarda d'un air incrédule.

— Qui pourrait vous en vouloir ? demanda-t-il.

CHAPITRE 15

C'était précisément la question. MacDuff ne pouvait pas avoir changé d'avis aussi soudainement. C'était donc ses collaborateurs. Agissaient-ils de leur propre chef ? Dans ce cas, ils devaient avoir de très sérieuses raisons pour enfreindre les ordres de MacDuff, qui étaient de ne pas nous toucher. Ou bien avaient-ils reçu des directives d'en haut, auxquelles MacDuff ne pouvait pas s'opposer ? Nous dîmes à Junior que nous ne comprenions rien, et que le sabotage devait viser la société qui gérait l'écluse.

J'aurais aimé en discuter avec Torben, mais nous n'en eûmes pas l'occasion. Fidèles à notre mauvaise habitude, il n'est pas sûr que nous en aurions parlé avant longtemps.

L'éclusier ne resta que quelques instants, juste pour s'assurer que nous n'avions pas souffert de dommages. Aurait-il préféré qu'il en aille différemment, c'était impossible à dire, mais son soulagement avait l'air sincère. Moi qui ne préjugeais jamais de la bonté ou de la malveillance des gens rencontrés par hasard, je commençais à ressentir au fond de moi une méfiance insidieuse envers ceux qui croisaient notre chemin.

Heureusement, aucun soupçon ne pesait sur Junior,

puisque lui aussi avait été exposé au danger. Junior raconta qu'il avait eu la chance d'être à bord et sur le pont lorsqu'il avait entendu le grand fracas et qu'il avait vu arriver l'énorme vague. Tout comme nous, il avait réagi par pur instinct et il avait réussi à fermer les panneaux avant que l'eau n'arrive jusqu'à lui.

— Je me suis agrippé au mât, dit-il en faisant voir son pantalon trempé jusqu'aux genoux. J'étais convaincu que les aussières allaient s'arracher, mais elles ont tenu bon. Le bateau gîtait tellement que la moitié du pont était sous l'eau. Ce fut une sacrée épreuve ! Mais cela a dû être pire pour vous. Je n'ose même pas y penser.

— Tout s'est passé très vite, dis-je. Je n'ai pas eu le temps de réfléchir.

— Moi, si, dit Torben. Je n'avais rien d'autre à faire que d'avoir peur. Et j'ai eu peur, je peux vous l'assurer !

Nous commençâmes à parler de la peur et de l'anxiété en mer. Torben raconta son mal de mer, mais il expliqua que cela ne l'avait pas angoissé, puisque rien ne pouvait être pire. En revanche, notre arrivée en Écosse avait été une tout autre histoire. Bien que dans ce cas-là il n'ait pu faire autre chose que de jouer le rôle de spectateur.

— La frayeur n'est pas un problème pour moi, dit Junior avec un rire libérateur. Simplement, en mer, je m'inquiète pour tout.

Il raconta qu'il n'avait pas beaucoup navigué, en fait une seule traversée de Nairn, où il avait construit le bateau, à Wick, à soixante milles au nord. Je lui demandai où il allait, mais il ne le savait pas. Au Portugal peut-être. Mais s'il parvenait sain et sauf jusqu'à Glasgow, où il avait un ami, cela lui suffisait amplement. Il avait travaillé comme soudeur sur une plate-forme pétrolière pendant un an, et une seule chose comptait maintenant : partir de là-bas, voyager librement, aller et venir comme bon lui semblait. La plate-forme le rendait claustrophobe. Il n'arrivait pas à comprendre que des gens puissent préférer être sur une plate-forme plutôt que sur la terre ferme. Mais, ajouta-t-il, il y a bien des chiens qui vont chercher eux-mêmes leur laisse pour sortir.

Une demi-heure plus tard, l'éclusier revint nous demander si nous voulions bien passer jusqu'à la prochaine écluse et aller vers le bassin de Corpach.

— Avez-vous vérifié que les portes tiennent bien ? demanda Torben.

— Vous ne croyez tout de même pas que..., commença l'éclusier, puis il disparut vers l'écluse, l'avant-dernière avant le Loch Linnhe et l'Atlantique.

Après son départ, Junior nous demanda si nous nous sentions vraiment visés. Il n'avait jamais entendu dire du mal des Scandinaves. Au contraire.

— Des Anglais peut-être, ajouta-t-il, mais pas des gens comme vous.

— Scandinaves ou pas, dit Torben. Soit c'était un hasard et nous nous sommes trouvés au mauvais endroit, au mauvais moment, soit il y a quelqu'un qui a une dent contre nous. À moins que ce ne soit à vous qu'ils en veulent.

— À moi ! dit Junior étonné.

— Oui. Vous étiez en mauvaise posture, vous aussi.

— Non, dit Junior d'un ton ferme. C'est impossible.

L'éclusier revint encore une fois. Il déclara avoir personnellement vérifié les portes, et elles étaient intactes. Torben marmonna quelque chose d'inaudible, mais il largua les amarres et nous pénétrâmes dans l'avant-dernière écluse avec Junior dans notre sillage.

Un quart d'heure plus tard, nous étions amarrés en sécurité à Corpach, le seul abri vraiment sûr au nord de Kintyre et au sud d'Ullapool. Nous avions entendu dire que même les chalutiers de la côte ouest éclusaient à Corpach et entraient dans le canal en cas de grosses tempêtes, l'hiver.

Pendant la traversée du canal, nous ne nous étions pas préoccupés du temps. Je remarquais à ce moment-là, presque étonné, que le vent soufflait très fort, et qu'il atteignait peut-être le grand frais.

— On sort tout de suite ? demanda Torben.

— Attendons un peu, répondis-je, indécis. Nous devrions peut-être décider de ce que nous allons faire.

Junior vint se ranger bord à bord et nous annonça qu'il pensait partir sur-le-champ, car il se sentait vraiment en forme. Nous l'aidâmes à manœuvrer dans l'écluse et lui souhaitâmes un bon voyage. Il mit le cap sur Fort William. Il avait hissé une grand-voile bien trop petite et un foc, qui ne nous semblaient pas adaptés à son bateau.

— Dommage, dit Torben, lorsque nous revînmes au *Rustica*. De toutes les personnes que nous avons rencontrées, c'est la seule en qui j'avais confiance.

— Oui, je ressens la même chose.

Pendant la demi-heure qui suivit, nous n'entreprîmes rien de particulier, si ce n'est nettoyer et préparer le bateau avant notre rencontre avec l'Atlantique. Le sifflement dans le gréement n'était pas pire qu'un coup de vent d'hiver à Dragør, mais le fait de savoir que le vent ne rencontrait aucun obstacle de la Nouvelle-Écosse jusqu'à Corpach était impressionnant.

Je venais de sortir la carte de Loch Linnhe, lorsque quelqu'un frappa sur le balcon.

— Nous n'aurons jamais la paix, dit Torben.

J'ouvris le panneau. Junior était sur le quai, avec ses taches de rousseur et son sourire épanoui, mais un peu embarrassé.

— Il y avait trop de vent, dit-il simplement. Je vous dérange ?

— Au contraire, cria Torben. Montez à bord !

La soirée fut consacrée à des histoires de marins comme si rien ne s'était passé. Je racontai mon voyage jusqu'à Saint-Malo avec mon bateau précédent, un IF, le *Moana*. Torben nous relata tout ce qu'il avait lu sur la mer et les océans, depuis les récits d'Ove Allansson sur la vie à bord d'un cargo moderne jusqu'aux cales sombres de Conrad. Il récita aussi des morceaux choisis du livre de bord de Juan Sebastiáns Elcano, le pilote espagnol qui était revenu avec dix-neuf hommes sur le vaisseau *Victoria*, pour annoncer non seulement la mort de Magellan mais aussi qu'il était possible de faire le tour du monde en bateau. Junior raconta l'histoire tristement vraie d'un voilier en mer du Nord, abandonné par son équipage après qu'un homme fut tombé à la mer. On avait retrouvé le bateau une semaine plus tard, tel un vaisseau fantôme au large de la côte nord de la Norvège.

— Savez-vous où on l'a trouvé précisément ? demanda Junior sans s'attendre véritablement à une réponse. Au large de l'île portant le même nom que le bateau. Il est maintenant à Bergen, et ceux qui connaissent son histoire, ce qui est le cas de tout le monde, ne veulent pas en entendre parler.

— Votre histoire n'est pas drôle, dit Torben.

— Non, dit Junior, mais elle est malheureusement véridique.

— Vous n'auriez peut-être pas dû la raconter, dis-je.

Nous passons à nouveau par la mer du Nord pour rentrer chez nous.

— *I am sorry*, dit Junior d'un air contrit. Si je n'avais pas déjà remarqué sa franchise, j'aurais mis en doute sa sincérité.

— Rentrer chez soi n'est pas le problème, dit Torben plein de confiance. On pourra toujours faire le tour du monde.

Rentrer chez nous ? pensai-je. Pour la première fois, je me demandais si nous allions seulement avoir la chance de « rentrer chez nous ». N'était-ce pas plutôt une question de survie ?

Le récit de Junior avait mis mon imagination en éveil et m'avait fait pleinement comprendre que le sabotage du Neptune's Staircase n'était peut-être pas une coïncidence. Au mieux, c'était un avertissement, au pire l'échec d'une tentative d'assassinat.

Le lendemain, le vent soufflait trop fort pour que nous puissions partir. De plus, nous nous étions réveillés tard. Comme d'habitude, Torben et moi prenions notre petit déjeuner, de façon asociale, c'est-à-dire en silence et lisant un livre chacun de notre côté. Junior vint nous voir vers une heure. Il pensait rester un jour de plus. Il nous demanda si nous étions très pressés de partir pour l'Atlantique. Le vent était toujours très fort, et, à l'évidence, il recherchait notre compagnie.

Je regardai Torben.

— Nous pouvons rester un jour de plus, je n'ai rien contre, dit-il.

L'après-midi s'écoula tranquillement. Aucun bateau n'était sorti du canal, puisqu'il avait été fermé pour réparation. J'espérais, sans trop y croire, que MacDuff n'avait pas pu quitter le Loch Oich. Un peu plus tard, l'éclusier me confirma que le F 154 avait passé l'écluse quelques heures avant nous. Nous fîmes, Torben et moi, le tour de Corpach, ce qui fut vite fait. Une boucherie, un pub, deux épiceries et un salon de coiffure tentaient vainement de se donner l'air d'un centre commercial.

Vers 2 heures, je me rendis à la capitainerie pour payer la traversée du canal, mais l'éclusier ne voulut rien entendre, en raison des événements. Je lui demandai s'il avait eu d'autres renseignements sur les causes de l'accident.

— Non, dit-il, mais c'était bien un sabotage. Les boulons des leviers ne peuvent pas se desserrer d'eux-mêmes. Les portes sont certes anciennes, mais la mécanique est récente. Nous avons prévenu la police. Il est très possible qu'elle vienne vous poser des questions.

— Mais nous n'avons rien à voir là-dedans, répondis-je.

Je ne tenais vraiment pas à avoir des policiers à bord. Si jamais MacDuff apprenait que nous avions parlé à la police, il pouvait très bien croire que nous avions raconté tout ce que nous savions, et je ne voulais pas prendre ce risque.

Je remerciai l'éclusier et lui annonçai que nous pensions écluser dans l'heure qui suivait, si c'était possible.

— Si la police veut des renseignements, nous nous dirigeons vers le nord par le Sound of Mull. Nous serons à Ullapool dans quelques jours.

— D'accord, nous ouvrons dans une heure.

Je constatai, sur le chemin du retour, combien nous agissions impulsivement. Nous n'avions pas eu le temps de parler, Torben et moi, et maintenant nous allions partir vers le sud, uniquement pour éviter la police. Sur le moment, ma première réaction avait été de mentir au gardien de l'écluse. Mais je n'avais pas la moindre idée de l'endroit où nous mènerait ce mensonge. Notre marge de manœuvre devenait de plus en plus étroite.

À mon retour, le *Rustica* était vide et le panneau n'était pas verrouillé. Au bout d'un quart d'heure, ne voyant pas Torben, j'allai chez Junior, qui ne l'avait pas vu non plus. Je prévins Junior que j'avais l'intention d'écluser, mais il parut tellement déçu que je fus une nouvelle fois obligé de changer mes projets.

— Je ne supporte plus le canal, dis-je. Je vais mouiller derrière l'île de l'autre côté du fjord. Nous partirons demain quand le vent se sera calmé. Pouvez-vous dire à Torben que je viendrai le chercher avec l'annexe, s'il ne revient pas avant l'ouverture de l'écluse ?

— Bien sûr, répondit Junior, qui avait déjà retrouvé sa jovialité.

— Dites-lui de me retrouver au pub. Je viendrai quand il fera sombre.

Junior parut surpris.

— Ne serait-ce pas mieux de le faire tant qu'il fait jour ? Le courant est fort dans le fjord.

— C'est pour cela, mentis-je. Je veux attendre la renverse de marée, pour être sûr que l'ancre tient bon.

— Mais je croyais..., commença-t-il.

Je ne le laissai pas terminer sa phrase et je me hâtai de remonter à bord du *Rustica*. J'espérais qu'il ne contrôlerait pas les heures de marée sur l'almanach. En sortant de la capitainerie, j'avais remarqué que le courant venait de s'inverser.

Les portes de l'écluse s'ouvrirent pour la dernière fois à 4 heures. Torben n'était toujours pas revenu. Je commençais à m'inquiéter, mais j'avais beaucoup d'autres choses en tête. Le jour tombait rapidement et j'espérais qu'il ferait nuit avant mon arrivée. Je n'avais pas vraiment choisi une cachette extraordinaire. Le mât se verrait très facilement de Corpach, le lendemain matin, mais avec un peu de chance le gardien de l'écluse croirait que j'étais parti pour de bon.

Une dizaine de bateaux étaient amarrés à tribord à des bouées au-delà de l'écluse. La plupart étaient des voiliers, mais je ne fus aucunement surpris de découvrir parmi eux le bateau de MacDuff. Je ne l'avais pas aperçu plus tôt, parce qu'il était caché derrière d'autres. Il devait avoir quitté Invergarry Castle à l'aube. J'espérais au fond de moi qu'il n'y avait personne à bord, car j'étais dans l'impossibilité de nous cacher, le bateau et moi.

Dix minutes plus tard, j'avais traversé le fjord. J'allais aussi près que possible de la côte. Le courant y est toujours plus faible. Mais lorsque la chaîne de l'ancre se déroula en grinçant, le *Rustica* s'aligna dans le sens du courant, avec l'arrière au vent. Je pris quelques relèvements à l'œil nu, mais je ne me préoccupai pas de faire marche arrière à l'aide du moteur pour crocher l'ancre. Le courant le faisait de manière aussi efficace. Quelle sensation inhabituelle d'entendre l'eau clapoter le long de la coque et de voir le loch réagir alors que nous étions immobiles.

Trois milles vers l'avant, j'apercevais les lumières de Fort William au pied du Ben Nevis. À l'arrière, tout était sombre. À tribord se dressait un versant couvert de forêt qui nous abritait du vent. À bâbord, on distinguait les contours de l'île basse et nue qui s'étendait entre le *Rustica* et Corpach. J'étais à nouveau seul à bord, pour la première fois depuis que

Torben avait disparu pour acheter du vin à Ålborg. Une idée me vint à l'esprit. Je descendis dans le carré et ouvris la caisse de vin. Elle était vide.

Torben était sûrement allé en bus à Fort William pour se réapprovisionner. À son retour, Junior lui dirait où je me trouvais. Je me persuadais qu'il n'y avait pas de quoi s'inquiéter. Dans une heure ou deux, il serait de retour à Corpach, et d'ici là j'aurais eu le temps de gréer le *Sussi* et de traverser.

Une demi-heure plus tard, l'annexe était prête à l'arrière du *Rustica*. Il faisait nuit noire lorsque je montai à bord. J'avais pris une lampe de poche et un compas que je fixai au pied du mât. Je me couchai au fond de l'embarcation afin d'éviter d'avoir à baisser la tête chaque fois que j'empannais ou virais vent debout. En réalité, les Optimists sont destinés aux enfants d'une douzaine d'années, et de ce fait il y a peu de place sous la bôme. Mais j'avais l'habitude de naviguer allongé sur le pont, la tête juste au-dessus de la surface de l'eau.

Il y avait encore beaucoup de vent et je dus me placer à tribord pour faire contrepoids. Je ne tenais pas à chavirer dans un courant de deux nœuds d'eau glacée.

Je barrai à l'aide de l'angle des vagues et de la direction du vent. J'évitai d'éclairer le compas avec la lampe de poche, car l'ampoule était blanche et non pas rouge, et chaque éclair perturbait ma vision nocturne pendant plusieurs minutes. Je ne m'inquiétai pas trop de ma navigation approximative, car j'aurais eu du mal à manquer l'autre côté.

En fait, je ne parvins de l'autre côté que beaucoup plus tard. Soudain les contours d'une coque sombre se dressèrent devant l'étrave du *Sussi*. Je virai brutalement mais trop tard. Le *Sussi* heurta la coque noire. J'entendis un bruit sourd, et puis plus rien. Je maudis mon étourderie. Évidemment, j'étais entré en collision avec le F 154, le bateau de MacDuff.

Ma première réaction fut de me dégager et de disparaître dans l'obscurité, pour le cas où quelqu'un serait à bord du bateau. Mais après je pensai que je ne pourrais pas aller très loin, s'il y avait effectivement quelqu'un à bord. Le projecteur, qui équipe tous les bateaux de pêche, n'aurait aucune difficulté à me localiser. Je fis prudemment le tour par l'arrière, amenai la voile et le mât, et j'attendis. Personne ne sortit, aucune lumière ne s'alluma et tout resta silencieux. Après quelques instants, je me sentis rassuré. J'amarrai le *Sussi* à l'arrière, pris ma lampe de poche et grimpai à bord. Une fois sur le pont, j'attendis quelques minutes, indécis. J'écoutai. Je fis le tour par tribord du poste de pilotage, qui se trouvait devant moi. La porte s'ouvrit sans bruit. Comme je ne voulais pas allumer tout de suite ma lampe, j'avançai à tâtons, jusqu'à la table de navigation où j'espérais éventuellement trouver le livre de bord ou des annotations. Je m'arrêtai plusieurs fois et écoutai. À un moment donné, il me sembla entendre un bruit de pas, et je me faufilai jusqu'à la porte. Mais le bruit avait déjà cessé et le pont était désert.

Je poursuivis mes recherches et découvris enfin le livre de bord. Je m'assis par terre afin que la lumière de la lampe de poche ne fût pas visible de l'extérieur. Le livre de bord couvrait pratiquement six mois de navigation : période trop longue pour comporter autre chose que des positions, caps, distances et temps. Je pris les cartes marines et me concentrai sur les positions pour vérifier si elles correspondaient à quelque chose.

Je me rendis assez vite compte que le F 154 naviguait la plupart du temps entre l'Écosse et l'Irlande et rarement loin de la frontière avec l'Irlande du Nord. Il était clairement indiqué combien de caisses de poisson avaient été déchargées dans chaque port. Mais à quel moment ce poisson avait-il été pêché ? MacDuff devait avoir eu une chance phénoménale pour avoir pu pêcher de telles quantités parfois en un seul jour. Je trouvai l'explication sur quelques feuilles spéciales sur lesquelles quelqu'un, probablement MacDuff lui-même, avait indiqué combien de poisson avait été chargé à bord. Le F 154 donnait l'impression de fonctionner comme un petit navire frigorifique. Je remarquai également que tout le « poisson » était chargé dans des pays celtiques, Écosse, pays de Galles, Bretagne et Irlande. Quelques voyages avaient été effectués jusqu'au Pays basque et en Galice. Je pensai alors à ce que Tom avait entendu au sujet d'une fédération celtique et ce qu'il avait dit à propos de la Galice. Selon Torben, l'un des points litigieux qui divisaient les druides modernes répartis à travers toute l'Europe était la question de savoir si ceux qui ne parlaient pas une langue celte pouvaient être initiés druides ou même s'ils pouvaient véritablement être considérés comme celtes. Il en allait de même pour les Galiciens. Mais le basque n'étant pas une langue celte, quel rapport y avait-il avec le Pays basque ? Toutefois, toujours d'après Torben, il ne faisait aucun doute que les terroristes basques, ou les combattants pour la liberté selon le point de vue adopté, avaient collaboré avec l'IRA.

Soudain, je crus à nouveau entendre des pas. Je replaçai le livre de bord et les cartes, et me faufilai hors de la cabine de pilotage. Je me cachai à l'arrière, mais tout était silencieux. C'était seulement mon imagination.

Au bout de quelques minutes, les sens en éveil, je pris mon courage à deux mains, et passai à l'avant où se trouvait l'entrée du carré. La descente était semblable à celle de tous les bateaux de pêche : une porte avec un toit se prolongeant vers l'arrière. J'enfonçai la poignée. La porte était verrouillée. Cela prouvait d'une part qu'il n'y avait personne à bord, et d'autre part qu'il y avait quelque chose qui méritait d'être sous clé. Mais je ne savais comment faire sauter le verrou. La seule fois où j'avais été en contact avec des voleurs, c'était lorsque j'étais en prison pour avoir refusé de faire mon service militaire, mais mes compagnons ne m'avaient pas appris d'astuces. Il me vint tout à coup à l'idée que j'avais vu, ou plutôt senti, des clés lorsque je m'étais introduit dans le poste de pilotage. Je revins peu après avec un trousseau de clés. À la troisième tentative, la porte s'ouvrit tout aussi facilement et silencieusement que la porte du poste de pilotage.

J'hésitai, je regardai autour de moi. De combien de temps disposais-je avant que l'équipage ne revînt ? Ma curiosité fut la plus forte. C'était l'occasion ou jamais d'apprendre le plus de choses possible. Je descendis rapidement l'échelle.

CHAPITRE 16

Sitôt mis pied à terre, j'entendis une voix derrière moi.

— Si vous vous retournez, je vous abats.

Mais avant que je comprenne le sens véritable de cette menace, je m'étais déjà retourné. Peut-être parce que j'avais immédiatement reconnu la voix. C'était Mary. Elle était assise sur une chaise derrière une table, sur laquelle il y avait un pistolet.

— On doit avoir le pistolet en main, si l'on veut tirer, dis-je.

Elle le prit, mais le retourna contre elle-même.

— Pas un pas de plus ! dit-elle calmement. Sinon, je tire.

D'abord, je ne comprenais rien. Menaçait-elle vraiment de se tuer si je m'approchais ? C'était tellement absurde que je fis un pas en avant. Son doigt se replia implacablement sur la détente. Je reculai autant que je pouvais.

— Ne tirez pas ! dis-je. Je ne suis pas venu ici pour vous. Je croyais qu'il n'y avait personne à bord.

Son doigt se relâcha un peu, ou bien était-ce seulement une impression ? Mary me regardait froidement et sa main ne tremblait pas.

— Je vous assure, poursuivis-je rapidement. Je n'aurais jamais osé monter à bord si j'avais su qu'il y avait quelqu'un. Je sais très bien ce qui peut arriver quand on se mêle des affaires des autres.

— Que voulez-vous ? demanda-t-elle. Que faites-vous ici ?

— Je ne sais pas, répondis-je honnêtement. Je ne sais vraiment pas. Je n'aurais jamais pensé que vous vous trouviez ici.

— Que voulez-vous dire ? Est-ce que vous ne nous avez pas cherchés MacDuff et moi depuis Dragør ?

— Quoi ? m'écriai-je.

MacDuff l'avait-il convaincue que j'étais à leur poursuite ? Ou bien avait-elle inventé cela toute seule ?

— Il doit y avoir un malentendu, commençai-je.

— Un malentendu ? coupa Mary d'un ton méprisant. Seriez-vous ici, s'il s'agissait d'un malentendu ?

— Pourquoi pas ? demandai-je à mon tour. Il y a quelques jours, j'ai rencontré MacDuff. Je n'ai pas eu l'impression qu'il pensait que j'étais à sa poursuite. Ou à la vôtre.

— Quand avez-vous rencontré MacDuff ? demanda Mary.

— Sur le Loch Oich, rétorquai-je sans préciser les circonstances.

Si elle tentait de mettre à l'épreuve la véracité de mes dires, il fallait qu'elle pose elle-même les questions.

— Qu'a-t-il dit ? demanda-t-elle.

— Il ne vous a pas raconté ?

— Qu'a-t-il dit ? répéta-t-elle sèchement.

J'essayai de réfléchir très vite. Posait-elle des questions pour contrôler si je disais la vérité ? Ou bien voulait-elle savoir ce que MacDuff avait réellement dit ? D'instinct, je choisis la deuxième possibilité, la plus difficile. C'eût été plus facile si elle avait déjà su ce qu'il s'était passé et dit, et qu'elle voulait seulement me contrôler. Je devais maintenant tenir compte d'un facteur supplémentaire : pourquoi MacDuff n'avait-il pas voulu dire à Mary que nous nous étions rencontrés ? Était-ce parce qu'il ne voulait pas l'effrayer ? Dans ce cas, la seule chose à faire était de tenter de la calmer.

— Il a dit qu'il était heureux de nous rencontrer. Moi, du moins. J'ai l'impression que mon équipier ressemble trop à un marin d'eau douce pour plaire à MacDuff. Il a dit aussi qu'il aimait mon bateau, le *Rustica*, et qu'il espérait qu'un jour nous pourrions naviguer ensemble.

— Cela ne veut rien dire, coupa Mary à nouveau.

— Pour moi si, dis-je. Je ne proposerais jamais à quelqu'un de faire de la voile avec moi par pure politesse.

— Il a dit que vous alliez arrêter de nous suivre, prétendit Mary.

— Non, répondis-je. Il n'a jamais dit cela.

Et c'était vrai, il ne l'avait pas dit.

— Il a dit que nous devrions rentrer chez nous, poursuivis-je, *dans notre propre intérêt*.

Mary ne semblait pas convaincue.

— Ce n'était pas une menace, ajoutai-je. Il a seulement constaté que ce pourrait être dangereux pour nous si nous restions. Il n'a rien dit de plus. Si vous croyez que MacDuff a peur de Torben ou de moi, vous avez tort. Ce serait une erreur de jugement.

— MacDuff n'a jamais peur, dit Mary.

— Peut-être pas pour lui. Mais peut-être quand il s'agit d'autres personnes.

Mary lâcha enfin le pistolet et je compris qu'elle me

croyait et voulait entendre mes explications. C'était réconfortant.

— Avant notre départ, continuai-je, il a dit qu'il nous tuerait personnellement si nous révélions à qui que ce soit que vous étiez en vie.

Si j'avais cru pouvoir surprendre Mary, je m'étais lourdement trompé. J'aperçus l'ombre d'un sourire au coin de ses lèvres, et puis elle redevint sérieuse.

— Pourquoi a-t-il dit cela ? demanda-t-elle. Comment pouviez-vous savoir que j'étais vivante ou morte ?

— Nous ne le savions pas, pas avec certitude. J'ai eu l'impression de vous reconnaître lorsque je suis allé à Andersson Street, à Inverness. Ce n'est que plus tard que j'ai compris que c'était vous. À cause de vos yeux.

Mary leva la tête et me regarda droit dans les yeux. Je tentai de soutenir son regard, mais c'était comme si je perdais immédiatement pied, comme si j'allais me noyer. Combien de temps deux personnes peuvent-elles se regarder fixement ? Dix secondes ? Il ne se passe en tout cas pas beaucoup de temps avant que l'on ressente de l'angoisse devant ce que l'on voit ou de la crainte pour l'image reflétée de ses propres yeux, qui apparaît soudain sans qu'on puisse l'empêcher. Ou bien ressentir ce doute d'être aspiré tout entier par le regard de l'autre. Ou même cette hésitation à propos de sa propre identité ou de celle de l'autre. L'identité n'existe pas dans les yeux. On ne la retrouve qu'au moment où l'on détourne le regard.

En même temps, le fait de se laisser aller dans les yeux de quelqu'un d'autre, de disparaître et d'être englouti par eux, présente un charme et une fascination illimités. C'était exactement ce que je ressentais en face de Mary, c'était ce qui poussait mon regard à hésiter entre l'assurance et l'anéantissement. Lorsqu'elle parlait, j'essayais en vain de détourner les yeux, pour pouvoir me concentrer sur ce qu'elle disait. J'ai dû donner une impression incertaine et déconcertante, mais soit elle avait l'habitude de provoquer une telle réaction et n'y prêtait pas attention, soit elle ne me voyait pas vraiment.

— MacDuff a raison, dit-elle un moment plus tard. Rentrez chez vous ! Pourquoi devriez-vous vous exposer aux mêmes risques que Pekka ?

— C'est précisément mon opinion, interrompis-je. Pourquoi quelqu'un comme moi devrait-il être obligé de se préoccuper de sa propre survie ?

— Il y a ceux qui croient pouvoir se libérer en tuant, répondit Mary. Même MacDuff ne peut rien y faire. Si vous restez, d'autres mourront. C'est ce que vous voulez ?

Je ne répondis pas. Il n'y avait qu'une seule réponse à cette question. Mais pourquoi ne serait-il pas possible de poser d'autres questions ? Que Torben et moi fussions impuissants était une chose. Mais pourquoi quelqu'un comme MacDuff ne pouvait-il pas agir pour faire cesser ces tueries ? Il semblait que Mary et MacDuff mettaient délibérément leur vie en danger. J'aurais voulu poser cent questions différentes, mais le temps me manquait. MacDuff pouvait revenir à tout moment, et je n'étais pas du tout sûr de pouvoir expliquer ce que je faisais à bord.

— Comment peut-on vivre et pourtant être mort ? demandai-je. Pekka a écrit que vous étiez morte.

— Ne posez plus de questions.

— Si, dis-je, je pose des questions. J'en ai assez de ne pas savoir ce que je connais déjà et qui est si dangereux.

— Vous devriez faire confiance à MacDuff, dit Mary presque gentiment. Moins vous en savez, mieux c'est.

— Ne puis-je pas décider moi-même ?

— Cela a-t-il tellement d'importance ?

— Vous ne savez peut-être pas que quelqu'un a déjà essayé de nous tuer, Torben et moi. MacDuff n'a pas pu l'empêcher non plus.

Je racontai brièvement ce qu'il s'était passé au Neptune's Staircase.

— Est-ce si bizarre de vouloir savoir pourquoi quelqu'un veut attenter à ma vie ? demandai-je.

Je regardai Mary. Soudain, on aurait dit que ses yeux, pendant un instant, étaient sans vie, comme à Dragør.

— Alors le délai est expiré, dit-elle.

— Quel délai ?

Elle ne répondit pas.

— Pourquoi êtes-vous enfermée ? demandai-je. Je peux vous aider à sortir. J'ai un bateau.

Elle tressaillit.

— Non, dit-elle. C'est impossible.

— Pekka était-il le premier à essayer ? demandai-je. Est-ce pour cela qu'il est mort ?

Elle ne répondit pas, et pourtant j'étais certain d'avoir deviné juste.

— Et MacDuff est le suivant ? Va-t-il mourir lui aussi ? Ou bien est-ce lui qui tue ?

Mary parut vouloir reprendre le pistolet. Je me préparai à me jeter en avant et à l'écarter d'un coup de pied. Je l'avais oublié trop tôt. Mais elle interrompit son geste et dit :

— MacDuff m'a sauvé la vie.

— Vous voulez dire qu'il vous a laissée en vie ?

— Non, il m'a sauvé la vie. Je devais mourir. Je dois toujours mourir. MacDuff sauve des vies tous les jours, à chaque heure, à chaque seconde.

— Pourquoi n'a-t-il pas sauvé la vie de Pekka ? Vous savez, n'est-ce pas, que Pekka a été assassiné ?

— Oui, dit-elle calmement. J'étais là.

— Mais pourquoi ? demandai-je. Il devait bien y avoir une autre solution.

— Il a été obligé de choisir. Ma vie ou celle de Pekka. Il a choisi la mienne. S'il n'avait pas choisi, nous serions morts tous les trois à la place. Qu'auriez-vous fait vous-même ? Prendre une vie et en épargner deux ou en laisser mourir trois ?

— Qui l'oblige à choisir ?

À nouveau Mary ne répondit pas. On aurait dit qu'elle pensait en avoir trop dit. J'eus en même temps le sentiment qu'elle écoutait.

— Le Cercle celtique ? laissai-je échapper. C'est de lui que vous avez tous peur ? C'est lui qui tue ?

— Vous en savez déjà trop, dit-elle d'un air absent.

— Non, protestai-je. J'en sais trop peu. Lorsque Pekka est venu à Dragør, il avait peur. Il craignait pour sa vie. Et pour celle des autres. Lorsqu'il m'a confié son livre de bord, au lieu de le remettre à la police, il a dit qu'il était obligé de me faire confiance. Je l'ai cru. C'était peut-être naïf, mais je croyais que je pouvais faire quelque chose en tentant d'apprendre de quoi il avait peur.

Mary écoutait.

— Mais je n'ai pas pu sauver la vie de Pekka. Et maintenant je veux savoir pourquoi il devait mourir. Et pourquoi vous devez mourir.

— Je ne peux rien dire, répondit Mary en me regardant avec une compassion que je ne compris pas.

— Pourquoi ne pouvez-vous rien dire ? Qu'avez-vous à perdre, alors que vous pourriez tout aussi bien être morte ?

— MacDuff, répondit-elle. Rien d'autre.

Au même instant, je crus entendre un bruit indéfinissable qui aurait pu être des rames. Mary entendit aussi le bruit.

— Mais la tête ? demandai-je.

Elle me regarda sans comprendre.

— Pourquoi fallait-il que Pekka soit décapité ?

— C'était la preuve.

— La preuve de quoi ?

Mary secoua la tête. Le battement des rames s'entendait très distinctement maintenant.

— Partez ! dit-elle, et j'étais sûr qu'elle *voulait* que je parte avant qu'il ne fût trop tard.

Je la regardai une dernière fois, grimpai l'échelle à toutes jambes et me laissai glisser dans le *Sussi*. Je détachai les amarres, m'allongeai sur le fond et laissai dériver l'annexe avec le vent. Je ne m'étais pas éloigné de beaucoup lorsque j'entendis un bateau se ranger à côté du F 154. Il s'en était fallu d'un cheveu. J'entendis alors un cri et quelqu'un qui courait vers l'avant. Une idée épouvantable me traversa l'esprit. J'enfonçai la main dans la poche de mon pantalon. J'avais gardé le trousseau de clés sur lequel se trouvait celle qui menait au carré et à Mary.

CHAPITRE 17

Il est rare que je regrette quelque chose et je ne me pose pas la question de savoir ce qu'il se serait passé si j'avais agi différemment. Certains pensent qu'il est impossible de vivre sans remords. Je l'ai souvent entendu comme un reproche, ce qui en fait revient à dire que je devrais regretter certaines choses que j'ai faites. Il semble certes présomptueux de prétendre ne pas souffrir de mauvaise conscience. Mais ce dont on souffre, c'est justement d'avoir mauvaise conscience. Dans ce domaine, nous nous ressemblions, Torben et moi. Il ne me reprocha jamais mon escapade nocturne, bien que nous en souffrîmes tous deux. Parallèlement, j'essayai tout autant de cacher l'inquiétude que j'avais ressentie pendant son absence. Lorsque j'entrai dans le pub de Corpach après ma rencontre avec Mary, Torben et Junior étaient en train de boire une bière. Torben me jeta un regard soulagé et interrogateur, mais je ne pus lui raconter tout de suite ce qu'il s'était passé. Je n'avais pas non plus la moindre envie de reprendre le *Sussi*, passer devant MacDuff et Mary, juste pour me retrouver seul avec Torben. Et si MacDuff avait découvert où se trouvait le *Rustica*, j'étais sûr que nous aurions sa visite. S'il ne l'avait pas découvert, ou s'il croyait que nous étions déjà partis, nous avions une chance de nous en sortir sans être vus. MacDuff avait probablement demandé à l'éclusier pourquoi nous n'étions pas dans le canal. Et si le F 154 levait l'ancre immédiatement, croyant que nous étions partis, je calculai qu'ils se dirigeraient à l'est de l'île, puisque c'était un raccourci, et ainsi ne verraient pas le *Rustica* dans l'obscurité. Mais qu'allions-nous faire s'ils *n'étaient pas* partis ?

Torben demanda naturellement pourquoi je ne l'avais pas attendu.

— Ton absence était trop longue, répondis-je. Où étais-tu passé ?

Torben comprit que ma réponse était volontairement vide de sens et qu'il s'était passé quelque chose.

— J'étais allé à Fort William, dit-il, exactement comme je l'avais pensé. Il n'y avait plus de vin. Et puis j'étais obligé de régler quelques affaires.

— Quoi donc ? demandai-je sans pouvoir me retenir.

— Deux billets d'avion pour le retour.

Junior fut le premier à réagir.

— Vous allez rentrer chez vous ?

Il parut déçu. Je ne savais pas quoi penser. Était-ce une plaisanterie ?

— Tu veux rentrer ? demandai-je à Torben.

— Pas encore. Mais cela ne gâte rien d'acheter des billets d'avion. En outre, ils sont tout aussi monnayables que des chèques de voyage.

— Ne pouviez-vous pas garder les chèques de voyage ? objecta Junior.

— Je n'avais pas de chèques de voyage, que de l'argent liquide.

— Mais pourquoi des billets d'avion ? demandai-je à nouveau.

Torben me jeta un regard qui me fit clairement comprendre que je ne devais plus rien demander.

— Cela fait bonne impression, répondit-il. Il y a toujours quelqu'un qui se retourne et se demande où l'on a pensé partir lorsqu'on entre dans une agence de voyages. Parfois, je me demande s'il n'y a pas des gens qui aimeraient que l'on s'en aille.

Junior regarda Torben sans comprendre, mais je commençais à croire que celui-ci avait reçu l'avertissement que nous ferions tout aussi bien de disparaître. De qui ?

— Qu'est-ce qu'on fait alors ? demanda Torben.

— À quelle heure est l'avion ? demandai-je avec ironie.

— Ne devions-nous pas faire de la voile ? demanda Junior. Je croyais que nous avions décidé que vous me donneriez gentiment un peu de remorquage psychique, pour ainsi dire, jusqu'à ce que j'apprenne à tenir sur mes propres jambes.

Il nous regarda.

— Nous nous suivrons, dis-je à la fois à contrecœur et sincèrement. Nous partirons à l'aube, ajoutai-je. Si vous n'y voyez pas d'inconvénient.

— Le plus tôt sera le mieux, dit Junior.

Je me tournai vers Torben pour voir s'il avait des objections, mais il avait plutôt l'air absent. En même temps j'eus une idée.

— Que diriez-vous si nous couchions chez vous cette nuit, à bord du *Fortuna* ? demandai-je à Junior. Nous pourrions vous aider à écluser demain matin. Et cela nous éviterait de ramer jusqu'au *Rustica*.

Torben me lança un regard qui indiquait qu'il avait compris que quelque chose allait de travers. Je n'aurais jamais laissé le *Rustica* mouiller tout seul, si j'avais pu l'éviter.

— Parfait, dit Junior. Comme ça, je suis sûr de pouvoir partir.

Corpach était désert lorsque après quelques pintes de bière blonde nous retournâmes au bateau de Junior. Quelques flocons de neige voltigeaient de-ci de-là dans l'obscurité, comme pour nous rappeler que nous étions encore en hiver. Tout était calme.

À l'aube, nous éclusâmes avec le *Sussi* en remorque. L'éclusier nous souhaita une agréable traversée, mais fut quand même étonné de nous voir à bord du bateau de Junior. Il se tourna vers Junior et lui dit en souriant :

— À dans une vingtaine de minutes.

— Non, répondit Junior avec un large sourire. Dans quelques années peut-être.

Sous un prétexte quelconque, je fis descendre Torben dans le carré de Junior, tandis que nous passions devant l'emplacement où le bateau de MacDuff avait été mouillé la veille. Je vis à travers un hublot qu'il n'y était plus. À mon grand soulagement.

— Que voulais-tu ? demanda Torben.

— Éviter seulement que quelqu'un nous voie.

— Qui ?

— Devine. Mais il n'y a aucun danger. Il est déjà parti.

— Qu'est-ce que vous devenez ? nous cria Junior.

On arrive, lui criai-je en retour.

Le *Rustica* se trouvait exactement comme je l'avais laissé. Junior se rangea bord à bord et nous nous amarrâmes provisoirement tandis que nous remontions le

Sussi à bord. Le cadenas du panneau du carré n'avait pas été forcé. Pour la première fois, j'avais le sentiment d'avoir gagné une petite victoire. Pour la première fois depuis Thyborøn, MacDuff ne savait pas où nous étions. C'était lui qui nous cherchait, et l'archipel écossais est constellé de fjords et de petites baies où l'on peut mouiller sans être vu des chenaux qui passent à l'extérieur. Mais cela suffisait-il ? Et à quoi cela pouvait-il servir ? Cela n'avait pas de sens de nous rendre invisibles. Dans ce cas, c'était aussi bien de prendre un avion et de disparaître pour de bon. Je regardai Torben qui était en train de lancer les amarres de Junior. Avait-il véritablement acheté les billets ?

— Tout est prêt ? criai-je pour couvrir le bruit du vieux diesel de Junior.

Junior leva le pouce.

— Je vous attends et je vous suis, répondit-il.

— Lismore Island, criai-je encore plus fort. Il y a un bon mouillage là-bas.

— Bien !

Junior laissa dériver le *Fortuna*. Je mis le moteur en route et avançai lentement contre la marée, afin que l'ancre ne soit pas trop lourde à remonter. Je me rappelai soudain que j'avais oublié de vérifier les heures de marée. Plus au sud se situait Corran Narrows, un étroit passage où le courant pouvait aller jusqu'à 6 nœuds, bien plus que ne pouvait supporter le moteur du *Rustica*. À contre-courant, nous n'allions jamais y arriver. Torben amarra l'ancre et je mis plus de gaz. Nous prîmes petit à petit de la vitesse.

— Nous allons à contre-courant, dit Torben en riant. Il est vrai que tu as eu d'autres choses à penser ces derniers temps. On envoie les voiles ?

Le vent venait du nord-ouest. Le vent n'a que deux

directions dans les fjords. Dans un sens ou dans l'autre. Le Loch Linnhe était orienté nord-sud et avec un peu de chance nous serions vent arrière.

— Vas-y. Mais prends un ris dans la grand-voile. Il ne faut pas lâcher le *Fortuna*.

Je regardais à l'arrière. Junior avait également hissé ses voiles dépareillées. L'argent manquait à bord du bateau de Junior. Son seul luxe était une télévision noir et blanc et un pilote automatique. Junior se tenait sur le pont avant et nous salua joyeusement. À l'arrière, il avait accroché deux câbles au pilote automatique, auxquels il pouvait se rattraper au cas où il tomberait par-dessus bord. *I worry about everything*[1], disait Junior. Lorsqu'on navigue, c'est un principe assez judicieux, si on a la force de s'y conformer.

Torben lui fit distraitement un signe de la main et s'assit dans le cockpit.

— Et maintenant, raconte ! dit-il. Pourquoi ne m'as-tu pas attendu pour écluser ?

— Peux-tu aller chercher l'annuaire des marées, d'abord ?

— Non, dit-il d'une voix qui ne tolérait aucune objection. Cela peut attendre. Nous avons enfin du temps pour parler.

Je n'insistai pas. Nous allions nous rendre compte tôt ou tard si la marée nous faisait reculer. De toute façon, j'étais aussi curieux d'entendre son histoire.

J'expliquai d'abord pourquoi j'avais voulu éviter la police et ce que j'avais raconté à l'éclusier au sujet de nos projets.

— Tu n'avais pas besoin de t'inquiéter de la police, coupa Torben.

1. « Je m'inquiète de tout. »

— Pourquoi donc ?

— J'ai déjà parlé à la police, dit-il. Je sais, tu n'as pas besoin de faire des commentaires. Fréquenter la police est toujours suspect, même avec les meilleures intentions. Mais je n'avais pas le choix. Ils allaient droit sur le *Rustica* lorsque je les ai rencontrés par hasard.

— Que leur as-tu dit ?

— Ils m'ont demandé si je savais qui avait pu commettre le sabotage. Naturellement, je n'en avais pas la moindre idée. En tout cas, ce n'est pas une manière de traiter les hôtes étrangers. Et moi qui avais entendu dire tant de bien de l'Écosse. Nous avions même décidé, toi et moi, de rentrer en Suède. Ils m'ont demandé si je croyais que le sabotage nous visait. Bien sûr que non. Mais quand même, j'allais à Fort William pour acheter nos billets d'avion. Est-ce qu'ils pouvaient m'amener ? Comme ça, on pourrait discuter en route. Ils m'ont déposé devant une agence de voyages. Arriver dans une voiture de police a attiré l'attention que je souhaitais. Si quelqu'un me suivait, il lui était facile de vérifier ce que je faisais, c'est-à-dire acheter deux billets d'avion Glasgow-Copenhague avec un arrêt à Londres. Les voici !

Il me montra deux billets.

— Qu'en dis-tu ? demanda-t-il. Allons-nous rentrer par avion, maintenant que nous avons les places ?

Le son de sa voix était presque insouciant. Manifestement sa question n'était pas sérieuse.

— C'est ce que tu veux ? demandai-je.

— Non, dit-il. C'est maintenant que cela devient excitant.

— Cela n'a-t-il pas été excitant depuis le début ? Si ma mémoire est bonne, c'était toi qui voulais appeler la police à Thyborøn.

— Je sais, mais à l'époque nous ne savions rien. Tout n'était que spéculations. Nous n'avions rien appris, et ainsi nous n'avions rien à perdre. Je crois maintenant que je commence à comprendre ce qui *pourrait* être en jeu. J'ai même découvert quelques petites choses intéressantes, si je puis m'exprimer ainsi.

— À Fort William ?

— J'ai fait le tour des bouquinistes de la ville.

— Qu'aurais-tu pu faire d'autre ?

— Nous ne sommes pas des druides, dit Torben. Tu dépends autant des livres que moi. Comment saurais-tu sinon l'horaire des marées ? Mais d'abord je veux entendre ce que tu faisais pendant que Junior et moi étions au pub !

— Je bavardais avec Mary, commençai-je pour voir la mine décontenancée de Torben, qui de saisissement laissa tomber la pipe qu'il avait à la bouche.

Il n'eut pas l'idée de la ramasser avant que je lui eusse expliqué les circonstances. Je lui racontai ensuite, de façon aussi détaillée et minutieuse que possible, ce que nous avions dit.

Lorsque j'eus terminé, Fort William était derrière nous et nous nous approchions rapidement de Corran Narrows. À tribord s'étendait le terminal des ferries sur un promontoire découvert. À l'extrémité du promontoire se dressait un phare blanc isolé. Pas une âme en vue. Tout était paisible. Le vent s'était calmé, mais nous n'eûmes pas besoin du moteur. La marée avait changé et le courant nous poussa à plus de cinq nœuds vers le petit détroit.

Notre conversation fut interrompue lorsque les masses de terre semblèrent sortir de leur frilosité pour sortir leurs langues dans notre direction. La force du courant nous obligeait à aller de l'avant. Quoi qu'il arrivât à l'autre extrémité du détroit, il nous était impossible de retourner. Une nouvelle fois, je me rendais compte combien je m'inquiétais de ce qui pouvait nous arriver. Ce qui *avait eu lieu* était repoussé à l'arrière-plan et devenait petit à petit irréel, tandis que ce qui pouvait se passer, un danger éventuel, une menace cachée ou simplement ce qui se trouvait derrière le prochain promontoire, devenait réalité. Seul comptait ce que nous ignorions.

Mais rien d'autre que l'immensité de l'eau n'apparut derrière la bande de terre. Nous sortîmes des eaux lisses du Loch Linnhe avec Junior dans notre sillage. Une brume légère bleuâtre enveloppa l'eau, le ciel et la terre. Même les hauteurs des montagnes se perdaient dans un halo bleu acier. Nous étions assis, recueillis, et je sentais monter en moi une sorte d'évanescence, comme si nous planions. L'irréalité se retrouvait même dans la nature. Le reflet des montagnes dans l'eau était si vif et si net qu'il était impossible de distinguer la réalité de ce qui était son image. Le seul moyen sûr de séparer les deux était de regarder à l'arrière comment la traîne du *Rustica* dans son sillage fendait un reflet et le faisait frémir avant de se refermer à nouveau jusqu'à ce que le *Fortuna* de Junior donnât encore un coup de couteau avec son étrave tranchante.

Ce n'est que lorsque nous laissâmes Rubha Mor par le travers que nous reprîmes notre conversation, tandis qu'une faible brise d'ouest remplissait les voiles. Nous bavardions à voix basse, non pas par crainte comme cela avait été le cas à de nombreuses reprises, mais parce que l'atmosphère l'exigeait.

Torben me posa des questions sur Mary et sur le livre de bord de MacDuff. Je tentais de me rappeler les « prises » et les noms des différents ports où il avait fait escale. Torben, qui approuvait de la tête comme si ce que je lui racontais n'avait rien de surprenant, inscrivait ce que je disais dans un petit bloc-notes.

— Qu'est-ce que tu en penses ? demandai-je.

— Cela me surprendrait beaucoup que MacDuff ait vraiment chargé et déchargé du poisson.

— J'y avais déjà pensé. Mais alors, la question est de savoir de quoi il pourrait s'agir d'autre. Des armes ?

— Sûrement. Mais des armes, avec un dessein en arrière-plan.

— Un dessein ?

— Oui, bien sûr. Le dessein grandiose du premier État-nation celtique jamais constitué. Ou bien du Cercle celtique, une fédération d'États celtes liés entre eux par un héritage culturel millénaire, qui n'est jamais mort. Ou encore d'une offensive des druides pour recouvrer la domination spirituelle sur l'Europe qu'ils exerçaient avant que César les obligeât à vivre dans la clandestinité, dans laquelle ils agissent depuis.

Torben semblait penser chaque mot qu'il prononçait.

— Des druides ? dis-je. Tu ne veux quand même pas dire que le Cercle celtique se compose d'une assemblée de druides modernes et qu'ils pourraient parvenir à quelque chose ?

— Pas nécessairement qu'ils en seraient capables, mais du moins que c'est cela leur objectif.

Torben descendit dans le carré et revint bien évidemment avec un livre que je n'avais pas encore vu. Et ce n'était pas *Astérix*.

— Je l'ai trouvé chez un antiquaire à Fort William. Non pas que le livre soit une antiquité. Au contraire, il n'est paru qu'en 1983. L'antiquaire avait un rayon spécial pour ce genre de livres. Je dirais même, très spécial.

Son ravissement ne faisait aucun doute.

— Il n'est pas ouvert au public, poursuivit-il. Il est tout simplement réservé à une petite élite.

— Et à laquelle tu appartiens puisque tu es entré ?

— Pour un instant, oui. Pendant un quart d'heure environ, j'ai été membre de l'association, sûrement très exclusive, que l'on appelle le Cercle celtique.

C'était à mon tour de rester bouche bée. Il plaisantait, bien sûr. Torben est d'un naturel pince-sans-rire, qui ne montre son véritable visage que lorsqu'on découvre qu'il est trop tard. Mais il parlait sérieusement. Lorsque Torben plaisante, on aperçoit malgré tout une lueur au fond de ses yeux qui le trahit lorsqu'on le connaît bien.

— Match nul, dis-je. J'ai rencontré Mary, et tu as été admis au Cercle celtique.

— Pas tout à fait, mais presque. En sortant de l'agence de voyages, je suis allé faire un tour à la recherche de librairies ou de bouquinistes. Je venais de réaliser que je n'étais pas entré dans une seule librairie depuis Copenhague et le seul fait d'y penser provoqua en moi une terrible envie. Je croyais bien sûr trouver une multitude de livres sur les Celtes, impossibles à dénicher au Danemark. Ce qui fut aussi le cas des deux premiers endroits où je me suis d'abord arrêté. Mais arrivé au troisième magasin, une librairie de livres d'occasions délabrée dans une ruelle, je ne trouvai pas un seul livre sur les Celtes. Pas un seul ! J'étais sur le point d'en demander la raison à la vendeuse, lorsque je me rappelai un bouquiniste de Rådhusplatsen à Copenhague. Ils ont une section réservée aux francs-maçons. Il faut prouver que l'on est membre de la loge pour pouvoir y accéder. Je ne sais pas s'ils ont une carte de membre ou un mot de passe, mais en tout cas il faut pouvoir apporter une sorte de preuve. J'ai pensé que ce pouvait très bien être le même système à Fort William. C'était tout de même bizarre de ne pas voir un seul livre celtique sur les rayonnages, reconnais-le !

J'acquiesçai.

— La question était donc de savoir quelle sorte de preuve il fallait fournir, et que fallait-il prouver ? À quoi fallait-il appartenir pour pouvoir regarder les livres, si toutefois il y en avait ? Tu ne me croiras pas, mais tout s'est arrangé lorsque la vendeuse s'est approchée pour me demander si je cherchais quelque chose en particulier. Oui, répondis-je, je cherche le Cercle celtique. Il y avait une chance sur mille, mais tu peux imaginer ma surprise lorsqu'elle m'a indiqué la porte de l'arrière-boutique, qui était remplie de documents pour les amateurs de civilisation celtique. Il n'y avait rien d'étonnant à ce que je n'aie pas vu la porte, puisqu'en fait c'était tout un rayonnage qui coulissait sur le côté. Je pénétrai dans une pièce étroite et longue, où les ouvrages écrits par des écrivains celtes ne manquaient pas. On me laissa seul et le rayonnage fut repoussé derrière moi.

Soudain, je découvris qu'une fois de plus j'avais barré le *Rustica* sans me rendre compte de ce que je faisais. Avec tout ce qu'il se passait, c'était devenu une mauvaise habitude. Je jetai un coup d'œil sur la carte et Torben me laissa faire comme s'il n'était pas concerné. La veille, avant d'aller nous coucher, j'avais consulté la carte de Junior et élaboré plusieurs plans. Tous partaient du principe que nous devions rester invisibles, jusqu'à ce que nous ayons décidé de notre prochaine manœuvre. À l'ouest de Lismore Island, comme je l'avais crié à Junior lorsque nous avions appareillé, il y avait plusieurs mouillages, mais le *Rustica* et le *Fortuna* allaient être parfaitement visibles depuis le chenal entre Fort William et Oban. À l'est, il y avait plusieurs possibilités, mais là aussi le passage était relativement fréquenté. L'idéal aurait été de pénétrer dans le Loch Creran avec, certes, ses remous et ses tourbillons malveillants à l'entrée, mais également de bons mouillages bien dissimulés. Mais c'était aussi une impasse, si jamais MacDuff avait l'idée d'aller nous chercher là-bas. Et qu'allait dire Junior ? Après beaucoup d'hésitations, je décidai que nous irions à Kerrera et que nous mouillerions sur le côté ouest de la baie d'Oban. Évidemment, c'était juste en face de la ville, mais la distance était suffisamment grande pour qu'il soit difficile d'identifier le bateau à partir d'Oban. En outre, je me persuadai que MacDuff nous chercherait vers le nord, où il y a beaucoup de fjords et de baies que nous aurions pu atteindre en un jour. Il lui faudrait au moins deux jours pour nous chercher là-bas. Et si MacDuff soupçonnait que finalement nous n'étions pas partis vers le nord, et revenait vers ici, nous aurions la possibilité de le voir arriver si nous mouillions à Kerrera. Une petite escalade sur le sommet de l'île suffisait pour voir au-delà du Sound of Mull, passage naturel de tous les navires qui viennent du nord. Et Ardentraive Bay à Kerrera *n'était pas* une impasse. Il y avait deux passages possibles pour fuir.

— Nous allons à Kerrera, dis-je à Torben en faisant voir la carte.

Il regarda à peine.

— Par le Shuna Sound.

— Ah bon !

Torben avait l'air désintéressé. Je dus prendre la responsabilité du *Rustica* et de Junior. Dans les instructions nautiques, il était dit à propos de Shuna, selon une litote toute britannique : *just difficult enough to be interesting*[1]. Le plus important était toutefois que c'était un passage intérieur, mieux dissimulé qu'à l'ouest de Lismore Island. Lorsque ma décision fut prise, quelque part à l'ouest de la petite île de Eilean Balnagowan, je me sentis plus calme et je me retournai vers Torben.

— Évidemment, je ressentais quelque inquiétude, poursuivit-il comme s'il n'avait pas été interrompu. D'abord, je me demandais comment j'allais signaler que je voulais ressortir. Il y avait peut-être un autre mot de passe. Ensuite, je ne savais pas si les livres étaient à vendre, mais comme beaucoup existaient en plusieurs exemplaires, j'en ai pris quelques-uns, presque au hasard. Je n'osais pas rester plus longtemps, malgré mon désir, car un membre de cette illustre association pouvait venir acheter des livres. Ensuite, je me mis à chercher un moyen pour faire signe à la vendeuse que je voulais sortir, mais sans succès. Il n'y avait pas la moindre sonnette ou quelque chose de similaire. Je commençais à croire que j'étais tombé dans un piège. J'imaginais qu'il devait y avoir une sorte de signal silencieux qui ne soulevait pas la curiosité des clients occasionnels. En fait, tout était superbement organisé. Un code pour entrer et un code pour repartir. Les risques du hasard étaient ainsi éliminés. J'avais réussi à entrer par chance, mais deux coïncidences à la suite paraissaient tout à fait invraisemblables.

1. Juste assez difficile pour présenter de l'intérêt.

— Mais tu as réussi à sortir, apparemment, dis-je.

— J'ai frappé. Que pouvais-je faire d'autre ? Je fis semblant d'être absorbé par un des livres, ce qui n'était pas très difficile. Mais je me suis fait sévèrement réprimander, car je n'avais pas fait ce que j'aurais dû faire, mais que j'ignorais. Ce qui prouve que ce n'était pas une librairie ordinaire et que j'avais eu la permission d'y entrer par hasard.

— Y avait-il des livres sur l'IRA ? demandai-je en pensant aux connexions possibles avec le Cercle celtique.

Torben eut l'air ébahi.

— J'ai oublié de chercher. J'aurais dû y penser, bien sûr.

À ce moment-là, nous parvînmes à Shuna Sound et j'oubliai Torben pendant que je nous pilotais. De son côté, Torben semblait ne pas se souvenir que nous étions encore à bord d'un voilier. Lorsque je me consacrai à la navigation, il se jeta immédiatement sur ses livres nouvellement acquis. Je dus aller moi-même sur le pont avant pour amener le foc. Shuna étant peu profond, il valait mieux réduire la vitesse. Je fis signe à Junior de rester dans notre sillage, ce qu'il parut faire plus que volontiers. *Just difficult enough to be interesting !* Dans l'eau claire, nous distinguions nettement le fond. Je priai finalement Torben, d'un ton un peu cassant, de se placer à l'avant, et de prévenir s'il y avait des roches ou des hauts-fonds. Je ne craignais pas qu'il n'arrivât quelque chose au *Rustica* si nous heurtions le fond, mais le risque était que nous nous enlisions et que nous soyons obligés de demander de l'aide ; il ne se passerait pas beaucoup de temps avant que tout le monde sût où nous nous trouvions. Heureusement, la marée montait. S'échouer à marée descendante, n'était pas particulièrement astucieux.

Mon inquiétude n'était toutefois pas fondée. À une seule occasion, nous effleurâmes le fond, suffisamment pour que Torben dans sa distraction manquât de passer par-dessus bord, mais pas plus. Et tout se passa bien. À bâbord se dressait Castle Stalker, un château carré et massif du même type qu'Invergarry Castle. À marée haute, il régnait sur un îlot entouré d'eau, à marée basse il était tout au bout d'une langue de terre. Il était loin de tomber en ruine. J'ai lu par la suite qu'il avait été acheté et rénové, il y a peu de temps, par un Écossais inconnu.

Après le Sound of Shuna, la navigation devint plus facile. Je rappelai Torben, qui était resté debout à l'avant.

— N'as-tu pas dit que tu avais fait des découvertes intéressantes ? demandai-je.

— Si, dit-il en me tendant le livre qu'il avait rapporté du carré. D'après cet ouvrage, les différents ordres druidiques européens comptent aujourd'hui un million de membres ! Cela paraît incroyable, mais rien ne permet de dire que cela est faux.

Torben me donna le livre et prit la barre. Le livre était en français. Il s'agissait en fait d'une thèse de doctorat soutenue à l'université de Rennes. L'auteur, Michel Raoult, était druide et docteur ès lettres : combinaison sujette à caution. Déjà le fait d'être docteur me paraissait, pour l'être moi-même, une circonstance aggravante. Le titre se passait d'explications : *Les Druides : les sociétés initiatiques celtiques contemporaines.*

— Peut-on se fier à celui-ci ? N'est-ce pas du même acabit que *La Lumière de l'Occident* que tu m'avais montré ?

— Ce n'est pas du tout la même chose. La rigueur et le raisonnement de Raoult relèvent de l'étude scientifique. Il ne défend pas de thèse personnelle. Il est par exemple difficile de deviner à quelle communauté de druides il appartient lui-même, même si je pense qu'il a une certaine préférence pour les druides non chrétiens et celtophones. En tout cas, c'est à leur sujet qu'il est le plus discret. Il respecte peut-être une promesse donnée lorsqu'il a été initié druide.

— Mais qu'écrit-il ? Y a-t-il véritablement un million de druides aujourd'hui ?

— Oui, du moins, si la qualité de membre donne droit au statut de druide. Raoult passe en revue une cinquantaine d'ordres de tendances diverses. Il décrit leurs rites, les symboles, les conditions pour devenir membre, les origines, le nombre de membres, les cérémonies d'admission, et même l'adresse de leurs secrétariats. Il y a des ordres de druides dans le monde entier. Il y a même un ordre en Suède riche de 4 000 membres dont le siège se trouve à Malmö, mais Raoult considère que l'association suédoise est plutôt une variante de la loge maçonnique. Les plus grandes communautés de druides se trouvent naturellement dans les pays celtes.

Torben me redonna la barre, prit le livre et parcourut les dernières pages.

— Ancient Order of Druids, plusieurs milliers de membres, La Grande Loge druidique internationale, deux cent mille membres avec des sections dans plusieurs pays. Il y a un ordre monastique d'Avalon, l'île sacrée des Celtes, où le roi Arthur attendait pour libérer les Celtes des Anglo-Saxons. La compagnie d'Isis en Irlande a des milliers de membres. Gorsedd au pays de Galles, en Bretagne et en Irlande est une sorte d'association de druides et de bardes, les anciens poètes celtes. Et ainsi de suite. Mais les sociétés les plus remarquables d'entre toutes sont sans aucun doute les Communautés druidiques et celtiques de France. Il s'agit d'une forme de communes druidiques réparties sur tout le pays, dont chacun des 540 000 membres paie une cotisation volontaire correspondant à deux pour cent de son salaire. Leur siège, situé à Rennes, dispose notamment de 174 secrétaires. Les Communautés prétendent descendre directement des premiers druides, et ils célèbrent toutes les anciennes fêtes, Samain le 1er novembre, Beltaine le 4 mai et les solstices. La tradition se transmet oralement, exactement comme au temps des anciens druides, mais il y a également des sortes de témoins écrivains, dont les notes sont cachées dans des lieux secrets. Et comme si tout cela ne suffisait pas, il y a quelques années seulement, la communauté existait encore de façon secrète.

Torben se tut et regarda pensivement le livre qu'il tenait à la main.

— Tout cela est beaucoup plus important que ce que nous avions pu imaginer, ajouta-t-il. Il y a bien sûr diverses orientations. Certains ont des sections dans les différents pays celtes, d'autres ne se trouvent que dans un seul pays. Certains collaborent entre eux, d'autres ne se supportent pas. Il y en a aussi qui se considèrent plus orthodoxes que d'autres. Ils se proclament non chrétiens, célèbrent leurs cérémonies en langue celtique et exigent que leurs membres aient au moins un parent celte. Il existe également une ligne de séparation entre les pacifistes et ceux qui envisagent d'employer la violence pour favoriser leur cause, même si ce ne sont pas eux-mêmes qui tiennent les armes en main. Mais tous ont un certain nombre de traits communs. La plupart tiennent leur réunion, par exemple, en plein air, dans un petit bois, une clairière ou près d'un monument historique comme à Stonehenge. Ils placent les connaissances, la paix et l'art très haut. Beaucoup célèbrent les mêmes fêtes celtiques que les anciens druides celtes. Et le plus important de tout, pour nous, presque tous parlent et rêvent d'un nouveau royaume celtique. Il ne s'agit pas seulement de maintenir en vie quelques traditions et de préserver une culture en voie de disparition. Si l'on additionne tout ce qui est clairement écrit et ce que l'on peut lire entre les lignes, il n'y a aucun doute : il existe des puissances qui œuvrent à la renaissance de nations celtiques indépendantes. On peut penser tout ce qu'on voudra au sujet des druides, de leurs rites, de leurs symboles ou de leurs cérémonies, mais on ne peut pas ne pas tenir compte d'eux. Pas après avoir lu cet ouvrage.

Torben ne laissait pas de place au doute. Je ne savais que dire. Si lui, opposé aux symboles, s'était laissé convaincre par Raoult, cela signifiait que ces symboles avaient de solides fondements. Ce devait être un signe, comme la fumée est un signe de feu, et non pas diverses représentations plus ou moins altérées de ce même feu.

— Même s'il est difficile de tout avaler, poursuivit Torben. Prends le mythe du roi Arthur, maintenu en vie au plus haut degré. C'est le « roi des Ombres » de Pekka, ni plus ni moins. Mais le roi Arthur n'est pas seulement le symbole de la future patrie celtique. Il y a ceux qui sont persuadés qu'il va ressusciter sous une forme ou sous une autre et qu'il va libérer les pays celtiques de leur puissance occupante. Le mythe du roi Arthur et de son épée Excalibur est particulièrement vivace en Cornouailles. Chaque fois, par exemple, qu'un druide de Bretagne rencontre ses confrères au pays de Galles, se déroule la cérémonie de « l'épée brisée ». Elle symbolise l'unité du peuple celte et la suprématie du roi Arthur sur les deux Bretagne, la Bretagne française et la Grande-Bretagne. Les druides lisent toujours les mêmes hymnes. La traduction libre donne à peu près ceci :

Œuvrons à la renaissance
de notre Langue et de notre Culture
pour aplanir le chemin du retour d'Arthur
Cœur contre cœur
mais de chaque côté de la mer des Bretagne.

Torben déclamait ces vers d'une voix tellement forte et claire que j'avais peur que Junior ne l'entendît. Torben était littéralement subjugué et fasciné par ses nouvelles connaissances sur l'histoire des druides et par leur possible avenir. Notre propre situation était passée au second plan, simple épisode sous le poids d'un héritage millénaire.

— En outre, toutes les communautés de druides des différents pays celtes ont un hymne national avec la même mélodie et des paroles pratiquement semblables, à l'exception de la conclusion. En Bretagne, ils disent « la Bretagne pour toujours », au pays de Galles, « le pays de Galles pour toujours », etc. Raoult fait une autre curieuse allusion dans sa préface, où il différencie les sociétés secrètes comme le Front de libération de Bretagne ou l'IRA, et les communautés initiantes telles que les ordres druidiques où l'on est introduit au cours d'une cérémonie, et où l'on jure serment de fidélité, et ainsi de suite. Rien n'empêche que les sociétés secrètes soient elles aussi initiantes et que le combat politique ne soit que l'expression externe d'un même type de religion ou de philosophie semblable à celle des communautés de druides plus pures. Plus loin, Raoult indique par exemple que le Front de libération de Galice, fondé en 1979 seulement, fait allégeance aux enseignements de la communauté de druides gallique et œuvre de son côté. Il semble prétendre que c'est l'entité druidique qui dirige ou crée le fondement de telles organisations comme l'IRA ou les autres mouvements nationalistes celtes.

— Cela paraît incroyable, dis-je spontanément et assez effrayé par le tableau que brossait Torben.

— Certes, répondit-il, mais je reste persuadé que cela pourrait être possible. Si les communautés de druides ont plus d'un million de membres, certains d'entre eux doivent penser qu'ils peuvent s'unir. Ce n'est pas possible autrement. Les mouvements d'opposition du type IRA ou FLB se soutiennent mutuellement et ils veulent libérer les pays celtes. Les ordres druidiques visent aussi l'indépendance. Il en va de même pour les partis nationalistes dans les différents pays celtes. Si tous s'unissent, ils représentent une force qui pourrait mobiliser tout un peuple.

— Pekka a dû découvrir quelque chose à leur sujet, dis-je.

— Sûrement. Qui sait, il avait peut-être eu le livre de Raoult entre les mains, fait quelques recherches, et puis il est arrivé à la même conclusion que nous.

— Même au sujet du culte de la tête et des sacrifices humains ? demandai-je. Raoult en parle-t-il ?

— Oui, mais il tente d'écarter la question. Contrairement aux autres écrivains, Raoult prétend que sur plus de mille contes irlandais sauvegardés, un seul fait référence aux sacrifices humains, et que ce n'est même pas un exemple indiscutable. Il oublie ce qui est indiqué dans les sources romaines. Mais je ne sais pas d'où Pekka tenait tout cela. Il nous faut partir du principe qu'il a été témoin d'un événement épouvantable, puisque tout porte à croire que ses idées n'étaient pas pure affabulation. Imaginons qu'il ait assisté, d'une manière ou d'une autre, à l'un des procès secrets de l'IRA et à l'exécution des traîtres. À la lumière de tout le reste, il a peut-être cru voir un sacrifice rituel.

— Et MacDuff, demandai-je. Et Mary ? Au bout du compte, c'est tout de même là que se situe notre problème.

— Je ne sais pas, répondit Torben avec insouciance.

Aux yeux de Torben, MacDuff et Mary n'étaient plus que des détails.

— En tout cas, MacDuff n'a pas la tête d'un druide, affirmai-je.

— Ne dis pas cela ! D'un point de vue historique, rien n'empêchait les druides de prendre les armes, même s'ils préféraient sans doute que ce soit les rois qui risquent leur vie. Ceux qui détiennent le pouvoir ne mettent généralement pas leur propre vie en danger. Quand on y réfléchit, tous les pays celtes ont un mouvement de libération armé, et pas seulement l'Irlande du Nord. La Bretagne a son Front de libération de la Bretagne, le pays de Galles a le sien. L'IRA lui a vendu des armes à la fin des années 60. En 1979 même, une nouvelle branche est apparue sur l'arbre avec le Front de libération de la Galice.

— Et l'Écosse ?

— Ici, un front de libération n'a pas sa raison d'être. Le jeune homme qui m'avait emmené pêcher me l'avait fait comprendre clairement. Ce qui est difficile à accepter, en tout cas, c'est cette force qui semble habiter les symboles millénaires des Celtes. Je ne prendrai qu'un seul exemple. D'après les sagas irlandaises, il y avait un rocher, Lia Fâl, que chaque roi d'Irlande devait gravir pour que son pouvoir soit reconnu. Il paraît que ce rocher a été apporté en Irlande par la famille de la déesse Dana. Les Irlandais emportèrent avec eux Lia Fâl lorsqu'ils émigrèrent en Écosse. À une certaine époque ce rocher se trouvait sur l'île Iona, pas très loin d'ici je pense, où saint Columba l'a employé pour couronner les rois. Ensuite on l'a retrouvé au monastère de Scone, mais en 1291 le roi Edouard Ier s'en est emparé au nom de l'Angleterre, l'a scellé dans le trône anglais, et il a servi à légitimer les régents d'Angleterre et de Grande-Bretagne. Cela a duré jusqu'à la nuit de Noël 1950, lorsqu'un commando écossais l'a dérobé. Tu peux t'imaginer ce que ce rocher doit représenter, pour inciter quelqu'un à commettre une effraction dans Westminster Abbey, sans oublier qu'il pesait 150 kilos. On peut très bien penser que quelqu'un ait voulu récupérer le rocher pour couronner un nouveau roi celte.

— *Tu y crois ?* demandai-je.

— À quoi ? Le rocher existe. L'histoire est vraie.

— Peut-être. Mais tu crois à une prise de pouvoir par les Celtes, avec des druides à leur tête ?

— Je ne sais plus ce que je dois croire. Mais rien ne dit que nos démocraties occidentales vivront selon leurs frontières pour toujours. Ce qui s'est passé en Europe de l'Est démontre que les changements peuvent se produire très vite. Mais après mille ans d'attente, encore dix ans ou cent ans, ce ne doit pas être important pour les Celtes. Savais-tu qu'il y a un château sur l'île de Skye, Dunvegan Castle, où la même famille, le clan MacLeod, a vécu sans interruption pendant sept cents ans ? Dans un pays pareil, on n'oublie pas facilement.

— Mais pourquoi était-ce si important de se débarrasser de Pekka, juste maintenant ? Ou de nous ?

— Il faut essayer de le savoir. Si mon hypothèse principale se révèle juste, ce sera plus facile.

Il dit cela comme une évidence. Torben avait changé. C'était moi qui hésitais maintenant, et lui qui poussait en avant. Le détroit entre Kerrera et la terre ferme s'ouvrait lentement devant nous. Nous passâmes tout près de Maiden Island, virâmes à bâbord, ensuite à tribord, et nous entrâmes bientôt dans les eaux calmes d'Ardentraive Bay. La chaîne de l'ancre se déroula par-dessus bord en grinçant et nous amenâmes les voiles. Junior arriva tout de suite après nous et répéta nos manœuvres. Tout était calme. Nous semblions être seuls.

CHAPITRE 18

Junior nous quitta deux jours plus tard. Le *Fortuna* hissa ses voiles dépareillées et jaunies par le soleil, et mit le cap vers le sud. Junior effectua un dernier tour autour du *Rustica* et nous fit un petit signe sans entrain. Nous esquissâmes tous trois un sourire, mais nous avions le cœur gros. En mer, il arrive qu'on rencontre des gens comme Junior, des gens que l'on aimerait toujours avoir à ses côtés. Mais en même temps il y a cette envie de continuer à naviguer qui est plus forte que l'amitié. C'est probablement là la raison pour laquelle ces rencontres fugitives sont si précieuses. On sait que l'on va bientôt se quitter et qu'on ne se reverra sans doute jamais plus.

Le *Fortuna* disparut à l'horizon. Nous étions le 15 février. Dès que nous nous retrouvâmes seuls, Torben se tourna vers moi et dit :

— À notre tour, maintenant. MacDuff ne s'est pas encore montré. On a encore quelque temps.

— Pour quoi faire ? demandai-je.

— Se renseigner si le Cercle celtique correspond vraiment à quelque chose.

À ce moment-là, je n'avais pas envie de protester. Je ne voulais pas gâcher l'attente joyeuse que je devinais chez Torben. Si j'avais su ce que je sais maintenant, je n'aurais pas eu de tels égards. De toute façon, peu de temps après, nous comprîmes qu'il était trop tard pour agir autrement.

— Comment allons-nous nous y prendre ? me contentai-je de demander avec le vain espoir de rendre Torben muet. S'il existe un Cercle celtique, nous devons d'abord savoir où il se trouve. La librairie de Fort William est la seule piste que nous ayons, et nous pouvons difficilement y retourner. Allons-nous nous accroupir sous des fenêtres suspectes et espionner ? Cacher des micros ? Téléphoner à la police et les prier d'envoyer une patrouille ? Ou bien allons-nous demander notre adhésion et nous infiltrer ?

— Je vais te faire voir quelque chose ! dit Torben en m'entraînant vers le carré.

Il sortit la carte marine Imray de l'Écosse et de l'Irlande du Nord.

— Jusqu'à présent, nous avons à peu près suivi la route de Pekka. C'est pour cela que nous sommes passés par le canal Calédonien et que nous nous sommes amarrés à Urquhart Castle et Invergarry Castle. C'est à Oban que Pekka a chargé ses prétendues caisses de livres. Malheureusement, nous ne savons pas à quels endroits Pekka a trouvé quelque chose d'intéressant. Mais regarde !

Torben pointa son doigt sur la carte. Ici et là il avait dessiné des petites croix et des cercles. À certains endroits il y avait aussi bien une croix qu'un cercle.

— Qu'est-ce que cela représente ? demandai-je.

— Les croix sont les endroits que Pekka a visités. Les cercles sont les lieux que tu as trouvés dans le livre de bord de MacDuff. Nous devons commencer à chercher aux endroits où il y a à la fois une croix et un cercle. Ici à Oban, par exemple. Ou bien ici ?

Torben indiquait la pointe sud de Kerrera.

— Qu'est-ce ? demandai-je.

— Encore un château, Gylen Castle. Le nom vient de « source » et apparemment les tours ont été construites au-dessus de deux sources. Tout comme les autres châteaux, Gylen Castle a une histoire violente et il a été incendié en 1647. Maintenant, il est en ruine, exactement comme Invergarry Castle.

— Crois-tu qu'il y ait quelque chose là-bas ?

— Nous verrons bien.

Mais avant que nous ayons eu le temps de nous lever, nous perçumes le bruit d'un puissant moteur diesel qui arrivait à grande vitesse.

— Ce n'est peut-être pas la peine, dis-je. On va peut-être nous y amener.

Nous ne pouvions aller nulle part. On ne peut guère se cacher dans un voilier de dix mètres. Je regardai dehors.

— C'est le bateau du port, dis-je, soulagé, à Torben.

— Ohé *Rustica* ! cria une voix forte.

Je grimpai sur le pont et un homme me salua aimablement.

— Je me range bord à bord, dit l'homme derrière la barre.

Il vint habilement se ranger près du *Rustica*.

— Je m'appelle Campbell, dit-il. Je suis le capitaine du port. Puis-je vous aider en quoi que ce soit ?

Je me mis automatiquement à chercher mon portefeuille, pour payer les droits d'entrée au port. Il refusa d'un geste.

— Considérez-vous comme nos invités. Ce n'est pas souvent que nous recevons des visiteurs d'aussi loin à cette époque de l'année. Vous avez le bonjour du président du club de voile d'Oban. Il souhaiterait vous avoir à dîner ce soir, et aimerait savoir si vous accepteriez de raconter votre odyssée en mer du Nord.

— Un instant, je vais demander à mon équipage.

Je passai la tête à travers le panneau.

— Qu'en dis-tu, Torben ? Nous sommes invités à dîner.

Il avait entendu la conversation.

— C'est à toi de décider, dit-il.

Je ne pouvais pas résister à la tentation d'être l'invité d'honneur du club de voile et d'entendre parler de notre traversée hivernale comme d'une prouesse. Il y a peu de navigateurs qui ne souffrent pas d'une certaine vanité. Se vanter soi-même d'une tempête n'a pas de sens. La nature est trop forte et l'homme trop insignifiant. Mais lorsque l'on entend d'autres personnes dire que vous avez agi avec courage ou que vous avez d'incontestables qualités de marin, il est difficile de résister.

— Nous viendrons, répondis-je donc au capitaine. Saluez-le de notre part et remerciez-le.

— Tous les deux ?

— Naturellement.

— Le président m'a fait savoir qu'il voulait voir tout l'équipage.

— Et où nous rencontrerons-nous ?

— Il viendra vous chercher en bateau. Puis-je vous aider en quelque chose ?

Torben passa la tête par le panneau.

— *Hello*, dit-il. Vous pourriez peut-être nous donner un renseignement. À Fraserburgh, nous avons rencontré deux Écossais très sympathiques à bord d'un chalutier. Je crois que le capitaine s'appelait MacDuff.

Vous n'avez pas vu son bateau, par hasard ? Si je me rappelle bien, son port d'attache est Oban.

— MacDuff, le pilote ! Vous le connaissez ?

— Pas autant que nous le souhaiterions, mentit Torben.

— Un brave type ! Des hommes comme lui, on n'en fait plus. Si vous avez besoin d'avoir des renseignements sur la mer ici ou sur n'importe quelle voie navigable d'Irlande ou d'Écosse, c'est à lui que vous devez vous adresser. Il n'y a pas un seul mouillage ou un seul raz que MacDuff ne connaisse. Non, je ne l'ai pas vu depuis un moment. Mais un des capitaines des ferries a été en contact avec lui par radio. Il se dirigeait vers le nord. À propos, maintenant que vous en parlez, il a effectivement demandé des nouvelles d'un bateau suédois. Quelle coïncidence, n'est-ce pas ? Je vais dire au capitaine de lui communiquer votre position. Avec plaisir. Tout le monde veut rendre service à MacDuff.

— Je vous remercie, c'est gentil de votre part, dit Torben.

— Je vous en prie !

Il porta deux doigts à la visière de sa casquette, mit le moteur en route et s'éloigna en direction d'Oban.

— Sympathique, ce gars, dit Torben. Prêt à rendre service.

— Pourquoi avais-tu besoin de poser des questions sur MacDuff ?

— Pour savoir si le capitaine du port avait un lien avec MacDuff. Il semble que non. En plus, nous avons appris qu'il allait vers le nord. Nous pourrons dîner tranquillement. Mais il nous faut être sur nos gardes. MacDuff a un réseau tellement important aussi bien sur terre que sur mer, qu'il va être difficile de trouver un lieu pour se cacher dans ses eaux à lui. En particulier avec un mât de dix mètres de haut. On ne peut pas le couper ?

— Ça va pas, non ?

— Je plaisantais. Mais ce ne sera pas facile de dissimuler le *Rustica*, s'il faut en arriver là.

Je pensai tout à coup à un article de journal que j'avais conservé et qui parlait de Corrywreckan, le détroit traître entre les îles Jura et Scarba. L'article décrivait non seulement les circonstances dans lesquelles il était impossible d'en faire le passage à cause des courants et de la violence de la mer, mais aussi un petit mouillage dans lequel on pouvait se faufiler sous des conditions idéales. Ce pourrait être une cachette. MacDuff ne croirait jamais que nous avions osé nous engager dans Corrywreckan, et encore moins y mouiller, comme il n'avait pas cru que Pekka pouvait survivre le Pentland Firth. Je pensais aussi au désespoir que MacDuff avait dû ressentir lorsqu'il n'avait pas pu parvenir à temps au *Sula* avec Mary à son bord. S'agissant de nous, il ne serait pas aussi désespéré. Plus maintenant.

Deux heures plus tard, vers sept heures, nous entendîmes à nouveau le bruit d'un moteur qui se rapprochait. Il faisait sombre, et nous avions allumé le feu de mouillage, pour que le président du club puisse nous trouver. Avant le coucher du soleil, on aurait dit que le mauvais temps allait arriver par l'ouest. Des lambeaux de nuages se dirigèrent vers les montagnes de Mull et pénétrèrent dans les vallées de la terre ferme. Les jours précédents, il avait fait doux, mais maintenant le mercure ne dépassait guère zéro degré. Ce n'était encore qu'une brise fraîche qui soufflait, mais si c'était un front froid qui se rapprochait, cela pouvait se transformer en coup de vent en moins d'une heure. Je m'inquiétais pour Junior et son *Fortuna*.

Certes, ils étaient dans des eaux protégées et le canal Crinan n'était pas très loin, mais pour y arriver il y a plusieurs passages assez traîtres. Il me manquait déjà. Avant de partir, il nous avait laissé deux adresses, l'une à son club de voile à Findhorn, l'autre chez un ami à Glasgow. Quant à moi, je n'avais pas d'adresse à lui laisser, et pour la première fois je ressentis cela comme un inconvénient.

Lorsque j'avais commencé mes préparatifs en vue de mes futures croisières, j'avais découvert qu'en Suède, alors qu'on accuse toujours ce pays d'être trop bureaucratique, on n'est pas obligé d'avoir un domicile fixe. Il suffisait de décider dans quel guichet de poste on voulait « résider », et il ne restait plus qu'à communiquer à quels endroits le bureau de poste devait faire suivre le courrier. Techniquement, je résidais donc dans une boîte postale à l'un des bureaux de poste de Lund.

Avant cela, j'avais été inscrit au Danemark et les discussions que j'avais eues avec le service de l'état civil concernant mon bateau comme lieu de résidence avaient parfois pris des allures kafkaïennes. Personne ne pouvait, ou du moins n'osait me répondre, et l'on me fit aller de guichet en guichet. Le problème venait du fait que le *Rustica* et moi allions de port en port, et que ce n'était pas un house-boat avec une place fixe à quai, où je pouvais suspendre une boîte aux lettres. *Folkeregistret* au Danemark avait même tenté de me persuader d'avoir un véritable logement à terre. Mais les arguments n'étaient pas très convaincants, et ils étaient du genre : « Si jamais vous êtes malade en dehors de votre département, ce peut être dangereux. »

J'avais demandé si ce n'était pas aussi dangereux d'aller rendre visite à une tante à Helsingør, qui est justement situé en dehors de mon département. La réponse du fonctionnaire avait été sans appel : « Vous ne devez pas vous y rendre si souvent. » Comme il était impossible d'argumenter devant une telle logique, j'étais officiellement rentré en Suède et à mon bureau de poste de Lund. Je ne le regrettais pas ; il avait été ainsi plus facile de disparaître sans laisser de traces.

En revanche, il était plus difficile de rester en contact avec des personnes comme Junior. J'ai toujours rêvé de posséder, en plus de mon bateau, une petite maison sur une île, quelque part sur la côte atlantique de l'Écosse ou de l'Irlande, où je ne résiderais jamais. La maison ne serait rien d'autre qu'une grande boîte aux lettres, une adresse postale où je n'aurais pas besoin d'habiter. À ce moment-là, mouillé à Ardentraive Bay, je me rendais compte que j'aurais eu besoin de cette forme de sécurité, d'un endroit où j'aurais pu me retirer.

Le bruit du moteur se rapprochait. Nous sortîmes, Torben et moi, pour donner un coup de main. Un homme âgé se tenait à la barre ; sa barbe blanche soigneusement peignée brillait dans l'obscurité. Il portait un ciré orange et une casquette de capitaine, et il avait une pipe. Tous les accessoires du parfait loup de mer.

— *Hello boys !* cria-t-il. Je m'appelle Duncan MacDougall. Bienvenue à Oban et au club de voile !

Nous le remerciâmes et nous présentâmes.

— Vous êtes prêts ? Alors montez à bord !

Je verrouillai le *Rustica* et jetai un dernier coup d'œil. Chaque fois que nous le quittions, j'avais l'impression que c'était pour la dernière fois. J'avais dissimulé notre livre de bord et celui de Pekka dans un endroit que j'estimais inaccessible, à moins de démolir entièrement le pont. Je sautai à bord du sloop de MacDougall.

Nous prîmes immédiatement le large et cinglâmes vers le sud et non pas vers Oban, comme nous l'avions cru. Torben et moi échangeâmes un regard, que MacDougall remarqua.

— Vous vous demandez sans doute où nous allons. Je vais vous conduire à l'endroit où nous espérons avoir notre nouveau club house. Vous serez surpris. En plus c'est une véritable première. Vous êtes les premiers invités du nouveau local.

Nous comprîmes qu'il en était fier, même si nous ne pouvions pas apercevoir son visage dans l'obscurité.

— Ce ne sera pas n'importe quel club house, poursuivit-il. Nous aurons peut-être tout un château à nous seuls. Il s'appelle Gylen Castle. Je ne sais pas si vous avez déjà pu le voir. Il n'est pas très loin de la pointe sud de Kerrera.

Je saisis le bras de Torben. J'étais sûr qu'il espérait avoir la possibilité d'y faire un tour. Nous ne croyions pas que MacDougall était autre chose que le *Commodore* du club de voile. Il bavardait avec insouciance.

— Eh oui, un château entier, dont les origines remontent au Moyen Âge. Pendant des années, il a constitué un but de promenade ; mais nous ne savions pas à l'époque que certains membres l'avaient acheté et qu'ils avaient commencé à aménager un local. Récemment, lors d'une réunion, ils l'ont offert au club et nous avons bien entendu accepté avec joie. Certes, nous n'avons pas accès à tout le château, mais le cadre est superbe. Pour moi, cela représente quelque chose de très spécial. Le château a été construit par le clan MacDougall en 1587 et a été incendié par le général Leslie en 1647. Depuis, il est en ruine. À l'origine, il y avait deux tours, mais il n'en reste qu'une. Nous avons réussi à restaurer deux pièces, mais le club s'est engagé à nous aider pour rénover le reste. Actuellement, il paraît un peu primitif, mais cela n'a pas d'importance, ce n'est que le début.

De temps à autre, les cendres incandescentes de la pipe de MacDougall projetaient des ombres fugitives sur les parois de la cabine de pilotage, que la lumière du compas était trop faible pour éclairer. Kerrera était dans l'obscurité, sans que se détache la moindre silhouette dans le ciel. Derrière nous, les lumières d'Oban brillaient, incertaines et vagues, comme si la visibilité avait déjà commencé à baisser. Il était impossible de deviner le tracé que MacDougall suivait, mais tout à coup, sans avertissement, il diminua les gaz.

— Ici, il faut être prudent, dit-il. Il y a un haut-fond juste au milieu de l'entrée de la baie. On le voit à marée basse. Sinon ce n'est qu'une pierre sournoise. Beaucoup se sont échoués par ici.

J'essayai de me remémorer ce que j'avais vu sur la carte. Nous devions être arrivés à Little Horseshoe Bay, mais je n'étais sûr de rien dans l'obscurité. MacDougall ouvrit la porte du poste de pilotage et sortit. Un instant plus tard, il jeta l'ancre. Il revint allumer un projecteur et balaya une partie de la plage bordée de falaises des deux côtés.

— C'est pour dire que nous sommes arrivés, expliqua-t-il.

— À qui ? demanda Torben.

— À la direction du club de voile et aux membres qui nous ont proposé le château comme local du club.

Nous venons d'avoir notre première réunion du conseil dans les nouveaux locaux.

— Comment font-ils pour venir jusqu'ici ? demanda Torben. Je ne vois pas de bateau.

— Non, répondit MacDougall. Nous prenons généralement ce sloop pour les trajets.

Nous étions donc coupés du monde, s'il nous arrivait quelque chose. En plus, nous étions dépendants de la bonne volonté des autres. Nous ne pouvions même pas retourner au *Rustica*, bien qu'il ne mouillât qu'à une encablure de Kerrera. L'eau était bien trop froide pour nager et le *Sussi* était docilement amarré au *Rustica*. Si c'était un piège, il était infaillible, un véritable attrape-nigaud, car il fallait être des amateurs naïfs comme nous pour foncer tête première dedans.

Quelques instants plus tard, une grande annexe se glissa dans le rai de lumière du projecteur. Cela me rappela l'arrivée furtive de Pekka dans le clair de lune de Dragør, et pour la première fois je pris vraiment conscience de ce que la mort de Pekka signifiait. Un être vivant était mort. Un de plus, parmi tant d'autres sur notre terre, qui avait perdu la vie parce que certains s'étaient donné le droit de tuer.

L'annexe s'approchait rapidement. Avec un homme de l'âge de MacDougall à son bord.

— Bonsoir, monsieur, dit-il. Vous avez les invités à bord ?

— Bien sûr.

MacDougall se tourna vers nous et mentionna nos noms.

— Voici notre maître d'équipage, Bill.

— Bienvenue à Gylen Castle, dit Bill. J'espère que vous vous plairez ici.

— Tout est prêt ? demanda MacDougall.

— Aucun problème, répondit Bill qui nous invita à monter à bord de son annexe.

Je montai, anxieux de savoir ce qui nous attendait. Torben, curieux, regardait tout autour de lui et ne semblait pas remarquer, ou ne semblait pas vouloir prêter attention à mes signaux d'alarme.

Mais lorsque nous arrivâmes à terre, il se tourna vers MacDougall et demanda :

— MacDuff n'est pas là ?

— Non, répondit MacDougall sans détour. Il ne pouvait pas venir ce soir. Il est en mer.

— C'est dommage, dit Torben. Nous espérions le revoir.

MacDougall s'arrêta.

— Comment avez-vous fait la connaissance de MacDuff ? demanda-t-il, presque comme s'il s'était soudain rendu compte que c'était ce qu'il devait demander.

— Je l'ai rencontré il y a quelque temps, dis-je. Au Danemark.

— Au Danemark ? dit MacDougall, mais sans ajouter d'autres commentaires.

La promenade nocturne jusqu'au château prit une vingtaine de minutes environ. Bill nous dirigeait avec une lampe de poche sur un chemin en lacet entre les collines et les parois rocheuses que l'on distinguait à peine.

— Qui utilise ce chemin ? demanda Torben.

— En hiver, personne, répondit MacDougall. Il y a quelques maisons sur l'île, mais la plupart sont inhabitées.

Nous parvînmes au sommet d'une colline et soudain nous vîmes l'unique tour se détacher comme une figure spectrale. Bill prit un petit sentier qui descendait. Déjà un coup de vent soufflait et tout laissait croire qu'il allait empirer. Je me souviens avoir pensé que cela représentait en tout cas une certaine sécurité. Même MacDuff ne reviendrait pas à Oban s'il devait affronter une tempête en hiver.

— Foutu temps ! s'écria Bill, comme s'il avait deviné mes pensées. Ni MacDougall ni lui ne prononcèrent un autre mot avant que nous nous retrouvions soudain devant un mur de pierre qui s'élevait très haut au-dessus de nos têtes.

— Voici le mur arrière du château, expliqua MacDougall, qui nous en fit faire le tour par la droite. Celui qui donne vers l'île. Il n'y a pas de fenêtres, seulement quelques meurtrières. Le côté terre était le plus difficile à défendre. Côté mer, le château était pratiquement imprenable.

Lorsque nous arrivâmes au coin, nous dûmes faire face à la pleine force du vent, un vent glacial qui pénétra jusqu'à la moelle malgré nos chandails de laine et nos cirés. Nous marchâmes sur une sorte de rebord et à quelques mètres de là, sur la droite, les falaises plongeaient dans la mer.

— Il fait souvent un temps comme cela ? demandai-je à Bill.

— Oui, maugréa-t-il. Ou pire. En Écosse, nous avons du temps à revendre.

Il était difficile de saisir ce qu'il disait à cause du vent et des vagues qui explosaient contre les falaises au-dessous de nous. Nous poursuivîmes notre marche au pied de la tour et nous aperçûmes de la lumière jaillissant de deux meurtrières. Tout semblait fantasmagorique, mais lorsque la porte s'ouvrit, nous nous retrouvâmes dans un local tout à fait normal et bien calfeutré. Des cartes marines et des affiches de la compagnie de sauvetage étaient accrochées aux murs. Sur le petit côté, il y avait une porte qui conduisait probablement à des toilettes, des rayonnages avec des revues et une petite cuisine. La seule particularité de cette pièce était une espèce de galerie sur son côté long. Elle était en partie séparée par des draperies et se trouvait dans la pénombre. Au milieu de la pièce, une table de bois avait été dressée pour huit personnes.

— Bienvenue au club de voile d'Oban, dit une voix de femme derrière moi.

Nous nous retournâmes. MacDougall nous présenta à la secrétaire du club, Margret Hathwood je crois, une femme grande et blonde qui ne paraissait pas être à sa place. Elle ressemblait plus à un mannequin qu'à la secrétaire d'un yacht-club, avec ses escarpins rouges, ses bas noirs, sa jupe moulante et sa blouse de soie dont la couleur était assortie à son rouge à lèvres et à son ombre à paupières.

— Bill, notre maître d'équipage que vous avez déjà rencontré, poursuivit MacDougall. Voici O'Connell, notre trésorier. C'est à lui que nous devons notre présence ici.

Un homme d'âge mûr au teint hâlé sortit de la pénombre de la galerie. Nous nous saluâmes.

— Mike s'occupe aussi de nos contacts internationaux, expliqua MacDougall. Il est irlandais d'origine, mais il y a tellement d'Irlandais écossais et vice versa, que cela ne signifie pas grand-chose. C'est un peu plus difficile pour notre Anglais, le seul du club. Il ne l'a pas toujours belle.

— C'est moi, dit d'une voix débonnaire un élégant gentleman qui portait un blazer croisé bleu. Et je ne peux rien y faire. Tim Johnsson est né sur l'île de

Wight sans avoir été consulté par ses parents qui ne savaient pas que j'allais passer ma vie en Écosse.

— Non, dit MacDougall avec bienveillance. Ce n'était pas de votre faute. C'est pour cela que nous sommes si indulgents.

C'était apparemment une plaisanterie habituelle. MacDougall, la secrétaire et Tim rirent aussi. Bill et Mike esquissèrent un sourire, mais plus par politesse envers le *Commodore*.

— Tim est même vice-président, dit MacDougall. Une faveur pour un Anglais. À leur décharge, il faut dire qu'ils se débrouillent très bien en mer. Tout comme vous les Scandinaves. Il faut être de vrais marins pour traverser la mer du Nord en hiver.

— Pas du tout, coupa Torben. Il suffit d'être bête et ignorant. Comme moi. J'avais le mal de mer, j'avais peur et j'étais gelé pendant presque toute la traversée.

Je me rendis compte que les autres ne le croyaient pas vraiment.

— Passons à table, dit MacDougall en enlevant son ciré.

Je n'en crus pas mes yeux lorsque je vis ce qu'il portait dessous ; blazer, cravate, chemise blanche et pantalon de flanelle gris.

— Où est Dick ? demanda-t-il en regardant autour de lui tandis que nous nous asseyions.

— Il était ici il y a un instant, dit Tim.

Je remarquai que Bill et O'Connell jetèrent un coup d'œil furtif vers la galerie. Je suivis leur regard et j'étais presque sûr d'avoir aperçu un visage qui se retirait. Le pire, c'est qu'il me sembla reconnaître le visage : celui de l'homme de la cérémonie à Fraserburgh, l'homme du pub de Fort Augustus, l'homme à la mitraillette d'Invergarry Castle — peut-être aussi la même personne qu'il me semblait avoir vue à Neptune's Staircase. Mais dans ce cas, que faisait-il ici ? Était-il un membre du club seulement ? Ou bien sa présence avait-elle quelque chose à voir avec les croix et les cercles que Torben avait tracés sur la carte ? Gylen Castle avait peut-être aussi un souterrain. Torben n'avait rien remarqué. Il échangeait des politesses et des banalités avec Margret.

— Dick est responsable de notre matériel, dit MacDougall. Mike et lui nous ont aidés pour le local. Et pour beaucoup d'autres choses d'ailleurs.

— Et nous avons vraiment besoin d'un régisseur, coupa Margret. Nous avons des équipements de grande valeur au club.

— Quoi donc ? demanda Torben.

— Un équipement radio, par exemple. Deux bateaux gonflables avec des moteurs hors-bord de quatre-vingt-dix chevaux. Je ne sais pas ce qui s'est passé, mais auparavant nous dépendions entièrement des cotisations de nos membres. Maintenant, les entreprises nous offrent, les unes après les autres, des équipements très sophistiqués. C'est en grande partie dû à Mike. Comme trésorier, il s'occupe de notre marketing. Je crois presque que nous pourrions concurrencer la compagnie de sauvetage ou la douane si cela s'avérait nécessaire.

— Ou les contrebandiers, peut-être, suggéra Torben.

— Eux aussi, répondit la secrétaire, qui lui lança un sourire charmeur.

Il y a peu de concurrence, dit O'Connell. Ici on ne traite pas d'affaires louches. Nous faisons partie de la Grande-Bretagne. Tenter de faire entrer du whisky de contrebande en Écosse ne vaut vraiment pas la peine. Personne ne voudrait de bourbon ou de whisky de contrefaçon bulgare. C'est évident.

— Mais où est donc Dick ? demanda MacDougall un peu irrité. Il savait que nous avions des invités.

Bill regarda O'Connell d'un air incertain, comme s'il savait quelque chose, dont il n'osait pas parler.

— Il s'est peut-être inquiété pour le sloop avec ce temps, dit O'Connell au bout d'un moment de silence. Je propose que nous commencions sans lui. Vous savez comment il peut être lorsqu'il y a un coup de chien. D'une part il veut s'assurer que tout est en ordre, d'autre part il adore les tempêtes et le mauvais temps.

O'Connell se tourna vers nous lorsqu'il prononça ces derniers mots.

— Dick pourrait traverser gaiement la mer du Nord en hiver. Il est comme cela. Rien ne l'effraie.

— Bon, commençons, ajouta Tim. Dick est un régisseur remarquable, le meilleur qui existe. En revanche, il n'est pas vraiment sociable. Du moins, si on ne le connaît pas depuis quelques années.

— Il est peut-être allé faire un tour du côté du chantier, suggéra Bill d'un ton soulagé. Il a pas mal de choses à surveiller là-bas. Je crois qu'il a un bateau à l'eau en ce moment.

— Dick a un petit atelier de réparations ici à Kerrera, expliqua MacDougall. Vous avez dû le voir. Il se trouve au sud d'Ardentraive Bay, à l'endroit où vous mouillez.

Bill et O'Connell échangèrent à nouveau un regard.

— C'est un chantier ? demanda Torben. Nous sommes passés devant, mais il nous a paru abandonné. À part les fils de fer barbelé, bien sûr, qui eux étaient neufs.

— Il a été plusieurs fois cambriolé, dit MacDougall. Il est rarement là en hiver. Vous savez, il n'y a pas grand-chose à faire en hiver.

— Mais alors, dit Torben sur le ton de la plaisanterie, il y a peut-être malgré tout des affaires louches en Écosse. J'espère que nous n'avons pas à nous inquiéter pour notre bateau. Nous avons déjà été dévalisés. C'était d'autant plus triste que cela s'est produit lorsque nous sommes arrivés en Écosse, à Fraserburgh. Mais c'était sûrement une erreur.

— Une erreur ! s'écria Tim. Comment un cambriolage peut-il être une erreur ?

Tous regardèrent Torben d'un air étonné, sauf O'Connell qui le dévisageait.

— Si, c'est vrai. Nous avons récupéré ce qui nous avait été volé. Ce devait être quelqu'un qui ne savait pas que nous étions en Écosse en tant qu'invités.

— Je regrette que vous ayez eu à subir de tels désagréments, dit MacDougall. L'Écosse n'est plus ce qu'elle était. Autrefois, on se sentait plus en sécurité en tant qu'invité que dans sa propre maison. Aujourd'hui, ce n'est plus la même chose. Beaucoup ne respectent plus nos traditions.

— Des gens comme moi, dit Tim avec une lueur dans les yeux.

— Nous avons rencontré beaucoup de gens aimables et accueillants, dis-je. Plus que chez nous.

— C'est rassurant, dit MacDougall. Portons un toast, maintenant. Ensuite, nous voulons entendre votre traversée de la mer du Nord un mois de janvier. Racontez tout depuis le début. Nous avons le temps.

Tandis que nous dînions, je racontai notre histoire de façon aussi vivante et aussi précise que possible. De temps à autre, Torben intervenait pour faire part de ses réflexions sur les difficultés de la vie des navigateurs, des misères en général et des siennes en particulier. Sur les problèmes de conservation du vin, sur les chalutiers qui semblaient poursuivre les plaisanciers pacifiques, sur les plates-formes qui s'obstinaient à couper notre route, en pleine mer, au risque d'entrer en collision avec nous.

Tout le monde écoutait avec attention et posait des questions. Lorsque nous eûmes terminé notre récit, MacDougall nous porta un nouveau toast et tous se joignirent à lui.

— Mais qu'est-ce qui vous a poussés à venir ici en cette saison ? demanda MacDougall.

La question paraissait innocente, pourtant tous les regards se posèrent sur nous.

— J'ai toujours rêvé de venir dans ce pays, commençai-je. J'ai beaucoup entendu parler de l'Écosse, et en particulier de l'hospitalité de ses habitants.

— C'est agréable à entendre, mais est-ce une raison suffisante pour partir ainsi en plein hiver ?

Était-ce une impression, ou bien la voix de MacDougall était-elle devenue plus insistante ? Je regardai Torben, mais il ne semblait pas avoir remarqué quelque chose d'inhabituel.

— Ne me regardez pas ! dit-il en se tournant vers les autres. Je l'ai accompagné sans savoir ce que je faisais. Demandez au skipper. Il *devrait* savoir, même si j'ai eu des doutes parfois. Lui et votre régisseur, Dick, s'entendraient sûrement très bien. Ils manquent d'instinct de conservation.

Les regards se tournèrent à nouveau vers moi.

— Naviguer l'hiver présente certains avantages, dis-je à défaut de mieux. On évite les touristes et on est mieux accueilli. Nous auriez-vous invités, si nous étions venus en été ?

Quelques secondes s'écoulèrent avant que quelqu'un ne répondît.

— Pourquoi pas ? dit enfin Tim. Même en été, il n'y a pas beaucoup de Scandinaves qui traversent la mer du Nord pour venir ici.

— À propos, coupa Torben, de façon inattendue, comment saviez-vous que nous avions traversé la mer du Nord ? Utilisez-vous les cornemuses en guise de tam-tam ?

— Oh, il n'y a rien d'extraordinaire, dit MacDougall, imperturbable. Vous avez rencontré MacDuff. C'est lui qui nous a donné l'idée de vous inviter. Il nous a dit que vous aviez des choses passionnantes à raconter, ce en quoi il avait tout à fait raison. Mais je persiste à croire que vous devez nous expliquer la vraie raison de votre venue en plein hiver. Nous sommes certes habitués à des conditions climatiques rudes, mais je ne pense pas que l'un d'entre nous s'aventurerait en mer du Nord au mois de janvier. D'après MacDuff, vous vous intéressez à l'histoire celtique. Qu'est-ce qui a donc piqué votre curiosité ?

Nous y sommes, pensai-je. Je regardai autour de moi, mais je ne décelais toujours pas de changement dans leur attitude. J'étais pourtant profondément convaincu que nous n'étions pas seulement en présence du conseil d'administration d'un club de voile. Comment n'avais-je pas deviné de quoi il retournait lorsque j'avais accepté l'invitation ! Je sentis une certaine panique monter en moi et je tentai de me persuader que mon imagination me jouait des tours. Après tout, n'était-il pas normal que MacDougall s'intéressât à nos motivations, après ce que MacDuff lui avait raconté ?

— Le fait est, poursuivis-je, sans savoir vraiment ce que j'allais dire, que d'une certaine manière c'est à cause de, ou plutôt grâce à MacDuff, que nous sommes ici ce soir. Je l'ai rencontré, il y a près d'un mois, au Danemark.

— Au Danemark ? répéta O'Connell, en montrant le même étonnement que MacDougall précédemment.

— Mais oui, ajoutai-je d'un ton enjoué. Il m'a proposé de venir en Écosse. Et tout de suite après, j'ai rencontré un navigateur qui arrivait directement d'Écosse et qui était enthousiasmé par votre pays. S'il pouvait naviguer en hiver, pourquoi pas moi ? D'ailleurs, vous l'avez peut-être rencontré. Si je me souviens bien, il était venu ici à Oban. C'est un Finlandais, il s'appelle Pekka.

Le silence s'abattit sur la pièce.

CHAPITRE 19

— Quand était-ce ? demanda O'Connell, quelques instants plus tard, comme si j'étais entendu à titre de témoin dans un tribunal.

— Je ne me souviens pas exactement. C'était en tout cas après ma rencontre avec MacDuff. Ce devait être à la mi-janvier.

— Et Mary ? continua O'Connell les dents serrées.

Les autres évitèrent de se regarder. Sauf Torben bien sûr, mais qui pour une fois avait l'air surpris.

— Qui est Mary ? demandai-je.

— Je suis désolé, dit MacDougall. C'est une histoire assez tragique, que vous ne pouvez pas connaître.

Il hésita.

— Nous pensions que Pekka était mort.

— Pas quand je l'ai rencontré en tout cas ! Même s'il avait l'air fatigué et abattu.

— Lui avez-vous parlé ? demanda O'Connell. A-t-il dit quelque chose au sujet de MacDuff ou de Mary ?

— Calme-toi, Mike, coupa MacDougall. Nos invités n'ont rien à voir dans cette histoire.

— Je ne vois pas d'inconvénient à répondre à vos questions, dis-je. Pekka est venu à Dragør au Danemark en catamaran. Nous avons passé une agréable soirée ensemble, discutant de tout et de rien. Je ne pense pas qu'il ait mentionné le nom de MacDuff. Je ne pouvais pas savoir qu'ils se connaissaient.

— Pekka était-il seul à bord ? demanda O'Connell.

— Je suppose. Je n'ai vu personne d'autre en tout cas. Mais nous sommes restés presque tout le temps sur mon bateau.

MacDougall s'éclaircit la gorge.

— Je crois que nous devons une explication à nos amis scandinaves, dit-il.

— Non, répliqua O'Connell avec véhémence.

— Quelle importance cela a-t-il ? demanda Margret. C'est de notoriété publique à Oban. Je ne vois pas ce qu'il y a à cacher.

Margret prit à son tour la parole et expliqua :

— Depuis des années, Mary était l'amie de MacDuff. Un beau jour, elle a disparu. Personne ne savait où elle était, et tout le monde pensait qu'il lui était arrivé quelque chose de grave. MacDuff était désespéré, mais si j'ose dire, pas comme on s'y attendait. Il n'a pas participé par exemple aux recherches, alors qu'il connaît les environs comme sa poche ! Cela ne lui ressemblait pas du tout. Tout comme je suis sûre que Mary ne l'a pas quitté volontairement. Je le sais, car je lui ai parlé, la veille de sa disparition. Un jour MacDuff est venu nous dire qu'il l'avait trouvée, et que c'était Pekka le Finlandais qui l'avait enlevée. Nous avions rencontré Pekka. Certes il paraissait un peu fou, ce n'était pas du tout mon genre, mais de là à croire qu'il ait kidnappé Mary, il y a une marge. Quoi qu'il en soit, MacDuff a pris son bateau et a suivi Pekka. Grâce à tous ses contacts en mer et dans les ports, MacDuff n'a eu aucun mal à retrouver leurs traces. Il ne voulait pas en parler à la police. Selon lui, ils ne croiraient jamais que Mary avait été contrainte de suivre Pekka contre sa volonté. Et il avait probablement raison. Moi-même, je ne savais que croire. Trois jours plus tard, MacDuff était de retour. Et là, personne ne pouvait mettre en doute son désespoir. Il les avait rattrapés, mais trop tard. Pekka avait pénétré dans le Pentland Firth par force 8, le vent contre le courant. Il n'avait pas une chance. Ni lui ni Mary. Mais MacDuff a prétendu que le corps de Pekka avait été rejeté sur une des îles Orcades et que l'on n'avait pas retrouvé Mary.

Margret se tut un instant puis poursuivit :

— Vous comprenez donc notre surprise, lorsque vous nous dites que Pekka est vivant. Et que son catamaran flotte toujours.

Je jetai un coup d'œil à Torben. Devions-nous préciser que le verbe « être » devrait être utilisé à l'imparfait ? Mais sa mimique me fit comprendre qu'il valait mieux ne pas en dire plus.

— Vous êtes sûrs qu'il n'y avait pas de femme à bord ? demanda MacDougall en se tournant vers Torben.

— Moi, je ne sais rien, répliqua Torben. Ulf était seul quand il a rencontré Pekka.

— On ne peut jamais être sûr, dis-je. Mais j'étais à bord du bateau de Pekka pendant au moins dix minutes, et je n'ai pas vu de femme.

— Je connaissais très bien Mary, dit Margret.

— Et MacDuff ? demanda O'Connell. Que faisait-il ?

— Je n'en sais rien. Nous nous sommes rencontrés par hasard sur le ferry entre Malmö et Copenhague. Et puis nous avons passé la soirée sur mon bateau.

Je leur racontai que nous avions été les deux seuls

passagers de cette étrange traversée et leur fis part de notre conversation dans le carré du *Rustica*.

— Mais, maintenant que je connais un peu l'histoire, il n'est pas impossible qu'il ait été à la recherche de Pekka. Il a posé plusieurs fois des questions sur les gens qui naviguent en hiver. Il avait peut-être entendu dire que Pekka avait survécu. Qu'en sais-je ?

— Dick doit être mis au courant, dit O'Connell d'un ton menaçant.

Nos regards se croisèrent un court instant, mais c'était comme si ses yeux pleins de fiel voyaient au-delà de moi. Tout d'un coup, nous paraissions, Torben et moi, beaucoup moins importants. Si O'Connell avait cru Pekka et Mary morts, et que maintenant tous deux vivaient peut-être, une seule personne pouvait être la nouvelle victime de son courroux : MacDuff. Mais cela ne concordait pas non plus. Selon Mary, la tête décapitée de Pekka était une preuve nécessaire. MacDuff avait-il eu l'imprudence de mentir à propos de la mort de Pekka ? Dans ce cas, j'avais dévoilé sans le vouloir que Mary vivait peut-être et, par là, j'avais fait exactement ce contre quoi MacDuff nous avait mis en garde.

— Vous comprenez, c'est un choc pour nous d'entendre que Pekka a survécu à Pentland Firth, dit Margret, comme une confirmation de mes mauvais présages. Cela veut dire que Mary est peut-être aussi encore en vie.

Elle dit cela d'un ton léger, beaucoup trop léger pour que cela parût naturel, et en même temps j'essayais de me persuader que le naturel ne suffisait plus comme base de jugement. Dans ce jeu rien ne semblait être naturel. Curieusement, personne ne dit qu'il fallait immédiatement avertir MacDuff.

— Voilà une bien triste histoire, nous dit MacDougall.

Il se tourna vers les autres.

— Que nous devrions mettre de côté, par politesse envers nos invités qui ne sont guère concernés par nos tragédies d'amour. Que diriez-vous de leur donner quelques bons conseils sur les voies navigables de cette région ?

Mais personne ne parut intéressé, pas même Tim ni Margret, qui pourtant paraissaient pleins d'obligeance.

— Je vais à la recherche de Dick, dit O'Connell.

MacDougall le regarda partir. Il n'avait pas l'air content, mais il était difficile de juger si c'était en raison du manque d'hospitalité de Dick ou pour une autre raison.

— Je voudrais bien vous aider, dit Tim, dans la mesure de mes moyens. Malheureusement, je dois retourner à Oban. Venez chez moi demain, à la place ! Et apportez vos cartes. Bill, pourrais-tu me raccompagner avant qu'il ne soit trop tard ?

— Bien sûr, quand tu veux.

— Dans ce cas, je vous suis, dit Margret. De toute façon, il n'y a pas de place pour nous tous sur le sloop.

Le regard de MacDougall allait de l'un à l'autre.

— D'accord, dit-il. Je reste ici avec nos invités, jusqu'à ce que tu reviennes, Bill.

— Il faudra plus de temps que d'habitude, dit Bill. Le vent a forci et a tourné. Au retour, nous aurons le vent contre.

— Mais oui, dit MacDougall, prends ton temps.

Bill, Tim et Margret disparurent sans prendre congé. On aurait dit qu'ils voulaient s'en aller le plus vite possible. Je n'eus même pas le temps de dire quelque chose.

— Sud-ouest ! cria Bill, lorsque le vent s'engouffra, avant qu'il n'ait eu le temps de refermer la porte d'un coup d'épaule.

Le vent avait donc tourné au sud. À notre arrivée, la porte était à l'abri du vent. Il me vint à l'idée qu'il devait y avoir un autre accès. O'Connell n'était pas sorti par la porte principale. Cela se serait remarqué au courant d'air.

— Hum, fit MacDougall, lorsque la porte fut refermée. Désolé que les autres n'aient pas pu rester plus longtemps. Ils *auraient dû* le faire. Et penser que cette histoire avec MacDuff allait ressortir. Je suis vraiment navré que vous ayez eu à en subir les conséquences. Nous avons tourné cette tragédie dans tous les sens, sans que nous soyons plus avancés. Mais MacDuff est quelqu'un de bien. Pourquoi ne pas le laisser en paix ? Tout le monde peut faire une bêtise.

— Et quelle était la bêtise de MacDuff, dit Torben, si je puis me permettre ?

— De tomber amoureux d'une femme qui ne lui convenait pas, répondit MacDougall. Rien de bien original. Cela peut arriver à tout le monde.

— D'une femme qui ne lui convenait pas, comment ça ? demanda Torben avec un total désintérêt, comme s'il posait la question par politesse.

— Elle était trop mystique et trop énigmatique. Du moins, c'était ainsi qu'elle voulait paraître. Je ne sais pas si c'était sincère. Elle aimait parler des anciens rites et des cérémonies celtiques, comme si c'était la solution à tous les problèmes. En revanche, elle n'avait pas beaucoup d'affinités avec le christianisme. D'après ce que j'ai entendu dire, elle appartenait à une sorte d'ordre druidique. On a du mal à croire que cela existe de nos jours, mais c'est bien le cas.

— Et naturellement, MacDuff est tout sauf mystique et énigmatique ?

— Peut-être pas pour tout. Qui l'est ? Mais il n'est pas énigmatique. Il est franc et honnête. Il a bien sûr des idées politiques qu'on n'est pas obligé de partager. Mais avant tout c'est quelqu'un de bien.

C'était la seconde fois que MacDougall utilisait cette expression.

MacDougall ne semblait pas nous vouloir de mal, mais j'avais envie de rester quelques instants seuls avec Torben pour lui raconter ce que j'avais vu dans la galerie. Mais pour un invité, ce n'est pas facile de se débarrasser de son hôte. Je n'arrivais pas à trouver un moyen. Comme d'habitude, ce fut Torben qui le trouva.

— Ai-je bien entendu que Dick, c'est bien son nom n'est-ce pas, avait un chantier de réparations à Ardentraive Bay à l'endroit où notre bateau est mouillé ? demanda-t-il à MacDougall.

— Oui, c'est exact. Il fait pas mal de réparations sur les bateaux des pêcheurs du coin.

— Donc, il doit bien avoir une annexe.

— Sûrement. Pourquoi demandez-vous cela ?

— Je pensais lui demander de nous ramener au *Rustica*. Ainsi, Bill n'aurait pas besoin de faire un crochet, et il pourrait aller directement à Oban.

— Ce n'est pas un problème. Absolument pas.

Mais je voyais que MacDougall voulait rentrer aussitôt que possible. Je ressentais à nouveau que Torben et moi étions devenus des pions de deuxième importance dans le jeu qui se déroulait devant nous et que nous ne connaissions pas. On ne nous laissait pas tomber sans raison. Ce que Torben et moi pouvions entreprendre n'avait plus autant d'importance. Le centre de gravité s'était déplacé, à l'instant où O'Connell, et peut-être Dick caché dans les coulisses, avait entendu que Pekka et éventuellement Mary aussi étaient encore en vie. Et c'était de ma faute.

— Je suis persuadé que Bill nous amènerait au bout du monde, si nous le lui demandions, dit Torben. Nous savons que l'obligeance des Écossais n'a pas de limites.

Le visage de MacDougall s'éclaira.

— Mais le fait est que ce serait vraiment une expérience pour nous de faire le tour d'une île comme Kerrera, au cœur d'une tempête une nuit de février. C'est à partir de la terre ferme que l'on doit contempler la fureur de la mer, si on veut vraiment l'apprécier. C'est plus difficile à faire sur un petit bateau qui risque de couler à n'importe quel moment.

— Je comprends, dit MacDougall poliment.

— Je ne crois pas, poursuivit Torben, sans vous froisser. Pour des gens comme vous ou Ulf, cela ne signifie sans doute pas grand-chose d'avoir la terre ferme sous les pieds.

Il s'ensuivit une longue discussion sur la différence entre les terriens et les loups de mer, et nous décidâmes d'attendre le retour de Bill avant de nous mettre en route pour faire le tour de l'île.

— Si vous ne trouvez pas Dick, vous pouvez toujours revenir et coucher ici, proposa MacDougall en nous indiquant où se trouvait la clé.

Ensuite, il s'empara de quelques cartes et nous fit voir quelques bons mouillages qui n'étaient pas indiqués dans les instructions nautiques de la Clyde Cruising Association, la bible de tous ceux qui naviguent sur la côte ouest de l'Écosse. Finalement, MacDougall mit le doigt sur un point à l'ouest du détroit entre les îles Jura et Scarba. Je savais ce qu'il allait dire.

— Voici le golfe de Corrywreckan. Méfiez-vous-en comme de la peste ! S'il y a un enfer pour les marins, je suis sûr qu'il doit ressembler à Corrywreckan. Lorsque le vent d'ouest souffle fort comme ce soir, Satan lui-même aurait beaucoup à apprendre s'il essayait de traverser le détroit.

— J'ai lu quelque chose là-dessus. Mais j'ai également vu quelque part qu'il y avait quelques mouillages dans Corrywreckan même.

— Je sais qu'il y en a qui le prétendent. J'ai même parlé avec quelqu'un qui y avait passé la nuit. Mais je pense que c'est plutôt un piège mortel. Si le vent tourne, il faut s'en aller immédiatement. La question est alors : où aller ? Comment sortir de Corrywreckan ?

Les mots restèrent suspendus dans le hurlement du vent qui soufflait de plus en plus fort. Une vraie tempête sans aucun doute. Pourtant, une sorte de paix régnait dans le château. Les murs de pierre d'un demi-mètre d'épaisseur amortissaient le bruit.

— Il vaut mieux que je descende vers la baie, dit MacDougall. Comme ça, Bill n'aura pas à jeter l'ancre. Avec le vent du sud-ouest, la mer peut être violente même ici.

Il enfila son ciré par-dessus son costume impeccable.

— J'espère que vous avez passé une soirée enrichissante, dit-il, la main sur la poignée de la porte.

— Très, répondit Torben.

— Je me garderais bien de donner des conseils à des marins aussi chevronnés, mais je voudrais toutefois vous supplier d'être très prudents.

— À quel propos ? demanda Torben.

MacDougall hésita-t-il ?

— Rien, dit-il finalement. Mais le terrain est difficile, et on ne sait pas toujours ce qui se cache derrière les roches.

Il sortit. À nouveau, la pièce se remplit d'un air glacial. Je pensais au *Rustica* et à son carré confortable, où le poêle Reflex offrait sa chaleur et les lampes à pétrole leur douce lueur jaune. Un coup d'œil à Torben me suffit pour m'assurer qu'il n'avait pas la moindre envie d'être allongé sur une couchette moelleuse avec un bon livre et d'écouter le sifflement du vent dans le mât.

— Qu'en penses-tu ? demandai-je à Torben.

— Je ne sais pas. Je n'arrive plus à discerner le vrai du faux. Dès qu'on croit comprendre, il se trouve toujours quelqu'un ou quelque chose pour nous démontrer le contraire. Il vaut mieux que nous allions en reconnaissance plutôt que d'essayer d'échafauder des hypothèses et des explications qui sont aussi éphémères que les précédentes.

— Crois-tu que MacDougall voulait nous prévenir de ne pas fourrer notre nez partout ?

— Peut-être. Mais nous savons déjà de quoi il retourne.

— Il y a une chose que tu ne sais pas.

Je lui racontai que j'avais cru reconnaître Dick.

— Mais c'est encore mieux.

Torben se frotta les mains. Je ne me sentais pas du tout aussi calme ou aussi plein d'attente.

— Que veux-tu dire ? lui demandai-je.

— Nous avons obtenu un répit. Ce n'était pas bête du tout de mentionner Pekka. Il est sûr que l'arrivée de Pekka et de son catamaran avait dû attirer l'attention. Mais O'Connell était plus intéressé par Mary et par la possibilité qu'elle soit encore en vie. Pourquoi est-elle si importante ? Pourquoi MacDuff doit-il la cacher ? Ou la garder prisonnière ? Elle était peut-être tout à fait sincère lorsqu'elle a dit qu'elle devait mourir. Elle a peut-être été condamnée à mort pour trahison, comme Pekka. Une chose est sûre en tout cas, MacDuff n'a pas pu prouver *qu'elle* était morte. Mais pourquoi Mary devait-elle être condamnée à mort, si on pense à ce que MacDougall a laissé entendre à propos de son intérêt pour les rites et les cérémonies celtiques ? Si seulement j'avais une hypothèse où chaque chose trouvait sa place !

— Nous sommes certains d'une chose maintenant. O'Connell et Dick sont à la recherche de MacDuff par ma faute. Nous devrions le prévenir.

— Devrions-nous vraiment ?

Je crus percevoir de l'ironie dans la voix de Torben. Je n'y étais pas habitué.

— Oui, dis-je. MacDuff est déjà compromis. D'abord à cause de Mary, puis à cause de nous. Il nous a menacés de mort si nous racontions que Mary était en vie. Nous ne l'avons pas fait. Nous avons tout au plus semé quelques doutes.

— Crois-tu vraiment que MacDuff s'embarrasse de telles nuances ? Je croyais que nous devions le fuir comme la peste ?

— Aussi longtemps qu'il croyait que nous étions à la poursuite de Mary.

— Pourquoi changerait-il brusquement d'opinion ?

— Si nous pouvons le prévenir que Dick et O'Connell sont à sa recherche, il comprendra bien que je ne veux pas faire de mal, ni à lui ni à Mary.

— Peut-être, dit Torben après quelques instants de silence. Mais qu'avons-nous à y gagner ? As-tu changé d'avis au sujet de MacDuff ? Ou éventuellement au sujet de Mary ?

Encore une petite pointe d'ironie ?

— Non, dis-je. Je n'ai pas changé d'avis. Mais premièrement, je ne veux pas que MacDuff et Mary se fassent tuer à cause de nous. Deuxièmement, peut-être pourrions-nous enfin savoir ce qui se trame. À qui d'autre pouvons-nous nous adresser ?

Je ne précisai pas que je commençais à me demander à quoi tout cela nous servirait. À être des héros qui avaient dévoilé une vaste conspiration ? À vendre notre histoire à un journal, recevoir une somme colossale et vivre heureux le restant de nos jours ? Les mobiles de Torben étaient probablement toujours les mêmes : en savoir plus, acquérir des connaissances. Mais pour moi, cela ne suffisait plus, surtout lorsque la vie était en jeu.

— Je ne peux pas t'en empêcher, dit-il. Même si cela revient à chercher une aiguille dans une botte de foin. MacDuff peut se trouver n'importe où. Mais maintenant nous sommes ici, et nous devrions nous repérer un peu.

Nous commençâmes par examiner le local du club, mais nous ne découvrîmes rien. Les tiroirs et les placards étaient même extraordinairement vides. Pas de classeurs, pas de papier. Rien. C'était comme s'ils avaient juste apporté ce dont ils avaient besoin pour nous inviter à dîner. La galerie, derrière la draperie, était aussi nue que la salle de réunion.

— Il doit y avoir une porte quelque part, dis-je. Dick ne peut pas avoir traversé le mur.

— Ou un panneau, dit Torben.

Il était debout devant un renfoncement dans le mur et regardait le sol.

— Le voici, dit-il. Mais comment l'ouvrir ? Il faut sans doute murmurer un mot de passe dans un micro caché. Ce serait bien dans leur style.

— Ou bien frapper, proposai-je. Cela a marché la dernière fois. De toute façon, on ne peut pas être sûr que Dick et O'Connell soient au chantier. Ils peuvent très bien se trouver dans une cave armés de mitraillettes. Ce serait aussi dans leur style.

— Non, je ne crois pas, dit Torben, tandis qu'il cherchait partout un moyen d'ouvrir le panneau. Nous ne les intéressons pas. Pas maintenant en tout cas.

Finalement, il abandonna.

— Il faut chercher de l'extérieur. Il doit y avoir une autre issue.

— Comment la trouver ? Nous n'avons même pas de lampe de poche et dehors il fait noir comme dans un four.

— Mais bon sang, Ulf ! s'écria soudain Torben. Nous devons essayer, nous devons savoir bientôt. Secoue-toi !

C'est ce que je fis, et ce fut même moi qui pris les devants pour sortir du château. Cela faisait du bien d'être dehors, mais le vent était tellement fort qu'il fallait tourner la tête pour pouvoir respirer. Cela paraît peut-être bizarre, mais en pleine tempête il est difficile de respirer. Nous avancions courbés pour garder notre équilibre. Je trébuchai plusieurs fois et manquai de tomber. À un moment, je fus projeté en arrière, sans avoir le temps de me rattraper. Je réussis à amortir la chute avec les mains, mais ma nuque heurta violemment quelque chose de dur. Je sentis que du sang tiède commençait à couler. Je n'avais pas mal. J'étais déjà transi de froid et je dus me forcer à me relever pour aller me mettre à l'abri derrière le rocher suivant. Plusieurs minutes s'écoulèrent avant que je n'entendisse autre chose que le vent et mon propre halètement.

Tout d'un coup, il me sembla entendre un cri. Je me retournai. Torben avait disparu.

CHAPITRE 20

Je retournai à tâtons sur le chemin que je croyais avoir pris. J'allai très lentement et parfois je dus me mettre à quatre pattes. Si Torben était tombé dans une crevasse, la même chose pouvait m'arriver. Je l'appelai plusieurs fois, sans obtenir de réponse. Les minutes passèrent. Je devais absolument le trouver. S'il était inconscient avec une jambe brisée, il allait mourir de froid. Et qu'allais-je faire s'il était blessé ? J'aurais besoin d'aide. Mais de qui ? Je ne savais même plus dans quelle direction aller pour retrouver le château. Je n'avais pas la moindre idée de la distance que nous avions parcourue, et je m'aperçus avec horreur que j'allais peut-être devoir me rendre à l'atelier de Dick pour qu'il nous aide. Y avait-il une autre possibilité ?

Je l'appelai encore une fois et écoutai. Rien. Soudain, j'entendis une voix qui semblait provenir d'en dessous.

— *Don't move !*[1]

Je m'arrêtai et sentis une sueur froide m'envahir. À bout de force, j'attendais de sentir le canon d'un pis-

1. « Ne bouge pas. »

tolet dans le dos. À la place, j'entendis à nouveau la voix caverneuse.

— En d'autres termes, ne bouge pas !

C'était Torben.

— Si tu fais deux pas de plus, tu tombes dans le même trou que moi, continua-t-il. Et ça fait très mal, crois-moi. Mais je pense que ça en valait la peine. Le vent ne souffle presque pas ici. Et on dirait que je me trouve sur un sentier.

— Où es-tu ? demandai-je dans l'obscurité.

— Mets-toi à quatre pattes et repère-toi avec les mains. Fais très attention !

Je fis comme il m'avait dit. Au bout de quelques dizaines de centimètres, je sentis un bord et puis rien.

— C'est une crevasse, dit Torben. Ici en bas, elle ne fait que cinquante centimètres de large. Vu d'en haut, je ne sais pas à quoi elle ressemble. Mais elle ne doit pas faire plus de trois mètres de profondeur, sinon je me serais tué. Je n'ai rien d'un parachutiste. Si tu te laisses glisser avec les jambes en premier, je te soutiendrai.

Lentement, je me laissai glisser dans le vide. À l'instant où la pesanteur prit le dessus, je sentis les mains de Torben sous mes pieds, et tout de suite après nous nous retrouvâmes l'un près de l'autre.

— Tu as une cigarette ? demanda-t-il.

Nous allumâmes nos cigarettes. J'en avais autant besoin que lui. Il me fallut un moment avant de me remettre de l'émotion et de pouvoir respirer normalement à nouveau. À la lumière du briquet, nous vîmes que la crevasse était comme Torben l'avait imaginée. Il était difficile de comprendre comment il avait pu s'en sortir sans rien d'autre que des bleus, une petite blessure à la jambe et une grosse frayeur. C'était probablement parce qu'il n'avait pas eu du tout le temps de réagir pendant sa chute.

— Comment savais-tu où je me trouvais pour pouvoir me prévenir à temps ? demandai-je à Torben.

— Je ne le savais pas. J'espérais que tu m'appellerais. Et quand j'ai eu l'impression que tu étais très près, j'ai crié stop, en anglais par précaution.

— Ne pouvais-tu pas le dire de façon un peu moins dramatique ? Je croyais que c'était au moins O'Connell ou Dick derrière moi.

— C'était exactement ce que je voulais. C'était la seule façon de t'empêcher de faire un pas de plus. Et c'est ce qu'il s'est passé.

Il était content de lui, de ce qu'il avait calculé juste. Je me sentis trompé. C'était moi qui étais censé faire figure de sauveur.

— Gauche ou droite ? demandai-je.

J'avais envie de quitter cet endroit.

Nous prîmes à droite. Au début, nous avançâmes à l'aveuglette et nous nous heurtâmes aux parois des rochers. Puis la crevasse s'élargit et le vent nous rattrapa. En même temps nous entendîmes de plus en plus distinctement le fracas des vagues contre les rochers. Nous nous approchions de la côte sud-ouest de Kerrera. Le grondement devint si assourdissant que nous fûmes obligés de nous tenir l'un près de l'autre pour entendre ce que nous disions. Devant nous, il y avait une crique d'à peine dix mètres de large, mais dont les côtés étaient très abrupts. Dans l'entrée, nous perçûmes les contours d'un îlot plat sur lequel les vagues se précipitaient pour se briser et se transformer en écume éclairée par le brasillement de la mer. L'îlot amortissait l'ardeur de la mer et à l'endroit où nous nous trouvions, il ne restait plus que les vestiges des vagues de la tempête. C'était l'amarrage idéal pour un bateau qui voulait rester à l'écart. Personne ne pouvait soupçonner que quelqu'un pouvait accoster au sud-ouest de Kerrera, le côté le plus exposé par mauvais temps. Lorsque nous nous rapprochâmes, nous découvrîmes des anneaux métalliques dans la montagne et une avancée dans la roche qui servait de débarcadère.

— Bien trouvé, dis-je à Torben. Qui aurait l'idée d'aller ici ?

Il acquiesça, mais je savais qu'il ne comprenait pas tout à fait ce que je voulais dire. Il ne pouvait voir à quel point l'endroit était bien choisi, juste ce qu'il fallait pour pouvoir se faufiler entre l'îlot et les roches de Kerrera par grosse mer et vent fort. MacDuff devait sûrement y arriver, mais combien d'autres ? Je l'imaginais à la barre, le cap droit sur Kerrera, légèrement à bâbord de l'îlot, attendre le sommet de la vague, mettre pleins gaz et, après l'îlot, virer tout de suite à tribord avant que la vague ne s'écrase contre les roches. C'était la même manœuvre que nous avions effectuée à Neptune's Staircase, mais cette fois-ci en connaissance de cause.

Nous retournâmes sur nos pas. C'était maintenant plus facile. L'obscurité n'était plus aussi compacte et nous vîmes les silhouettes des rochers anguleuses et tranchantes. Le vent s'était-il apaisé ? Tout comme l'aube en mer, c'est quelque chose dont on n'est jamais sûr avant que ce soit arrivé pour de vrai. Par grand vent, il y a un passage, rempli d'espoir et d'excitation, lorsque les rafales les plus violentes se font un peu plus rares, lorsque la poigne de fer ne parvient plus à faire chanter le gréement et à faire vibrer le mât autant qu'auparavant, lorsque la chute de la voile ne bat plus aussi fort.

À notre droite, je distinguai un énorme bloc de pierre qui reposait sur un assemblage difforme de roches irrégulières. Mon regard fut attiré par une haie noire que je prenais pour une sorte d'anfractuosité. Lorsque j'y parvins, avec Torben à ma suite, je vis que c'était une grotte dont le toit était constitué par le gigantesque bloc de pierre. L'ouverture elle-même disparut à nos yeux lorsque nous nous retrouvâmes tout près, mais après avoir escaladé quelques rochers plus petits, elle était à nouveau devant nous, et nous y pénétrâmes. J'allumai mon briquet.

Je ne prétendrais pas que je fus surpris. Le long d'une paroi, cachées sous une bâche, des caisses de bois étaient empilées les unes sur les autres. Cela empestait le poisson, et les caisses contenaient effectivement du poisson couvert de glace pilée qui ne risquait pas de fondre, étant donné la température qu'il faisait. Nous soulevâmes plusieurs caisses, mais elles semblaient toutes contenir du poisson. Je passai la main entre la glace et les morues. En fait, seule la moitié de la caisse était remplie de poisson. Nous ôtâmes la glace et le poisson. En dessous, il y avait un double fond que nous eûmes du mal à soulever.

Nous ne sommes pas des experts en armes, ni Torben ni moi, mais il ne faisait aucun doute que nous étions tombés sur des munitions. Nous nous regardâmes à la lumière vacillante de mon briquet, et nous nous dépêchâmes de tout remettre en place. Quelqu'un pouvait apparaître à n'importe quel moment. Nous n'étions pas seuls à Kerrera.

— Nous devons partir d'ici, dis-je à Torben, lorsque nous ressortîmes.

— J'aimerais voir où mène le sentier de l'autre côté, répondit Torben.

— Est-ce bien raisonnable ? Si quelqu'un vient, ce sera sûrement par là.

— D'accord, mais dans ce cas, suivons-le par la montagne. Si des gens viennent, ils auront certainement une torche. Et nous ne ferons pas de bruit lorsqu'ils passeront.

Nous n'étions pas allés bien loin lorsque nous aperçûmes le faisceau d'une lampe qui balayait tantôt le sol, tantôt les rochers. Le vent s'était calmé, puisque j'arrivais même à entendre le murmure des voix. Nous nous dissimulâmes derrière une roche et quelques buissons. Ce n'était pas une cachette idéale, plutôt l'inverse. Si jamais ils se retournaient et laissaient promener le faisceau de la lampe sur les rochers qu'ils venaient de dépasser, nous n'avions aucune chance de rester invisibles. Le seul avantage de cet endroit était que nous avions une très bonne vue sur la mer et que nous pouvions voir ce qu'il s'y passait.

Le faisceau de la lampe et les voix se rapprochaient. Au lieu de continuer leur chemin, deux hommes s'arrêtèrent à quelques mètres de nous et regardèrent en direction de la crique. Je reconnus la voix de O'Connell.

— Qu'en penses-tu ? demandait-il. Crois-tu qu'il va venir ?

— Il a toujours été ponctuel. Mais c'est sûr, avec ce vent, ce peut être dangereux. Ce n'est jamais facile, du moins pour d'autres que lui, mais cette nuit je me demande si même MacDuff ne doit pas renoncer.

— C'est en tout cas un sacré gaillard.

Il y avait manifestement de l'admiration dans la voix de O'Connell.

— Nous le sommes tous, dit l'autre homme d'une voix peu engageante.

Je supposais qu'il s'agissait de Dick.

— Je n'arrive pas à comprendre, continua la voix, comment il a pu nous trahir. À quoi pense-t-il ? Il doit bien savoir quelles peuvent en être les conséquences. Tout comme nous d'ailleurs.

— Mais nous ne savons pas encore s'il nous a trompés, objecta O'Connell. Il a fait ce qu'il fallait avec le Finlandais. Nous sommes en tout cas sûrs de cela.

— Et Mary ? demanda l'autre. C'est dommage que ces Suédois ne l'aient pas vue en vie. Nous aurions alors su. Mais MacDuff est trop faible. Si tu crois qu'elle allait se jeter à l'eau et se noyer devant ses yeux, tu te trompes.

— Non, je ne le crois pas, dit O'Connell rapidement. Pas elle. N'empêche que nous ne savons pas encore. Il peut y avoir eu un accident. Il ne faut pas jouer avec le Pentland Firth. Nous devons être sûrs avant d'entreprendre quelque chose.

— Nous le serons. Dès qu'il viendra.

Puis ce fut le silence. J'écoutais intensément, non seulement les deux ombres devant nous, mais aussi pour prendre garde à nos propres bruits qui risqueraient de nous trahir. Mais je n'entendais même pas la respiration de Torben.

— Et les deux autres ? demanda O'Connell. Qu'en faisons-nous ?

— Quelle guigne que le gardien du pont de Corpach ait été aussi rapide. Et tant pis pour eux, la prochaine fois, nous ne nous contenterons pas de leur bateau.

Cela tombait bien qu'ils s'amarrent juste sous notre nez.

— Ce n'était pas par hasard, dit Dick. Ils semblaient savoir précisément où mouiller. Même s'ils ont été suffisamment bêtes pour le faire. S'ils en avaient su plus, ils auraient sans doute été plus prudents. En tout cas, nous avons tout notre temps. Aussi longtemps que nous les avons sous surveillance.

— Quand…, commença O'Connell, mais il ne put terminer sa phrase.

Au même instant, nous vîmes un puissant clignotement sur la mer, suivi de trois courts.

— Il ne viendra pas, commenta Dick. Pas cette nuit. Nous devons attendre la nuit prochaine.

— Et le poisson ? demanda O'Connell.

— Il n'y a qu'à le laisser. Reste et veille à ce que personne ne s'en approche. Tu sais de quoi il s'agit.

— Tu n'as pas besoin de me le dire, répondit O'Connell, vexé.

Une autre lampe de poche s'éclaira. O'Connell disparut vers la grotte située une cinquantaine de mètres plus loin. Dick attendit jusqu'à ce que O'Connell y parvînt, puis se retourna et reprit le chemin par lequel il était arrivé. Nous attendîmes que le faisceau de sa lampe ait disparu pour bouger.

— Tu ne pouvais pas t'asseoir ailleurs que sur moi ! murmura Torben en se frottant la jambe.

Je n'y avais même pas fait attention. Nous allâmes tous deux à quatre pattes jusqu'au rocher, au-delà du premier sommet. J'avais des sueurs froides. Jamais je ne m'étais trouvé dans une telle situation. Torben semblait moins effrayé. À terre, Torben montrait toujours plus de courage que moi.

— Devons-nous inspecter la crevasse ? demandai-je une fois mon souffle redevenu presque normal.

— Non, ce n'est pas la peine.

— Pas d'autres commentaires ?

— Non, si ce n'est que nous devrions changer de mouillage le plus vite possible. Jouer à cache-cache avec cette bande demande une certaine réflexion et des préparatifs.

— Comment allons-nous rejoindre le *Rustica* ?

— Nous volons une des annexes de Dick et nous nous laissons dériver.

— Et quand il se réveille, l'annexe aura disparu et nous avec, coupai-je. Conclusion : nous avons passé la nuit à Kerrera. L'idée n'est peut-être pas tout à fait au point.

— Non, reconnut Torben. Nous volons l'annexe, mais nous la rapportons à l'aide du *Sussi*.

— Cela veut dire traverser trois fois la crique, juste sous leur nez, pour reprendre l'expression de Dick. Ils ne dorment peut-être pas.

— Il fait sombre.

— Pas suffisamment. De ce côté de Kerrera, il faut aussi que nous pensions aux lumières d'Oban.

— Tu as une meilleure idée ?

— Oui, dis-je. Nous allons le voir et lui demandons si nous pouvons emprunter l'annexe. Comme ça, nous ne risquons pas d'être pris la main dans le sac. MacDougall pourra toujours attester que notre histoire est vraie.

— Mais nous n'avons pas d'alibi pour plusieurs heures. L'as-tu oublié ? Dick demandera peut-être à MacDougall à quelle heure il nous a laissés.

— Nous sommes restés au club en attendant que le temps se calme.

— Ton histoire n'est pas beaucoup mieux que la mienne. Si nous sommes pris sur le fait, nous pouvons toujours dire que nous ne voulions pas le réveiller au milieu de la nuit et que nous n'avions pas pensé qu'il pourrait prendre mal le fait que nous empruntions son annexe. Mais de toute façon, cela ne change rien.

À ses yeux, nous *sommes* suspects. Tu as entendu ce qu'il a dit. Nous en savons trop, mais pas suffisamment, bien que maintenant j'aie l'impression que nous en savons assez.

— Même toi ?

Torben ne répondit pas.

— Dans ce cas, nous pouvons tout aussi bien voler l'annexe et la laisser dériver, dis-je. Mieux même, la couler.

— Oui, ça, c'est une bonne idée, œil pour œil, bateau pour bateau.

Petit à petit nous nous approchâmes d'Ardentraive Bay, si mes calculs se révélaient justes. Je voyais les lumières du phare à l'entrée de la baie d'Oban. Nous avions marché le long de l'eau sur la côte ouest de Kerrera, afin de ne pas risquer de faire de mauvaises rencontres. Nous comptions sur le fait que Dick prendrait le plus court chemin pour retourner à l'arsenal. Il était peu vraisemblable qu'il y eût un autre port de contrebande sur la même île. Je me mis à penser au fait que le vent soufflait toujours aussi fort, que je n'avais pas la moindre idée des courants et des heures de marée, qu'il se passerait des heures avant qu'il ne fît jour et que nous n'avions pas encore fermé l'œil de toute la nuit.

Vers où aller ? Je n'y avais pas songé un seul instant. Nous avions essayé de mettre au clair tout ce que nous avions entendu. Il paraissait évident que Dick et O'Connell avaient des liens avec le Cercle celtique. Nous savions, à la différence de Dick et de O'Connell, que Mary était en vie et que MacDuff jouait gros. Était-ce à cause d'elle que Pekka devait mourir ? La même chose allait-elle arriver à MacDuff ? Il ne s'agissait peut-être pas seulement de pures coïncidences. Je n'osai pas, tout d'abord, l'exprimer tout haut, mais je n'arrivais pas à m'ôter de l'esprit que peut-être Mary avait eu pour mission d'entraîner Pekka et MacDuff à leur perte.

Enfin, il y avait le problème des munitions. Et les armes que Pekka avait transportées si naïvement en Irlande. Il était facile d'imaginer qu'elles étaient destinées à l'IRA. D'un autre côté, les noms de ports d'Irlande du Nord ne revenaient pas plus souvent dans le livre de bord de MacDuff que d'autres. Je me rappelais un nom qui était revenu plusieurs fois sans commentaire ou bien parfois avec le verbe « attendait ». Était-ce le lieu de retraite de MacDuff ? Dans ce cas, il était certain qu'il s'y trouverait cette nuit. Il s'agissait de Bagh Gleann nam Muc. Il est difficile de dire pourquoi j'avais retenu ce nom-là, mais qu'il soit *maintenant* gravé pour toujours dans mon esprit est plus facile à expliquer. Bagh Gleann nam Muc a tout changé.

Lorsque nous arrivâmes au sommet de Kerrera et que nous contemplâmes Ardentraive Bay, à l'abri derrière les rochers, tout était tranquille et silencieux. Le *Rustica* mouillait calmement dans ce qui paraissait être des eaux tranquilles. Pas un seul trait de lumière ne s'échappait de l'atelier, mais il était peu vraisemblable que Dick voulût faire savoir à tout le monde qu'il veillait la nuit. Nous nous faufilâmes jusqu'à l'eau et nous arrivâmes jusqu'à la jetée. L'annexe de Dick, qui n'était pas cadenassée, avait été remontée en haut de la plage en raison de la marée, du côté extérieur de la jetée par rapport à la maison. S'il avait déjà été cambriolé, il ne prenait pas beaucoup de précautions. Il y avait même les rames à bord. Nous transportâmes l'annexe jusqu'à l'eau. J'ôtai mes chaussettes et les enroulai autour des rames où elles reposaient sur les dames de nage. Torben faisait de grands yeux.

— Qu'est-ce que tu as ? demandai-je. Lorsque pour une fois j'ai la possibilité d'utiliser toutes les connaissances que j'ai acquises en lisant Hornblower, j'ai bien l'intention d'en profiter. C'était toujours comme ça qu'ils réduisaient le bruit des rames au cours de missions dangereuses.

Torben secoua la tête, mais le fait est que les rames ne firent aucun bruit.

Torben monta le premier à bord du *Rustica.* Il se tint sur le pont et m'agrippa tandis que je montais sur le bord de l'annexe. Elle se remplit d'eau et coula rapidement, étant construite en plastique massif. Pour l'instant, nous avions pris les rames à bord. J'eus quelque difficulté à me hisser sur le pont malgré l'aide de Torben.

Après tout ce que nous avions vécu, nous étions presque surpris de voir que personne n'était monté à bord pendant notre absence. Tout semblait être en l'état où nous l'avions laissé.

Je m'étais déjà décidé à tenter de retrouver MacDuff. Je n'avais certes pas de reproches à me faire. Je n'avais pas révélé que Mary était en vie. Pourtant, je ne pouvais pas m'empêcher de penser que le répit que nous avions gagné, Torben et moi, était aux dépens de MacDuff. Torben ne dit rien. Il savait qu'il ne pouvait pas prendre la responsabilité de notre sécurité une fois que nous étions en mer. Ce fut pour cette raison qu'il me laissa prendre la décision. Je sortis la carte marine et cherchai Bagh Gleann nam Muc. Je le trouvai presque immédiatement. C'était exactement ce que j'avais soupçonné et craint. C'était la seule baie de mouillage au milieu du golfe de Corrywreckan !

À quel autre endroit MacDuff se serait-il senti aussi sûr et en sécurité ? Personne d'autre n'oserait s'aventurer là-bas par mauvais temps. Personne d'autre, pensai-je, sauf Torben, moi et le *Rustica*. Je cherchai Corrywreckan dans les instructions nautiques de la Clyde Cruising Association. Je me souviens encore d'une phrase, malgré le fait que je ne l'aie pas revue depuis : « Corrywreckan est très dangereux lorsque la houle de l'Atlantique formée après plusieurs jours de forts vents d'ouest rencontre le courant de la marée montante. Une traversée à ce moment-là serait impensable. »

— Qu'en dis-tu ? demandai-je à Torben. Nous partons ?

— Bien sûr, quand tu veux.

Il essayait de paraître enjoué, mais je sentais son découragement. Je savais en tout cas ce qui nous attendait. Lui croyait seulement que nous prenions la fuite.

CHAPITRE 21

Nous partîmes à la voile afin d'être aussi discrets que possible. Nous hissâmes le tourmentin et prîmes deux ris dans la grand-voile. Dès que nous eûmes contourné l'extrémité nord de Kerrera, Rubh a Bhearnaig, nous comprîmes tout de suite que ce n'était pas de trop. À la sortie du Firth of Lorn, entre Mull et la terre ferme, la mer courte et hachée l'était d'autant plus que nous avions la marée avec nous. En mer, il n'y a rien de pire que le vent contre courant. Le courant dégage le creux des vagues et met un frein à leur sommet jusqu'à ce qu'elles commencent à déferler comme si on se trouvait sur des brisants perpétuels. Le Firth of Lorn était entièrement ouvert au sud-ouest et nous dûmes tirer des bords courts et éprouvants entre l'île de Kerrera et la terre ferme. Le *Rustica* souffrait et se cabrait. Mais il ne tapait même pas lorsque des vagues de plusieurs mètres de haut, les unes après les autres, se précipitaient sur nous. Avec un peu de mou dans les écoutes et à l'aide de son poids et de son étrave fine, il fendait dignement les vagues.

Ce fut sans doute Torben qui souffrit le plus. Il dut tenir la barre la plupart du temps juste avant l'aube. J'étais obligé de naviguer. Nous n'avions pas vraiment de point de repère et, entre le courant et la dérive, il y avait beaucoup de choses à vérifier. Les seuls indices étaient le phare de Duart Point à l'extrémité sud-est de Mull, la balise sud de Bogha Nuadh et les feux d'entrée du Sound of Luing. En revanche, il y avait de la profondeur pratiquement partout, sauf au nord de l'île Insh où il y avait quelques méchants brisants. Il n'était pas difficile de s'imaginer à quoi cela ressemblait. En réalité, nous utilisâmes les brisants comme repères. La bande blanche éclairée par le brasillement de la mer était le seul moyen de distinguer où la mer s'arrêtait et où la terre commençait.

La distance était d'environ quinze milles jusqu'à Corrywreckan, c'est-à-dire trois heures de navigation en temps normal. Je calculai que le courant et la dérive se compensaient mutuellement, mais lorsque j'étudiai le tableau des marées, je m'aperçus que le courant nous serait favorable pendant deux heures seulement. Cela signifiait que nous allions avoir un courant d'est dans Corrywreckan, c'est-à-dire du vent *avec* le courant. C'était déjà quelque chose et cela nous évitait de décider par quel côté nous allions entrer dans Corrywreckan. Nous n'avions pas le choix. Il n'aurait sans doute pas été possible de traverser le Sound of Luing avec un fort vent contraire de toute façon. Le détroit n'était pas large ; à son extrémité sud, la carte indiquait plusieurs raz de courant qui signalaient des zones de mer dangereuses et des remous. Nous étions obligés de continuer sur le Firth of Lorn, passer les Isles of the Sea, qui portent le nom celtique de Garvellachs. C'était là que Pekka avait vu le feu et avait sauvé Mary, mais il n'était pas question de s'arrêter par ce temps.

Le courant s'inversa deux heures plus tard. La première heure, à l'étale, nous n'eûmes qu'à nous battre contre le vent et les vagues. C'était pénible, mais cela devint encore plus épuisant lorsque le courant se mit contre nous. Il était cinq heures, et ce fut à ce moment-là que nous aperçûmes les premiers éclats du phare de Eileach an Naomih, l'île la plus au sud des Garvellachs. À l'aide des relèvements sur le phare, nous nous rendîmes compte du peu de progrès que nous faisions ; le changement d'angle était à peine notable. Nous avions l'impression d'être immobiles. Mais pour une fois, cela ne me frustrait pas.

Faire du près par vent fort et à contre-courant près de la terre est l'une des entreprises les plus ingrates qui soient. À chaque instant, on a la confirmation de la lenteur de l'avancement. En pleine mer, cela n'a que peu d'importance. Sans repères à terre, la certitude du peu de progression est bien trop abstraite pour s'imposer. Mais c'est peut-être moi qui ne fais pas confiance à ce genre de connaissance, surtout lorsque l'eau court le long de la coque et que des paquets de mer inondent le pont. Tout porte à croire que l'on avance avec force à travers l'eau. Le fait que ma raison me dise le contraire ne change pas mon impression.

Naturellement, c'est ce à quoi je pense en ce moment. Lorsque l'aube vint et déchira le cocon de la nuit, deux milles au sud de Eileach an Naomih, j'avais l'esprit vide, j'étais glacé de terreur. Je croyais savoir ce que la lumière pâle et blême de l'aube allait laisser apparaître, mais ce que je vis dépassa mes pires craintes. On dit que la peur augmente devant des dangers inconnus, mais ce n'est pas le cas lors du passage de la nuit au jour. Les vagues étaient grosses, j'eus de la peine à évaluer leur taille, mais lorsque le soleil se leva, et parfois se profila comme une ombre à l'horizon derrière les nuages, nous pûmes constater qu'il disparaissait totalement lorsque nous nous enfoncions dans le creux d'une vague. Dans le sens des vagues apparaissaient de longues bandes d'écume déchiquetées, signe que le vent à nouveau s'approchait de la limite de la tempête. Le *Rustica* gîtait tout le temps jusqu'à hauteur du bastingage et l'eau se précipitait sur le pont. Sur le fond, nous continuions à avancer, et je ne pensai pas un instant à faire demi-tour tant que nous faisions des progrès. Il faisait affreusement froid et je compris que j'allais être obligé de barrer jusqu'à ce que nous arrivions. Torben avait accompli un travail fabuleux, mais il avait l'air fatigué et le pire restait à faire.

Nous l'entendions déjà. À travers le hurlement du vent, le claquement des voiles et le grondement des vagues qui déferlaient à perte de vue, nous entendîmes un bruit sourd, puissant et pénétrant, comme un coup de tonnerre continu après un éclair proche. C'était le fracas provenant du mur d'eau de Corrywreckan, une énorme déferlante perpétuelle, que l'on peut entendre à des dizaines de milles. C'*était* un mur et je compris que nous ne pourrions pas le contourner, mais qu'avec l'aide du courant nous devions nous préparer à le *traverser*.

Avant le changement de quart, je m'installai à la table de navigation pour mémoriser la route à suivre. Arrivé dans le passage, le bateau devait être hermétiquement étanche. J'hésitai longuement avant de choisir la meilleure route, si tant est qu'il y en eût une, puis finalement je me décidai à rester très au large dans le Firth of Lorne et à essayer de contourner les pires symboles des raz de courant de la carte, de mettre le cap droit sur l'île de Jura et ensuite de me glisser dans la baie située au nord. En même temps, je n'osais pas flirter trop insolemment avec les rochers dans cette mer violente. En outre, il y avait un contre-courant faible près de la terre. Quelqu'un avait prétendu qu'on pouvait traverser Corrywreckan à contre-courant en suivant la terre « à distance d'une gaffe ». Pour nous le risque était inverse : nous heurter au contre-courant si nous allions trop près du bord et avoir le vent contre courant. En réalité, nous n'avions pas le choix. Pour atteindre la baie, il nous fallait entrer dans *the Great Race*[1], selon l'appellation que donnait la carte marine avec entre parenthèses : *dangerous tidal streams*[2].

Après avoir décidé du choix de la route à prendre, j'enfilai ma combinaison de plongée que j'avais gardée du temps où je pratiquais ce sport. Je la portais dans des conditions extrêmes. D'une part, cela m'évitait de porter un encombrant gilet de sauvetage, puisque la combinaison permettait également de flotter. D'autre part elle était faite pour maintenir la chaleur lorsqu'on est complètement trempé, alors que tous les cirés sont fabriqués à partir du principe qu'il faut rester sec pour garder la chaleur. Et tous les navigateurs savent que cela est impossible dans certaines circonstances.

Ensuite, je pris les panneaux de tempête, des plaques en inox d'un demi-centimètre d'épaisseur à placer à l'extérieur des hublots. Je fermai aussi les panneaux du pont et, enfin, je mis le harnais de sécurité par-dessus la combinaison de plongée. Je me sentis alors un peu plus rassuré. Nous pouvions survivre pratiquement à tout, à moins que le *Rustica*

1. « Le grand raz de courant ».
2. « Courants de marée dangereux ».

ne fût fracassé par les vagues ou précipité contre les rochers.

Malgré la fatigue qui confère toujours une certaine quiétude, je vis que Torben était inquiet. Tandis qu'il bataillait avec la barre, il suivait mes préparatifs du regard.

— Cela va-t-il empirer ? demanda-t-il.

J'acquiesçai. Contre le vent, nous étions obligés de nous crier dans les oreilles pour nous entendre. Même avec le vent, le son ne portait pas à plus d'un mètre ou deux. Il était ensuite absorbé par le fracas ou s'envolait. Je m'assis face à Torben, au vent, pour être sûr qu'il comprendrait ce que j'avais à lui dire.

— Oui, cela va être démoniaque, mais pendant un instant seulement, une demi-heure tout au plus, puis nous serons dans les eaux calmes. Va te coucher mais lorsque je te ferai signe, tu dois être prêt. Soit tu sors avec un harnais de sécurité, soit tu t'enfermes dans le carré et tu y restes.

— Je monte.

Nous nous rapprochâmes rapidement des rochers de Jura qui étaient couverts d'écume et se cachaient derrière des cascades d'eau de plusieurs mètres. Le *Rustica* s'emballait. Après avoir viré vers la terre, nous avions du mou dans l'écoute et au grand largue, nous filions à huit nœuds. À plusieurs reprises, nous surfâmes sur la crête des vagues, le loch étant bloqué sur la butée, tout comme lors de notre arrivée à Fraserburgh. À ce moment-là, comme la fois précédente, nous aurions dû diminuer la voile pour réduire la vitesse. Il y a toujours le risque que l'on enfonce l'étrave dans le dos de la vague de devant et que l'on soit freiné, pour être ensuite rattrapé par la vague suivante qui arrive en bouillonnant. Mais je savais qu'il n'était plus réaliste de vouloir réduire notre voilure. Il était bien trop risqué de s'aventurer sur le pont avant. Par deux fois, les vagues venant de l'arrière avaient envahi le cockpit et je m'étais retrouvé avec de l'eau jusqu'à la poitrine. Cela n'avait guère d'importance en raison de ma combinaison de plongée, même si je découvrais tout à coup un inconvénient auquel je n'avais pas pensé. En raison de mon aptitude à flotter, j'avais du mal à rester assis dans le cockpit avant que l'eau n'ait eu le temps de s'écouler par les vidanges. Flottant comme un bouchon, j'avais du mal à atteindre la barre. C'était ridicule, mais j'avoue avoir eu du mal à apprécier le côté comique de ma situation.

Quelle folie ! pensai-je lorsque le cockpit fut rempli pour la seconde fois. Mais alors il ne restait plus qu'un mille à parcourir jusqu'à Jura, dix minutes tout au plus, avant d'être encore obligé de choquer les écoutes et de se précipiter dans le détroit et dans *the Great Race*. Je n'ai encore rien dit de l'aspect de celui-ci. D'une part, cela me paraît très difficile à décrire, d'autre part, je n'avais ni le temps ni l'envie d'étudier la question de plus près. Je concentrais toute mon attention sur le cap à tenir et les vagues à parer afin de ne pas être jeté en travers des lames et chavirer. Mais j'entendais constamment le fracas à bâbord, et du coin de l'œil j'apercevais parfois des vagues gigantesques qui semblaient immobiles, avec des crêtes déferlant sans arrêt et des parois quasi verticales. Les instructions nautiques avaient décrit *the Great Race* comme un mur d'eau de plusieurs mètres de haut, long de plusieurs milles, vertical et bouillonnant. Ce n'était pas exagéré.

L'étrave du *Rustica* pointait sur la petite île d'Eilean Mor, à l'ouest de l'entrée de Bagh Gleann nam Muc.

J'envisageai, l'espace d'un instant, de passer entre Eilean Mor et Jura, avant de me rappeler qu'il y avait eu également un raz de courant sur la carte. En outre, il y avait un haut-fond au milieu du chenal qui ne faisait pas plus de trois cent cinquante mètres de large. La seule possibilité était donc de suivre le plan initial.

À quelques encablures à l'ouest d'Eilean Mor, je choquai encore, et fis signe à Torben de monter. En achetant le bateau, j'avais échangé les panneaux de la descente contre une solide vitre en plexi pour avoir plus de lumière dans le carré en prévision des jours sombres de l'automne et de l'hiver. Cela permettait également à celui qui n'était pas de quart de voir le barreur, même lorsque l'entrée était fermée. Mais avec les panneaux de tempête en inox en place, on devait avoir l'impression d'être dans un sous-marin ou dans une cloche de plongeur.

Lorsqu'il monta, je lui dis de s'attacher à la ligne de vie.

— As-tu le mal de mer ? demandai-je.

— Non, dit-il. Malheureusement. Parce que je ne me serais pas préoccupé de l'endroit où je me trouve. Maintenant, je le fais.

— Et tu crois, peut-être, que je ne le fais pas ?

— Non, dit-il, mais il changea d'avis après qu'il m'eut observé de plus près. Si. Mais c'est toi qui l'as choisi.

— C'est bientôt terminé, dis-je faiblement, ne trouvant rien de mieux à dire.

Il se retourna vers l'avant pour voir où nous nous dirigions. Lorsqu'il me regarda à nouveau, son visage était complètement vide. Je fus persuadé, à ce moment-là, qu'il ne croyait pas que nous allions survivre. En même temps, je me rendis compte à quel point j'avais fait un mauvais choix. Je naviguais peut-être pour sauver deux vies. Mais qu'arriverait-il si Torben et moi périssions ? Je n'eus pas le temps d'aller jusqu'au bout de ma réflexion. Je n'eus pas le temps de penser du tout. Seulement d'agir. Le *Rustica* plongeait son étrave dans les premières trombes d'eau et se tordait de douleur en raison des forces contraires qui le tiraient dans tous les sens. La barre se fit lourde lorsque les remous tentèrent de le faire dévier de son cap. Je tenais la barre des deux mains et essayais de prendre des relèvements sur Eilean Mor qui apparaissait déjà droit devant. Nous ne devions pas non plus nous éloigner trop du nord de l'île. Le courant nous entraînait vers le nord-est, et, du côté de Scarba, il y avait un haut-fond de sable qui donnait naissance à un tourbillon dont aucun voilier ne pouvait s'extirper. Et où nous resterions immobiles, tandis que les vagues déferleraient constamment sur nous. Mais il était difficile de prendre des relèvements et de voir quoi que ce fût. L'écume, semblable à de la fumée, réduisait la visibilité et le sel me brûlait les yeux. Le bruit était assourdissant.

Tout à coup, sans aucun avertissement, notre voyage devint une question de survie. Nous pénétrâmes directement dans un mur d'eau. Je reçus un coup violent sur la poitrine qui me projeta sur le pont arrière par-dessus la barre qui traverse le tableau arrière. Seule la ligne de vie m'empêcha de passer par-dessus bord. Nous nous retrouvâmes, le *Rustica*, Torben et moi, quelques instants sous l'eau, et avant que la frayeur n'apparût une sorte de quiétude avait envahi ce chaudron de sorcière, en raison seulement du silence. Puis survint le besoin d'air. Tout s'était passé tellement vite que je n'avais pas eu le temps de bloquer ma respiration.

L'instant d'après, je retrouvai l'air, respirai péniblement, me traînai jusqu'au cockpit et me cramponnai à la barre pour remettre le bateau sur son cap. Le *Rustica* se releva lentement et rejeta en grande partie l'eau qui s'était amassée. Torben était resté assis. Il était resté à l'abri derrière le carré. Il vivait, même s'il était trempé, crachait et hoquetait pour avoir de l'air. Il avait à peine eu le temps de se rendre compte qu'il était toujours en vie, que c'était de l'air qui l'entourait, qu'il fut à nouveau noyé par quelques litres d'eau qui s'étaient engouffrés dans les plis de la grand-voile. Nous avions donc eu au moins un mètre et demi d'eau *au-dessus* de nos têtes.

L'instant d'après, tout était terminé. Nous étions passés à travers le raz entre Eilean Mor et Eilean Beag, l'autre île située à l'entrée de la baie. Eilean Beag, qui n'était plus éloignée que d'une petite encablure, offrait un visage effrayant. Je poussai la barre, virai à tribord, bordai l'écoute, et laissai filer le *Rustica* dans Bagh Gleann nam Muc.

Torben éclata d'un curieux rire plein de joie de vivre lorsqu'il s'aperçut que nous nous en étions sortis. Je me laissai entraîner, bien que je ne ressentisse pas cette même joie de vivre à ce moment-là. De savoir que nous étions passés si près de la mort n'avait pas rendu ma vie plus précieuse. Bien au contraire. Mais nous entrâmes bientôt dans des eaux calmes, et c'était tout ce qui comptait. Le reste n'avait plus d'importance. Pas même le cotre de pêche avec un MacDuff gesticulant sur le pont.

CHAPITRE 22

Je fixai le pistolet des yeux.

— Vous pouvez vous féliciter d'être encore en vie, dit MacDuff, lorsqu'il perçut mon regard. Je parle de Corrywreckan.

— Pas besoin de nous le dire, dit Torben. Je n'ai jamais été plus heureux de ma vie. Vous pouvez mettre votre pétard de côté, il risquerait de détruire ce bonheur.

MacDuff ne fit aucun geste pour écarter l'arme.

— Vous avez tout votre temps, poursuivit Torben.

— Pour quoi faire ? demanda MacDuff.

— Tant que le vent ne ressemblera pas à une caresse, il faudra qu'on me passe sur le corps pour me faire partir d'ici. Si vous avez l'intention de nous tuer, vous pouvez tout aussi bien attendre que le vent ait cessé de souffler. Nous n'allons pas disparaître.

Torben redevenait lui-même. MacDuff nous regardait à la fois avec méfiance et avec admiration. Il rangea son arme, avec autant de naturel que si cela avait été un peigne ou un trousseau de clés.

— Vous avez fait fort, dit-il en me regardant.

— Comment ça ? demanda Torben. On pourrait tout aussi bien prétendre que nous avons été stupides et imprudents et que nous avons eu de la chance.

MacDuff esquissa un sourire. Lorsque nous avions pris l'annexe et avions demandé l'autorisation de monter à bord, il avait eu une espèce de rictus que sa courtoisie n'avait pu masquer. Il nous avait fait descendre dans le carré et nous avait invités à prendre place. Par hasard, le pistolet était sur la table, le canon tourné vers nous. Il avait placé la main sur la crosse sans que son visage n'exprimât quoi que ce fût. Je m'étais forcé à ne pas me retourner pour chercher Mary des yeux. Je lui dis immédiatement que nous avions quelque chose d'important à lui raconter mais il me fit signe que cela pouvait attendre. Corrywreckan d'abord.

— Il n'y a pas de quoi être fier, dit Torben. À l'heure qu'il est, nous pourrions tout aussi bien être au fond de la mer.

— Oui, c'est exact, répondit MacDuff. Cela aurait été facile. Mais ce n'est pas le cas. Il faut vraiment beaucoup de courage pour traverser Corrywreckan par ce temps. Vous avez presque toujours choisi la bonne route. Votre seule erreur a été de passer entre Eilean Mor et Eilean Beag. La mer y est toujours épouvantable. Il aurait mieux valu faire le tour d'Eilean Beag.

— Dans ce cas, il nous aurait fallu louvoyer pour entrer dans la baie, objectai-je.

— Ou marcher au moteur. Tous les moyens sont permis pour survivre à Corrywreckan. Sauf votre respect, skipper, je ne croyais pas que vous vous en sortiriez. Ni même que vous oseriez.

Il me tendit sa large main calleuse que je serrai sans hésiter. Je me sentais puérilement fier et regardai Torben à la dérobée pour voir s'il avait saisi l'étendue du compliment qui m'était adressé. J'avais toujours eu de l'admiration pour les pilotes, et là le meilleur pilote d'Écosse probablement vantait mes qualités de marin. Cela ne m'aurait pas surpris si j'avais rougi, chose qui par ailleurs ne m'arrive jamais. Mais Torben semblait n'avoir rien remarqué. Il n'était pas du tout insensible, mais sa sensibilité était toujours dirigée sur quelque chose et il pouvait être totalement inconscient de ce qui n'était pas le point de mire de sa réflexion. Son attention semblait être à ce moment-là tournée vers l'intérieur, vers lui-même et vers le bonheur d'être toujours en vie. En d'autres circonstances, il n'aurait pas accepté que j'oublie MacDuff et la raison de notre présence. Sans réfléchir je laissai MacDuff prendre l'initiative et poser des questions auxquelles je n'étais pas prêt à répondre.

— Comment saviez-vous que j'étais ici ? demanda-t-il tout d'abord.

Je regardai Torben. Il me fit clairement comprendre que je devais me débrouiller tout seul. Je ne pouvais pas dire que j'avais pénétré dans le poste de pilotage de MacDuff et que j'avais lu son livre de bord.

— Nous avons deviné, répondis-je.

Naturellement, MacDuff n'en crut pas un mot.

— Trouvez autre chose. Jamais personne n'a deviné. Pourquoi vous, précisément, y seriez-vous arrivés ? À propos, pourriez-vous me rendre mes clés ? Je me suis rendu compte que je devrais faire plus attention. Pourtant ce n'est pas quelque chose dont on doit se soucier parmi les marins ici.

Les clés ! Je les avais complètement oubliées.

— Bien sûr, répondis-je machinalement. Je n'avais pas l'intention de les garder.

Elles étaient encore dans ma poche, et je les déposai sur la table.

— Je peux vous expliquer, commençai-je, mais MacDuff m'interrompit.

— Je ne suis pas certain de vouloir entendre votre explication. À quoi me servirait-elle ?

Je dirigeai à nouveau mon regard vers Torben.

— À Invergarry Castle, je vous ai laissés partir, car je croyais que je pouvais vous faire confiance. Je vois que je m'étais trompé.

— Pas tout à fait.

Enfin, Torben s'était décidé à parler.

— Que voulez-vous dire ? demanda MacDuff.

— Que vous pouvez de toute façon faire confiance au skipper du *Rustica*.

— Ah bon, répondit MacDuff. Il a pourtant volé mes clés.

— Je les ai oubliées, protestai-je, mais personne n'eut l'air de m'écouter.

— Justement, dit Torben. Si Ulf n'était pas monté à bord de votre bateau à Corpach, nous ne vous aurions jamais trouvé.

— Mais moi, je vous aurais trouvés, répondit MacDuff, vous pouvez en être certains.

— Nous en sommes persuadés. Mais il aurait sans doute été trop tard.

— Trop tard ?

Pour la première fois depuis que nous étions montés à bord, je ressentis chez MacDuff quelque chose qui pouvait ressembler à de l'incertitude ou du moins à de l'étonnement. Alors que j'étais resté interloqué, il avait suffi que Torben dît quelques phrases pour nous ouvrir une voie de secours. C'était lui maintenant qui avait l'initiative de la conversation, et MacDuff, sans s'en rendre compte, commença à penser selon les termes imposés par Torben.

— Trop tard pour quoi ? répéta MacDuff.

Torben ne répondit pas tout de suite.

— Trop tard pour vous mettre en garde contre vos comparses O'Connell et Dick. Ils ne vous croient plus.

— Ce qu'ils croient ne m'intéresse pas.

— Pas même s'ils croient savoir que Mary est en vie et que c'est grâce à vous.

Je m'attendais à un éclat de MacDuff, mais il ne se passa rien. Il se contenta de serrer le poing et le silence s'établit entre nous.

— Et vous avez risqué votre vie pour me dire cela ? finit-il par dire.

— C'était l'idée d'Ulf, pas la mienne.

— Que voulez-vous ? demanda MacDuff.

— Premièrement, nous voulons savoir pourquoi Pekka devait mourir, dis-je rapidement. Deuxièmement, pourquoi nous devions aussi disparaître. C'est sur votre ordre que Dick a tenté de nous noyer dans Neptune's Staircase ?

— Pourquoi posez-vous la question puisque vous connaissez la réponse ?

— Je veux l'entendre quand même.

— Je vous ai laissés partir. Cela suffit comme réponse.

— Et Pekka, vous l'avez laissé partir, aussi ?

MacDuff ne répondit pas.

— Avez-vous peur de la vérité ? demandai-je.

— Non, dit-il finalement. C'est vous qui avez peur de l'entendre.

J'étais là devant un individu qui selon toute vraisemblance avait tué quelqu'un de sang-froid. N'aurais-je pas dû ressentir de la haine ou de la répulsion ? Contre mon gré, je pensais à ce que Mary avait dit. Il y avait des circonstances atténuantes — le seul fait de penser à cette expression me donnait des frissons — qui prenaient la forme d'une simple opération mathématique. Je tue une personne pour que deux autres survivent. Moins un, plus deux est égal à plus un. Mais deux vivent. Je ne tue personne et deux ou trois meurent. Moins trois. C'est incontestable. Mais on ne peut pas compter en nombre de vies. C'est absurde. Il faut que ce soit absurde. On ne compte pas *avec* ceux qui meurent. C'est toujours le même argument. Plus et moins. Peut-être MacDuff avait-il raison. J'avais peur de la vérité parce que je ne savais pas qu'en faire.

— Pourquoi Mary devait-elle mourir ? demandai-je tout en me rendant compte combien ma question était creuse. Et pourquoi devriez-vous mourir si Mary et Pekka avaient la vie sauve ?

— Qu'en savez-vous ?

Il avait vraiment l'air étonné, mais il ne montra aucun signe d'émotion. Apparemment, il considérait la menace contre sa propre vie comme une donnée parmi d'autres ou comme quelque chose qu'il avait accepté et avec lequel il avait appris à vivre.

— Mary me l'a raconté.

Il savait que je ne mentais pas.

— A-t-elle dit autre chose ?

MacDuff semblait presque amusé.

— Elle a prétendu que vous la sauviez chaque jour.

— C'est vrai, répondit MacDuff calmement.

— Mais que pourtant elle devait mourir.

— C'est possible. Mais pas tant que je vivrai.

— Nous sommes venus ici, commença Torben qui était resté silencieux depuis un moment, pour parler de tout cela avec vous.

MacDuff se mit soudain à rire.

— Vous ne voulez pas dire que vous avez traversé Corrywreckan pour discuter de mes chances de survie ?

— Je crois que vous n'avez toujours pas compris, dit Torben imperturbable. Ulf a non seulement risqué sa vie, mais aussi la mienne, pour vous prévenir que vous couriez certains risques. Par exemple, que ce ne serait pas très prudent de partir chercher les munitions cette nuit à Kerrera.

Le sourire de MacDuff disparut.

— Vous en savez vraiment trop. Je n'aurais pas cru.

— Je persiste à croire que vous ne comprenez pas ce que je dis, poursuivit Torben, comme s'il n'avait pas été interrompu. Nous avons risqué nos deux précieuses vies pour vous sauver, Mary et vous. Nous avons eu de la chance. En ce moment, le score est de plus quatre. Si nous avions péri dans le détroit, le score serait probablement nul, mais deux vies auraient été perdues, parmi lesquelles la vôtre.

Je regardai Torben. Parfois mes pensées trouvaient exactement leur écho chez lui. Mais je ne voyais toujours pas où Torben voulait en venir.

— Ne devrions-nous pas être récompensés, d'une manière ou d'une autre ? demanda paisiblement Torben.

— Je vous ai déjà demandé ce que vous vouliez. Répondez.

Il posa la question à contrecœur, comme s'il ne pouvait pas faire autrement.

— Ulf vous l'a déjà dit. Nous voulons en savoir davantage.

— Sur quoi ?

— Sur le Cercle celtique. Quoi d'autre ?

— Non, dit MacDuff, ce n'est pas possible.

Sa voix était lasse mais décidée.

— Pour une raison très simple, poursuivit-il. Il est possible que vous m'ayez sauvé la vie. Si je vous racontais ce que je sais sur ce que vous appelez le Cercle celtique, cela équivaudrait à vous condamner à mort. Ne serait-ce pas ingrat de ma part ?

— Qui saura que vous nous en avez parlé ? objectai-je.

— Moi, dit une voix claire derrière nous.

Nous nous retournâmes en même temps, Torben et moi. Mary se trouvait en oblique derrière l'échelle qui menait au carré où nous nous trouvions. Elle était sûrement restée là tout le temps et avait entendu toute notre conversation. À la main, elle avait un pistolet, qu'elle tenait pointé dans notre direction, mais à la différence de MacDuff elle avait le doigt appuyé sur la détente.

— Je devrais vous abattre tous les deux, dit-elle. Vous n'avez pas le droit de poser de telles questions.

— Nous avons atterri dans une foutue maison de cinglés, me dit Torben.

Je mis quelques instants à prendre conscience que Torben m'avait parlé en danois, mais je n'eus pas le temps de formuler une réponse sensée. MacDuff me devança.

— Si Mary avait compris ce que vous venez de dire, dit-il dans une espèce de scandinave, elle vous aurait probablement abattus.

Torben parut complètement décontenancé. J'étais tout aussi étonné que lui, jusqu'à ce que me revienne à l'esprit ma première rencontre avec MacDuff à bord de l'*Ofelia*. Il avait commencé à rire avant même que le capitaine eût terminé le message destiné à ses deux seuls passagers.

— N'ayez pas l'air aussi abasourdis, dit MacDuff avec un petit sourire. J'ai travaillé plusieurs années sur des plates-formes pétrolières norvégiennes. J'ai pu glaner quelques expressions par-ci par-là.

Je regardai furtivement Mary qui fixait intensément MacDuff. En même temps, il me vint à l'idée que j'aurais dû avoir peur. Mais d'une certaine façon je savais que Mary ne tirerait pas, pas même en cet instant où elle ne braquait plus le pistolet vers elle-même. Tout cela paraissait trop irréel. Comme tant d'autres, je n'ai pas suffisamment d'imagination pour comprendre à quel point la réalité peut être horrible.

— Que disent-ils ? demanda Mary d'une voix condescendante.

— Rien d'important, répondit MacDuff. Je crois que nous n'avons rien à craindre. Pas d'eux en tout cas.

— Si, d'eux, comme de tous les autres.

— Tu l'as entendu toi-même. Ils prétendent nous avoir sauvé la vie.

— Encore un moment de répit, dit Mary. Cela va bien se terminer un jour.

Elle avait tourné autour de nous et s'était un peu écartée de MacDuff, le pistolet toujours à la main. J'eus l'impression que ses paroles avaient profondément blessé MacDuff.

— Cela me suffit qu'ils aient risqué leur vie pour nous, dit-il. Pour le moment en tout cas.

— Pas pour moi. Pas pour la cause.

— Ce n'est pas *notre* problème, dit MacDuff.

— Mais c'est le mien. Ce sera toujours le mien.

— C'est possible, mais aussi longtemps que je sauve ta vie, c'est moi qui décide de ce que tu fais de celle des autres.

Cette altercation était en même temps pleine de tendresse et de fermeté. Ils s'aimaient sûrement, mais j'eus le sentiment qu'ils n'acceptaient plus leur amour, et qu'ils le considéraient comme un mal nécessaire. À l'évidence, ils n'étaient pas faits l'un pour l'autre, seul leur amour pouvait les avoir réunis.

Au cours des heures que nous allions passer ensemble, je n'entendis ni ne vis jamais le moindre signe d'amitié ou de complicité entre eux. Lorsque Mary et MacDuff se parlaient, les mots étaient ciselés avec un ciseau à froid très coupant et semblaient les rendre étrangers l'un à l'autre. Mais lorsqu'ils se regardaient, ils étaient si proches l'un de l'autre qu'il paraissait impossible de les séparer. À plusieurs reprises, ils n'entendirent pas ce que nous leur disions, Torben et moi. Nous en fûmes réduits à jouer le rôle de spectateurs dans un théâtre où les acteurs auraient oublié qu'ils étaient face à un public.

Mais je ne compris pas la raison plus profonde de ce qui les séparait, et je ne suis pas sûr de la comprendre maintenant. Mary avait des contacts étroits avec le Cercle celtique, j'en étais sûr. Elle était probablement membre, admise ou initiée, si le Cercle pouvait être considéré comme une organisation. Il était également vraisemblable que MacDuff n'en faisait pas partie et qu'il se tenait sur ses gardes, même s'il agissait tout aussi clairement par rapport à quelque chose en dehors de lui. Mais il y avait chez lui une indépendance illimitée et souveraine que même Mary ne pouvait briser. Je n'avais, par exemple, jamais entendu MacDuff faire référence à ce que d'autres personnes avaient dit ou pensé pour affirmer une opinion. Il avait lui-même suffisamment d'expérience pour ne pas douter de la vie qu'il menait ou des points de vue qu'il avait. Il apparut aussi que Mary était la croyante et lui le sceptique sans illusions. Il n'avait pas fait de projets pour l'avenir, tandis qu'elle semblait avoir prévu sa vie jusqu'au moindre détail.

Comment pouvaient-ils s'aimer ? C'était une question que je me posais constamment et je me la pose encore aujourd'hui. Je n'ai pas de théories compliquées qui pourraient expliquer leur amour. Je sais seulement que l'amour contre toute raison et contre tous les paris est possible. Je l'ai vu de mes propres yeux entre Mary et MacDuff.

Je me rends compte maintenant que c'est probablement à MacDuff que nous devons d'être encore en vie. Cette lutte de volonté qui se déroulait sous nos yeux était terrifiante. Mais je crois que nous n'avions pas conscience, ni Torben ni moi, que nous en étions l'enjeu.

MacDuff leva les yeux et écouta. Le vent ne semblait donner aucun signe d'apaisement. Nous entendions grincer la chaîne de l'ancre dans l'écubier, lorsque le bateau se tordait dans les rafales de vent. Amorti par le revêtement épais de la coque, le bruit des brisants de Corrywreckan nous parvenait assourdi.

— La marée va bientôt changer, me dit MacDuff tout à coup. Il y aura vent contre courant et plus personne ne pourra venir ici. Pas même des casse-cou comme vous. Voulez-vous rester dîner avec nous ? J'aimerais entendre le récit de votre traversée et Mary a besoin de mieux vous connaître.

Il le demanda avec une espèce de conviction aimable, comme s'il s'agissait d'une réunion amicale dans un mouillage abrité, mais en même temps c'était manifestement un ordre : nous devions, tous les quatre, retrouver des attitudes normales. J'avais risqué ma vie et celle de Torben pour prévenir MacDuff et peut-être aussi pour apaiser ma conscience. Je trouvais le profit assez maigre. Nous n'avions pas le choix. Il nous fallait accepter l'invitation pour récolter encore quelques parcelles de vérité.

— Revenez dans deux heures, dit MacDuff.

Lorsque nous montâmes sur le pont, le bruit était assourdissant. Comme MacDuff l'avait dit, le courant s'était inversé et se heurtait aux vagues de l'Atlantique qui étaient propulsées à sept ou huit nœuds dans Corrywreckan. C'était dans de telles circonstances que le rugissement de la mer pouvait s'entendre à plus de dix et même jusqu'à vingt milles de distance. Nous étions à peine à un demi-mille de là. Les brisants, qui se formaient à un seul et même endroit, pouvaient atteindre sept mètres de haut. MacDuff n'avait pas menti, il était impossible de nous atteindre par la mer. Et, par la terre, il fallait porter une annexe pendant plusieurs kilomètres au-dessus des hauteurs quasi inaccessibles de Jura. Nous étions en sécurité, mais nous étions également prisonniers.

Torben était encore tout émoustillé à notre retour à bord du *Rustica*, après un trajet en annexe mouillé et fatigant.

— Nous nous en sommes bien sortis, dit-il satisfait. Tu te rends compte si nous avions traversé cet enfer rien que pour recevoir une balle dans la tête ?

— Mais nous n'avons rien appris que nous ne sachions déjà.

— C'était ton idée d'échanger un avertissement contre des réponses, la charité contre la connaissance. Les gens qui n'hésitent pas à tuer pour préserver des secrets ne répondent pas aux questions. Pas même en raison d'un chantage moral.

— Ce n'est pas encore fini. Il y a le dîner.

— Nous n'en aurons pas plus pour notre argent aujourd'hui, j'en suis persuadé. Je raconterai seulement, pour la énième fois, qu'il faisait un froid de canard en mer du Nord et que j'avais le mal de mer.

Il allait s'avérer que sur ce point Torben avait raison. Mais aucun de nous n'aurait jamais pu imaginer ce que nous obtiendrions en échange.

CHAPITRE 23

Je consacrai les deux heures nous séparant du dîner au *Rustica*. Tant d'événements s'étaient produits les jours précédents que je n'avais pas eu le temps de m'occuper de lui comme il le méritait. Certes, le pont avait été nettoyé de la terre et du sable dans le Corrywreckan, mais la mer n'était pas venue à bout des longues traînées de saleté sur le franc-bord et sur le rouf. Apparemment, la même chose se produisait en n'importe quel endroit du monde. Partout de la suie et de la saleté tombaient du ciel. Certains endroits sont plus sales que d'autres, mais nulle part l'air n'est aussi propre qu'il n'en donne l'impression ; pas même en Écosse, où pourtant les contours se dessinent plus nettement qu'ailleurs.

Je brossai le pont et frottai le franc-bord avec un chiffon trempé dans du liquide à vaisselle. C'était le seul moyen. Du liquide à vaisselle concentré et ce que les Danois appellent *knogfett*, c'est-à-dire un dur labeur. Torben avait aussi besoin d'être seul. Il se servit un verre de vin rouge et s'allongea sur la couchette à tribord avec un livre. Cette fois-ci, il ne s'agissait pas de celtes ou de druides. Il avait sélectionné dans ma pauvre collection littéraire *The Riddle of the Sands*[1] de Erskine Childers.

Erskine Childers ! répétai-je machinalement, en me rendant compte de l'étendue de ma négligence. Comment avais-je pu ne pas penser à lui ? C'était comme si un second cercle celtique se formait autour de moi ; un cercle qui avait toujours été là, mais dont je n'avais absolument pas eu conscience. Childers et son unique livre avait plus signifié pour moi que la plupart des autres écrivains. Ma décision d'aller en Écosse avait peut-être été dictée par bien d'autres motifs que je ne le pensais. Quelle effrayante pensée !

Je descendis voir Torben.

— Sais-tu le genre de livre que tu lis ? demandai-je.

— Non, répondit-il. Je ne savais même pas qu'il existait. Mais j'avais été attiré par le nom de l'auteur. Le livre de Coogan sur l'IRA parle de lui. Coogan écrit que Childers était l'un des martyrs les plus marquants de l'IRA et que ses écrits et ses idées sont toujours vivaces et exercent beaucoup d'influence sur les nationalistes celtes. Peut-il s'agir de la même personne ?

— Oui, dis-je, ce doit être la même.

— Qu'est-ce qu'il t'arrive ? demanda Torben qui avait dû remarquer à quel point j'étais ému.

— Lis le livre, tu sauras pourquoi !

Une chose était sûre et certaine, j'aurais un sujet de conversation avec MacDuff. Il était impensable qu'il n'ait pas lu Childers.

Le jour avait déjà commencé à tomber lorsque nous nous installâmes dans le *Sussi*. MacDuff avait été

1. *L'énigme des bancs de sable.*

prévenant. Il avait allumé le feu de mouillage pour nous donner un repère. Déjà à mi-chemin, l'obscurité était devenue si compacte que nous ne pouvions plus distinguer la silhouette du *Rustica* derrière nous. La lampe allumée indiquait bien que MacDuff ne craignait pas que quelqu'un le trouvât.

Nous n'échangeâmes pas un mot, Torben et moi, pendant les dix minutes de traversée. Le fracas de Corrywreckan rendait toute conversation impossible. Mais le coup de vent n'avait pas la même force qu'auparavant. Quelques heures plus tard, lorsque le courant allait s'inverser, il serait peut-être possible de quitter Bagh Gleann nam Muc, notre prison sécurisante. Je me demandais si MacDuff pensait encore aller à Kerrera. Il n'était pas lâche, mais s'il allait se retrouver dans les bras de Dick et de O'Connell avec Mary à ses côtés, il lui faudrait peut-être plus que du courage. D'un autre côté, Mary avait également fait preuve d'une détermination qui résistait à tout, sauf peut-être à la volonté et à l'amour de MacDuff.

Lorsque nous montâmes à bord, nous fûmes accueillis avec beaucoup de cordialité par MacDuff. Comment avait-il pu évacuer la tension qui avait régné entre nous seulement quelques heures auparavant ?

Lorsque nous fûmes dans le carré, nous nous aperçûmes que Mary n'était pas aussi impassible. Elle portait encore les traces de l'émotion passée. Mais elle nous sourit et nous accueillit avec une hospitalité désarmante qui me gênait. Le plus curieux était que cette attitude ne paraissait pas du tout artificielle. Au contraire, son hospitalité avait tout d'une charité humaine authentique. Plusieurs heures durant, ce fut comme si le monde extérieur n'existait pas. Même Torben plongea dans un état de contentement reposé et de plaisir. La sérénité éclairait tout son visage et son être. Il avait la capacité de paraître tellement content de lui-même et de la vie en général que cela pouvait en devenir agaçant, voire à la limite de l'affront.

Nous évitâmes tous les sujets sensibles. Nous discutâmes, MacDuff et moi, de mer et de bateaux. L'entendre raconter ses aventures en mer a été l'un des moments d'écoute les plus enrichissants de ma vie. Je me rendis compte que mes propres expériences n'étaient que des fragments d'un tout dont j'ignorais jusqu'à l'existence. La mer n'était pas pour MacDuff qu'une simple forme de vie, c'était le fondement même de sa relation avec la réalité. C'était apprendre à vivre dans une perpétuelle mobilité, à ne rien considérer comme acquis, à s'entraîner constamment à toujours plus d'humilité et de respect envers ce qu'on ne maîtrise pas, et à profiter pleinement de chaque instant. C'est en mer que l'on saisissait les vraies dimensions et la juste valeur de l'être humain.

À terre, disait MacDuff, on s'imagine toujours être plus important que ce que l'on est en réalité. On essaie de laisser des marques, aussi bien dans l'esprit des autres que devant l'éternité. Sur mer, on sait que cela ne sert à rien. Une fois que la traîne derrière le bateau a disparu, c'est comme si rien ne s'était jamais produit.

Pour MacDuff, la mer n'était pas seulement une forme d'éducation qui indiquait le droit chemin pour gérer son existence. Cela allait beaucoup plus loin. Ce que la mer enseignait était ni plus ni moins qu'une éthique pour les relations avec les autres humains.

Nous parlâmes aussi d'Erskine Childers, le seul être que MacDuff semblait admirer. S'il avait pu choisir, il aurait voulu vivre la vie de Childers.

— Y compris sa fin violente ? demandai-je.

— Précisément pour cette raison, répondit MacDuff. Sa mort a eu un tel retentissement qu'il vit encore.

Pendant ce temps, Torben et Mary discutaient d'histoire celtique, de druides, de bardes et de contes irlandais. Ce qui se passait autour de nous ne les touchait vraisemblablement pas un seul instant. Ils parlaient d'une réalité vieille de plus de mille ans. Je ne comprenais pas grand-chose à leurs tentatives d'interprétation et à leurs hypothèses ; j'étais bien trop pris par ma conversation avec MacDuff. Mais de temps en temps, j'entendais des bribes de conversation, par exemple lorsque Torben demanda à Mary ce qu'elle pensait de la description des Celtes par César, principale source de la conception moderne des Celtes et des druides. D'après Mary, César était probablement l'auteur le plus fiable de ceux qui avaient écrit sur son peuple pendant l'Antiquité.

— Même s'agissant du culte de la tête et des sacrifices humains ? demanda Torben.

— Bien sûr, répondit Mary sans hésiter.

Plus tard, j'entendis Torben lui demander pourquoi les druides avaient si facilement fait cadeau de leur souveraineté spirituelle aux moines du christianisme.

— Particulièrement en Irlande, ajouta Torben, justement le pays où les Celtes avaient été les plus forts étant donné qu'ils n'avaient jamais été obligés de vivre sous la domination romaine.

— Ce n'était pas un cadeau, dit Mary. Ils n'ont rien offert.

Excusez-moi, mais je ne comprends pas, dit Torben.

— Les druides n'ont pas fait cadeau d'un héritage millénaire en un jour, expliqua Mary. Ils ont seulement réalisé que le christianisme dans un futur prévisible allait dominer le monde. L'étendue de leur intelligence et de leur prévoyance leur a fait comprendre qu'il ne fallait pas s'engager dans une lutte impossible à gagner. À la place, les druides ont préparé le terrain de la victoire des moines et ils les aidèrent à accéder au pouvoir. En retour, ils exigèrent que les moines perpétuent l'héritage des Celtes jusqu'au jour où le christianisme dépérirait et disparaîtrait. Pourquoi, sinon, les moines auraient-ils consacré tant de force à copier et à préserver les contes païens irlandais ? Le premier évêque d'Irlande, Fiacc, consacré par saint Patrick, était druide. Nous le savons. Beaucoup prétendent, bien sûr, que les druides rejetèrent leur sagesse infinie et devinrent chrétiens. Cela ne s'est pas passé ainsi. Les druides, dont certains devinrent évêques, servaient de garants pour que leur foi continue à vivre dans les recoins secrets du christianisme, de génération en génération, jusqu'au jour où un peuple celtique pourrait à nouveau y prétendre. Il y a toujours eu des prêtres qui étaient druides en même temps. Le 27 juin 1970, l'archevêque de l'Église celtique, Itlund, a ordonné le premier moine de l'ordre d'Avalon. Il a dit l'avoir fait au nom d'un legs hérité et transmis des premiers druides de l'Église. Mais Itlund commit une grosse erreur. Il a essayé trop tôt de ressusciter les druides. Une telle faute ne se reproduira plus.

Ses derniers mots résonnèrent comme ceux d'un exorciste menaçant, portés par une conviction sans bornes. Je me suis demandé plus tard pourquoi je ne l'avais jamais imaginée comme un prédicateur fanatique ni comme une missionnaire sectaire. Mais j'ai compris qu'elle n'avait aucune notion, contrairement à ces gens-là, du jugement dernier ou du péché. Elle n'essaya jamais de convertir ou de sauver, tellement elle était encore pieusement fidèle aux traditions celtiques.

J'aurais voulu voir son visage lorsqu'elle répondit à Torben, mais je n'osais pas affronter son regard. Il m'effrayait encore : ce n'était pas d'elle que j'avais peur, mais de moi-même, parce que je risquais de perdre pied.

MacDuff, qui était resté pensif pendant quelques instants, revint à la réalité et la regarda avec beaucoup de réprobation.

— Oui, dit-il, tant que certains continueront à vouloir dominer les autres, des erreurs seront commises. Que ce soit des archevêques ou des dictateurs.

— Certains ont besoin d'autorité, répondit Mary irritée.

— Bien sûr, dit MacDuff ironique. Les dirigeants, les dieux et les chefs ont besoin d'autorité. Nous autres, nous nous en sortons très bien sans.

Les regards de MacDuff et de Mary s'accrochèrent l'un à l'autre comme des gaffes et je sentis que le répit de la soirée venait de prendre fin. Je ne mesurai pas le temps, mais je crois qu'ils se sont regardés, les yeux dans les yeux, pendant deux minutes au moins. Nous les observions, Torben et moi, muets. Je ne sais pas ce qu'il s'est passé au fond d'eux-mêmes, mais j'aurais été paniqué, quant à moi, si j'avais dû regarder quelqu'un aussi longtemps droit dans les yeux. Imperceptiblement et très lentement leurs regards s'adoucirent et lorsque finalement ils détournèrent les yeux, la tendresse avait pris la place de la tension.

MacDuff fut le premier à dire quelque chose. Son ton était tout à fait normal, comme s'il n'avait pas conscience de ce qu'il venait de se passer.

— Je vous prie de pardonner mon attitude d'aujourd'hui, nous dit MacDuff. Ce n'est pas dans mes habitudes d'être aussi inhospitalier. Pouvez-vous accepter mes excuses ?

Torben répondit en regardant Mary.

— Oui, dit-il, nous les acceptons.

— Les temps sont difficiles, dit MacDuff, qui pour la première fois semblait chercher ses mots.

Il se tourna vers moi.

— Que diriez-vous d'une excursion à Eilean Mor ? On ne peut pas s'approcher plus de Corrywreckan en venant de terre. Cela en vaut la peine.

— Volontiers, dis-je.

C'était une chance qui ne se présentait qu'une seule fois dans la vie.

Torben secoua la tête.

— Vous n'en avez pas eu assez de Corrywreckan ? demanda-t-il sans s'attendre à une réponse.

MacDuff sourit et me précéda sur le pont. Nous descendîmes dans l'annexe, et MacDuff s'installa et rama puissamment vers la sortie du détroit.

CHAPITRE 24

— Le vent a molli, dit MacDuff, quelques instants plus tard. Vous savez sans doute ce que cela signifie.

— Non, répondis-je. Je ne comprends pas.

— Je dois partir, dit MacDuff, d'un ton ferme.

J'étais sur le point d'objecter qu'il y avait peut-être d'autres possibilités, mais MacDuff poursuivit immédiatement.

— Je n'ai pas l'intention d'expliquer pourquoi je dois m'en aller. Mais vous devez considérer mon attitude comme une preuve de la gratitude que j'éprouve envers vous d'être venu ici me prévenir, même si cela n'était pas nécessaire. Si je ne vais pas à Kerrera cette nuit, cela paraîtra plus que suspect. Et qui aurait pu m'avertir à part vous ? Même Dick s'en doutera lorsqu'il s'apercevra que le *Rustica* est parti. Des services et des contre-services sans fin, il paraît !

Je surpris un sourire dans l'obscurité. Pour moi, il était clair qu'il comprenait très bien pourquoi nous avions agi de cette manière.

— En outre, j'ai l'intention de vous demander encore un service, un service personnel. Je poserai la question une seule fois et vous avez, bien sûr, le droit de dire non. Mais je vous fais confiance et c'est pour cela que je vous le demande.

— Je ne promets jamais rien, dis-je.

— Vous n'avez pas besoin de me promettre quoi que ce soit, dit MacDuff. C'est beaucoup plus simple que cela. Je vous demande de vous occuper de Mary pendant que je vais à Kerrera.

Je ne répondis rien. Je ne sais même pas si je fus surpris. C'était tout aussi prévisible que les événements imprévisibles qui nous étaient arrivés.

— C'est dans son intérêt, continua MacDuff sans attendre de réponse. Je ne risque rien, du moins pas plus que d'habitude. O'Connell et Dick sont des gens insignifiants, bornés et mesquins. Ils obéissent aux ordres, à mes ordres aussi. Le problème, c'est, comme vous l'avez peut-être compris, que *moi* je n'obéis pas toujours aux ordres. C'est pour cela que beaucoup veulent ma peau. Le fait d'avoir Mary à bord et même d'être amoureux d'elle est l'un de mes plus grands péchés de désobéissance, un des pires que je pouvais commettre. Je ne peux pas vous expliquer pourquoi. Tout ce que je peux vous dire, c'est que si jamais O'Connell apprend que Mary est en vie et où elle se trouve, ses jours sont comptés.

— Comme les vôtres, dis-je.

— Oui, répondit MacDuff, mais autant que je me souvienne, mes jours ont toujours été comptés. Moi-même je ne peux pas en tenir compte. Seule Mary a de l'importance.

— Ne court-elle pas les mêmes risques avec nous ?

— Il ne s'agit que d'un jour ou deux. Et je prendrai Dick à bord, pour qu'il ne tente pas de vous retrouver. Lui hors circuit, vous n'avez rien à craindre.

— Était-ce lui qui voulait nous noyer à Neptune's Staircase ?

— C'est très possible.

— Possible ? Ne venez-vous pas de dire qu'il obéissait à vos ordres ?

— Oui, bien sûr, mais il reçoit aussi des ordres d'autres personnes. Et je sais qu'il a reçu pour mission d'avoir un œil sur vous.

— Vous voulez dire nous liquider ? Peut-être même nous trancher la gorge ?

— Non, dit MacDuff, impassible, je ne crois pas. Pas encore en tout cas. Plus tard peut-être.

— Et pourtant, vous nous demandez un service.

— Je regrette, mais je ne peux pas faire autrement.

— Mais qui donc donne des ordres et pourquoi ? m'écriai-je un peu violemment.

Je ne pouvais pas me faire à l'idée d'avoir Mary à bord. Un instant, j'étais captivé par la possibilité de l'avoir près de moi, l'instant d'après, on aurait dit que son regard et ses yeux allaient m'attacher à elle ou me pousser à fuir.

— Voilà le problème, dit MacDuff. Personne ne sait. Pas même moi. Mary le sait peut-être. Vous pouvez toujours le lui demander.

— Qu'entendez-vous par « vous occuper d'elle » ? demandai-je.

— C'est très simple. Je vous demande de la prendre à votre bord pendant trois jours. Vous avez sûrement aussi besoin d'un peu de calme. Je suggère que vous fassiez le tour de Mull. Demain, vous pourriez aller à Drambuie, où il n'y a pas âme qui vive à cette époque de l'année. Si cela vous paraît trop isolé, vous pouvez toujours aller jusqu'à Tobermory avec l'annexe pour y boire une bière. À la condition que vous laissiez Mary à bord. Je vous propose, jeudi, d'aller à l'un des mouillages de l'île d'Ulva. Là-bas, il y a beaucoup d'endroits bien protégés par tous les temps. Je vous retrouverai vendredi à Tinker's Hole, un mouillage parfait à l'extrémité sud-ouest de Mull. Si vous arrivez trop tôt, vous pouvez toujours faire une petite excursion à Iona. Saint Columba est passé par Iona lorsqu'il est allé christianiser l'Écosse. Il y a une cathédrale et une sépulture, Reilig Odhrain, où des rois, quarante-huit Écossais, huit Norvégiens et quatre Irlandais, ont été, semble-t-il, enterrés. Cela vaut le détour, particulièrement pour vous, qui vous intéressez à l'histoire celtique.

MacDuff paraissait brosser le tableau d'une paisible croisière d'été. Il oubliait que la côte ouest de Mull était ouverte aux quatre vents de l'Atlantique ; il n'y avait rien d'autre que la mer déserte jusqu'aux bancs de poissons baignant dans le brouillard de Terre-Neuve, cinq mille milles plus à l'ouest. Nous étions encore en hiver, et le temps pouvait changer en l'espace de quelques heures.

— Nous pouvons être retardés par le mauvais temps, protestai-je.

— Si vous avez traversé Corrywreckan, vous pouvez sûrement faire le tour de Mull.

— Et s'il vous arrivait quelque chose ? demandai-je. Que ferons-nous ?

— Il ne m'arrivera rien.

— Mais *s'il* vous arrive quelque chose, insistai-je.

MacDuff se tut quelques instants, ce que j'interprétai comme un aveu qu'il pouvait vraiment lui arriver quelque chose ; quelque chose d'autre que ce que le ciel et la mer pouvaient lui infliger.

— Dans ce cas-là, faites ce que vous voulez. Vous

pouvez débarquer Mary à l'endroit qu'elle voudra. Vous pouvez la prendre avec vous si elle le souhaite. Mais n'essayez pas de la suivre ou d'accomplir des actes héroïques pour la « sauver ». Si, contre toute attente, je ne reviens pas, il n'y a personne au monde qui lèvera le petit doigt pour vous aider.

Nous nous approchions rapidement d'Eilean Mor. La lune s'était levée et jetait un scintillement étrange sur les cascades de Corrywreckan. MacDuff avait dû barrer en fonction des bruits des brisants et d'un relèvement sur son propre feu de mouillage. Il ne s'était pas retourné une seule fois pour vérifier le cap. Il s'amarra dans une baie invisible, à l'abri des vagues, qui avaient terriblement grossi. Nous montâmes jusqu'au sommet de la petite île et nous nous retrouvâmes face à un spectacle à la fois grandiose et cauchemardesque. Dans la pâle lueur des étoiles et du brasillement de l'eau, les paquets de mer semblaient briller d'eux-mêmes, comme des créatures vivantes qui montaient et descendaient, disparaissaient et renaissaient dans un chaos désemparé. J'avais l'impression d'être dans un autre monde, et je pensais comprendre comment il avait dû être facile pour les Celtes d'autrefois de supprimer la frontière entre la réalité et la fiction. Pour eux, les animaux et les êtres humains, la nature et la civilisation étaient deux facettes d'une même chose. Même leurs outils avaient une âme. Les artisans habiles étaient considérés comme des dieux. Pour nous, qui ne pouvons vivre sans tracer de limites entre la vérité et le mensonge, entre la certitude et la croyance, il est difficile de comprendre un peuple qui peut vivre seulement de vérité et de certitude. Dans les dizaines de milliers de vers conservés dans les anciens manuscrits irlandais, il n'est nullement fait référence à quelqu'un qui profère un mensonge. Le mot n'existe pas ; de même les Celtes n'avaient pas de mot qui couvre la notion de conte.

— Un tel spectacle peut valoir toute une vie, dit MacDuff.

Nous restâmes longtemps silencieux. Puis MacDuff rompit l'enchantement.

— Qu'en dites-vous ?

— Vous nous demandez beaucoup, dis-je quelques secondes plus tard. Que nous offrez-vous en échange ?

— Rien, répondit MacDuff. Je ne marchande pas. Je demande de l'aide. Je ne peux pas laisser Mary ici.

— Pourquoi pas ?

Il y avait un soupçon de colère dans sa voix, comme si je *devais* comprendre.

— Parce qu'elle mourrait de froid, répondit MacDuff d'un ton bref.

Il n'y avait rien à dire. Nous nous trouvions une nouvelle fois devant un fait accompli. Je me demandais si MacDuff n'avait pas froidement compté sur le fait que j'étais trop généreux pour dire non. Mais cette fois-ci, je n'avais pas l'intention de me laisser faire. Moi aussi, je pouvais mettre des limites.

— Je dois bien sûr en parler à Torben, dis-je.

MacDuff acquiesça.

— Moi-même, j'accepte, mais à une condition. Je veux en savoir plus.

MacDuff me regarda, avec déjà un air de refus.

— Si je dois prendre la responsabilité de Mary pendant trois jours, poursuivis-je, je dois savoir à quel danger elle est exposée. Je veux savoir pourquoi Pekka est mort et de quoi elle a été sauvée.

MacDuff secoua la tête.

— Vous, particulièrement, devez bien comprendre

que je ne puisse pas transporter Mary comme un paquet. Je ne suis pas Pekka. Je ne l'ai pas sauvée de quoi que ce soit. Il y a quelques heures seulement, elle était prête à nous abattre. Et vous me demandez de prendre soin d'elle sans aucune garantie.

— Elle comprendrait, dit MacDuff, mais sa voix se faisait un peu hésitante.

— C'est très possible, mais je ne peux pas naviguer à l'aveuglette. Pas avec Mary. Ce serait dangereux aussi bien pour elle que pour nous.

Mes paroles semblèrent l'impressionner un peu, car il ne protesta pas. Il se tut pendant un long moment. Il dit ensuite :

— Je peux raconter une partie, mais pas tout. Vous devez décider vous-même si c'est suffisant ou pas. Il y a certaines choses que je ne peux pas vous dire, même si elles ne signifient rien pour moi.

— Pourquoi ?

— Parce que Mary me quitterait si elle l'apprenait.

Après avoir vu Mary et MacDuff, je comprenais que cela ne servait à rien d'en demander plus. À l'évidence MacDuff n'avait pas non plus compté que j'essaierais d'en apprendre plus.

— Où voulez-vous que je commence ? demanda-t-il.

— Vous pouvez commencer par expliquer pourquoi il y a des gens qui doivent mourir pour la cause celte.

MacDuff plongea son regard dans l'obscurité, avant de me répondre.

— Je me pose la question aussi. Il ne se passe pas un jour sans que je me le demande.

— Et la réponse ?

Il n'y en a pas. Un million de personnes sont mortes de famine en Irlande au XIXe siècle. L'Angleterre aurait pu l'empêcher. Pourquoi ne l'a-t-elle pas fait ? Pourquoi a-t-on laissé cela arriver ? L'argent ne peut même pas tout expliquer. Économiquement pourtant, l'Angleterre n'avait rien à gagner à laisser des gens mourir de faim. Mais même cela n'a pas pu arrêter leur politique de paupérisation. Des milliers de personnes sont mortes lorsque l'Irlande devint libre. L'Angleterre aurait pu l'empêcher aussi. Pourquoi cela n'a-t-il pas été le cas ?

— Les Irlandais auraient pu éviter de prendre les armes, objectai-je.

— Le pouvaient-ils ? Voilà la question. Qui peut le dire ? À Dublin, encore en 1920, on pouvait voir des Anglais qui cherchaient de la main-d'œuvre coller des affiches où l'on pouvait lire « Irlandais et Noirs, ne prenez pas la peine de vous déranger ». Savez-vous pourquoi les anciennes maisons en Irlande ont aussi peu de fenêtres ? Parce que les Anglais, dans leur chasse fanatique aux différentes manières de rançonner les Irlandais, ont introduit un impôt sur les fenêtres. En Bretagne, il a fallu attendre 1950 avant que les maîtres d'école, qui naturellement étaient de purs Français recrutés par l'État français, n'arrêtent de battre les enfants qui s'aventuraient à dire un mot de breton, leur langue maternelle, et qu'ils cessent de leur accrocher une sorte d'étoile juive sous la forme d'un vieux sabot. Les Bretons furent traités comme des émigrés. En 1969, une agence pour l'emploi écrivit à plusieurs employeurs pour leur proposer de la main-d'œuvre, et elle demanda aux entreprises quelle catégorie de travailleurs elles souhaitaient : « Bretons, Italiens, Espagnols, Portugais ou Marocains. » Pourquoi croyez-vous que la France n'a jamais signé la Déclaration des droits de l'homme ? Pour une seule raison. La Déclaration oblige les signataires à reconnaître et à soutenir les langues minoritaires. En 1870, le gouvernement britannique a fait passer une loi selon laquelle tous les enfants qui utilisaient le gallois en classe ou en récréation seraient obligés de porter une pancarte sur laquelle il était inscrit « Welsh not ». Au début du XXe siècle, *The Times* a écrit que, plus vite le gallois disparaîtrait, mieux ce serait. Je pourrais continuer cette liste à l'infini. Vous me demandez pourquoi les Irlandais ont pris les armes. Je n'ai pas de réponse. On peut poser la question à un État, à un dictateur ou à un gouvernement. On peut poser la question à des individus, pas à un peuple. Mais l'Irlande est devenue libre.

— Qu'est-ce qu'un peuple, insistai-je, sinon une assemblée d'individus ? Ce sont les gens qui tuent, pas un peuple.

— Je me demande parfois si les individus existent, dit MacDuff. Quand un peuple comme celui des Celtes a existé depuis plus de trois mille ans, c'est comme si l'ensemble du peuple se retrouvait dans chaque individu. J'ai lutté toute ma vie pour un peuple celte libre. Je me suis parfois demandé pourquoi. N'aurais-je pas pu me contenter d'être pilote ? J'aime mon travail, la mer, les îles, le paysage, les gens que je rencontre. Mais non, je ne peux pas. C'est exactement cela que je veux dire. Je ne *peux* vraiment pas faire autre chose. Tant que les Celtes ne seront pas un peuple libre, je ne le serai pas non plus. Je n'ai rien d'un révolutionnaire romantique, croyez-moi. Je ne me bats pas pour un futur État ou pour une nation celtique. Je déteste les États et les nations, tout comme les Celtes jadis. Je ne lutte pas pour un type de gouvernement ni même pour la démocratie. Je me bats pour que les

Celtes puissent décider eux-mêmes comment ils veulent vivre et mourir. Cela me suffit. Ensuite, lorsque nous serons libres, nous pourrons réfléchir à la *manière* d'être libres.

— N'est-ce pas trop tard ? demandai-je.

— Trop tard ! C'est beaucoup plus grave si c'est trop tôt. Il y a trop de gens qui ne comprennent pas. Ils croient, comme certains au Pays basque ou en Irlande du Nord, qu'un groupe de personnes peut provoquer un soulèvement, jeter dehors les puissances occupantes et, après coup, essayer de faire comprendre aux autres ce dont ils ont besoin et ce qu'ils veulent. C'est la position des hommes politiques. Nous avons des gens comme cela aussi. Dick et O'Connell sont de ceux-là, individus avides de pouvoir qui croient toujours en savoir plus que les autres.

— Pourtant vous leur fournissez des armes, objectai-je.

— Pas à eux ! répondit MacDuff violemment. Je transporte des armes pour ceux qui en ont besoin. Je les transporte pour créer une menace, et non pour les utiliser.

Il fit un geste de la main comme pour couper court à toute réplique.

— Ces armes seront nécessaires le jour où les Celtes annonceront au monde qu'ils sont libres en Écosse, au pays de Galles et en Bretagne. Lorsque les Celtes cesseront de voter pour des partis étrangers et se déclareront indépendants. Ce jour n'est pas très loin, mais l'Angleterre, la France et l'Espagne n'accepteront jamais. Que cela se passe de façon démocratique n'y changera rien, pas plus que cela n'a été le cas en Lettonie ou en Lituanie. Un jour, nous aurons besoin d'armes, non pour faire la guerre, mais pour montrer que nous ne plaisantons pas.

— Ils n'ont pas eu besoin d'armes en Pologne ou en Allemagne de l'Est.

— Non, dit MacDuff, parce que l'Union soviétique avait retiré ses menaces. Ce serait la même chose que d'imaginer le gouvernement anglais dire au pays de Galles et à l'Écosse, allez-y, faites ce que vous voulez, vous voulez être celte, tant mieux, vous ne nous intéressez plus. Gardez votre pétrole, les régiments et tout ce qu'il vous reste. C'est à vous. Mais il ne le dira jamais. Et c'est pour cela que nous avons besoin d'armes.

— Mais il y en a bien sûr qui veulent les utiliser dès maintenant, demandai-je de façon un peu rhétorique.

— Naturellement, répondit MacDuff, il y en a même qui les utilisent déjà. Qu'est-ce que je dois faire ?

— Tenter de les arrêter !

— Comment ? demanda MacDuff. Par la violence ? En commençant une guerre civile alors que nous sommes sur le point de devenir libres ?

Il n'attendit pas ma réponse.

— Vous devez comprendre, poursuivit-il, qu'il y a beaucoup de gens qui luttent pour les Celtes. Tous ne sont pas aussi raisonnables ou rationnels que je le souhaiterais. Mais ils sont celtes. Il y a des révolutionnaires romantiques comme Dick et O'Connell. Il y a des druides de toute obédience, depuis les purs philanthropes jusqu'aux fondamentalistes païens avec la faucille dans une main et l'épée du roi Arthur dans l'autre. Il y a des associations et des clubs linguistiques celtiques. Il y a de la musique celtique et des fédérations d'études celtiques. Je ne peux pas avoir l'exclusivité des moyens sur la façon dont doit se dérouler le mouvement de libération, mais *j'espère* que cela se passera de manière pacifique. Je suis persuadé qu'il en sera ainsi de notre côté, à quelques exceptions près. Le risque est que la violence de quelques-uns se heurte à la violence massive venant de l'Angleterre et de la France. C'est notamment pour cette raison que le Cercle celtique existe.

MacDuff se tut. Je ne dis rien, j'attendis, crispé.

— Je pense exiger une promesse de vous, dit-il peu après. Même si vous ne croyez pas aux promesses. Si vous pensez que vous ne pourrez pas la tenir, il faut le dire maintenant. Dans votre intérêt, dans celui de Torben, de Mary et du mien, vous ne devrez jamais répéter ce que je vais vous raconter sur le Cercle celtique. Pas même à Torben.

J'étais partagé entre l'envie d'entendre la vérité et ma répulsion à l'idée de cacher quelque chose à Torben. Comment pouvais-je promettre de ne rien raconter à Torben ?

— Je promets, finis-je par dire mais sans grande conviction.

— Dans tous les domaines celtiques, il y a aujourd'hui des gens qui œuvrent de façon différente pour que leurs pays celtes respectifs deviennent libres et indépendants. Il y a partout des ordres druidiques avec des dizaines de milliers de membres qui, dans leurs cérémonies et leurs fêtes, se réfèrent à la réunion celtique. Tous les pays celtes ont leurs partis nationalistes et leurs mouvements de résistance armée plus ou moins actifs. Il y a des radios et des télévisions celtes partout qui ne dissimulent pas leur singularité. Des congrès celtes sont organisés chaque année avec des centaines de délégués de tous les pays celtes. Unis, ils représenteraient une formidable puissance, mais chaque entité en tant que telle ne peut pas arriver à grand-chose. Le congrès celte passe pratiquement inaperçu dans la presse et il est plutôt présenté comme une attraction touristique. Regardez les partis nationalistes. Depuis toujours, ils ont souffert d'avoir à choisir entre le socialisme, le libéralisme ou le conservatisme. Personne ne leur a dit que ce n'était pas là que se tenait la plus importante ligne de séparation. Au contraire, les Celtes n'ont jamais cru à l'État ou aux nations. Ils veulent vivre en fédération, en union libre avec les peuples qui choisissent eux-mêmes ce à quoi ils veulent appartenir. Les erreurs d'appréciation et de jugement des partis nationalistes ont été source de beaucoup de mal. Mais maintenant, depuis que le Cercle celtique a été créé, tout cela est terminé. Le Cercle celtique est un cercle interne de personnes venues de tous les pays celtiques. Ils ont pour unique mission de rassembler toutes les forces pour libérer les pays celtes. Le symbole est une faucille, non pas la socialiste, mais la celtique. Si vous prenez une faucille et la placez sur une carte d'Europe avec l'extrémité à la pointe nord-ouest de la Galice, vous comprendrez pourquoi. La faucille réunit tous les peuples celtes de Galice, de Bretagne, du pays de Galles, d'Irlande et d'Écosse. Le but est de former une fédération de peuples celtes, aux frontières et aux cultures ouvertes, mais sans direction commune.

Je réalisai combien Torben avait été près de la réalité, même s'il n'avait pas osé y croire.

— Le Cercle est secret, poursuivit MacDuff, et tous ceux qui le connaissent savent et acceptent qu'il en soit ainsi. En Écosse, on a déjà nommé un conseil de direction qui gouvernera le pays dès son accession à l'autonomie. Cela n'est pas un secret. Mais dans les autres pays celtes occupés il serait extrêmement dangereux d'en être membres si l'on savait que la libération celtique est préparée et organisée.

— Le Cercle est-il puissant ? demandai-je.

— Cela dépend. Le Cercle n'exerce pas de pouvoir direct sur les gens en général. Il a de l'influence, une grande influence, mais plus sous forme d'actions quotidiennes par les membres pour favoriser la culture celtique. Le Cercle crée des conditions. Sans le Cercle, le combat de l'IRA aurait été perdu depuis longtemps, mais l'IRA ne sait même pas qu'ils ne sont que les pions d'un jeu bien plus important qui ne peut être gagné avec leurs méthodes. Si l'Irlande du Nord devient libre, même si elle ne devient pas celtique, il ne faudra pas beaucoup de temps avant que l'Écosse et le pays de Galles aient les mêmes exigences. En revanche, le Cercle a un pouvoir quasi illimité sur ceux qui, tout en n'étant pas membres, ont accepté de travailler sous sa direction. Comme Mary et moi. Comme Dick. Même comme MacDougall que vous avez rencontré à Kerrera. O'Connell lui ne sait rien. Il croit qu'il travaille pour l'IRA. Il croit qu'il poursuit l'œuvre de Ruairi O'Bradaigh lorsque l'IRA a pris contact avec l'ETA. O'Bradaigh rêvait aussi à la libération des pays celtes, mais le seul résultat qu'il ait obtenu, ce fut cinquante pistolets de l'ETA. O'Connell est un rêveur dont le Cercle celtique n'a pas besoin. Nous autres, nous avons juré d'être toujours fidèles au Cercle. Nous obéissons aux ordres du Cercle directement et non pas aux ordres des uns et des autres. Il n'y a pas de hiérarchie, si ce n'est éventuellement sous la forme d'une autorité naturelle. Nous obéissons aux ordres, mais pas aveuglément. Il y a une restriction importante et cruciale. Chacun a le droit de refuser d'obéir aux ordres, mais personne ne peut empêcher que cet ordre-là soit exécuté par un autre. Commencez-vous à comprendre maintenant ? Comprenez-vous pourquoi je ne pouvais pas vous empêcher d'être si près de la mort à Neptune's Staircase ? Je ne savais même pas que cela allait se passer. Et même si je l'avais su, je n'aurais rien pu faire pour empêcher quoi que ce fût.

— Aviez-vous reçu des ordres lorsque nous nous sommes vus à Invergarry Castle ?

— Oui.

MacDuff fit une pause.

— Mais j'ai utilisé mon droit de ne pas obéir à cet ordre. Et le Cercle ne donne jamais le même ordre à deux personnes différentes en même temps. Cela minerait la fonction du refus d'obéissance comme une barrière de sécurité contre l'usage abusif du pouvoir. Lorsque quelqu'un refuse d'obéir aux ordres, ils doivent être soumis à un autre examen.

— Mais apparemment cet ordre a été maintenu dans notre cas ?

— Je ne sais pas. Peut-être qu'il ne s'agissait que de vous effrayer pour vous faire quitter l'Écosse et l'Irlande. Parfois, ce que je dis a un certain poids. J'ai motivé mon refus en disant que j'étais persuadé que vous ne saviez rien d'important sur le Cercle, et rien avec certitude.

— Comment cela a-t-il été accepté ?

— Je ne sais pas.

— Et Pekka ? demandai-je.

MacDuff se retourna précipitamment, mais j'avais du mal à voir son visage en raison de l'obscurité. J'avais peur d'être allé trop loin.

— Pekka était dangereux, dit MacDuff calmement,

quelques instants après. Pekka voulait dévoiler tout ce qu'il savait. Je ne sais pas comment il avait appris l'existence du Cercle celtique. Ce sont des choses qui arrivent. C'était un érudit, et toute sa vie il avait été fasciné par les sociétés plus ou moins occultes. Il savait tout sur les ordres druidiques, les loges maçonniques et les ordres des templiers. Il avait peut-être seulement deviné, suivi une trace et ensuite, grâce à son imagination, il avait correctement assemblé les pièces du puzzle. Cela n'aurait peut-être pas suffi à le condamner à mort, à condition qu'on ait trouvé quelqu'un qui voulût exécuter le jugement. Mais en plus il y avait Mary.

MacDuff se tut un long moment. Je croyais qu'il avait atteint la limite au-delà de laquelle il ne pouvait plus rien raconter dans son intérêt et dans celui de Mary. Mais soudain, il poursuivit :

— Mary appartient à un ordre druidique très exigeant vis-à-vis de ses membres. Ils croient à tout ce qui est ancien et ils perpétuent les traditions millénaires. Ils vivent comme des maîtres, consacrant la majeure partie de leur vie à rassembler et à communiquer leur savoir. Rien n'est écrit. Tout se transmet oralement. Ils croient au paradis des Celtes, au *sid*, et ils croient qu'il ne peut rien y avoir de mieux que d'aller là-bas. Ils veulent parvenir au *sid*, et c'est seulement leur action terrestre pour le meilleur des Celtes qui les empêche de se suicider. Mais tous les deux ans, une personne est choisie et a l'honneur d'aller au *sid*. D'être désigné est manifestement la plus grande distinction qui soit.

— Est-ce possible ? coupai-je. Aujourd'hui ?

— Oui, malheureusement. Ce n'est pas seulement possible. C'est vrai. Même les Celtes ont leurs fondamentalistes.

— Mais, que Mary soit l'une d'entre eux ?

MacDuff ne parut pas entendre ma question.

— L'année dernière, ce fut le tour de Mary de gagner le gros lot, dit-il. Cela se passe au cours d'une cérémonie compliquée, qui a quelque chose à voir avec du pain brûlé. Celui qui reçoit le pain brûlé est désigné. Je ne sais pas exactement comment cela se passe, et je ne veux pas le savoir non plus. Le Cercle m'a donné l'ordre d'empêcher Mary de se suicider. J'ai refusé d'obéir aux ordres. Lui sauver la vie serait revenu au même que condamner à mort notre amour. Je ne pouvais rien faire, si ce n'est espérer qu'elle survive par je ne sais quel miracle. C'était terrible. J'ai appris par la suite que le Cercle avait fait une exception et avait directement ordonné à Mary de ne pas se tuer. Elle a refusé naturellement. C'était son droit le plus strict. Mais en même temps, elle déclara que le Cercle n'avait aucun pouvoir sur l'ordre druidique auquel elle appartenait. Ils étaient des Celtes libres, libres d'agir et de penser à leur guise. Le problème, c'était que Mary, tout comme moi, avait fait une promesse au Cercle. Par là, elle constituait un problème de sécurité. Elle était la seule de son ordre à connaître l'existence du Cercle, mais dans la mesure où elle plaçait son ordre druidique au-dessus de tout, il était vraisemblable qu'elle raconterait ce qu'elle savait sur le Cercle celtique. Cela bien sûr aurait constitué des connaissances celtiques importantes à transmettre aux frères et aux sœurs druides. Pekka avait appris d'une manière ou d'une autre le lieu et la date de la cérémonie mortuaire. Mary devait être noyée, comme signe d'honneur à l'un de leurs dieux. Mais ce que Pekka n'a pas su ou n'a pas compris, c'est que Mary a changé d'avis à la dernière minute. Elle a eu des remords quand elle a cru qu'elle était déjà morte. C'est à bord du catamaran de Pekka qu'elle est revenue à la vie. Elle avait tout perdu. D'abord elle m'avait trompé. Puis elle avait trompé le Cercle. Enfin elle avait trompé son ordre druidique. C'est pour cette raison qu'elle a suivi Pekka. Elle n'avait plus la volonté de vivre.

— Pourquoi a-t-elle changé d'avis ? m'aventurai-je à demander.

— Par amour pour moi, répondit MacDuff simplement.

Je devinai une sorte de fierté dans sa voix. Je sentis en même temps la profondeur de sa détresse lorsqu'il avait cru que Mary était morte. Et l'étendue de l'espérance qui était née en lui lorsqu'il avait compris qu'elle vivait.

— Vous connaissez le reste, dit MacDuff. Je suis allé rechercher Mary. C'était mon intention lorsque je me suis mis à la poursuite de Pekka. Je n'aurais jamais cru qu'il oserait traverser Pentland Firth avec le temps qu'il faisait alors. Je ne comprenais pas pourquoi il avait préféré risquer sa vie et celle de Mary plutôt que de tomber entre mes mains. Même mon propre désespoir n'a pas pu me pousser à faire une telle bêtise. Mais il a survécu, peut-être parce que son catamaran était si léger et si rapide. Mon bateau de pêche aurait sombré avant même d'être parvenu à mi-chemin. Je l'ai suivi jusqu'à Anholt et Dragør après avoir appris qu'il s'en était sorti. Je l'ai retrouvé. J'ai repris Mary avec moi, non pas contre mes ordres, car j'avais toujours la possibilité de refuser. Mais j'ai empêché les autres d'obéir à leurs ordres. Depuis, je la cache. Nous sommes devenus tous les deux des traîtres. Personne ne le sait, sauf vous et Torben. Et même

Torben ne le sait pas avec certitude. Dick et O'Connell se doutent de quelque chose mais ils ne *savent* rien. Comprenez-vous pourquoi j'ai exigé de vous une promesse ?

J'acquiesçai, mais je n'étais pas sûr que MacDuff ait vu mon geste dans l'obscurité.

— Dick et O'Connell nous abattraient tous les quatre avec joie s'ils savaient quelque chose avec certitude, ajouta MacDuff. Même sans en avoir reçu l'ordre.

— Je regrette d'avoir à dire cela, dis-je, mais ils pensent savoir que Mary est en vie. Vous avez fait une erreur. Vous auriez dû dire que Pekka était mort au Danemark.

Je lui racontai ce qui avait été raconté au cours du repas à Gylen Castle.

— Oui, dit MacDuff d'une voix métallique, qui fendit l'air comme la lame d'une épée. J'aurais peut-être dû le faire. Mais personne n'aurait cru que j'avais tué Mary de mes propres mains sans apporter la preuve qu'elle était effectivement morte. Et qui aurait pu croire qu'elle soit passée par-dessus bord accidentellement et se soit noyée quelque part au Danemark avec moi dans les parages ? Aucun de ceux qui nous connaissaient, Mary ou moi. En revanche, tout le monde m'a cru lorsque je suis revenu de Pentland Firth en racontant que le *Sula* avait sombré. Personne n'avait besoin de preuve. La réputation de Pentland Firth et mon propre désespoir, parce que je croyais la même chose, constituaient une preuve suffisante. Mais un ou deux jours après, j'appris par l'un de mes collègues pilotes que Pekka était arrivé à Kirkwall sur les îles Orcades. Naturellement, j'ai demandé s'il y avait une femme à bord, mais personne n'avait vu

Mary. Pekka avait dû la cacher, ou bien elle était tellement désespérée qu'elle ne savait pas ce qu'il se passait. C'est la raison pour laquelle, dans la mesure où personne ne l'avait vue, je décidai de persister dans mon histoire. Elle s'était noyée à Pentland Firth, et Pekka avait survécu. J'ai donc été obligé de dire que finalement j'avais rattrapé Pekka en mer du Nord, pas très loin des Orcades.

Il se tut quelques instants.

— Je pensais que le Cercle m'avait cru. Mais le jour d'après, vous êtes arrivés à Fraserburgh.

— Vous ne nous avez pas reconnus en mer du Nord ? demandai-je.

— Non, si seulement cela avait été le cas. J'avais mis le pilote automatique pour pouvoir dormir et Mary surveillait. Elle m'a raconté que nous avions dépassé un voilier, mais elle n'a pas imaginé une seule seconde que c'était vous. Moi non plus d'ailleurs. Pourquoi l'aurais-je fait ?

— Et à Thyborøn ?

— Vous avez dû partir le jour où je suis revenu.

Je pensais au matin où j'avais vu le F 154 nous dépasser en mer du Nord. Je l'avais salué, mais le poste de pilotage était vide. Et je réalisai que le bateau de pêche que nous avions remarqué ne nous suivait pas du tout. Cela démontrait à quel point nous nous sentions poursuivis malgré tout.

— Aussi, lorsque vous êtes arrivés en Écosse, il était déjà trop tard, continua MacDuff. Mon histoire avait déjà été racontée. Mais alors, j'étais obligé de faire quelque chose en ce qui vous concerne, Torben et vous. D'abord il fallait que je vérifie si vous saviez quelque chose sur le Cercle ou sur la mort de Pekka. Il n'y avait certes aucune raison de le croire puisque vous aviez dû quitter le Danemark en même temps que tout cela s'était produit. Mais je n'osais pas prendre de risques. C'est pour cela que j'ai organisé cette petite visite à bord du *Rustica*. Ce que je ne savais pas, c'est que le Cercle m'avait à l'œil. Ce n'était peut-être qu'une mesure de routine, mais le résultat a été dramatique. J'ai été surpris dans le carré du *Rustica*, le livre de bord de Pekka à la main, que j'avais trouvé après une demi-heure de recherche. D'une manière ou d'une autre, il fallait que j'explique ce que je cherchais. Je n'ai pas la réputation d'être un voleur. Ce n'était pas mon idée de prendre l'argent et le passeport par exemple. Mais la seule façon d'améliorer ma crédibilité était de montrer le livre de bord de Pekka.

— Cela ne revenait-il pas au même que de vous dénoncer ?

— Non, vous oubliez une chose importante. Pour une fois, j'ai eu une chance inouïe. Le livre de bord de Pekka s'arrête alors qu'il est encore dans Pentland Firth. Et la façon dont il se termine laisse penser qu'il est plus que probable que Mary s'est noyée. Cela apparaît très clairement dans les notes de Pekka sur le vent et le temps même si on ne comprend pas le suédois et qu'on ne puisse pas lire le texte. J'ai prétendu que ma méfiance s'était éveillée lorsque je n'avais pas trouvé le livre de bord sur le *Sula* et que je devais vérifier que Pekka n'avait pas eu le temps de l'envoyer à quelqu'un avant de quitter Kirkwall. Votre arrivée si rapide, juste après la visite de Pekka à Kirkwall, confirmait d'une certaine manière les soupçons que j'avais exprimés. Je pensais qu'ils allaient me croire, mais comme vous le comprenez, je me trouvais dans une situation précaire. Un seul mot de vous ou de Torben, sur votre rencontre avec Pekka au Danemark, mettait tout par terre. C'est pour cela que je ne voulais pas parler de Pekka lorsque nous nous sommes rencontrés à Invergarry Castle. Une fois de plus, j'avais de la chance. Lorsque vous avez parlé de Pekka, vous n'avez pas mentionné que vous l'aviez rencontré au Danemark. Et Torben n'a pas dit qu'il savait que Mary vivait. Mais j'étais obligé de vous arrêter avant qu'il ne soit trop tard.

— Pourquoi ne nous avez-vous pas tués ? demandai-je lorsque je compris à quel point nous avions vécu dangereusement. Cela aurait résolu tous vos problèmes.

— Je l'ai déjà dit. Un jour, vous et moi, nous ferons de la voile autour des Hébrides, lorsque tout cela sera terminé. Il y a des limites à ce que l'on peut faire par amour. Je croyais malgré tout que vous ne constituiez pas un danger pour le Cercle celtique. Mais je vous ai laissé la voie libre, afin que vous puissiez quitter l'Écosse avant que vous n'ayez le temps de raconter quoi que ce soit sur Mary. Je croyais vraiment que vous comprendriez le sérieux de ma menace. Mais lorsque j'ai su que vous étiez monté à bord et que vous aviez parlé avec Mary, j'ai changé d'avis. Vous aussi avez eu de la chance. Si vous n'aviez pas menti à l'éclusier de Corpach ou si vous n'aviez pas mouillé à l'abri de l'île, de l'autre côté de Loch Linnhe, vous ne seriez sûrement plus en vie à l'heure actuelle. Vous pouvez sans doute comprendre que je pensais alors que vous aviez outrepassé mes limites.

— Et Neptune's Staircase ?

— Je ne sais toujours pas pourquoi. Mais Dick savait que vous aviez le livre de bord de Pekka et il n'est pas homme à prendre des risques inutiles. Il ne fait pas confiance aux gens.

— Si seulement vous nous aviez dit ce qui était en jeu ! dis-je.

— Ce n'est que maintenant que j'ai conscience que je peux compter sur vous, répondit MacDuff. Puis il se tut.

— Que pensez-vous faire maintenant ?

— Mary avait raison, répondit MacDuff, d'une voix terne, mais pas encore résignée. Le répit que nous avons eu ne pouvait pas durer éternellement.

— C'est ma faute, dis-je.

— Non, dit MacDuff. J'aurais dû prévoir que le Cercle allait tenter de connaître vos intentions. Ils n'avaient pas de preuves que Mary était encore en vie, et donc ils ne me croyaient pas entièrement. À leur place, je ne l'aurais pas fait non plus.

— Le Cercle ne peut-il pas changer d'avis ? demandai-je. N'est-il pas possible de les persuader que vous ne représentez aucun risque pour leur sécurité ?

— Si, mais c'est peu probable. Pas après ce qu'il s'est passé. En outre, même moi je dois reconnaître qu'il n'est plus possible de faire confiance à Mary.

— Comment pouvez-vous endurer cela ? demandai-je dans une soudaine révolte contre toutes les impossibilités qui se dressaient autour de nous. Vous vous exposez au risque de tuer sur ordre. Et vous acceptez que d'autres aient le droit de tuer sur ordre, même lorsqu'il s'agit de l'être que vous chérissez le plus.

— Il y a une chose qui nous différencie des autres, dit-il. Nous avons le droit absolu de refuser de tuer.

— Qu'est-ce que cela change dans la pratique ? demandai-je. Il y a toujours quelqu'un pour exécuter les ordres.

— Non, dit MacDuff, pas toujours. Car si vous tuez, vous devez en prendre toute la responsabilité. Vous ne pouvez pas vous en prendre à quelqu'un d'autre. Vous ne pouvez pas vous en remettre à un bourreau. C'est votre décision et pas celle de quelqu'un d'autre. Vous *aviez* le droit de refuser.

— Et le culte de la tête ? demandai-je. Est-ce aussi un droit ?

— Il existe, dit MacDuff sans réagir au ton de ma voix. Certains druides l'adulent. Mais personne ne tue pour le plaisir d'avoir une tête, si c'est ce que vous voulez dire. *Certaines choses* ont changé malgré tout depuis trois mille ans.

Ce n'était pas ce que je voulais dire. J'avais voulu savoir à propos de la tête de Pekka, ou de ce qu'il avait pu voir lorsqu'il avait raconté le culte de la tête dans son livre de bord. Mais je n'arrivais pas à m'y résoudre. Parce que dans ce cas je serais amené à demander si MacDuff avait personnellement, de ses propres mains, tué Pekka. MacDuff avait raison. J'avais peur de la réponse. J'avais peur d'avoir à composer avec elle.

Sur le chemin du retour, MacDuff semblait soulagé, bien qu'il comprît alors la menace qui pesait sur lui. J'avais conscience d'être la première personne à qui il avait tout raconté.

— Je voudrais parler à Torben seul à seul, dis-je à MacDuff, lorsque nous montâmes à bord. Si vous n'y voyez pas d'inconvénient.

— Non, pas du tout. Mais je dois partir dans une demi-heure.

MacDuff appela Mary qui monta sur le pont. Je descendis dans le carré.

— Eh bien, dis-je seulement, lorsque j'arrivai près de Torben.

Torben avait encore un air réjoui et satisfait. Mais son visage exprimait autre chose que je ne reconnaissais pas, quelque chose de diffus, d'absent.

— Alors, comment c'était, Corrywreckan ? demanda-t-il.

— Comme d'habitude, répondis-je.

Je décidai d'aller droit au but.

— MacDuff veut que Mary reste avec nous pendant trois jours. Qu'en dis-tu ?

Torben ne répondit pas tout de suite.

— Il ne peut pas la prendre à Kerrera, expliquai-je. Pour des raisons évidentes. Et il ne peut pas la laisser ici. Elle mourrait de froid.

Je m'étais attendu à un torrent d'objections.

— Il me semble que nous n'avons pas le choix, dit-il seulement.

Il dit cela négligemment, pratiquement comme si cela lui plaisait de ne pas avoir le choix.

Je le regardai, mais son visage ne changea pas d'expression. Je montai sur le pont.

Là haut, je vis Mary et MacDuff, debout près du bord, à côté du poste de pilotage. Ils étaient étroitement enlacés et ne s'aperçurent de ma présence que lorsque je me manifestai. Ils s'éloignèrent lentement l'un de l'autre.

— Vous pouvez partir quand vous voulez, dis-je à MacDuff. Tinker's Hole, vendredi. Nous attendrons jusqu'à samedi, mais pas plus longtemps.

MacDuff fit un pas en avant et me prit totalement au dépourvu en me serrant dans ses bras.

— Un jour, dit-il, je le promets, même si vous ne faites pas confiance aux promesses, nous naviguerons ensemble dans les Hébrides. Vous et moi, seuls.

Je sentis que cela valait plus que le service que nous

lui rendions. Mary ne dit rien. Elle tenait un sac à dos de cuir à la main et semblait attendre uniquement la prochaine décision. Comme nous ne pouvions pas monter tous les trois sur le *Sussi*, je ramenai d'abord Torben. Le vent s'était un peu calmé, ce qui nous permettait de voir que nous étions vraiment à l'abri. Cela avait été difficile à croire auparavant. Le ciel était parsemé d'étoiles, il faisait affreusement froid et le fracas de Corrywreckan ressemblait à un orage qui s'éloigne. À mon retour, MacDuff avait déjà mis son moteur en route et la chaîne de l'ancre était presque à la verticale. Mary sauta souplement à bord du *Sussi* sans se retourner. Je me levai, m'agrippai au bord et croisai le regard de MacDuff.

— Encore une chose, dis-je, avant de nous séparer. Vous me devez une réponse. Était-ce vous qui…

Je ne terminai pas ma phrase.

— Oui, dit-il, c'était moi. Pour sauver la vie de Mary.

— Et la tête ? laissai-je enfin échapper. Pourquoi ?

J'eus l'impression que MacDuff détournait le regard.

— Je croyais, dit-il d'une voix sourde, que ce serait une preuve irréfutable. Mais cela n'a même pas aidé. Même pas cela.

Je repoussai l'annexe. Plus un moins un est égal à zéro, pensai-je, lorsque j'entendis MacDuff mettre les gaz et prendre le cap au nord-est pour sortir de Corrywreckan. Mary était immobile, assise à l'arrière. L'obscurité était si compacte que je ne voyais pas ses yeux. C'était ma seule consolation.

CHAPITRE 25

Je dormis d'un sommeil agité et pendant très peu de temps sur la couchette bâbord du salon. Je ne cessais de penser à ce que MacDuff avait dévoilé. Torben dormait lourdement sur la couchette de quart à tribord de la descente. J'avais abandonné la cabine avant, ma « chambre à coucher » habituelle, à Mary, qui ne s'était pas couchée. Chaque fois que je me réveillai, j'apercevais sa silhouette dehors, dans le cockpit. Et, à chaque fois, elle se trouvait au même endroit. Je pensai me lever pour aller lui dire qu'elle serait mieux au chaud. Le thermomètre indiquait moins cinq degrés, et je n'arrivais pas à comprendre comment elle le supportait. Mais je restai allongé sur ma couchette.

Au petit matin seulement, je l'entendis ouvrir le panneau grinçant et descendre l'échelle. Je voulais lui tendre la main à son passage et lui demander ce qui l'inquiétait. Mais en même temps, j'étais sûr que Mary n'était pas une personne à accepter la compassion ou même qu'elle n'en avait pas besoin. Il y a des gens comme cela, et j'en fais partie.

Lorsque je me réveillai, la fois suivante, tout était différent et la nuit aurait très bien pu être un rêve. Le soleil brillait à travers le panneau de la descente, ce qui indiquait que le vent venait de l'ouest. Depuis le solstice d'hiver, les jours s'étaient allongés de deux heures, et cela se remarquait. Dès huit heures, il faisait jour. Torben était debout près du réchaud. Cela sentait bon le pain grillé. La porte de la cabine avant était fermée. Torben l'avait probablement fermée par crainte de réveiller Mary.

Cela faisait du bien de rester couché, sans se hâter et sans souci immédiat. Nous ne pouvions pas partir avant la renverse de marée, qui aurait lieu vers dix heures. De toute façon, je ne savais pas où nous irions. MacDuff avait proposé Loch Na Droma Buidhe à l'est de Mull. À quelle distance était-ce ? Je vérifierais cela plus tard. Sans doute était-ce la réaction aux événements de la veille et à la nuit blanche de l'avant-veille, mais rien ne paraissait plus urgent que le pain grillé et le pan de ciel bleu que j'apercevais à travers les hublots à tribord. Sur la cloison en face de moi, je voyais que le baromètre avait monté. Apparemment la traversée serait agréable, quelle que soit notre destination.

Je laissai Torben « me réveiller » lorsque le petit déjeuner fut prêt. N'étant pas matinal, il comprenait tout à fait que l'on pût ne pas parler la demi-heure suivant le lever. Le petit déjeuner était merveilleux dans sa simplicité : pain grillé, marmelade écossaise Robertson que je mangeais depuis toujours et café. Depuis mon séjour en France, je m'étais habitué à moins manger le matin. Après le petit déjeuner suivait la première et la meilleure des cigarettes.

Les volutes de fumée montaient jusqu'au plafond du carré, qui, normalement, était blanc ivoire, mais qui après l'hiver avait un aspect jaunâtre. Les lampes à pétrole, les odeurs de cuisine, la fumée de mes cigarettes et le poêle avaient, chacun à sa façon, une part de responsabilité dans la couleur du plafond. Je remarquai que les vitres avaient également besoin d'être nettoyées pour la même raison, mais aussi à cause du sel qui s'était cristallisé à l'extérieur.

Lorsque nous levâmes l'ancre, Torben et moi, le vent était encore orienté à l'ouest. Mary dormait encore après sa nuit blanche. Le vacarme de Corrywreckan s'était apaisé et laissait derrière lui un silence peu naturel. Cette fois-ci, nous sortîmes par le détroit entre Eilean Beaq et Jura. Au début, nous ressentîmes le courant portant qui poussait vers la terre, mais aussitôt sortis dans Corrywreckan, la marée nous entraîna rapidement vers l'est dans le détroit de Jura. Au nord-est, nous aperçûmes les restes de l'enfer que nous avions traversé ; des tourbillons, des vagues de plusieurs mètres de haut qui se dressaient du néant, des zones où les paquets d'eau se repoussaient les uns les autres comme de grandes plaques de glace, des remous où l'eau mijotait et bouillonnait comme dans le cratère d'un volcan. Il ne nous restait plus qu'à contempler, fascinés.

J'évitais de parler à Torben. J'avais bien trop peur qu'il ne remarquât un changement chez moi et que je lui cachais à nouveau quelque chose. Mais ce fut moi qui crus noter un changement dans l'attitude de Torben. Le seul fait qu'il ne me demanda pas de quoi nous avions parlé, MacDuff et moi, au cours du dîner, et ce qu'il s'était passé à Eilean Mor, était extraordinaire.

D'abord, j'attribuai ce changement aux suites des sensations brutales éprouvées dans Corrywreckan.

L'absolue conviction de Torben que le purgatoire terrestre que nous traversions allait finir dans quelque contrepartie céleste ne pouvait pas ne pas avoir laissé de traces. Lorsque, par la suite, j'essayai de comprendre ce qu'il lui était arrivé, j'arrivai à la conclusion que cette expérience et cette certitude que sa vie était bientôt terminée, avaient bouleversé ses fondements et ouvert ses sens et ses sentiments à des forces qu'il n'avait jamais connues auparavant.

Mais ce matin-là, lorsque je commençais à comprendre la raison immédiate de son silence et de ses absences momentanées, je ne voulais pas y croire.

Cela commença quelque part dans le détroit de Luing, lorsque je lui demandai ce qu'il pensait de Mary. Après tout, il avait longuement parlé avec elle.

— Elle n'est pas comme les autres, répondit-il.

— Quels autres ?

— Les autres gens. Je n'ai jamais rencontré quelqu'un comme elle. Comment… ? Je ne peux pas l'expliquer.

Ses paroles semblaient destinées à lui-même plutôt qu'à moi. Je lui demandai de quoi ils avaient parlé, Mary et lui.

— En réalité, je ne sais pas exactement de quoi nous avons parlé.

— Que veux-tu dire ?

— Que nous avons parlé de quelque chose de tout à fait différent de ce dont nous avions l'impression de parler. Nous avons discuté d'histoire celtique, mais ce n'est pas de cela qu'il s'agissait. Pas pour moi en tout cas.

— Ah bon ? Et de quoi s'agissait-il alors ?

— Ne t'est-il jamais arrivé d'être dans une situation où soudain les mots semblent perdre leur signification ? On continue de parler, mais en fait tout ce que l'on dit ne signifie rien. La seule chose qui compte, c'est ce qui n'est pas dit, une intonation ou un regard.

— À peu près comme lorsque l'on tombe amoureux, dis-je en plaisantant.

Mais la plaisanterie se changea en un instant en son contraire, lorsque je vis l'expression de Torben. Il évita de me regarder, presque comme s'il avait peur de ce que j'allais découvrir.

— Oui, dit-il enfin. Quelque chose dans ce genre.

Il n'en dit pas plus, et je ne sais pas ce qu'il pensait alors.

Je ne croyais rien et je ne voulais rien croire. Si Torben avait été séduit et captivé par l'apparition énigmatique de Mary, c'était bien la pire des choses qui puisse arriver, d'après ce que MacDuff m'avait raconté.

— Si j'ai bien compris, vous avez parlé des sacrifices humains, dis-je à Torben pour remettre la conversation sur un terrain moins glissant.

— Oui, c'est ça, dit-il d'une voix soulagée, comme s'il était heureux que je l'aide à continuer. Elle avait une curieuse conception de l'histoire.

— De quelle manière ?

— Tout est présent.

— On dirait que cela sort du livre de bord de Pekka.

— Oui, j'y ai pensé aussi. Mais lui au moins utilisait l'imparfait quand il écrivait. Pour Mary, tout était au présent. Parfois, je ne savais pas si elle parlait de quelque chose qui s'était passé il y a mille ans, ou si c'était hier. Il y a une île dans l'océan Pacifique qui n'a pas d'histoire. Tout ce qui a eu lieu là-bas a autant d'actualité aujourd'hui que lorsque cela s'est réellement produit. Il paraît qu'un indigène s'était précipité chez le gouverneur américain pour raconter qu'un meurtre avait été commis et qu'il fallait le venger. Une enquête a eu lieu. Un meurtre avait bien été perpétré, mais trente-sept ans auparavant ! Lorsqu'on lit cela, cela ne paraît pas si étrange. On comprend ce qu'on lit après tout. Mais lorsque cela se passe dans la réalité, comme cela m'est arrivé hier, on se rend compte à quel point la différence est fabuleuse. Pendant de longs moments, je ne savais pas comment me comporter.

Il se tut, puis poursuivit :

— Je voudrais savoir ce que l'on ressent lorsqu'on vit sans passé. D'une certaine manière, cela correspond à l'idée des druides selon laquelle toutes les connaissances devraient rester vivantes dans la mémoire. Que tout ce qui était écrit, mourait. Mais comment peut-on vivre sans livres ni écrits ? Ce serait ma mort.

Il avait l'air si préoccupé qu'on aurait pu croire que tous les livres du monde étaient déjà perdus.

— Parfois, je me demande s'ils n'avaient pas raison, continua-t-il. C'était peut-être parce qu'ils préservaient tous les mots vivants dans leur mémoire qu'ils pouvaient donner aux paroles une telle force. Ce qui est sûr en tout cas, c'est que les druides connaissaient la véritable valeur des mots. Ils pouvaient même refréner la violence avec des mots. C'est ce que j'ai ressenti lorsque je parlais avec Mary. Chaque mot signifiait quelque chose pour elle.

Je commençais à comprendre ce qui avait fasciné Torben chez Mary. Ce qu'elle prétendait représenter et ce pour quoi elle croyait vivre. C'étaient les idées des druides sur les mots et les connaissances comme le but ultime et le sens profond de la vie. Mais était-ce seulement cela ? N'était-ce pas aussi Mary en tant que femme ?

Torben avait parlé avec elle pendant des heures et il avait été tout le temps seul avec elle pendant que MacDuff et moi étions sur Eilean Mor. Cela avait suffi dans d'autres cas, sans l'aide des événements qu'il avait vécus dans Corrywreckan. Torben tombait facilement amoureux. C'était, je crois, une façon d'apprendre à connaître le monde. C'était la raison pour laquelle il avait l'habitude d'affirmer ses sentiments amoureux fugitifs et qu'il appréciait qu'on les remarquât. À plusieurs occasions, nous avions passé des heures à en parler, comment ils surgissaient, à quoi ils servaient et pourquoi ils avaient été suscités par telle femme plutôt que par telle autre. Maintenant au contraire, il semblait décontenancé et perdu. Quel genre de femme était donc Mary ?

Ensuite, je dus me concentrer sur la navigation. Nous sortions rapidement du détroit de Luing, poussés par la marée ; les amers et les balises se précipitaient à notre rencontre et il était difficile de décider si ce que nous voyions était bien ce qu'il fallait voir. En même temps, je réfléchissais sur la façon d'empêcher Torben de penser trop à Mary. Le plus simple était d'amener Torben à terre aux mouillages et de laisser Mary seule à bord. Mais cela m'agaçait de ne pas avoir l'occasion de parler moi-même avec elle. Après ma conversation avec MacDuff, j'en savais certes beaucoup plus, mais il y avait encore des questions sans réponse et seule Mary pouvait apaiser ma curiosité.

Nous avions déjà Kerrera en vue lorsque Mary monta sur le pont. Soudain, elle se trouva dans le cockpit, un sourire chaleureux aux lèvres dirigé tantôt vers moi, tantôt vers Torben. Son regard brûlant avait disparu. Sa détermination aussi. À la place, j'avais devant moi une très belle femme qui semblait jouir du plaisir de se trouver là, ses longs cheveux blonds dans le vent, à contempler la mer. Elle portait un jean et un gros chandail de laine comme ceux que portent les pêcheurs écossais. Je n'en croyais pas mes yeux. Avais-je eu peur d'elle ? Les yeux de Torben étaient remplis d'une joie évidente. Il n'arrivait tout simplement pas à détourner son regard d'elle.

— Où allons-nous ? demanda-t-elle.

— Droma Buidhe, répondis-je.

Elle sembla se contenter de cette réponse. Soit elle savait où cela se trouvait, soit elle se moquait de l'endroit où nous allions.

— Vous devez avoir faim, dit Torben en la scrutant du regard.

— Oui, dit-elle. Maintenant que vous le dites, j'ai assez faim.

— Prends la barre ! dis-je à Torben sans attendre de réponse.

Je me tournai vers Mary.

— Je vais vous montrer où se trouvent les choses, comme cela vous pourrez vous débrouiller toute seule à bord.

— Je me débrouille toujours toute seule. Particulièrement à bord.

Elle raconta que son père était pêcheur à Stornoway et qu'elle avait pratiquement grandi sur un bateau de pêche.

— Mais vous pouvez me montrer quand même. Il y a toujours quelque chose que l'on ignore.

Le petit déjeuner terminé, nous avions Loch Spelve à bâbord. C'était là que Pekka s'était caché avant de traverser le Firth of Lorne avec l'annexe pour aller jusqu'aux îles Garvellachs. Il n'était pas difficile à comprendre pourquoi Pekka avait hésité avant d'entreprendre la traversée. Mais le fait qu'il l'avait faite montrait bien qu'il ne manquait pas de courage. J'observais Mary à la dérobée pour voir si elle remarquait que nous passions Garvellachs, mais elle paraissait plus préoccupée par la navigation. Elle surveillait les voiles et les réglait avec une finesse que je n'avais jamais apprise moi-même.

Nous nous approchâmes rapidement de Kerrera sur tribord. J'étais partagé entre le souhait de me rapprocher de la terre pour satisfaire ma curiosité et celui de ne pas attirer l'attention. La sagesse et la prudence l'emportèrent et je restai près de la côte est de Mull. Il n'y avait certes pas plus de trois milles entre Kerrera et Mull, mais c'était suffisant pour que, même avec des jumelles, il ne soit pas possible de distinguer le numéro sur les voiles et le type de bateau. En outre, j'avais remplacé mon pavillon suédois par le pavillon de courtoisie écossais. Cela pouvait toujours semer le doute, si quelqu'un nous surveillait. Je ne pus m'empêcher de prendre les jumelles, mais je ne remarquai aucun signe de vie sur l'île. Lorsque je baissai les jumelles, Torben me regarda d'un air interrogateur, mais en même temps sans véritable intérêt. Mary ne parut pas faire attention à nos regards furtifs. Peut-être ne savait-elle même pas que MacDuff allait à Kerrera. Peut-être même ne savait-elle pas ce que MacDuff entreprenait. Je me rappelais qu'il m'avait dit ne plus faire confiance à Mary.

Les questions se perdirent quelque part dans l'eau scintillante et l'air tiède de l'après-midi. La traversée était belle et j'en profitais. C'était la première fois depuis bien longtemps. Mais je ne pouvais pas empêcher Torben et Mary de s'asseoir à l'avant et de bavarder.

Je n'entendais pas ce qu'ils se disaient, mais je voyais que leurs sourires et leurs regards ne fuyaient pas lorsqu'ils se rencontraient. De temps à autre, le vent transportait quelques mots ou quelques bribes de phrases. Je comprenais qu'il s'agissait encore de culture et d'histoire celtiques et je remarquais que, le plus souvent, Torben posait des questions et écoutait.

Lorsque nous contournâmes Duart Point, il était trois heures passées, et le soleil disparut derrière les montagnes de Mull, à mille mètres d'altitude, pour reparaître aussitôt dans les vallées. Les ombres étaient aiguisées comme des stries de gravure. Nous passâmes très près de Castle Duart, un de ces innombrables châteaux rachetés récemment par leur propriétaire d'origine à la dixième, vingtième, ou peut-être trentième génération. D'où provenait leur argent ? Et la volonté ? Pekka avait-il eu aussi raison à ce sujet ? Tout continuait à vivre. Les druides dans l'Église celtique. Les clans dans leurs vieux châteaux. Ces châteaux étaient-ils de gigantesques rideaux de fumée pour dissimuler ce qui se trouvait sous terre, dans les cachots et les caves profondes ? Les châteaux étaient-ils des nœuds stratégiques et des centres de ralliement de la nouvelle voie d'or ?

Le crépuscule tomba rapidement. Le soleil rougit avant de devenir gris et d'adoucir les contours sombres et tranchants des versants de la montagne. Le courant s'était inversé, mais quand nous parvînmes à Calve Island avant Tobermory il ne faisait pas totalement nuit. Tobermory est la plus grande ville de Mull et, l'été, le centre de navigation de plaisance de la côte ouest de l'Écosse. Mais, pour le moment, il n'y avait que quelques bateaux à l'ancre. Nous dépassâmes l'entrée du port, qui n'était guère plus qu'une baie de mouillage, et nous prîmes un nouveau cap vers Aulistan Point à l'aide des lumières de la ville à l'arrière. Ici il n'y avait pas de brisants à suivre comme au Firth of Lorne. Pour cette raison, nous dûmes avancer à l'aveuglette et à la lueur intermittente de la lampe de poche. Le pire fut l'entrée dans Loch na Droma Buidhe, qui n'était pas plus large qu'un chenal de trente mètres de large avec des rochers de chaque côté. Nous avancions très lentement. Si Mary n'avait pas été avec nous, je ne suis pas certain que nous nous en serions sortis sans dommage. Sa vision semblait traverser l'obscurité. Elle se tenait à l'avant et criait bâbord ou tribord. D'abord, je n'osais pas lui faire confiance, mais je compris vite que je n'avais pas le choix. Ou plus exactement que je n'aurais pas pu faire mieux moi-même.

Lorsque nous arrivâmes, elle s'assit sans un mot dans le cockpit. Depuis que le jour s'était couché, quelque chose avait changé dans sa façon d'être. Son rire perlé et contagieux avait disparu. Elle avait participé avec entrain à la traversée, non seulement en barrant, mais aussi en calculant le cap, le courant et en préparant le café. Bref, le *Rustica* avait hérité d'un merveilleux nouveau membre d'équipage. Mais lorsque l'obscurité apparut, elle se referma sur elle-même. Elle nous pilota jusqu'à Droma Buidhe parce qu'il le fallait, mais il n'y avait plus de chaleur dans ses cris.

Cela ne me surprenait pas. C'était plutôt sa joie de vivre précédente au cours de la journée qui m'avait étonné, car même si MacDuff ne lui avait pas raconté les risques qu'il courait, je ne pouvais pas m'imaginer que Mary n'avait pas senti ou remarqué que quelque chose avait changé. Même moi, en tant que spectateur, j'avais vécu leurs adieux à bord du bateau de

MacDuff comme si ce devait être les derniers. Mais d'un autre côté, me disais-je, Mary et MacDuff ressentaient peut-être chaque séparation comme si ce devait être la dernière.

Nous mouillâmes sur le côté sud de la baie, juste avant l'entrée, et nous reculâmes pour bien enterrer notre ancre CQR de quinze kilos. Nous avions sorti soixante mètres de chaîne, ce qui était le minimum, dans la mesure où il y avait quinze mètres de profondeur.

C'était lors de mon voyage en Bretagne que j'avais appris à ne pas être avare avec l'accastillage de mouillage. Si l'on pense aux endroits où les Anglais avaient l'habitude de mouiller le long de leurs côtes, ils doivent considérer les archipels de Bohuslän et de Stockholm comme des baies de mouillage parfaitement abritées. En Écosse, il était pratiquement impossible de trouver un port où l'on pouvait être à quai. Même à Tobermory, il n'y avait pas d'appontements. On mouillait sur ancre ou amarré à une bouée, et on se déplaçait avec l'annexe. La carte marine était constellée de *hr*, pour *harbour*, port, mais ce n'était que des baies naturelles plus ou moins abritées. Loch na Droma Buidhe était l'un des rares mouillages abrités, par tous les vents, même si le bassin me paraissait un peu trop étendu, un demi-mille. C'était plus que suffisant pour que des rafales de vent fissent se dresser des vagues d'un mètre ou plus. Droma Buidhe était pourtant considéré comme l'un des mouillages les plus sûrs de toute la côte ouest.

Torben m'aida à mettre le *Sussi* à l'eau dès que nous eûmes amené les voiles.

— Maintenant, nous allons à Tobermory à la recherche d'un restaurant, dis-je.

— Tous les trois ? dit-il plus comme une affirmation que comme une question.

— Non, répondis-je. J'ai promis à MacDuff que Mary resterait à bord.

Torben se retourna, la regarda, mais ne dit rien. Son regard me fit comprendre que je ne pouvais pas encore lui raconter tout ce que MacDuff m'avait dit. Soudain, je m'aperçus que je n'étais pas prêt à faire confiance à Torben sans réserve. C'était une terrible découverte, mais dès que j'eus formulé l'idée, je ne pus m'en défaire. Cela ne s'arrangea pas lorsque je me rendis compte qu'en fait il ne pouvait pas non plus me faire confiance. Tout bien réfléchi, en faisant une promesse à MacDuff, je trahissais Torben. En temps normal, cela n'aurait pas forcément eu des suites. Mais avec Mary à ses côtés, je n'étais pas absolument persuadé qu'il allait comprendre. Qu'allait-il arriver ?

Nous prîmes l'annexe une demi-heure plus tard. Nous dîmes à Mary que nous allions à Tobermory et lui montrâmes où se trouvaient les provisions pour le cas où elle aurait faim. Elle savait déjà comment allumer le réchaud.

Elle ne dit rien. Elle ne semblait pas intéressée de savoir où nous allions. Cela ne me plaisait pas d'avoir à la laisser seule à bord du *Rustica*. Je laissais rarement seuls des étrangers à bord. Après tout, c'était ma maison. Avec Mary, Torben et MacDuff, je n'avais pas le choix, semblait-il.

La traversée prit un peu plus d'une heure et demie ; il était huit heures lorsque nous descendîmes à terre. Avoir un Optimist comme annexe était un véritable luxe en comparaison des canots pneumatiques utilisés par la plupart des voiliers, mais il était difficile à faire avancer à la rame ; avec deux hommes à bord, le *Sussi* ne ressemblait pas à franchement parler à une fusée. Et, sous voile, il y avait peu de place sous la bôme et derrière le mât pour se sentir vraiment à l'aise. Nous étions allongés, Torben et moi, en travers du bateau, tête-bêche, pour pouvoir répartir équitablement le poids. À chaque rafale, celui qui avait la tête du côté du vent devait se glisser de cinquante centimètres par-dessus bord pour éviter que nous ne chavirions. Cela n'allait pas très vite et je devais constamment régler l'écoute et choquer à chaque rafale. Mais nous nous en sortîmes sans chavirer, tout en étant passablement mouillés.

Lorsque nous arrivâmes à terre à Tobermory, nous découvrîmes un pittoresque front de mer avec des maisons aux façades multicolores : jaune, rouge, bleu ciel, noir et vert. Déambulant dans l'unique rue à la recherche d'un restaurant dans l'une de ces maisons éclatantes de couleurs, c'était comme si nous avions une soirée de libre. Nous arrivâmes dans un local qui ne payait pas de mine, au premier étage d'une de ces maisons. Je ne me rappelle pas le nom du restaurant, mais c'est aussi bien. Le menu était médiocre et nous finîmes par commander des lasagnes. Elles nous furent servies accompagnées de pommes frites et d'une demi-boîte de haricots blancs à la sauce tomate ! Incrédules, nous nous regardâmes. En revanche, la carte indiquait du vin *écossais*. Tout émoustillé, Torben appela immédiatement le garçon et lui demanda quel était le vin importé qu'ils avaient pris la liberté de rebaptiser. À son grand étonnement, il s'agissait véritablement de vin d'Écosse. Je ne me souviens pas de son nom, je sais seulement qu'il était fabriqué dans un monastère dont les coteaux étaient exposés au sud, où il faisait particulièrement doux. Nous commandâmes du rouge et du blanc, et Torben goûta et but avec autant de soin que d'habitude. Le verdict tomba : pas un très grand vin en vérité, mais un vin honnête, un bon vin de table, sans vice et tout à fait buvable si l'on était d'humeur à cela.

Ce qui était notre cas. Et nous bûmes à peu près tout, ou plus exactement absolument tout ; nous laissâmes approximativement une quantité équivalente de lasagnes aux haricots blancs. Avant de partir, nous demandâmes au garçon où nous pouvions nous rendre pour prendre un dernier verre avant de retourner au bateau.

— Oh, dit-il, vous n'avez que l'embarras du choix. Soit vous allez au MacDonald Arms, soit au Mishnish.

— Lequel est le mieux ? demanda Torben.

Le garçon, qui semblait avoir une grande expérience des qualités et des défauts des pubs, dit, après mûre réflexion :

— Eh bien, si ce n'est pas Mishnish, ce doit être MacDonald Arms.

Nous allâmes au MacDonald Arms, un pub typiquement écossais. Son choix extraordinaire de malts le différenciait de ses homologues anglais. Non seulement il y avait mes préférés, MacCallan et Old Fettercairn, mais aussi des marques dont je n'avais jamais entendu parler. Il y avait des whiskies de toutes les nuances et de tous les âges. Torben se mit fébrilement à la recherche d'une liste de vins tandis que je souffrais d'indécision. Je bois toujours modérément, non pas par peur de devenir ivre, mais parce que je déteste me réveiller le matin avec la gueule de bois. Mais en Écosse, tout comme en France, j'ai du mal à rester dans les limites du raisonnable. Le meilleur whisky est toujours trop bon et il y a beaucoup trop de sortes à déguster. Je me trouvais devant la rangée de bouteilles de whisky, indécis, lorsque soudain j'entendis une voix derrière moi.

— Je vous recommande de commencer avec du Glen Morangie. Il est doux et rond, c'est pour cela qu'il faut le boire en premier.

Je me retournai. Devant moi se tenait un homme que je n'avais jamais vu auparavant.

— Si vous souhaitez goûter quelque chose de particulier, Talisker est un bon choix, poursuivit-il. *It's a little bit rough*[1] ! ajouta-t-il en se raclant la gorge.

Je ne trouvai rien à répondre.

— N'ayez pas l'air aussi étonné ! dit-il. Je m'appelle MacLean. J'habite un peu plus loin sur la côte. Je vous ai vus à la jumelle lorsque vous êtes passés cet après-midi. J'ai pour mauvaise habitude de prendre les jumelles au passage de chaque bateau.

MacLean, pensai-je. Ce doit être le maître du château, ou l'un de ses descendants qui résidaient aussi à Castle Duart. J'étais partagé entre la curiosité et la prudence. Même si je partais du principe que Torben et moi avions obtenu une sorte de répit jusqu'au retour de MacDuff, je ne me sentais pas du tout rassuré. Mais MacLean avait un regard franc qui rayonnait de gentillesse, exactement comme la plupart des Écossais que nous avions rencontrés.

— D'où venez-vous ? demanda-t-il sans montrer autre chose que de l'intérêt pour la bonne et mauvaise fortune de ses semblables en général.

— Du Danemark et de Suède, répondis-je.

— Mais ne battiez-vous pas pavillon écossais ? demanda MacLean.

1. « C'est un peu raide. »

Je l'avais complètement oublié. Mais comment avait-il pu nous reconnaître en nous voyant seulement à l'aide de ses jumelles ?

— Notre pavillon suédois s'est déchiré en mer du Nord, il y a une quinzaine de jours, dit Torben qui s'était rapproché lorsqu'il avait vu que j'avais de la compagnie.

— Il y a quinze jours ?

MacLean ouvrit de grands yeux, peut-être un peu *trop* grands. Ou alors c'était moi qui devenais exagérément méfiant. C'était comme si je sentais dans le dos les émissaires du Cercle, où que nous nous trouvions.

— Vous ne voulez pas me dire que vous avez traversé la mer du Nord à la voile au mois de janvier ?

— Si, dit Torben, tout à fait. Mais ce n'était pas de ma faute. C'était l'idée du skipper. Demandez-lui !

— Ces messieurs boivent gratuitement ce soir. Ils ont traversé la mer du Nord en janvier. Uniquement pour nous rendre visite ici en Écosse.

Je sentis tous les regards se tourner vers nous. Je voulus protester, mais je me rendis compte que ce n'était pas la peine.

— Mais pourquoi ? demanda MacLean, d'une voix moins forte, mais toujours audible aux autres. Juste pour voir comment c'est en Écosse ?

— Parce que l'Écosse est un beau pays, répétai-je. Et parce que aucun autre peuple n'est aussi hospitalier. En plus, en hiver, on n'est pas gêné par les touristes.

J'entendis quelques murmures d'approbation. MacLean jeta un coup d'œil vers la salle comme pour faire voir qu'il avait eu raison de nous inviter à boire à ses frais. J'aurais préféré éviter d'attirer l'attention.

C'était peut-être une grosse erreur de venir jusqu'à Torbermory, mais il n'y avait pas autre chose à faire que d'avoir bonne mine. MacLean revint à sa première question.

— Bon, quel whisky puis-je vous offrir ?

— Je voudrais bien goûter le Glen Morangie, dis-je rapidement pour ne pas avoir à prendre du Talisker, celui qui était *a little bit rough*.

Ce fut Torben qui dut le prendre. Il n'osa pas montrer qu'il n'était pas spécialement attiré par la boisson nationale écossaise. Son visage se tordit en grimaces lorsqu'il avala sa première gorgée. J'attirai l'attention de MacLean en vantant les qualités du Glen Morangie, au goût suave et doux. Pendant ce temps, Torben fit la seule chose qu'il pouvait faire, il avala le reste de son verre d'un trait, sans prendre le temps de goûter. Lorsque MacLean se tourna vers Torben, le verre était déjà vide.

— Je n'ai jamais bu quelque chose de semblable, parvint-il à articuler avec une certaine difficulté.

— N'est-ce pas ? dit MacLean. Talisker est incomparable.

— Éventuellement à du fioul, dit doucement Torben en danois.

— Encore une tournée ! dit MacLean au barman.

— Attendez un moment, coupa Torben à la vitesse d'un cobra. J'aimerais bien goûter l'autre aussi.

C'était la première fois depuis que nous étions en Écosse, et peut-être la première fois de sa vie, que Torben demandait à boire du whisky. Et il semblait l'apprécier. Après avoir goûté du bout des lèvres le Glen Morangie, il observa le fond de son verre et goûta à nouveau. Son étonnement éclaira tout son visage. MacLean semblait très heureux.

— N'étiez-vous pas trois à bord ? demanda-t-il soudain. À moins de me tromper, il me semble avoir vu une femme à bord.

— Si, répondis-je. C'était une femme. Mais elle avait besoin de se reposer.

— Cela n'a rien d'étonnant, dit MacLean, sur un ton qui aurait très bien pu exprimer des reproches. Et vous l'avez entraînée à travers la mer du Nord ?

Je ne savais que répondre. Torben non plus, qui laissait tourner son verre entre ses doigts. MacLean ne semblait pas surpris par mon silence et n'insista pas. Je n'y comprenais rien. Tout le long de la soirée, il posa beaucoup de questions. Était-ce par curiosité ou bien par méfiance, je n'ai jamais su. Plus la soirée avançait et plus il devenait difficile de décider de quoi il retournait. D'autres consommateurs voulurent nous inviter et, lorsque MacDonald Arms ferma, ma faculté de jugement ainsi que celle de Torben étaient très sérieusement touchées. Mais en même temps j'étais heureux d'avoir pu passer une soirée avec Torben, comme si rien n'était arrivé. J'avais commencé à espérer que notre conversation du matin n'avait pas la signification que je lui avais donnée et que toutes mes craintes étaient infondées. Je me persuadais que tout était comme d'habitude et que le vendredi suivant, tout serait terminé.

Une fois de plus, nous nous allongeâmes en travers du *Sussi* et nous nous fondîmes dans l'obscurité de la nuit. Pour des raisons naturelles, la navigation était encore plus hasardeuse sur le chemin du retour. Il était aussi beaucoup plus difficile de demander à Torben d'agir comme contrepoids au moment des rafales. La plupart du temps, il était sur le point de nous faire couler, car il ne se penchait par-dessus bord qu'une fois la rafale passée. Je finis par ne me fier qu'à ma propre rapidité de réaction — qui n'était pas des meilleures — et choquer à l'arrivée d'une rafale.

D'abord, je barrai d'après une constellation d'étoiles, droit sur l'est. Mais lorsque nous arrivâmes à mi-parcours, je remarquai une source de lumière droit devant. Elle se trouvait très haut et je crus qu'elle se situait au sommet de l'une des montagnes vers Loch na Droma Buidhe. Mais que faisait-elle là-bas ? D'autres navigateurs nous tenaient-ils compagnie ?

Plus nous approchions et plus cette lumière paraissait étrange. Finalement, je réveillai Torben qui s'était endormi. Il s'assit, mal réveillé, se tapa naturellement la tête contre la bôme et fut très près de faire chavirer le *Sussi* corps et biens. J'attendis qu'il eût repris à peu près tous ses sens et lui indiquai la lumière.

— C'est quelque chose qui brûle, dit tout de suite Torben. Et dès qu'il l'eut dit, je me rendis compte qu'il avait raison.

Le *Rustica* ! pensai-je immédiatement. Mary a-t-elle mis le feu au *Rustica* ? Mais au même instant je compris que le feu venait d'un endroit situé plus haut. Arrivés à quelques encablures de l'entrée de Loch na Droma Buidhe, nous vîmes de quoi il s'agissait. Nous observâmes la montagne. Au sommet, devant le feu, se détachait la silhouette d'un être humain qui écartait les bras vers le ciel et la mer. L'instant d'après, un cri retentit. Son écho se répercuta entre les parois de la montagne. La silhouette disparut dans l'obscurité. Quelques secondes plus tard, les flammes commencèrent à vaciller, et moins d'une minute après, le feu s'éteignit totalement et la nuit reprit ses droits. Tout était silencieux.

CHAPITRE 26

— Je vais à terre, dit Torben.

— Que comptes-tu faire ?

— Que crois-tu ? Voir ce qui s'est passé. Aider Mary.

— Mary ? demandai-je. Comment sais-tu que c'est elle ?

— Qui d'autre ? As-tu oublié Anholt, le feu, la femme au sommet de la montagne ?

Non, je ne l'avais pas oublié. Mais si c'était Mary qui avait crié, elle n'avait peut-être pas été toute seule.

— Ce n'était peut-être pas un accident, dis-je. Quelqu'un doit avoir éteint le feu.

— J'y ai déjà pensé.

Torben semblait irrité par ce qu'il considérait sans doute comme des prétextes.

— Ce peut très bien être nos amis de Kerrera, dis-je.

— Et alors ?

Je voulais empêcher Torben d'aller à terre. Pour lui, pour nous. Nous ne devions rien à Mary, au contraire.

— Tu ne verras rien, objectai-je. Nous n'avons même pas de lampe de poche.

— J'en ai une, dit Torben, en sortant sa lampe frontale de l'une de ses grandes poches intérieures.

Retourne au *Rustica* et attends-moi. Je sifflerai trois fois, si je veux que tu viennes avec l'annexe.

Pendant ce temps, nous nous étions rapprochés du bord et je cherchai une saillie de la roche pour que Torben puisse sauter à terre.

— Ne serait-ce pas mieux que tu m'attendes ? Je fais le tour du cap et amarre le *Sussi* à l'abri. Ici il va se fracasser contre les rochers. Cela ne prendra pas plus de dix minutes.

— Si. Et de toute façon, dix minutes, c'est trop long.

— Dans ce cas, nous laissons le *Sussi* ici, dis-je à contrecœur.

D'un côté, je ne voulais pas laisser Torben, mais d'un autre, je m'inquiétais de savoir s'il était arrivé quelque chose au *Rustica*, dans le cas où Mary n'aurait pas été seule.

— Non, dit Torben. Nous ne pouvons pas prendre le risque de perdre l'annexe. S'il est arrivé quelque chose à Mary, nous en aurons besoin.

Il y avait quelque chose d'irraisonné dans la voix de Torben.

— Fais attention ! dis-je lorsqu'il sauta à terre et se cramponna aux rochers glissants.

Était-ce encore l'effet de tout le bon whisky que j'avais bu ? Mais avant que Torben ne pût plus m'entendre, je lui lançai un commentaire que je regrettai à l'instant même où je le formulai.

— N'oublie pas une chose ! criai-je. Si c'était l'un de nous deux, Mary n'aurait sûrement pas levé le petit doigt.

Torben ne répondit pas et commença l'escalade de la montagne à une rapidité incroyable. Le faisceau de sa lampe se projetait tantôt contre la montagne gris-noir, tantôt dans l'obscurité où la lumière restait suspendue pendant quelques instants fugitifs. Du pied, je repoussai le *Sussi* loin des rochers. Les vagues n'étaient pas très grosses, mais suffisamment fortes pour que nous ne restions pas là plus que nécessaire. Le *Sussi* avait déjà subi plusieurs éraflures et des entailles sur le franc-bord.

Ce fut seulement en arrivant dans les eaux tranquilles de Loch na Droma Buidhe que je pris conscience de ce que j'avais dit à Torben. Je l'avais dit en pensant à lui, mais comment pouvait-il le comprendre dans l'état où il se trouvait ? Dans mon accès de colère, une pensée sordide s'était glissée, œil pour œil, dent pour dent, qui à ses yeux avait dû paraître d'autant plus méprisable qu'il n'était pas lui-même conscient que son ardeur à porter secours n'était pas seulement l'expression d'une compassion désintéressée. Je n'aurais pas pu choisir des mots plus malheureux que ceux que j'avais laissé échapper sans réfléchir.

Ce fut aussi juste avant l'entrée dans Loch na Droma Buidhe qu'une autre pensée me vint à l'esprit. Mary ne pouvait pas avoir été seule. *Car sinon, comment aurait-elle pu aller à terre ?*

Je scrutai l'obscurité sans discerner le moindre mouvement ou la moindre lumière. Seconde après seconde, minute après minute. Je tentai de me préparer à toutes les éventualités : que personne n'apparût au milieu des arbres jusqu'à une soudaine rafale de coups de feu. Le *Sussi* était prêt à l'arrière du *Rustica*, de façon que je puisse rapidement me rendre à terre en quelques instants.

Mais le temps passait et rien ne se produisait. J'avais terriblement froid. La chaleur superficielle et momentanée provoquée par l'alcool avait depuis longtemps disparu. Je me serais peut-être moins inquiété si j'avais été encore un peu ivre.

Au bout d'une demi-heure d'attente, mon inquiétude laissa la place à l'angoisse. Quelque chose de terrible devait s'être produit. Seul le clapotis des vagues contre la coque se faisait entendre. La montagne qui se dressait au sud était dans une obscurité totale. Un quart d'heure après, je décidai de ne pas attendre au-delà d'une heure pour me lancer moi-même dans l'escalade. Cette décision me calma un peu et je me préparai en enfilant des bottes, des vêtements plus chauds et en prenant une lampe de poche. Lorsqu'il ne resta plus que dix minutes avant la fin du délai que je m'étais imparti, je vis un faisceau de lumière se déplacer lentement à travers la forêt vers la plage. Sa progression se faisait par à-coups et parfois ce faisceau restait immobile pendant quelques secondes. Lorsque Torben siffla, j'étais déjà à bord du *Sussi* et avançais en direction de la terre à grands coups de rames. Je me retournais de temps en temps pour vérifier la direction et je vis la lampe frontale se porter sur quelque chose de blanc à ses pieds. L'instant avant d'arriver, je vis ce que c'était : les jambes nues de Mary. Qu'allait dire MacDuff ? pensai-je en sautant à terre.

— Elle vit ! furent les premières paroles de Torben.

Il était penché au-dessus d'elle, en bras de chemise, transpirant à grosses gouttes. Il avait mis son épais caban sous Mary.

— Mais il faut vite la transporter dans un endroit chaud. Elle est frigorifiée.

— Nous devons la ramener ensemble, dis-je. Je n'arriverai jamais à la monter à bord tout seul.

Ce ne fut pas une mince affaire de la mettre à bord de l'annexe. Nous l'installâmes sur le fond entre le banc de nage et l'arrière. Pour ne pas chavirer, nous fûmes obligés, Torben et moi, de nous asseoir côte à côte sur le banc de nage et de ramer avec une rame chacun. Les jambes de Mary étaient appuyées sur le tableau arrière et dépassaient au-dessus de l'eau, tandis que sa tête reposait sur le bras libre de Torben. Même à travers mes vêtements, je sentais le froid qui émanait de son corps. Je voulais ramer plus vite, mais je n'osais pas. Du franc-bord du *Sussi*, il ne restait guère plus de cinq centimètres au-dessus de la ligne de flottaison.

Je ne sais toujours pas comment nous avons réussi à monter Mary à bord. Nous la portâmes sur la couchette bâbord, enveloppée dans une couverture d'aluminium que j'avais toujours à bord en cas de refroidissement. Nous l'emmitouflâmes dans deux duvets. Elle murmura quelque chose d'inaudible lorsque nous l'allongeâmes. Je m'attendais qu'elle hurlât de douleur lorsque la chaleur reviendrait dans son corps. En tant que plongeur, je savais à quel point la souffrance est intense lorsque la chaleur se répartit dans un corps refroidi. C'est épouvantable pour les doigts. On a l'impression qu'ils sont mis en pièces. Mais aucun son ne passa les lèvres de Mary.

Torben s'assit auprès d'elle et la veilla. Je ne crois pas qu'il ait détourné les yeux d'elle plus d'une fois pour me regarder cette nuit-là. Je lui demandai ce qu'il s'était passé.

— Il m'a fallu beaucoup de temps avant de la trouver, expliqua-t-il. Sur la dernière partie du parcours, je n'osais pas garder la lampe allumée. Comme toi, j'étais persuadé que nous n'étions pas seuls. En cours de route, je me suis souvenu que nous avions pris l'annexe pour Tobermory et que nous avions laissé Mary sans aucun moyen de rejoindre la terre. C'était exprès ?

— Non. J'ai eu la même idée lorsque je t'ai laissé. Sais-tu comment elle est allée à terre ?

— Oui, répondit-il. À la nage.

— À la nage ?

Je croyais avoir mal entendu.

— C'est impossible, objectai-je. L'eau est à six, sept degrés. Au bout de dix minutes, on est quasi inconscient à cette température.

— Elle était nue, lorsque je l'ai trouvée. Tu as une meilleure explication ?

On aurait presque dit que Torben me reprochait d'avoir laissée Mary seule à bord du *Rustica* sans possibilité d'aller à terre.

— Comment va-t-elle ?

— Je ne sais pas. C'était très pénible d'avancer sans lampe. J'ai cherché longtemps au bas de l'avancée où nous l'avions vue. Je croyais qu'elle était tombée, mais finalement je l'ai trouvée au sommet, à cinquante centimètres du bord, tout près des cendres du feu. Elle était allongée, nue, en position fœtale. Sans traces de blessure. Elle était glacée, et j'ai d'abord cru qu'elle était morte. Je ne sentais pas son pouls. Alors j'ai placé le verre de ma lampe devant sa bouche, qui s'est couvert de buée. J'ai compris qu'elle respirait encore. Je me suis déshabillé, je l'ai enveloppée dans mes vêtements et j'ai commencé à la frotter. Il a fallu au moins cinq minutes avant qu'elle montre le moindre signe de vie. Elle a d'abord ouvert les yeux et m'a dévisagé comme si j'étais un fantôme. Ensuite elle a commencé à délirer. Elle se croyait au *sid*.

Torben se tut et contempla longtemps la main de Mary entre les siennes.

— Mais en même temps, elle souffrait, dit Torben d'une voix assourdie. Non pas de douleur, mais de regret. Elle regrettait d'avoir tenté de rejoindre le *sid* de sa propre force. Elle ne cessait de répéter qu'elle avait trahi.

Torben s'arrêta à nouveau de parler. Je me demandais à quoi il pensait. Je savais pourquoi Mary estimait avoir trahi une fois de plus.

— Et puis, il y a eu MacDuff, dit-il lentement, comme s'il avait du mal à faire sortir les mots de sa bouche. Elle pensait qu'elle avait trahi MacDuff. Elle voulait revenir. Elle ne voulait pas être au *sid*. Je ne croyais pas qu'elle l'aimait autant.

Il ne semblait pas conscient du désespoir qu'il y avait dans ses mots.

Je ressentis un immense soulagement. Mary aimait MacDuff plus que tout au monde, malgré leur impossible et douloureux amour. En même temps, je voyais combien Torben souffrait et je ne pouvais rien faire pour l'aider. Nous allions bientôt être obligés de nous séparer de Mary.

— En venant ici, reprit Torben plus pour lui-même, elle a dit que MacDuff et elle ne pouvaient vivre ensemble. Elle a dit qu'ils ne luttaient pas pour la même cause, que leur temps était terminé.

Je commençais à croire que Mary avait utilisé Torben pour renforcer sa conviction qu'elle n'avait pas besoin de MacDuff, que Torben avait été pour elle une tentative fugace d'oublier un instant MacDuff. Mais elle avait découvert une fois de plus que l'amour était plus fort que toutes ses théories druidiques et ses cultes celtiques. Elle vivait pour une idée, mais elle était la victime sans défense de ses sentiments. Je pensai tout à coup à elle avec une sorte de compassion que je n'avais jamais ressentie auparavant.

— Ne vaudrait-il pas mieux aller à Tobermory chercher un médecin ? proposai-je.

Pour la première fois, Torben me regarda.

— Elle ne nous le pardonnerait jamais, dit-il.

— Mais si elle meurt ? Que faisons-nous alors ?

— Ce que nous faisons ?

L'idée que Mary pût mourir paraissait totalement étrangère à Torben.

— Si elle survit, dit Torben, il vaut mieux qu'elle découvre qu'elle est encore en vie ici chez moi.

— Chez toi ?

— Chez nous, corrigea-t-il, sans changer le ton de sa voix.

Je n'avais rien à dire.

— Et le feu ? demandai-je seulement. Qui l'a éteint ?

— Personne.

— Comment ça, personne ? Il faut bien que quelqu'un l'ait éteint !

— Non, il s'est éteint de lui-même. J'ai touché les cendres. Elles étaient froides. Et sèches !

D'un geste de la main, Torben me fit comprendre qu'il ne voulait même pas essayer d'expliquer comment un feu pouvait s'éteindre de lui-même en un instant. Il l'acceptait sans se poser de questions, quelque chose qu'il n'aurait jamais fait en temps normal.

— Je suis désolé, dis-je.

— De quoi donc ?

— De ce que j'ai dit sur Mary.

— Cela n'a aucune espèce d'importance !

La réponse fusa, comme si lui aussi se sentait coupable. Mais cela prouvait qu'il avait compris ce que j'avais dit et qu'il l'avait encore à l'esprit. En même temps, il y avait un vide dans sa voix qui minait la sincérité de sa réponse. Je n'étais même pas sûr qu'il était conscient de m'avoir pardonné. C'étaient seulement des mots. Il avait oublié ce qu'étaient les mots, alors que c'étaient peut-être précisément la magie et la puissance des mots qu'il croyait pouvoir trouver, grâce à Mary.

— Je ne savais pas que Mary avait autant d'importance pour toi, dis-je en guise d'explication.

Il ne répondit rien. Peut-être croyait-il ou éprouvait-il le sentiment que je mentais une fois de plus, pour moi-même, pour lui ou pour nous deux à la fois.

Je le quittai, penché sur Mary, pour aller dans la cabine avant et je fermai la porte.

CHAPITRE 27

À mon réveil, le lendemain matin, j'avais d'épouvantables maux de tête. Je m'étais endormi d'épuisement, mais les événements de la nuit avaient dû continuer à vivre en moi, car les draps et la couverture gisaient en tas à mes pieds. Tout était silencieux dans le salon et j'ouvris prudemment la porte pour ne pas réveiller Torben et Mary.

Le salon était vide. Torben, plein de prévenance, avait griffonné quelques lignes sur un morceau de papier : « Ne t'inquiète pas ! Nous allons revenir. » Cela ne me calma pas, au contraire. Tandis que je préparais le petit déjeuner, je pris deux cachets d'aspirine. Je pensais sans cesse à Torben et Mary. Qu'avait ressenti Mary lorsqu'elle avait repris conscience et compris que, malgré tout, elle n'avait pas, à nouveau, trahi MacDuff ? De la joie ? De la reconnaissance envers Torben pour lui avoir sauvé la vie ? Je pressentais ce que cela pouvait représenter pour Torben et comment il pouvait facilement prendre cela comme l'expression d'autres sentiments.

Je ne souhaitais rien d'autre que de lever l'ancre aussi vite que possible, faire le tour de Mull et laisser Mary à l'endroit convenu.

Je pris mon petit déjeuner dans le cockpit, dans l'espoir que la fraîcheur du matin m'éclaircirait les idées. Le soleil se levait au-dessus des montagnes, à l'est. L'étrave du *Rustica* pointait vers le nord, par-delà l'île d'Oronsay qui faisait de Loch na Droma Buidhe un plan d'eau abrité. La cime des montagnes était couverte de neige. Le ciel était bleu et les ombres découpaient leurs traits tranchants sur les versants granitiques. Ce devait être grandiose, mais mon inquiétude me rendait aveugle à la beauté. Mon regard passait du bord de la plage où se trouvait le *Sussi* aux pentes habillées de buissons, où je pensais que Mary et Torben se trouvaient peut-être.

Que faisaient-ils ? Où avait-elle trouvé la force de se lever, aller à terre et monter les rochers qui entouraient Loch na Droma Buidhe ? Finalement, je n'en pouvais plus d'attendre. J'enfilai mon ciré et préparai le *Rustica*. Peu importait ce qu'il se passait, ou ce qu'il s'était passé à terre, je n'avais pas l'intention de rester plus que nécessaire. Il fallait ramener Mary.

Je venais d'enrouler la chaîne de l'ancre autour du cabestan lorsque j'entendis le grincement de rames. Je me retournai. Le *Sussi* revenait. Torben ramait de façon rapide et méthodique, le dos tourné vers moi. Mary était assise à l'arrière, le dos droit et les cheveux au vent. Elle me sourit lorsqu'elle vit que je les regardais, d'un sourire aimable, chaleureux.

J'allai à l'arrière pour les accueillir. Torben ne dit rien et évita de me regarder quand il monta à bord. Il avait l'air indiciblement fatigué, mais content, presque heureux.

— Quand partons-nous ? demanda Mary d'une voix

qui ne semblait pas marquée par les événements de la nuit.

— À l'instant. Je ne veux pas arriver trop tard.

— Où donc ? demanda-t-elle d'une voix absente.

— Nous devons rencontrer MacDuff demain.

« L'avez-vous oublié ? » avais-je envie de demander, mais le regard de Torben m'en dissuada. Je scrutai le visage de Mary qui n'avait pas changé d'expression lorsque j'avais mentionné MacDuff. La veille, j'étais persuadé qu'elle aimait MacDuff et que tout le reste n'avait aucune importance. À cet instant, je m'inquiétais à nouveau. À quoi jouait-elle ?

Selon Pekka, c'était MacDuff qui était dangereux. Pourtant avec MacDuff je me sentais en sécurité. D'être à côté de Mary, c'était comme marcher sur la glace au printemps ou dans des marécages. Soudain, il y avait un trou et on commençait à s'enfoncer dans des sables mouvants alors qu'on cherchait fébrilement quelque chose à quoi se raccrocher.

Il était deux heures de l'après-midi lorsque nous dépassâmes Ardmore Point au nord de Mull et je me demandais déjà où nous allions mouiller pour la nuit. Nous ne disposions que de quelques heures avant qu'il ne fît nuit à nouveau. Je cédai la barre à Torben et je lui fixai une route sûre. L'ouest de Mull était traître.

Je restai devant la carte sans arriver à prendre de décision. Il y avait douze milles jusqu'à Iona et nous ne pourrions pas y arriver avant la nuit. Les Treshnish Isles semblaient vulnérables. Entre Fladda et la grande île de Lunga, il y avait toute une série de récifs juste sous la surface de l'eau et le seul abri se trouvait à la merci des vents de nord-ouest. Calgary Bay à Mull même était peut-être une possibilité si le vent restait orienté au nord-ouest. Mais en Écosse, le temps est bien trop changeant et trop imprévisible. Il ne restait plus que le détroit entre Mull et l'île de Ulva. Mais les perspectives n'étaient pas brillantes. Dans les instructions nautiques, j'avais lu que le détroit était « parsemé de bas-fonds et de bancs de sable » et qu'il devait être « parcouru avec la plus extrême prudence ».

Je jetai un œil au compas de contrôle dans le carré. Torben tenait à peu près le cap que je lui avais donné, mais je ne vérifiais plus seulement pour le principe. Il n'était pas lui-même, pas plus que je n'étais moi-même. Nos vies avaient été en péril plusieurs fois, et cela avait laissé des traces au fond de nous. Je tentai de me persuader que nous avions été les victimes de tous les harassements que nous avions subis, et que tout redeviendrait comme avant, une fois que nous aurions quitté l'Écosse. Le jour suivant, nous allions ramener Mary à MacDuff et ensuite nous serions libres de partir où bon nous semblerait. À l'ouest, la voie était libre et nous pouvions aller jusqu'aux Caraïbes ou au Portugal sans que quelqu'un nous regrettât. Au contraire, certains seraient heureux d'être débarrassés de nous. Mary plus que tout autre peut-être.

Pourquoi pas ? Pourquoi ne pas faire plaisir à ceux qui voulaient nous voir partir ? pensai-je lorsque le panneau s'ouvrit et que Mary entra. Elle s'installa à côté de moi, mit une main sur mon épaule et se pencha sur la carte. Sa joue n'était qu'à quelques centimètres de mon visage et à travers les vêtements je sentis la chaleur de sa main. Pas même moi je ne pouvais résister à sa séduction. Que voulait-elle ? À nouveau, l'incertitude et le doute refaisaient surface. Il me vint à l'idée qu'elle essayait tout simplement de nous séparer Torben et moi, pour protéger le Cercle de notre ingérence. Tant que MacDuff garantissait nos vies, elle ne pouvait rien faire d'autre. Je sentis la colère monter en moi. Si nous ne nous étions pas occupés d'elle, elle serait peut-être morte maintenant.

— Où avez-vous pensé aller ? demanda-t-elle.

J'indiquai le passage d'Ulva. Elle me jeta un regard surpris.

— Je pensais que vous étiez plus malin, dit-elle.

— Montrez-moi une autre possibilité. Nous pouvons bien sûr naviguer toute la nuit aussi.

— Non, dit Mary fermement, comme si c'était un ordre.

Il y eut un coup de roulis et le corps de Mary prit appui sur le mien. La houle de l'Atlantique croissait manifestement. Je la repoussai des deux mains. Elle me regarda d'un œil scrutateur et insolent, mais ne dit rien. Cette fois-ci, je réussis à soutenir son regard sans me perdre.

— Le passage d'Ulva est le seul endroit où nous pouvons éviter la houle, dis-je.

— Nous pouvons aller à Acarsaid Mor, dit-elle en se penchant à nouveau vers moi.

J'étais sûr qu'elle voulait voir si j'allais m'esquiver ou si j'allais la repousser, aussi je ne bougeai pas.

Elle désigna l'île de Gometra, séparée d'Ulva par un petit détroit.

— Ici, derrière l'île de Eilean Dioghlum, il y a une baie protégée où l'on est à l'abri de tous les vents. L'entrée est facile.

— Et la profondeur ? Nous avons presque deux mètres de tirant d'eau.

— Au milieu de la baie, il y a trois mètres à marée basse.

— MacDuff a-t-il l'habitude de mouiller là ? demandai-je.

— MacDuff ? répéta-t-elle avec le même air de ne rien comprendre que tout à l'heure, comme si elle n'avait jamais entendu ce nom-là auparavant.

— Oui, MacDuff ! insistai-je. L'avez-vous oublié ?

Pour une fois, ce fut Mary qui détourna les yeux.

— Oui, dit-elle, d'une voix éteinte. Je l'oublie chaque fois que nous nous séparons.

Elle me regarda. Pendant un instant vertigineux, elle avait tout oublié des druides et des Celtes et n'avait pensé qu'à son impossible amour pour MacDuff, qui à maintes reprises l'avait fait trahir tout ce à quoi elle croyait. Son désespoir l'avait instantanément rendue humaine, et je dis d'une voix plus aimable que prévu :

— Et Torben ? Est-il aussi seulement une manière d'oublier ?

— Torben ? demanda-t-elle, en me regardant comme si elle ne savait pas de quoi je parlais.

Le mur qui s'était lézardé venait de se refermer à nouveau.

Le reste du voyage ne fut qu'un supplice sans paroles. Quand la froideur s'installe à bord d'un voilier, celui-ci ressemble plus à une prison qu'à un rêve de liberté. Mary n'est montée sur le pont qu'à l'entrée de Acarsaid Mor, large de cinquante mètres. Je ne comprends pas comment elle a su que nous étions arrivés juste à ce moment-là, mais je suppose qu'elle a dû passer une grande partie de sa vie dans les eaux que nous étions en train de traverser. Tout comme à Loch na Droma Buidhe, elle alla à l'avant et lança des ordres clairs et précis que je suivais à la lettre. J'étais obligé de lui faire confiance, puisque je n'avais pas eu le temps de préparer l'entrée sur la carte.

À l'intérieur d'Acarsaid Mor, les eaux étaient calmes, mais avec le vent qui balayait la petite île à l'ouest, nous entrâmes à toute vitesse. Je fus obligé de dire à Torben de se lever et d'amener les voiles. Tout se passa très rapidement et je dus recourir au moteur pour ne pas aller sur les rochers coupants de Gometra. Mary me donna un coup de main pour l'ancre, et la chaîne sortit de son puits sans problème. Mais toute la manœuvre avait été assez désordonnée et je me sentis soulagé lorsque l'ancre s'enfonça et que le silence retomba.

Sans explications, je mis le *Sussi* à l'eau et montai à bord.

— Je vais à terre, dis-je seulement à Torben et à Mary sans m'attendre à une réponse. Il y a un pneumatique dans le banc du cockpit si vous devez aller à terre.

Ma dernière remarque fit réagir Torben. Croyait-il que j'avais fait exprès de cacher à Mary, lorsque nous étions à Loch na Droma Buidhe, que le *Rustica* avait également un canot pneumatique ?

J'arrivai à la petite île de Eilean Dioghlum. C'était un îlot nu, aride et sans arbres, de cent mètres de large et de quelques centaines de mètres de long. À son extrémité nord, un plateau s'élevait d'une dizaine de mètres au-dessus du reste de l'île. Il ne me fallut pas très longtemps pour grimper jusqu'au sommet où je m'assis le visage tourné vers la mer. L'un des ferries blanc et noir de Caledonian MacBrayne passait, cap sur le Sound of Mull. À mes pieds, la houle explosait avec un fracas épouvantable contre la montagne et rejetait de l'écume pulvérisée sur mon visage. Avec le ferry comme point de repère, je pouvais apprécier la hauteur et le pouls de l'immense houle de l'Atlantique, créée par une tempête sauvage à des centaines ou peut-être même à des milliers de kilomètres de là. Un instant, la coque noire semblait voguer sur la crête des vagues, l'instant d'après, elle était envahie par les paquets d'eau. Le ciel était un enfer flamboyant. Entre le soleil et Coll, de lourds nuages de toutes les nuances possibles de rouge avançaient en masse compacte, comme éclairés par en dessous. Même la mer était couleur de sang. Les îles ressemblaient à des plaies rouge sombre. C'était douloureusement beau.

Mais je n'éprouvais aucune délivrance devant cette beauté poignante, seulement de la tristesse. Jamais auparavant je n'avais ressenti ce besoin de quitter le *Rustica* dès que nous étions arrivés au port. Au sud-ouest se trouvait Staffa, île célèbre pour ses contreforts de basalte et la grotte de Fingal qui avait inspiré Mendelssohn lorsqu'il écrivit l'Ouverture des *Hébrides.* Pekka était allé à Staffa. Je prononçai son nom tout haut, comme pour l'exorciser, mais cela ne signifiait plus rien. Qu'il fût mort, que quelqu'un l'eût tué, m'était égal. Je pris conscience que ma quête des secrets du Cercle celtique avait été inutile puisque j'avais été jusqu'à risquer de perdre ce qui comptait le plus pour moi : mon amitié pour Torben et mon attachement au *Rustica.* Je restai assis jusqu'à ce qu'il fît sombre. Je ressentais de nouveau la crainte d'avoir à faire face à Torben et Mary. Qu'allions-nous nous dire ? Qu'allais-je dire à Torben ? Je me persuadais que le lendemain tout serait terminé. Peut-être partirais-je voir mes amis à Saint-Malo, pensais-je avec quelque chose qui ressemblait à une attente heureuse. Après tout, j'étais libre d'aller où je voulais.

Je n'entendis pas un bruit lorsque je revins au *Rustica.* Je restai un moment sur le *Sussi* avant de monter à bord. De la lumière jaillissait dans le cockpit en provenance du salon, mais je ne vis pas une âme. La porte de la cabine avant était fermée. Mon inquiétude resurgit, mais je n'osais pas ouvrir la porte pour voir si Torben et Mary dormaient ensemble. À la place, j'allai regarder dans le coffre du cockpit. Le canot pneumatique n'y était plus. Je supposai que Mary était allée à terre et que Torben dormait à l'avant. Il devait être fatigué.

Mais au bout d'une demi-heure je commençai à douter et j'ouvris la porte avec précaution. La cabine avant était vide. Ils étaient donc allés à terre ensemble. Je découvris que j'étais soulagé de ne pas avoir à leur faire face. Soudain, je ressentis une immense fatigue. Après un dîner frugal et un verre de vin, j'allai me coucher à l'avant. Je mis le réveil à cinq heures et repoussai la porte pour ne pas être dérangé. Si Mary et Torben faisaient des promenades nocturnes ensemble, ils pouvaient aussi dormir chacun sur leur couchette dans le salon.

Je m'endormis lourdement, mais le grincement du panneau me réveilla vers une heure. J'entendis le murmure des voix, mais Torben et Mary parlaient si bas que je ne distinguais pas ce qu'ils disaient. Je me concentrai sur le ton, pour essayer de déterminer s'il y avait de la joie ou du chagrin dans leur voix, mais sans succès. Une seule fois, je réussis à comprendre : j'entendis Torben dire qu'il ne permettrait jamais qu'il m'arrive quelque chose. Je fus convaincu que Mary essayait de persuader Torben de s'occuper de ses intérêts à elle, qu'elle tentait sciemment de nous séparer pour que nous cessions de nous intéresser au Cercle celtique, ou à « la cause », quelle qu'elle fût. Elle ne savait pas que c'était inutile et trop tard ; inutile parce que je n'avais plus la moindre envie de poursuivre les recherches ; trop tard parce que MacDuff avait déjà dévoilé le plus important. Mais je ne pouvais pas le lui dire sans rompre ma promesse faite à MacDuff, et pire, sans risquer que Mary mît sa vie en danger, celle de MacDuff et les nôtres pour le protéger.

Je mis beaucoup de temps à me rendormir. Lorsque je me réveillai, l'instant avant que le réveil ne sonnât, il me sembla que je venais seulement de m'endormir. J'avais fait des rêves désagréables, mais seul un malaise restait gravé dans ma mémoire. Je ne me rappelais qu'une seule image. C'était Mary qui ne cessait de m'embrasser tandis que je tentais frénétiquement de la repousser. Mais mon corps n'obéissait pas, mes bras restaient immobiles et mes jambes ne bougèrent pas lorsque je voulus m'enfuir.

Je m'habillai dans la cabine avant. Mon ciré était suspendu aux toilettes de mon côté de la porte et j'avais préparé mes vêtements la veille. Je tardai à ouvrir la porte. Il me vint à l'esprit combien j'avais changé. Je fais partie de ces gens qui ne s'attendent à rien et qui évitent de prendre quoi que ce soit pour acquis, que ce soit noir ou blanc. Un optimiste n'est jamais totalement agréablement surpris. Un pessimiste a déjà tellement anticipé ses malheurs futurs que la joie suffit à peine à regagner le terrain perdu, si son pessimisme se révèle infondé. Mais, à ce moment-là, j'avais commencé à comprendre qu'il pouvait y avoir des raisons d'être pessimiste. Si le risque de contrecoup était grand, il était préférable de répartir la déception et d'en prendre une partie en acompte.

Peut-être était-ce pour cela que je ne réagis pas lorsque je découvris que Mary et Torben dormaient ensemble sur la couchette bâbord. Je pris seulement la Thermos du café que j'avais préparé la veille et sortis. Je préparai le *Rustica* et m'assis ensuite dans le cockpit avec une tasse de café et une cigarette en attendant l'aube. Elle vint avec un vent fort, un ciel gris et triste, et du crachin. Jusque-là, nous avions eu de la chance avec le temps ; bonne visibilité et éclaircies en mer et mauvais temps au port. Moi qui d'habitude suis de nature prudente, je n'avais pas écouté un seul bulletin météo depuis la mer du Nord. À quoi cela aurait-il servi puisque de toute façon nous n'avions presque jamais eu la possibilité de décider du moment de nos départs ?

Si j'avais pu choisir, je n'aurais pas navigué ce jour-là non plus. Certes, il n'y avait pas plus de dix milles jusqu'à Iona, mais c'étaient dix milles ouverts à tous les vents de l'Atlantique. Par précaution, je pris un ris et mis le foc. Je sortis à la voile pour ne pas réveiller Torben et Mary. Ils seraient de toute façon réveillés par la grosse mer. J'espérais qu'ils ne tomberaient pas de la couchette avant que j'eusse le temps de me mettre tribord amures. Le reste du voyage, la couchette bâbord serait sous le vent, et ce serait peut-être si calme et si agréable que Torben et Mary ne se réveilleraient pas avant l'arrivée. J'avais envie de rester seul sur le pont. Le vent et la pluie m'aidaient à faire le tri parmi toutes mes pensées confuses au sujet du Cercle celtique, de Torben et Mary, de Torben et moi et de l'avenir.

Après dix minutes de route au nord, je virai vent debout et pris un cap qui nous conduisait très près de Staffa, non pas parce que Pekka avait été là, ou parce que je croyais pouvoir y découvrir quelque chose, mais tout simplement parce que c'était le meilleur cap. Les vagues étaient gigantesques, mais elles ne déferlaient pas ; il y avait entre cinquante et cent mètres entre les sommets. Le *Rustica* allait comme d'habitude, docilement et dignement. Tout en souplesse, pensais-je. Le Rustler était un bateau fantastique. Quel que fût l'état de la mer, il n'avait jamais tapé dans les vagues.

Une demi-heure plus tard, nous étions arrivés à Staffa dont les colonnades verticales ressemblaient plutôt aux mâchoires d'une baleine bleue. Qu'avait bien pu chercher Pekka ici ? L'île était assurément inhabitée, inaccessible, et de ce fait très pratique pour de sombres activités. En hiver, il pouvait se passer des mois sans qu'il fût possible d'aller à terre en raison de la houle qui entourait l'île et qui se brisait de tous les côtés. À moins qu'il n'y eût des trous, où seuls des gens comme MacDuff pouvaient pénétrer ! Mais l'été, dès que le temps le permettait, la grotte de Fingal devenait une attraction touristique. Pourquoi choisir une île si visitée si l'on veut préserver des secrets ? À moins que justement les ferries des touristes ne remplissent d'autres missions ?

Tout était possible, pensai-je, lorsque Staffa commença à disparaître dans la bruine. Mais cette pensée vint comme une constatation indifférente, en passant. Cela ne me concernait plus. Dans une heure, notre voyage aventureux serait terminé, Mary serait remise à MacDuff et nous pourrions partir à l'autre bout du monde s'il le fallait.

Au même instant, Iona surgit de la brume. Je me tenais près de la terre, où l'eau était plus profonde. Tinker's Hole était situé au sud du détroit. En soi, ce n'était qu'un étroit passage entre un îlot et la petite île de Erraid qui à son tour était séparée de Mull par un chenal qui était à sec à marée basse. À mes yeux, Tinker's Hole était un mouillage exposé, mais d'après le manuel, il était bien protégé du vent et de la houle. La seule complication était le courant des marées qui pouvait être particulièrement fort entre les rochers.

La difficulté était plutôt d'y pénétrer. L'entrée nord de Tinker's Hole était bien trop difficile et dangereuse pour pouvoir être qualifiée d'intéressante, même par un Anglais. Cela nécessitait des connaissances locales. L'entrée sud n'était pas meilleure. Au milieu se trouvait une roche qui n'était pas balisée. De loin, je voyais les brisants se dresser à plusieurs mètres de haut tout autour de Tinker's Hole.

Tandis que je réfléchissais à ce que j'allais faire, le panneau s'ouvrit et Mary sortit, comme si elle avait senti que j'avais besoin d'aide. Sans rien dire, ni même me regarder, elle laissa son regard parcourir l'horizon. Après quelques relèvements à l'œil nu, elle dit finalement :

— Cap au 140 !

Elle nous avait pilotés correctement par deux fois. Je lui avais fait confiance les deux fois, et pensais le faire une troisième fois. Mais pas aveuglément. Je fis ce qu'elle dit, tout en vérifiant sur la carte. Je ne mettais pas ses connaissances en doute, elle les avait démontrées, mais je ne faisais pas confiance à son instinct de conservation. Elle semblait partagée entre la vitalité et l'aspiration à la mort, même si elle-même ne pouvait pas différencier la vie de la mort. À ses yeux, son désir d'arriver au *sid* n'avait probablement rien à voir avec la mort. C'était au contraire une aspiration à plus de vie. Entre une personne qui croit fermement à une vie après celle-ci et une autre qui croit tout aussi fermement le contraire, il y a un abîme qui ne peut jamais être comblé. Les risques que nous courions pour pénétrer dans Tinker's Hole ne pouvaient pas vouloir dire la même chose pour Mary et pour moi. L'expression « importance vitale » ne pouvait guère avoir de signification pour elle.

Je me mis debout pour mieux voir et je barrai d'après les instructions de Mary, tout en vérifiant sur la carte. Nous nous rapprochions des brisants par le nord-ouest, où il devait y avoir un passage, mais je ne le découvris que lorsqu'il fut trop tard pour se retourner. Nous aurions sûrement fait naufrage sans Mary. Après quelques encablures vertigineuses entre les brisants, nous atteignîmes la petite île rocheuse qui protégeait Tinker's Hole de l'Atlantique. Pour dominer le sifflement du vent et le bruit des vagues, Mary me cria de passer tout près de la pointe sud de l'île.

Tout de suite après la pointe sud de l'île, je virai à bâbord. Mary ramena les voiles et les ferla en un instant. Quelques secondes plus tard, la chaîne de l'ancre descendit par l'écubier et le *Rustica* s'immobilisa. Le calme relatif et le silence qui s'ensuivirent lorsque nous fûmes à l'abri étaient assourdissants. Torben interrompit ce silence en ouvrant le panneau d'entrée à grand bruit.

— Bon sang, qu'est-ce qu'il se passe ici ? dit-il en se massant une épaule douloureuse.

Il avait dû tomber de sa couchette lorsque j'avais viré brusquement à bâbord. Il s'arrêta lorsqu'il vit où nous nous trouvions, et demanda peu après :

— Étais-tu vraiment si pressé ?

— Oui, répondis-je, je veux partir d'ici aussi vite que possible.

Torben me regarda, comme s'il ne comprenait pas

ce que je voulais dire. Pourtant il *aurait dû* comprendre. Ou bien était-ce seulement moi qui avais peur que nous ne puissions plus nous faire confiance sans réserve ? J'avais l'impression tout à coup de ne plus rien savoir avec certitude.

Torben referma le panneau. À travers le plexi, je le vis rouler son duvet et préparer le petit déjeuner. Je restai à la barre, me versai une tasse de café et allumai une cigarette. Mary était restée à l'avant et regardait vers le nord. MacDuff allait-il arriver par là ? Pensait-elle seulement à MacDuff ? Il était impossible de le savoir. Je pouvais toujours poser des multitudes de questions, mais il me paraissait inutile de tenter de deviner les réponses. Je réussis finalement à réprimer même mes questions. Il ne restait plus que l'attente, qui elle ne nécessitait ni question ni réponse. De temps à autre, je regardai vers le nord ou vers le sud, dans l'espoir de voir surgir à l'horizon la coque noire du F 154.

Un peu plus tard, Mary vint s'installer dans le cockpit. Je l'invitai à prendre du café et une cigarette, ce qu'elle accepta sans un mot. Le temps s'écoulait lentement. Mary semblait perdue dans ses pensées et elle regardait dans le vide la plupart du temps.

Il avait cessé de pleuvoir et le ciel commençait à s'éclaircir. En même temps, le vent tourna au sud-ouest et il fit sensiblement plus doux. Nous étions maintenant à la fin février et on pouvait facilement imaginer que les vents printaniers commençaient à souffler. Mes états d'âme s'apaisaient légèrement, mais en même temps une certaine nervosité s'emparait de moi. Pourquoi MacDuff ne venait-il pas ? N'aurait-il pas dû être déjà arrivé ?

À la fin, je n'en puis plus et je mis le *Sussi* à la mer.

Je pris les jumelles qui se trouvaient juste au bas de la descente. Torben leva les yeux quand j'ouvris le panneau, mais il ne dit rien.

Je ramai jusqu'à la petite île qui était le dernier poste avant l'horizon infini, la mer à perte de vue. Tinker's Hole ressemblait tout à fait à une carrière de pierres remplie d'eau et les rochers étaient nus. L'île sans nom se composait de deux bosses et, de leur sommet, on avait une vue illimitée sur la côte magnifique.

À l'aide des jumelles, j'explorai systématiquement toutes les baies, les îles et la mer. J'ajustai d'abord la netteté de mes jumelles sur ce qui se trouvait le plus éloigné et fouillai l'horizon. Du plus loin que je pouvais voir, la mer était déserte. À part la fumée provenant de quelques fermes, il n'y avait aucun signe de vie sur les îles situées au sud : Colonsay, Islay et Jura.

Je couvris du regard l'horizon à l'ouest, mais de ce côté non plus il n'y avait pas le moindre signe, n'étaient les mouvements constants de la mer. Par quel côté MacDuff allait-il arriver ? Je n'en avais pas la moindre idée. À quoi cela me servait-il d'ailleurs de rester là avec mes jumelles ! Cela ne le ferait pas venir plus vite. Ce n'était que pure illusion de croire pouvoir précipiter le dénouement si je le voyais venir de loin.

J'étais déjà en route vers le *Rustica* lorsqu'un reflet de soleil au sud de Iona capta mon attention. Ce n'était pas un éclat de soleil ordinaire ni le scintillement de l'eau, mais plutôt un éclair ou une flamme. Cela semblait provenir de Soa, deux petites îles au sud-ouest de Iona et à quelques milles à l'ouest de Tinker's Hole. Une seconde après cet éclair et avant même d'avoir le temps d'attraper les jumelles, j'entendis le bruit sourd d'une forte explosion. Bien que le bruit vînt sans aucun doute de la mer, je me retournai pour regarder le *Rustica* qui était à l'endroit où je l'avais laissé. Mary était encore assise dans le cockpit, mais elle regardait dans la direction d'où venait le bruit. Torben passa la tête par le panneau. Lorsque je regardai à nouveau vers Soa, le bruit de l'explosion avait été répercuté sur les parois des rochers et j'avais enfin récupéré les jumelles.

Dans l'étroit passage entre les deux îles surgissaient des flammes de plusieurs mètres de haut, mais la distance était bien trop grande pour que je pusse voir ce qui brûlait. Je crus discerner des silhouettes qui s'éloignaient lentement des flammes sur l'île située au sud, mais à contre-jour il était difficile de voir ce qu'il se passait. Ensuite, j'entendis une détonation quelque part au-dessus de ma tête. Je lâchai les jumelles et levai les yeux. Une flamme rouge à parachute tombait lentement au-dessus du rond du soleil. Une fusée de détresse ! Celle que l'on emploie uniquement en cas de danger de mort. Je me levai et courus vers le *Sussi*.

CHAPITRE 28

Lorsque j'arrivai au bord de l'eau, Mary était en train de remonter l'ancre. Elle avait déjà mis le moteur en route.

— Que se passe-t-il ? demanda Torben lorsqu'il m'aida à hisser le *Sussi* et à le mettre sur le pont.

— Quelqu'un est en danger, répondis-je.

Je lui indiquai la fusée qui brillait encore d'un reflet puissant. Nous ne devions pas être les seuls à l'avoir vue, pensai-je lorsque je m'installai à la barre et embrayai. Mary avait rapidement récupéré l'ancre de quinze kilos et l'avait amarrée à sa place habituelle. Je virai à tribord toute et choisis un cap qui nous mènerait à l'ouest d'Eb nam Muc. Je voulais tellement me hâter que j'oubliai la roche qui se trouvait au milieu de l'entrée de Tinker's Hole. Ce fut Mary qui me le rappela, en poussant la barre à tribord.

— Merci, dis-je, lorsque je me rendis compte de ma négligence.

— Qu'avez-vous vu avec les jumelles ? demanda-t-elle en s'installant à mes côtés.

— Cela venait de Soa. Une explosion. Il y a quelque chose qui brûle. Je crois avoir vu des gens aussi. Mais je n'en suis pas sûr.

— Combien ? demanda-t-elle.

— Deux, peut-être trois. J'avais du mal à voir à cause du soleil.

— Et la fusée de détresse ?

— C'était après l'explosion. Mais je n'ai pas vu d'où elle est partie.

— Alors il n'est peut-être pas trop tard.

— Pas trop tard pour quoi ? demandai-je.

— À combien pouvons-nous aller ? dit-elle en guise de réponse.

— Six nœuds. Si la mer n'est pas trop agitée.

— Vingt minutes, dit Mary à elle-même.

C'était exactement comme si elle avait la carte marine gravée dans la tête. Elle savait précisément où se trouvaient les brisants et quelle était la distance entre les îles. Elle connaissait même par cœur la profondeur des baies de mouillage.

— Croyez-vous que c'était MacDuff ? demandai-je lorsque nous contournâmes En nam Muc au sud de Tinker's Hole.

Mary ne répondit pas, mais j'étais sûr d'avoir deviné juste. Elle croyait que c'était MacDuff qui avait envoyé le signal de détresse. Dick et O'Connell s'étaient-ils enfin décidés à ne plus croire MacDuff, malgré tout ce qu'il pouvait raconter au sujet de sa visite et celle de Pekka au Danemark ? Dans ce cas, c'était pure folie que Mary nous suivît jusqu'à cette île, ou du moins qu'elle se montrât aussi ouvertement. C'était extrêmement dangereux, non seulement pour elle mais pour nous également.

Torben avait sûrement pensé la même chose, car il lui demanda de retourner dans le carré. Mary ne le regarda même pas. C'était comme si elle voulait être vue. Mais qu'imaginait-elle ? Lorsque la domination des druides était à son comble, leurs paroles avaient une puissance magique. Un guerrier tourné en dérision dans une satire était brisé pour le reste de sa vie. Mais la conjuration des esprits n'avait pas aidé les druides lorsqu'ils tentèrent de défendre Anglesey contre les Romains. Et aujourd'hui ?

— Que comptes-tu faire ? demanda Torben.

— Je n'en sais rien, répondis-je. Aller jusqu'à l'île et voir si nous pouvons faire quelque chose.

Manifestement, il avait l'intention d'ajouter quelque chose, mais pas devant Mary. Je tentai de me défaire de l'idée que Torben ne voulait peut-être pas du tout que nous allions jusqu'à Soa, si c'était dans le but de sauver MacDuff. Mais comment pouvait-il croire qu'il *comptait* aux yeux de Mary ? MacDuff était le seul être qui lui donnait envie de vivre, Torben aurait bien dû le comprendre.

— Nous devons y aller, dis-je simplement. Qui que ce soit qui ait envoyé le signal de détresse.

Torben lança un regard vers Mary. Elle avait pris les jumelles et ne quittait pas un instant l'île des yeux. Il nous restait un mille à parcourir, soit environ dix minutes de navigation, lorsqu'elle désigna quelque chose du doigt.

— Un bateau ! dit-elle.

Elle me donna les jumelles. Il n'y avait aucun doute. À la gauche du feu, il y avait deux personnes à bord d'un canot pneumatique, mais nous étions encore trop loin pour voir de qui il s'agissait.

— Peut-être fuient-ils parce que nous arrivons, remarquai-je.

Mary me regarda comme si je ne savais pas de quoi je parlais.

— Ils ont dû nous voir en tout cas, poursuivis-je.

Mary acquiesça. Tout de suite après, nous entendîmes le bruit du moteur d'un hors-bord, et nous vîmes le canot pneumatique se détacher des parois rocheuses gris-noir. À grande vitesse, il mit le cap sur Firth of Lorne. Il faisait sûrement vingt à trente nœuds et il disparut bientôt à l'arrière. À l'évidence ses occupants voulaient nous éviter. S'ils avaient pris la route la plus courte, nous nous serions croisés à quelques encablures de distance. Ils décrivirent au contraire un grand arc autour de nous, suffisamment loin pour que nous ne puissions pas les identifier avec les jumelles. Malheureusement, il n'était pas difficile pour eux de nous voir, s'ils savaient qui nous étions. Nous n'avions pas rencontré un seul voilier depuis que nous avions éclusé à Corpach. En outre, nous battions à nouveau pavillon suédois. Lorsque nous quittâmes Acarseid Mor à Gometra, ce fut la dernière chose que je fis. Je croyais que cela en était fini des feintes, mais j'avais peut-être vu la fin de nos soucis de façon prématurée.

Je jetai un dernier coup d'œil à l'arrière pour voir où se dirigeait le canot pneumatique, mais il était déjà trop loin pour pouvoir évaluer son cap. Si O'Connell était à bord, Kerrera était, bien sûr, une destination probable. Mais peut-être n'oseraient-ils pas aller si loin en pleine mer à la vue de tous. D'autres avaient dû voir le signal de détresse et devaient faire le guet. Je demandai à Mary où se trouvait le poste de sauvetage le plus proche, mais elle secoua la tête.

— Ne savez-vous pas où il se trouve ? insistai-je.

Pour une fois, je maudissais mon scepticisme envers l'électronique et regrettais de ne pas avoir de VHF à bord. Notre seule façon d'appeler à l'aide était d'envoyer nous-mêmes une fusée blanche.

— MacDuff ne vous pardonnerait jamais si vous

demandiez de l'aide au poste de sauvetage. Il est fait pour venir au secours de gens en détresse en mer. Rien d'autre.

Nous vîmes bientôt le feu très clairement. Mes craintes et celles de Mary se justifiaient. Les flammes se dressaient au-dessus des restes du bateau de MacDuff qui mouillait dans la crique entre les deux îles qui formaient Soa. Le poste de pilotage avait disparu et au milieu il y avait un trou béant, probablement dû à l'explosion que nous avions entendue. L'étrave était relativement peu endommagée, sans doute parce qu'il était au vent et que les flammes allaient vers l'arrière. Mais il s'en fallait de peu que le bateau ne s'embrasât et que le F 154 ne fût plus qu'une épave. Je ne le regrettais pas en tant que bateau ; il ne m'avait pas apporté de bonheur. Mais je devins de plus en plus inquiet pour MacDuff. Était-il resté à bord ? Était-il encore en vie ?

Mary jeta l'ancre en un instant, et dès qu'elle fut enfoncée, nous mîmes l'annexe à la mer.

— L'un de nous doit rester à bord, dis-je à Torben. C'est loin d'être un mouillage sûr. Toi ou moi ?

L'île était trop petite pour arrêter la houle qui arrivait de l'Atlantique et qui envoyait d'énormes cascades sur la côte ouest de l'île.

— Je veux voir par moi-même, dit Torben.

— D'accord. Mais ne monte pas à bord du bateau de pêche. Il peut y avoir un réservoir de carburant dans la soute et quand le feu se propagera jusque-là…

Je ne terminai pas ma phrase. Mary était pâle et serrait les dents quand elle monta à bord de l'annexe. Je pensai trop tard que j'aurais dû fouiller son sac à dos qu'elle avait placé entre ses jambes sur le plancher du *Sussi*. Si elle avait une arme, tout pouvait arriver. J'espérais au fond de moi-même qu'il n'y avait plus personne sur l'île.

Torben rama très rapidement. Il avait mis le cap sur une avancée au nord, à une cinquantaine de mètres du feu. Apparemment Mary lui avait demandé d'arriver par l'arrière, car lorsqu'ils furent sur place, Torben fit demi-tour. Il n'avait pas compris les intentions de Mary. Dès qu'elle fut à terre, elle courut vers le feu. Torben resta interdit, l'amarre dans les mains. Je crus d'abord qu'il allait oublier d'amarrer l'annexe, mais il la remonta jusqu'à l'avancée rocheuse et courut après Mary. Son avance était trop importante, et peu de temps après, je la vis escalader l'étrave encore en bon état. Elle attendit un instant et plongea son regard dans la mer de feu et disparut ensuite vers le panneau d'entrée à l'avant. Elle faisait exactement ce que j'avais craint. Torben se rapprochait rapidement, et il allait suivre Mary dans la coque. Je voulais crier pour l'en empêcher, mais cela n'aurait servi à rien. Il y avait deux cents mètres entre l'île et moi, et le vacarme de l'incendie devait couvrir tout ce qui se trouvait à proximité de Torben. Je m'imaginais Mary dans le carré. Je la vis s'avancer à l'aveuglette à travers la fumée dans l'étroit espace, et comment, au mépris de la mort, elle cherchait MacDuff. J'étais sûr que Torben allait la suivre.

Mais tout à coup elle remonta sur le pont. Torben était en train de passer par-dessus le bastingage. Je vis dans les jumelles qu'elle hurlait quelque chose à Torben, probablement qu'il devait redescendre, mais il continua. Mary ouvrit son sac et plongea sa main. Elle va prendre son pistolet, pensai-je alors. Il est fort possible que je me sois mis à crier, car elle leva les yeux, mais lorsqu'elle ressortit sa main, celle-ci était pleine d'une poudre qu'elle jeta dans les flammes. Quelques instants après, le feu s'éteignit. C'était de la magie, du moins tant qu'on ne savait pas de quoi la poudre était composée. En tout cas, ce devait être comme cela que le feu de Loch na Droma Buidhe avait été éteint. La dernière chose que je vis avant d'abaisser les jumelles, était la paralysie de Torben et Mary debout, les bras ballants, qui fixait la coque carbonisée.

Je descendis au salon et me servis un solide whisky. Mes mains tremblaient tellement que j'en renversai la moitié. Torben n'allait pas mourir, c'était tout ce qui comptait pour l'instant. Mary aussi était en vie. Mais qu'était-il arrivé à MacDuff ?

Il fallait tout aussi bien admettre qu'il était mort. Au même instant je ressentis une absence, une perte, je ne sais quoi.

Mais je commençai en même temps à m'inquiéter des conséquences. Je n'étais plus libre de tout laisser derrière moi et partir à l'ouest. Je n'osais pas abandonner Torben et Mary, mais d'un autre côté, je me rendais compte combien il était dangereux d'avoir Mary avec nous. Qui allait pouvoir la protéger, maintenant que MacDuff n'était plus là ? Torben et moi ? Pekka n'avait pas réussi à le faire. Nos propres possibilités, autres qu'une fuite éperdue, n'étaient pas meilleures. Voulait-elle seulement vivre ?

Lorsque je remontai sur le pont, je ne vis plus Mary. Torben était debout à l'avant et regardait ce qui autrefois avait été la cale. Cinq à dix minutes plus tard, Mary réapparut. Elle avait sûrement fouillé les restes du bateau sans rien y trouver. Elle passa devant Torben sans le regarder et descendit sur les rochers. Torben se dépêcha pour l'aider, mais elle se débarrassa de lui et retourna à l'annexe. Torben la suivit comme un chien fidèle, et l'aida à soulever l'annexe. Il rama lentement, comme s'il ne voulait pas arriver à destination, ou comme s'il sentait que la prochaine étape, quelle qu'elle fût, allait l'éloigner de Mary.

Mary et moi amarrâmes l'annexe sur le pont.

— Je dois aller à Garvellachs, dit-elle lorsque nous eûmes terminé.

Garvellachs ! C'était là que Pekka avait trouvé Mary et qu'il lui avait sauvé cette vie dont elle ne voulait pas entendre parler. Je pensais à nouveau aux remarques de Pekka à propos de la voie d'or qui avait été rétablie, des Celtes qui avaient rassemblé une fortune qui servirait aux nouveaux royaumes celtiques. Au temps des Romains, le lieu sacré des druides et la cache des trésors avaient été l'île d'Anglesey, que certains estiment être la légendaire Avalon. Garvellachs était-il le nœud vital des druides modernes ? Était-ce à partir de ces îles abandonnées, plus mer que terre, que la révolte et la libération auraient lieu ? Dans ce cas, il était probable que Dick et O'Connell, si c'étaient bien eux, avaient amené MacDuff là-bas.

— Pourquoi Garvellachs ? demandai-je.

— Si MacDuff est en vie, il est à Garvellachs, répondit Mary.

— Et s'il est mort ?

Elle ne répondit pas tout de suite.

— Alors, il est aussi à Garvellachs, finit-elle par dire.

Je regardai l'heure. Il restait trois heures avant la tombée du jour et vingt milles à parcourir jusqu'à Garvellachs.

— Nous n'arriverons pas avant la nuit.

— Je sais. Je trouverai.

— Même le jour, ce n'est pas facile. J'ai regardé la carte.

Les yeux de Mary se rétrécirent.

— Pourquoi vous intéressez-vous à Garvellachs ? demanda-t-elle.

— Pekka a été là-bas. C'est à Garvellachs qu'il vous a sauvé la vie.

— La vie ? Tout est relatif. Comment savez-vous s'il n'a pas pris des vies en même temps ?

L'espace d'un instant, il me sembla que nous étions dans le même monde et que nous parlions la même langue.

— Ne vous arrive-t-il jamais de plaindre Pekka ? demandai-je.

De la même façon que je vous plains.

— Moi ?

— Oui, vous devriez nous haïr, MacDuff et moi. Vous devriez détester Torben, qui croit pouvoir me faire confiance. Mais non, vous ne le faites pas.

— Non, pourquoi le devrais-je ?

— Pour survivre, dit Mary en guise d'explication.

— Torben ne m'a pas trahi, si c'est ce que vous voulez dire. Il s'est peut-être trahi lui-même. Je me débrouille sans haine.

Je n'avais jamais eu cette idée à l'esprit, mais à ce moment-là, plus j'y pensais, plus j'avais la certitude que j'allais m'en sortir, quoi qu'il arrive. Mary avait peut-être raison ; dans un certain sens, j'avais le droit de haïr, j'aurais dû haïr, mais dans ce cas-là c'était un atout de ne pas le faire.

— Je remonte l'ancre ? demanda Mary.

— Comment pouvez-vous être aussi sûre que je vais vous permettre d'aller jusqu'à Garvellachs ?

— Vous le savez aussi bien que moi.

Allais-je mettre ma vie en danger pour sauver celle de MacDuff, lui qui avait abattu Pekka ? Je tentais de me convaincre que je ne le faisais pas pour MacDuff. C'était aussi pour Torben. Si MacDuff était encore en vie, tout allait être tellement plus simple.

— Que se passe-t-il ? demanda Torben d'une voix éteinte, lorsque je retournai au cockpit.

— Mary veut aller à Garvellachs. Elle croit que MacDuff est en vie.

Je n'en étais pas vraiment sûr, mais je voulais que Torben s'habituât à cette idée. Il avait vécu ces derniers jours comme s'il n'avait jamais vu la tendresse qu'il y avait entre Mary et MacDuff lorsque nous les avions rencontrés à Corrywreckan.

— Où se trouve Garvellachs ? demanda Torben.

— Au nord de Corrywreckan, à vingt milles d'ici.

— Est-ce loin de la terre ferme ?

Pourquoi demandait-il cela ? Au même instant, Mary cria que l'ancre était dégagée et j'eus d'autres choses à penser. Torben disparut dans le carré.

— Réveille-moi lorsque nous arriverons, dit-il. Cela s'est bien passé ce matin. Jusqu'à ce que je me réveille !

Il voulait plaisanter, mais il le dit d'un ton tellement triste que cela ressembla à un reproche.

Mary hissa la grand-voile et le foc ; peu après nous prîmes rapidement de la vitesse, tout en montant et descendant au rythme d'une longue houle. Le vent doux du sud-ouest jeta un voile de poudroiement de soleil sur l'eau. À l'arrière, le soleil commençait à s'estomper et à l'avant les contours tranchants de la terre disparaissaient. Je commençais à redouter la venue du brouillard. La probabilité de brume ou de brouillard n'est pas particulièrement grande en Écosse, pas même en hiver, mais à quoi servent les probabilités face à la réalité ?

Jusque-là, c'était moi qui naviguais. Le cap que j'avais choisi nous menait près de l'extrémité sud-ouest de Mull et à l'intérieur de Tarran Rocks, une zone étendue de brisants et de récifs qui découvraient seulement leur sommet coupant et déchiqueté à marée basse. À marée haute, comme à ce moment-là, le récif paraissait tout à fait inoffensif, comme s'il n'existait pas. Mais je savais qu'à cinq degrés plus au sud seulement, cela pourrait être dévastateur pour la coque en plastique du *Rustica*. Après Tarran Rocks, la voie était libre, à l'exception de Corrywreckan qui tendait un doigt gourmand quelques milles à l'intérieur de Firth of Lorne. Afin de ne pas risquer d'être aspirés dans Corrywreckan — une fois de sang-froid était plus que suffisant — j'avais mis le cap sur l'île nord des Garvellachs, Garbh Eileach.

Lorsque la nuit tomba, il ne nous restait plus que quatre milles, ce qui était beaucoup moins que prévu grâce au courant. Au cours de l'heure écoulée, j'avais vu le phare sur Eileach an Naoimh, l'île située le plus au sud des quatre qui forment les Garvellachs. Toutes les six secondes, son puissant éclat devenait de plus en plus clair au fur et à mesure que l'obscurité gagnait du terrain. Je vérifiais le cap à intervalles réguliers en prenant des relèvements sur le phare. Le courant portait de plus en plus au nord-ouest et il était important de compenser le cap au sud. Avec le phare en vue à tribord, il n'était pas difficile de calculer la dérive.

Mais le brouillard, qui m'avait inquiété tout le temps, arriva. En quelques minutes, le phare disparut. Le brouillard était tellement épais qu'on aurait dit une espèce de bruine douce lorsqu'il touchait le visage et les mains. L'humidité s'installa partout et bientôt elle dégoutta de la bôme et des voiles.

Je regardai Mary qui avait levé la tête et semblait sentir le vent et le brouillard.

— Qu'est-ce qu'on fait ? demandai-je.

Elle jeta un coup d'œil au compas, puis regarda à nouveau le brouillard, qui ne dévoilait rien.

— Tenez un cap dix degrés plus au sud, dit-elle.

— Mais nous allons droit sur les rochers, objectai-je avec brusquerie.

— Faites ce que je vous dis, répondit-elle sèchement.

— J'espère que vous savez ce que vous faites.

Elle ne répondit rien.

— Le brouillard est la meilleure chose qui pouvait nous arriver, reprit-elle, comme si c'était grâce à elle qu'il était venu.

Cela devait signifier qu'il y avait des dangers pires que les rochers de Garvellachs. Dans le faible reflet rouge du compas et de l'éclairage du loch, je devinais seulement les contours du visage de Mary. Mais son ton avait la même dureté, la même cruauté que lorsqu'elle avait pointé son pistolet sur Torben et sur moi dans le carré de MacDuff. En même temps, il y avait dans sa façon de me dire comment je devais barrer une confiance et une supériorité totales. En tout cas, il n'y avait aucun doute : *elle* croyait savoir ce qu'elle faisait.

— Il y a un passage entre Garbh Eileach et Eilean an Naoimh, poursuivit-elle. Il est étroit, très étroit, mais suffisamment profond. Lorsque je vous le dirai, vous devrez suivre mes ordres au pied de la lettre. La plus petite erreur et vous envoyez le *Rustica* se fracasser contre les rochers.

J'aurais dû faire demi-tour et aller rejoindre le grand large, mais je ne le fis pas.

Peu de temps après, je reconnus le bruit caractéristique des brisants. Si je devais donner une explication rationnelle à la capacité de Mary à s'orienter sans aucune aide dans l'obscurité et le brouillard, je dirais qu'elle devait se fier au bruit. Je sais qu'il y a des Esquimaux qui naviguent d'après le cri des oiseaux sur la terre et que les Polynésiens se dirigent d'après le bruit que font les brisants. Il n'était pas impossible que Mary en fît autant pour trouver sa route. Dans ce cas, son ouïe était particulièrement fine, bien au-delà des limites habituelles.

Quant à moi, j'entendais seulement un grondement qui se refermait autour de nous. On aurait dit que nous allions entrer dans un tunnel sans en voir les parois. Au milieu du passage, je n'écoutais que les ordres de Mary. Du coin de l'œil, je vis le brasillement de la crête des vagues qui se brisaient à quelques mètres de distance seulement.

Nous passâmes. Cela relève encore du pur miracle ou de l'exploit. Il se passa peut-être cinq minutes avant que le vacarme des brisants se fit soudain entendre de l'arrière, bien que le temps soit quelque chose que j'ai calculé plus tard. Sur le moment, le temps n'existait pas, pas même l'espoir que ce serait bientôt terminé. Après un instant, j'allumai une cigarette, les mains tremblantes. Ma poitrine sautait de nervosité et mon cœur battait si fort que je pouvais mesurer mon pouls. Je laissai l'allumette se consumer jusqu'au bout. Dans son pâle reflet, je voyais sur le visage de Mary une expression d'extase. Plus tard, je me suis plusieurs fois demandé pourquoi nous avions, justement, pris ce passage. Je pouvais comprendre pourquoi nous n'étions pas allés plus au sud d'Eileach an Naoimh. Lorsque nous aurions pu le faire, le brouillard n'était pas encore apparu et nous aurions été visibles de très loin. Mais je soupçonne que Mary *voulait* se soumettre à la tension, connaître l'extase et abolir le temps.

— Vous m'avez fait confiance, dit-elle d'un ton circonspect, au bout d'un moment. C'est bien.

— Je n'avais pas le choix.

— Si, dit-elle, et je l'imaginais en train de sourire quand elle dit cela. Vous aviez le choix. Vous auriez pu pousser la barre et faire demi-tour.

— Oui, dis-je, j'aurais pu. Mais cela ne nous aurait guère avancés, Torben et moi.

J'avais fait exprès de ne pas mentionner son nom à elle. Il m'était plus facile de parler sans la voir. Mais elle ne répondit pas.

— Où allons-nous mouiller ? demandai-je. Le seul mouillage d'Eileach an Naoimh est exposé au sud-ouest. Quelqu'un doit rester à bord.

— Nous jetterons l'ancre à un autre endroit. Je vous dirai quand il faudra virer de bord.

Le mouillage habituel se trouvait au sud-ouest, directement au vent. Mais un bord tiré dans le détroit allait suffire. Après le virement de bord, Mary amena la grand-voile pour diminuer la vitesse. Qu'elle eût choisi la grand-voile et non pas le foc n'était sûrement pas pur hasard. Le *Rustica* louvoyait mieux avec la voile avant et Mary s'en était probablement rendu compte en maniant le bateau et les voiles.

— Qui reste à bord ? demandai-je.

J'avais déjà décidé que Torben monterait la garde. Si MacDuff était encore en vie, il valait mieux que Torben n'assistât pas aux retrouvailles. Et si MacDuff était mort ? La question disparut dans l'épais brouillard.

— Je vais à terre, seule, dit Mary. Je vous interdis de me suivre.

Je ne pris même pas la peine de lui demander de quel droit elle pouvait imposer des interdits.

— Montez au vent, maintenant, dit Mary, alors que la voile avant glissait vers le pont.

Je maintins le *Rustica*, vent debout, tandis que Mary laissait filer l'ancre. J'entendis qu'elle lâchait beaucoup de chaîne, bien qu'elle la fît glisser avec ses mains pour qu'elle ne grinçât pas. L'eau était donc profonde. Je regardai autour de moi, mais il n'y avait encore rien à voir, pas une lueur, pas un contour. Comment savoir si l'ancre allait tenir et si nous allions dériver ? Il n'y avait rien pour prendre des relèvements. Torben allait être obligé de sonder à intervalles réguliers pour vérifier les changements de profondeur. Quoi qu'en pensait et voulait Mary, j'avais l'intention de la suivre à terre.

— Aidez-moi avec l'annexe, dit-elle, dès qu'elle eut amarré la chaîne de l'ancre.

L'annexe pesait presque cinquante kilos et il n'était pas facile de la mettre à l'eau, même pour quelqu'un comme Mary.

— Attendez un peu, dis-je. Je dois réveiller Torben.

— Nous n'avons pas le temps !

— J'ai le temps. Je ne veux pas laisser le *Rustica* sans surveillance.

— Vous n'allez pas me suivre à terre ! Aidez-moi seulement à mettre l'annexe à l'eau.

— De toute façon, j'ai l'intention de vous emmener à terre. Vous ne croyez tout de même pas que je vais abandonner l'annexe, si quelque chose devait se passer.

Je me retournai et descendis dans le carré. Torben ne dormait pas. Il était assis, tout habillé, sur le bord de la couchette.

— Où sommes-nous ? demanda-t-il.

— À l'île sud des Garvellachs.

Je lui montrai l'endroit sur la carte.

— Mary a l'intention d'aller seule à terre.

— Elle ne doit pas, s'écria Torben.

— Elle nous interdit de la suivre. Mais je vais l'amener à terre.

Torben allait trouver d'autres prétextes, mais je l'interrompis.

— Demande-lui toi-même !

Il secoua la tête.

— Je crois vraiment que nous ne ferions que la gêner, continuai-je.

— La gêner pour sauver la vie de MacDuff. C'est cela que tu veux dire ?

— Oui.

Torben baissa les yeux, mais ne dit rien.

— Je reste dans l'annexe et j'attends Mary. Si elle n'est pas revenue au bout d'une heure, je viens te chercher et nous irons à sa recherche. D'accord ?

Il releva la tête.

— Oui, dit-il d'une voix éteinte. D'accord.

J'attrapai la lampe de poche, des allumettes, le compas de relèvement, et déchirai la page des instructions nautiques concernant les Garvellachs. Ensuite, j'allumai le feu de mouillage au sommet du mât, mais quelques secondes plus tard Mary passa la tête par le panneau.

— Éteignez-le ! s'écria-t-elle.

— Il faut que nous retrouvions notre chemin, répondis-je.

— Prenez un relèvement ! Mais pas de lumière. Car, dans ce cas, il n'est pas sûr que nous revenions du tout.

— La lumière ne se voit pas de très loin avec ce brouillard, tentai-je.

— De suffisamment loin. Ensuite le brouillard va se lever. Je ne pourrai plus le contrôler si je retrouve MacDuff.

Je la regardai, perplexe. Était-elle vraiment en train de dire que le brouillard était sa création ? Elle s'imaginait peut-être que c'était le même que celui qui entourait et cachait Avalon, l'île sacrée des Celtes ? Je me tournai vers Torben mais un bref coup d'œil me suffit pour voir qu'il avait seulement réagi au nom de MacDuff. L'espace d'un instant, ses yeux croisèrent ceux de Mary, mais elle ne le vit pas, tellement elle était préoccupée d'elle-même. Il n'y avait pas la moindre preuve de reconnaissance ou de tendresse dans son regard. À ce moment précis, Torben aurait pu être n'importe qui, j'en suis sûr. Tout comme moi d'ailleurs.

— Voici ! dis-je enfin à Torben en déposant la sonde sur la table. Il suffit que tu vérifies toutes les cinq minutes si nous dérivons. Il y a probablement suffisamment d'eau à l'arrière.

J'espérais que cela l'occuperait. Je me retournai pour partir.

Mary et moi mîmes rapidement l'annexe à l'eau. Ce n'était pas facile dans l'obscurité et, sans la lampe à pétrole derrière les rideaux du *Rustica*, nous n'aurions même pas eu de lueur pour nous guider. Mary me donna un cap que je me répétais sans cesse. Sans lui, je n'avais pas beaucoup de chances de retrouver le chemin.

Mary était assise à l'arrière, et je compris au poids qui pesait sur mes pieds qu'elle avait le sac à dos entre les jambes. Je ne voyais pas son visage.

— Que comptez-vous faire ? demandai-je sans m'attendre véritablement à une réponse. Que pensez-vous qu'il soit arrivé ?

Mary resta muette comme auparavant.

— Le Cercle celtique, dis-je pour la provoquer. Mais elle ne réagit même pas à cela.

— Taisez-vous ! dit-elle seulement au bout de quelques secondes.

De quoi avions-nous peur ? pensai-je avec un sentiment d'irréalité. Pourquoi le brouillard était-il si épais que nous ne pouvions rien voir ? Que faisais-je là dans le *Sussi* au milieu de la nuit avec une femme que je ne connaissais pas et que je ne voyais pas ?

Ces sentiments d'irréalité disparurent seulement lorsque je me demandai quelle allait être la suite des événements. Après coup, l'idée m'est venue que le futur n'existe que pour rendre le présent réel, que l'histoire et les récits sur ce qu'il s'est passé sont la seule chose qui existe.

Je n'avais pas encore décidé ce que j'allais faire lorsque la coque du *Sussi* racla le fond. Je ne m'étais pas préparé à la manœuvre de Mary, bien que j'eusse dû m'en douter après l'épisode de Soa. J'eus à peine le temps de m'agripper au rocher et de maintenir le *Sussi* que Mary sauta à terre et disparut vers l'intérieur de l'île. En un clin d'œil, elle fut aspirée par l'obscurité, mais j'eus la présence d'esprit de sortir le compas et de prendre un relèvement approximatif sur ses pas qui s'éloignaient.

CHAPITRE 29

Je restai assis dans le *Sussi* et tentai de mettre de l'ordre dans mes idées. Je savais déjà que je devais suivre Mary, mais je n'avais pas la moindre idée de ce que j'allais faire. S'il restait une chance que MacDuff fût en vie, je ne pouvais pas rester là à attendre sans rien faire et espérer seulement que Mary le retrouve. Que pouvait-elle faire d'ailleurs, seule contre des individus du genre de Dick et de O'Connell ?

J'écoutai en scrutant l'obscurité. Rien. Je sortis de ma poche la page que j'avais déchirée des instructions nautiques. Je l'étendis sur le banc de nage, plaçai la lampe à côté et allumai une cigarette. La carte couvrait seulement l'île située le plus au sud, Eileach an Naoimh. L'île faisait un kilomètre et demi de long, cinq cents mètres de large, et son plus haut sommet, Dun Bhreanain, culminait à quatre-vingt-cinq mètres au-dessus du niveau de la mer. Sur le côté gauche, les falaises plongeaient dans la mer à partir d'un plateau, traversé par une crête. À l'est, la côte était plus régulière. L'île était inhabitée, sans aucune trace de civilisation moderne. En revanche, elle était riche de vestiges historiques. Dès 542 après Jésus-Christ, saint Brendan — le moine irlandais qui, d'après la légende, était parti d'Irlande sur un bateau en peau pour l'Amérique — fonda la première colonie chrétienne sur Eileach an Naoimh. Vingt ans plus tard, le moine Columba vint à Iona et fit d'Eileach an Naoimh son lieu de méditation et de prière. Plusieurs clans écossais ont utilisé les îles de Garvellachs, qui peuvent aussi s'écrire Garvellochs, comme lieu de retraite. Sur l'île située le plus au nord, un rocher qui ne faisait que quelques centaines de mètres de circonférence, s'élevaient les vestiges d'un fort quasi imprenable auquel il est toujours pratiquement impossible d'accéder, même par beau temps. Le fort aurait appartenu au héros irlandais Conall Cearnach, l'une des figures les plus légendaires des récits irlandais ayant vécu juste après la naissance de Jésus-Christ. Au XIIIe siècle, le fort fut reconstruit par le clan MacDougall.

Incrédule, je relus la dernière phrase. Était-ce vraiment possible ? Le clan MacDougall avait-il eu un château à Garvellachs ? Un nouveau morceau de puzzle se mettait en place. J'en compris toute l'importance lorsque je lus en outre que, depuis la nuit des temps, Eilean an Naoimh s'appelait *Holy Island*, l'île sacrée. C'était comme si, tout à coup, j'étais entraîné de plus en plus profondément dans une sorte de labyrinthe circulaire, semblable à ceux que l'on avait retrouvés auprès de nombreuses tombes celtes. Le Cercle celtique se refermait sur moi inexorablement, quoi que je fisse.

Je regardai la carte et les annotations. Par où allais-je commencer pour retrouver Mary ? Une « chapelle » était indiquée sur la carte : elle ne faisait pas plus de sept mètres sur trois, et apparemment il ne restait plus que les murs de pierre, épais de plusieurs mètres, qui avaient résisté pendant quinze siècles aux attaques de la mer et du vent. Jadis, plus près de l'eau, s'était dressé un monastère, dont il ne restait plus que quelques pans de mur. En revanche, près de là, il restait deux sortes de petits ermitages bien conservés, des abris de pierre avec un toit en forme de coupole de trois mètres de haut, suffisamment grands pour la méditation d'un moine ou d'un druide. Les ermitages étaient reliés entre eux par un passage et l'ensemble formait un huit. Il semble qu'il y ait eu jadis plusieurs croix de pierre celtiques et d'autres pierres portant des inscriptions celtiques tout autour de l'île, mais la plupart d'entre elles avaient disparu. Il y aurait eu aussi des cachots souterrains, dont l'un aurait servi à des pécheurs repentis en quête de pénitence. À peu près au milieu de l'île se dressait une stèle sur la tombe d'Arthne, que l'on pensait dédiée à la princesse de Leinster, la mère de Columba. La stèle faisait cinquante centimètres de haut et une croix était gravée sur l'un de ses côtés.

Mary s'était-elle dirigée par là ? Ou vers la chapelle ? Ou encore vers l'un des lieux sacrés ? Je ne savais plus avec certitude où je me trouvais moi-même. Le mouillage normal se trouvait au sud-est de la tombe d'Arthne, à l'abri de plusieurs petites îles, mais nous n'avions pas pu y mouiller en raison du vent du sud-ouest. Je ne voyais qu'une possibilité. Mary avait mouillé le *Rustica* au nord des trois îlots, juste à l'abri des îles, puisque nous n'avions pas senti la houle.

Si c'était le cas, je devais me trouver directement au sud de ce qui était appelé « landing », lieu de débarquement sur la carte. Du *Rustica*, j'avais tenu un cap d'environ 250° et Mary avait disparu vers l'île, droit sur l'ouest. Cela ne pouvait signifier qu'une chose : elle s'était dirigée vers la tombe d'Arthne.

J'amarrai l'annexe et remplis mes poches de coquillages. Pour retrouver le chemin, je les plaçai à distance régulière du faisceau de la lampe, quinze mètres tout au plus. En comptant le nombre de coquillages que j'avais disposés, je pouvais ainsi estimer quelle distance il me restait à parcourir.

Je découvris rapidement que c'était beaucoup plus difficile que je ne l'avais d'abord cru. Comme je devais aller droit devant pour pouvoir maintenir le cap du compas, j'étais obligé d'escalader les blocs de pierre et les formations de rochers qui se trouvaient sur mon chemin. En d'autres circonstances, je les aurais contournés. Mais il est toujours difficile de savoir à quel moment on a terminé un demi-cercle.

De temps à autre, je m'arrêtais et écoutais. Il me fallait partir du principe que Mary et moi n'étions pas seuls sur l'île.

Il me restait environ cent cinquante mètres jusqu'à la tombe d'Arthne : j'eus alors un épouvantable pressentiment. Du brouillard et de l'obscurité jaillit un cri perçant qui me remplit de frayeur. Il fut bref et s'interrompit aussi soudainement qu'il avait retenti, mais tel un écho il résonna longtemps au fond de moi. Je sortis de ma torpeur seulement lorsqu'il se tut complètement et que tout redevint silencieux en moi. Je ne sais pas combien de temps j'étais resté immobile. Quelques secondes, dix minutes, un quart d'heure ? J'espère ne jamais devoir entendre un tel cri à nouveau.

J'essayai de me hâter, mais je ne récoltai que plaies et bosses en me heurtant contre les rochers coupants. Je fus obligé de ralentir mon allure, ce qui me donna la présence d'esprit d'éteindre la lampe de poche sur les cinquante derniers mètres qui me séparaient de la tombe d'Arthne. Si Mary avait crié, elle devait avoir vu. Et si elle avait vu, il devait y avoir de la lumière. S'il y avait de la lumière, nous n'étions pas seuls.

Je m'approchai prudemment du lieu où devait se trouver la stèle. Les derniers mètres, la côte était très raide et j'escaladai plutôt que je ne marchai. Ayant toujours le compas à la main, je mis beaucoup de temps. Le compas est censé être autoluminescent, mais en mer la faible lumière vert triton n'avait jamais permis de distinguer parfaitement le nombre de degrés. De les voir si clairement à ce moment-là prouvait une fois de plus combien la nuit était noire sur Eilean an Naoimh.

J'arrivai finalement sur un plateau couvert de fougères de plusieurs mètres de haut. J'avançais lentement, avec encore plus de précautions qu'auparavant. Je ne voyais toujours pas de lumière, et soudain ma jambe heurta quelque chose de dur. Je palpai prudemment avec les mains. C'était la stèle.

Je reculai de plusieurs pas et écoutai. Pas un bruit. Et toujours pas la moindre lueur. Il ne semblait pas plausible qu'il y eût encore quelqu'un à proximité, si toutefois il y avait vraiment eu une présence. Je pris le risque d'allumer la lampe de poche.

Je n'oublierai jamais le spectacle qui s'offrit à moi, et maintenant, à l'heure où je raconte cet épisode, j'éprouve à nouveau de l'écœurement au fond de moi. Le faisceau de la lampe tomba sur une tête coupée qui reposait sur la pierre. La tête était encore sanguinolente et les yeux, sans vie, fixaient le néant. C'était la tête de MacDuff.

Je ne me souviens guère des minutes qui s'ensuivirent. Je crois que j'ai vomi. J'espérais ne pas avoir crié comme Mary. Je sais que j'ai laissé tomber la lampe qui s'éteignit. Cela me sauva ; sur le moment en tout cas. L'image ancrée dans ma mémoire ne s'effaça pas avec la lampe. Mais un souvenir est toujours moins réel que la réalité elle-même, pour autant que l'on n'a pas définitivement sombré dans la folie.

Le culte de la tête ! pensai-je machinalement. Voilà ce à quoi Pekka avait assisté et ce qu'il avait craint. Mais quelle était la signification de tout cela ? Que l'on accorde une puissance magique à la tête et conserve, à leur mort, le crâne de ses parents et de ses amis, était une chose. Mais ici, il s'agissait d'un meurtre brutal qui était donné en spectacle. Spectacle pour qui ?

Les pensées se bousculaient dans mon esprit. Cela ne correspondait pas à ce que MacDuff avait lui-même raconté. Personne ne tuait dans l'intérêt même du culte de la tête, avait-il dit. Personne n'était tué pour le plaisir non plus, avait-il ajouté.

Une seule idée, qui peut être qualifiée de logique, est resté fixée dans mon esprit. Si la tête avait été placée sur la croix, bien visible, c'était justement pour que Mary la vît. Était-ce pour la rendre folle de peur et étouffer toute tentative de résistance ? Mais qui avait accompli ce geste ? Dick ? Sur ordre du Cercle celtique ? Ou bien l'ordre druidique de Mary ?

Je m'étais éloigné de la croix en rampant suffisamment loin pour oser allumer la lampe à nouveau. Le bouton s'était enfoncé lorsqu'elle était tombée. Je serrais toujours le compas frénétiquement dans la main.

Devais-je retourner au *Rustica* et à Torben ? C'était impossible. Si Torben apprenait que MacDuff était mort et que Mary était restée sur l'île, peut-être prisonnière de ceux qui avaient tué MacDuff, rien ne le retiendrait à bord. Il irait à terre chercher Mary. Devais-je retourner au *Sussi* et attendre le retour de Mary ? Je consultai ma montre. Il ne s'était pas écoulé plus de trente-cinq minutes depuis mon départ du bateau. J'avais promis à Torben d'attendre une heure. Si je n'étais pas de retour avec Mary avant, il gonflerait sûrement le bateau pneumatique et abandonnerait le *Rustica*. Que pouvais-je faire ? Je réalisai combien j'étais désarmé et inoffensif. MacDuff était bien mort. Je ne pouvais rien y changer, pas même en me vengeant personnellement, si toutefois j'en avais été capable. Ce n'était pas ainsi que je pourrais naviguer avec MacDuff du côté des Hébrides.

Si seulement j'avais cru pouvoir persuader Torben de lever l'ancre et de partir de là ! La seule possibilité était de tenter de retrouver Mary avant la fin du délai. Nous étions peut-être vraiment seuls sur l'île. La tête de MacDuff pouvait être un avertissement grotesque.

Je me dirigeai vers la chapelle. Je trouvai bientôt un sentier qui facilita mon approche, mais j'étais encore tellement secoué que je devais m'obliger à réfléchir à chaque pas. Je m'arrêtai à plusieurs reprises, éteignais la lampe de poche et écoutais. Je n'entendais pas autre chose que le sifflement du vent, le cri d'une mouette au loin ou le bruit lointain des vagues déferlant sur les rochers. Tout le reste n'était que silence et obscurité.

D'après mes calculs, il restait environ cent mètres jusqu'aux ruines de la chapelle, lorsqu'il m'apparut très clairement que je prenais mes désirs pour des réalités. Nous n'étions pas seuls sur l'île, Mary et moi. Je perçus des voix de plus en plus distinctes au fur et à mesure que je m'approchais de la chapelle. J'éteignis la lampe et avançai à l'aveuglette, les bras tendus devant moi. Soudain, je touchai un mur de pierre. Les voix étaient maintenant claires, mais je ne comprenais pas ce qui était dit. Ils parlaient en celtique.

Je longeai le mur à tâtons et cherchai une ouverture pour regarder. Après chaque pas, je m'arrêtai. Comme le toit de la chapelle avait été détruit, ceux qui étaient de l'autre côté du mur devaient pouvoir entendre le moindre bruit. Pour ne pas risquer de marcher sur une branche ou de heurter une pierre, je ne déplaçais le poids de mon corps sur l'autre pied que lorsque j'étais certain que mon prochain pas serait silencieux. Ce fut ainsi que je découvris le sac à dos de Mary. Du bout de l'orteil, j'effleurai quelque chose de mou. Je me penchai pour regarder ce dont il s'agissait. Le sac était ouvert. On aurait dit que Mary s'en était débarrassée en entrant dans la chapelle. J'enfouis la main dedans. Au fond du sac, il y avait son pistolet. J'en saisis la crosse, mais je dus me forcer à soulever l'arme. Je me relevai et restai debout, le pistolet à la main. Comment pourrais-je m'obliger à l'utiliser ? Si je n'avais pas craint de faire du bruit, je l'aurais sûrement jeté au loin par pur dégoût de tenir une arme à feu entre les mains. Les secondes passaient et je tenais encore l'arme lorsqu'en tournant au premier coin de la chapelle je vis de la lumière jaillir d'un trou dans le mur. Ce n'était pas une fenêtre mais tout simplement la partie supérieure du mur qui s'était écroulée avec le toit.

Il me fallut plusieurs minutes pour y parvenir. J'entendais toujours clairement les voix, mais pas celle de Mary. Il s'agissait de trois voix d'hommes. Sans comprendre le celtique, je n'avais pas le moindre doute quant au ton employé, totalement dépourvu de chaleur humaine.

Je passai la tête avec d'infinies précautions au-dessus du rebord. Je vis tout d'abord Mary accroupie sur le sol, le dos contre le mur de pierre du fond. Devant elle brûlait un feu dans un globe de cuivre, qui projetaient des ombres de flammes sur son visage. Il y avait trois hommes autour du globe. Je reconnus celui de gauche. Dick. Il avait une mitraillette à la main ; il la tenait de la même façon nonchalante et naturelle qu'à Invergarry Castle. Les deux autres portaient des robes blanches.

Je restai là un long moment, comme paralysé. Heureusement, leur attention était constamment tournée vers Mary, à l'opposé de moi. Mary était assise, sans vie, au centre de tous les regards. Ses yeux étaient fixes et semblaient ne rien voir. Je n'eus pas besoin d'écouter longtemps pour comprendre qu'il s'agissait d'un interrogatoire. Ou bien d'un procès avec uniquement des procureurs généraux et une personne déjà condamnée. Plein de fiel, l'un des hommes dit quelque chose à Mary. Il attendit quelques instants et répéta la même chose. Mary ne réagit pas. Elle continua à fixer le vide. Soudain, Dick s'approcha d'elle et il plaça une fine courroie de cuir autour du cou de Mary. Paniqué, je contemplais ces préparatifs. C'était un garrot ! Mary allait être étranglée et sacrifiée à un dieu de ces druides. Il ne pouvait s'agir du Cercle celtique, pensai-je avec répulsion. C'étaient ses propres druides qui étaient arrivés en premier. Ou bien c'était peut-être seulement une idée folle de Dick, de punition et de vengeance.

Ce fut comme si quelque chose se brisait en moi. Je sentis mes poings se serrer et je remarquai à peine que j'avais encore le pistolet à la main. Je fais partie de ceux qui paraissent inhumainement calmes et sereins et j'ai toujours considéré la colère comme une forme d'avilissement. Mais j'ai toujours eu peur de ce qu'il arriverait le jour où je sentirais que la rage était justifiée. Je ne savais que trop bien ce que j'avais ressenti les quelques fois où je m'étais rapproché de cette limite. Pourtant, jamais auparavant je n'avais éprouvé simultanément ce sentiment de colère, de haine et d'écœurement qui m'envahit lorsque Dick plaça la courroie de cuir autour du cou de Mary. La tête de Mary bascula sur le côté, sans la moindre résistance, lorsque Dick serra la boucle. On aurait dit qu'il pouvait briser la nuque de Mary avec un fil à coudre. Il recula et attendit. Mary ne souleva même pas la tête. Dick regarda les deux autres qui acquiescèrent. Je compris à leurs gestes définitifs que leur jugement était tombé et qu'il s'agissait de la peine de mort.

Je vis Dick s'avancer vers Mary et enfiler un morceau de bois dans un petit œillet de la courroie. Au même instant, exactement comme si c'était un objet étranger qui ne m'appartenait pas, je sentis mon bras, tenant le pistolet, se soulever et se tendre au-dessus de la crête du mur. Mon doigt se replia sur la détente.

Le premier coup partit avec un fracas assourdissant. Dick cria et s'affaissa. Les deux autres regardèrent d'abord Dick sans comprendre, croyant que c'était lui qui avait tiré, avant de réaliser ce qu'il s'était passé. Je tirai deux autres coups de feu au hasard. L'un des deux hommes cria quelque chose à l'autre, qui donna un coup de pied dans le globe de cuivre, et le feu s'éteignit. L'instant d'après, je les entendis foncer comme des fous en direction de ce qui jadis avait été la porte de la chapelle. J'avais de la chance. S'ils s'étaient jetés à terre, j'aurais aussi été obligé de leur tirer dessus. Ils avaient compris que c'était un piège mortel de rester à l'intérieur, sans savoir d'où partaient les coups de feu et combien il y avait de tireurs. J'entendis leurs pas s'estomper dans le brouillard et l'obscurité.

Je m'avançai et mon pied heurta bientôt Dick qui gisait sur le sol. J'allumai la lampe de poche. Je me baissai et tâtai son pouls. Il était mort. Je me relevai. Plus un, moins un, est égal à zéro, pensai-je. Qu'avais-je fait ? Je dirigeai la lampe sur Mary. Elle était couchée sur le flanc. Je ne voyais aucune blessure. Elle avait dû s'évanouir. Plus un, moins un. Cela aurait tout aussi bien pu devenir moins deux, si Dick avait eu le temps de serrer le garrot. Quelle dérision ! J'avais tué pour sauver une vie. Mes jambes étaient de plomb. J'avais mal au cœur.

J'essayai de regarder Mary et de me persuader que c'était pour elle. Avait-elle tellement plus d'importance que Dick, par le seul fait qu'il avait voulu la tuer ? Comment pouvais-je savoir si elle n'avait pas déjà tué quelqu'un ? Mes coups de feu étaient-ils plus légitimes que la courroie de Dick ? Plus et moins. Machinalement je refaisais le compte. Je fus sauvé, si on peut dire, par l'idée que les comptes n'étaient pas encore terminés. Les deux hommes pouvaient revenir. Et Torben, comment allait-il réagir aux coups de feu ? Je devais retourner au *Rustica* avant qu'il ait eu le temps de gonfler le bateau pneumatique. S'il allait à terre et tombait sur les deux hommes, il pouvait rendre mes tirs encore plus fous et absurdes. Je ramassai la mitraillette de Dick et la glissai sur mon épaule. Comme ça au moins, les autres ne pourraient pas l'utiliser.

Je soulevai Mary et la transportai hors de la chapelle. Une cinquantaine de mètres plus loin, je m'aperçus avec horreur que j'avais perdu le compas. Sans y réfléchir, j'avais dû le lâcher en prenant le pistolet. Le brouillard nous assurait une relative sécurité, mais je n'osais pas laisser Mary pour retourner chercher le compas dans la chapelle. D'abord, je n'étais pas sûr de la direction et ensuite j'étais persuadé que les deux hommes allaient revenir, une fois leur frayeur disparue. Le brouillard avait dû leur procurer, à eux aussi, confiance et courage. Enfin, Mary avait trop de valeur pour qu'ils l'abandonnent sans combattre.

Je restai debout, indécis, pendant quelques secondes. Il fallait que je me décide, vite. Le plus important était d'atteindre le bord de l'eau et de retrouver l'annexe. Mais de quel côté se trouvait la mer ? J'entendais le bruit des vagues, mais je savais combien il était difficile et traître d'évaluer la direction d'après le bruit dans un épais brouillard. Je fis quelques pas, mais quelques instants plus tard j'avais l'impression que le bruit venait d'ailleurs. Je sentis la panique monter en moi. Si je n'arrivais pas à temps, Torben pouvait venir à terre, sans savoir ce qu'il s'était passé et les risques qu'il courait. Il avait sûrement entendu les coups de feu, mais il ne lui viendrait probablement jamais à l'idée que je pouvais en être l'auteur. S'il pensait que Mary ou moi, ou nous deux, avions été abattus, il ne prendrait plus aucune précaution.

Je devais faire quelque chose. Mais quoi ? Je sentais sur le visage les gouttes microscopiques du brouillard toujours aussi épais. Mary marmonna quelque chose d'incompréhensible. Je voulais arriver au *Rustica* avant qu'elle ne revînt à elle. Je la portais tout contre moi, un bras sous ses genoux et l'autre entourant son dos sous son aisselle. Mes bras s'engourdissaient. J'allais bientôt être obligé de l'étendre par terre. Je transpirais mais le vent me refroidissait en même temps.

Le vent ! pensai-je soudainement. À défaut de son, de lumière et de compas, il me restait le vent. À notre arrivée, il était au sud-ouest. Je devais le sentir du côté droit pour parvenir jusqu'à l'eau. Je recommençai à marcher aussi vite que possible. Mais quelques instants plus tard, je n'en pouvais plus et fus obligé d'allonger Mary par terre pour me reposer un moment.

Au même instant trois choses se produisirent. Tout d'abord, j'entendis un vague cri, assourdi par le vent, qui semblait provenir de la chapelle. Les deux hommes avaient dû y retourner ; ils avaient trouvé Dick et s'étaient rendu compte que Mary avait disparu. Ensuite, je découvris, comme un trou dans l'obscurité, la forme d'un des deux abris de pierre, les ermitages juste à côté de l'endroit où j'avais déposé Mary. Enfin, je compris, à ma grande désolation, que ce n'était pas la peine d'essayer de retourner à l'annexe. Sans compas et avec l'aide du vent seulement, je n'avais pas la moindre chance de retrouver le *Rustica* tant que le brouillard persistait. Plus un, moins un, pensai-je à nouveau. Tout cela avait-il été inutile ? Torben avait le temps de débarquer, et je ne pouvais pas l'en empêcher. Et il allait arriver en aveugle. À moins qu'il n'ait trouvé le compas de poche dans l'équipet de navigation. Mais j'avais la carte d'Eileach an Naoimh. Il ne lui restait plus que la carte marine, dont l'échelle était bien trop grande pour indiquer autre chose que les contours grossiers de l'île.

Je me sentais accablé. Que pouvais-je faire ? J'avais toujours le pistolet dans ma poche et la mitraillette sur l'épaule. Je ne manquais pas d'armement, mais rien ne semblait pouvoir me pousser à utiliser une arme à nouveau, sauf, peut-être, pour tirer des coups de semonce.

Mary gémit. Le sol était froid et humide. Je la transportai dans l'un des abris et l'allongeai sur ma veste. Qu'allait-il se passer à son réveil ? Voudrait-elle seulement aller jusqu'au *Rustica*, alors que MacDuff était mort ? J'avais envie, par moments, de l'abandonner à son sort, pour empêcher Torben de venir jusqu'à l'île. Je pensai, avec ironie, à ce que j'avais dit ; que je pouvais vivre sans haïr. Je venais juste de haïr et à quoi cela m'avait-il mené ? J'avais tué un être humain, et peut-être trois autres personnes allaient-elles perdre leur vie à cause de mon geste.

Les minutes passèrent sans que j'entreprisse quoi que ce fût, à part attendre et écouter. Je n'avais pas la moindre notion du temps. Un quart d'heure, une demi-heure peut-être s'écoula. Rien ne se produisit. Que pouvait-il se passer d'ailleurs ? Finalement, j'en eus assez. Cela ne servait à rien de rester sans bouger, avec Mary à mes côtés, et attendre que la catastrophe arrive. J'étais sur le point de me relever et de soulever Mary, lorsque j'entendis des pas se rapprocher. Au même instant, Mary poussa des gémissements de douleur. J'appliquai, trop tard, ma main sur sa bouche.

— Qu'est-ce que c'est ? dit l'un des hommes en anglais.

Manifestement la langue celtique n'était utilisée qu'à l'occasion des rites funèbres. Je retenais ma respiration. Les hommes ne pouvaient être qu'à quelques mètres de notre cachette.

— Quoi donc ? demanda l'autre.

— N'as-tu pas entendu ? Comme si quelqu'un gémissait.

— Non, répondit-il, à mon grand soulagement. As-tu entendu d'où cela venait ?

— Cela paraissait éloigné. Mais avec ce brouillard, on ne sait jamais. Ils ne peuvent pas être si loin que cela.

Je repris haleine et sentis de la sueur froide commencer à couler. Je compris que Mary avait ouvert les yeux, lorsqu'elle avait entendu les voix, mais elle n'essaya pas de retirer ma main de sa bouche.

— Nous devons être prudents, reprit le premier. Ils ont pris la mitraillette de Dick.

— Évidemment, répondit l'autre. Nous n'avons pas franchement le choix. Nous devons les retrouver. Les autres vont arriver dès que le brouillard se sera levé et tu sais ce que cela signifie, si nous n'avons pas trouvé Mary avant.

— Et le Suédois. Il ne vaut pas mieux que le Finlandais, quoi qu'ait pu dire MacDuff. Par où commençons-nous ?

— Ils doivent avoir une annexe quelque part. Si nous pouvons la détruire, nous serons plus tranquilles. Sans annexe, ils n'iront nulle part.

— Bien. Commençons par le mouillage. Pense à la mitraillette de Dick. Ils ont peut-être déjà atteint l'annexe.

— Je suis sûr que non. Sans compas, ils ne peuvent aller très loin. Avec un temps pareil, n'importe qui peut s'égarer sur l'île. Quelle bêtise de ne pas avoir pris les pistolets avec nous dès le début. Nous avons sûrement perdu un quart d'heure. Mais qui aurait pu croire que cela se passerait ainsi. C'était Dick qui devait nous protéger.

Mon courage m'abandonna un peu. J'entendis leurs pas s'éloigner et je retirai ma main de la bouche de Mary au bout de quelques minutes.

— Où sommes-nous ? demanda-t-elle d'une voix que je reconnus à peine. Elle fit remonter en moi le souvenir de ses yeux, la première fois que je l'avais vue à Dragør.

Dans l'un des ermitages, répondis-je.

Mary s'assit lentement sans faire le moindre bruit.

Il me sembla dans l'obscurité qu'elle portait la main à sa gorge, comme si elle avait besoin de sentir s'il restait des traces du garrot que j'avais enlevé avant de la soulever.

— Laissez-moi ici ! dit-elle soudain d'une voix désespérée.

— Désolé, répondis-je. C'est impossible. Torben est sûrement déjà sur l'île à notre recherche. S'il ne nous trouve pas ensemble, je ne pourrai pas le faire repartir.

— Cela ne sert à rien, dit-elle. Le délai est passé.

— Pas pour Torben et moi, protestai-je. Ma capacité de prendre des décisions semblait me revenir. Lorsque Torben et moi retournerons au *Rustica*, je vous promets que vous pourrez faire ce que vous voudrez. Retourner à Eileach an Naoimh pour être sacrifiée une fois de plus, si c'est ce que vous souhaitez. Mais vous devez au moins m'aider à faire en sorte qu'il n'arrive rien à Torben. Vous nous devez bien cela.

— Pourquoi ? demanda Mary.

Je voulus d'abord lui dire que je lui avais sauvé la vie. Je compris ensuite que c'était sûrement la réponse qu'elle attendait. Après la mort de MacDuff, elle ne pensait plus avoir une vie qui valait d'être sauvée.

— Parce que Torben et moi, nous vous avons aidée à tenter de sauver la vie de MacDuff, dis-je à la place, sans tenir compte de la douleur que mes mots provoquaient. Et parce que MacDuff nous a sauvé la vie, à Torben et à moi. L'aurait-il fait en vain ?

Mary ne répondit pas. Elle pleurait.

— L'aurait-il fait en vain ? répétai-je.

— Non, répondit-elle finalement, d'une voix qui contenait tout son chagrin et sa douleur.

Je la pris sous le bras et l'aidai à se relever. Elle

s'agrippa à ma taille. Ses jambes tremblaient. Au bout de quelques minutes, elle put se tenir toute seule.

— Que voulez-vous que je fasse ? demanda-t-elle.

— Vous connaissez l'île. Indiquez-moi d'abord le chemin jusqu'à l'annexe. C'est peut-être trop tard, mais nous devons vérifier ce qu'elle est devenue. Avec un peu de chance, ils sont partis du mauvais côté.

Je savais que c'était très risqué, mais je n'arrivais pas, malgré tous mes efforts, à trouver de meilleure solution. Sans Mary, j'aurais peut-être pu tenter de rester invisible dans l'obscurité, jusqu'à ce que je retrouve Torben. Mais même si j'avais été seul, restait le problème de savoir comment j'allais oser me faire connaître, si j'entendais quelqu'un s'approcher. Et comment allais-je me repérer sur l'île sans Mary ?

Nous avions à peine quitté l'abri de pierre, lorsque nous entendîmes un épouvantable hurlement de frayeur.

— Qu'est-ce ? demandai-je instinctivement. La peur avait transformé ma voix.

Mary ne répondit pas, clouée sur place. Au fond d'elle-même elle avait dû entendre sa propre voix, lorsqu'elle avait découvert MacDuff. J'écoutai encore, mais tout était redevenu silencieux. Torben, pensai-je avec désespoir. Était-ce Torben qui avait crié ? Nous devions continuer.

Je pris Mary par le bras et la secouai. Lentement, machinalement, elle commença à descendre devant moi vers la mer. Il nous fallut sûrement dix minutes pour parcourir une centaine de mètres. J'entendis alors clairement le bruit des vagues. Quelques secondes plus tard, nous étions devant l'annexe. Elle se trouvait exactement à l'endroit où nous l'avions laissée, à une exception près. Elle était pleine d'eau, et il y avait deux grands trous au fond.

C'était trop tard. Les deux hommes avaient donc bien calculé que nous n'avions peut-être pas mouillé à l'endroit habituel en raison de l'orientation du vent. Et dans ce cas... je n'eus pas le temps de terminer ma pensée, car j'entendis une voix derrière moi.

— *Don't turn around !*

Je ne sais pas ce que je pensai, mais je ne bougeai pas d'un millimètre. Je sentis tous mes muscles se tendre. Plus un et moins un, pensai-je à nouveau. Il ne fallait pas que cela devînt absurde. J'allais me jeter à terre ou commencer à courir lorsque j'entendis la voix à nouveau.

— ... ce qui en danois signifierait quelque chose du style « ne vous retournez pas ! ».

C'était Torben.

Après toute cette tension, mes jambes se dérobèrent et je tombai à terre. Torben s'avança et m'aida à me mettre à genoux.

— Je suis désolé, dit-il. Je n'osais pas faire autre chose. Tu avais une mitraillette et, compte tenu des circonstances, j'ai pensé que peut-être tu tirerais d'abord et tu poserais des questions après.

— Mary ! bégayai-je en la cherchant des yeux. Mais elle n'avait pas bougé depuis que nous avions retrouvé l'annexe. Elle était comme figée et dévisageait Torben.

Je m'aperçus à ce moment-là que Torben avait enfilé les vêtements de MacDuff et qu'il avait du sang sur le visage et les mains.

— Que s'est-il passé ? demandai-je.

— Je te raconterai en chemin.

— L'annexe, dis-je, en montrant les deux trous.

— Cela n'a aucune importance, répondit Torben. J'ai le bateau pneumatique.

Il fit quelques pas vers Mary. Il ne se rendit compte de son regard effrayé que lorsqu'il fut tout près d'elle.

— C'est moi, Torben, dit-il doucement en ôtant les vêtements de MacDuff de sa vue.

Il portait les siens en dessous.

— Je regrette, dit-il, mais j'étais obligé de mettre en fuite tes collègues druides.

Mary ne semblait pas comprendre ce qu'il disait.

— Elle est sous le choc. Nous devons la ramener à bord du *Rustica*.

— Certainement, dit Torben, avec une fermeté et un calme que je n'avais pas entendus depuis longtemps.

Il prit le bras de Mary et la dirigea le long de la plage, sans qu'elle semblât se rendre compte de ce qu'il se passait. Je les suivis. Trente mètres plus loin, le canot pneumatique, rouge et jaune, du *Rustica*, nous attendait. Torben aida Mary à s'asseoir devant. Je pris les rames et il s'installa à l'arrière.

— J'ai trouvé l'autre compas, dit-il.

Je ramais avec force, tandis que Torben me dirigeait pour ne pas dévier de mon cap. Au bout de quelques minutes, nous entendîmes des cris qui semblaient provenir du sud.

— Ils ont trouvé leur beau canot pneumatique, celui qui pouvait dépasser trente nœuds, dit Torben d'un ton aussi calme qu'auparavant. Maintenant il ne peut plus le faire.

Torben avait eu le temps d'endommager leur annexe, tout comme ils avaient abîmé la nôtre.

Quelques minutes plus tard, nous parvînmes au *Rustica* qui ressemblait à un bateau fantôme dans l'eau noire à l'abri de l'îlot. Nous transportâmes Mary à bord. Son corps semblait ne plus lui obéir. Allait-elle se remettre un jour ? pensai-je. Nous l'allongeâmes sur la couchette à bâbord en remontant la planche antiroulis pour qu'elle ne tombe pas en cas de gîte une fois que nous serions au large.

Je n'ai jamais vu Torben travailler de façon si sûre et si rapide sur le pont. Nous remontâmes le bateau pneumatique et le rangeâmes en un temps record. L'instant d'après, l'ancre était levée et les voiles hissées. J'ai rarement été aussi heureux d'avoir du brouillard comme cette nuit-là. Je mis le cap à l'ouest des petites îles situées au sud-est d'Eileach an Naoimh. À tribord, nous entendions les deux hommes se lancer des ordres. Ils avaient abandonné toute prudence, exactement comme j'avais craint que Torben ne fît. Nous comprîmes à quel point ils devaient être désespérés lorsqu'ils tirèrent plusieurs coups de feu au hasard. Mais jamais à proximité.

— Que s'est-il passé ? demandai-je à Torben, lorsque les bruits s'estompèrent derrière nous.

— Lorsque j'ai entendu les coups de feu, je suis allé à terre. Je pensais que vous aviez été abattus ou faits prisonniers. Je ne savais pas, bien sûr, à quel endroit de l'île vous vous trouviez, ni si vous étiez encore en vie. Je savais que tu avais pris la carte, mais j'avais trouvé une description des îles dans l'un de tes guides, où l'on parle de la chapelle et de la tombe d'Arthne. La première chose à faire était de trouver l'annexe et de l'endommager.

— C'est toi qui as fait des trous dans le *Sussi* ? demandai-je ébahi.

— Bien sûr. Que pouvais-je faire d'autre ? Je ne savais rien. Il me fallait tenir compte de toutes les possibilités. Si contre toute attente vous étiez indemnes, j'avais calculé que vous retourneriez tôt ou tard à l'annexe. J'ai pensé aussi que nos adversaires étaient suffisamment malins pour arriver à la même conclusion. Je voulais donc les empêcher de vous attendre. Il fallait qu'ils n'aient aucune *raison* de rester près de l'annexe, s'ils la trouvaient avant vous. Il fallait les persuader que vous étiez prisonniers sur l'île. Et ça a marché. Lorsqu'ils ont vu l'annexe, ils étaient surexcités. Ils ont cru que vous vous étiez échoués au moment de débarquer.

— Comment le sais-tu ?

— Je les ai suivis.

— Tu les as suivis ?

— Oui, j'ai découvert tes coquillages alors que je cherchais vos traces autour de l'annexe. J'ai deviné que c'était toi qui les avais mis, pour trouver le chemin du retour. J'en aurais fait de même. J'ai suivi le chemin et suis arrivé à la stèle... et j'ai vu la même chose que toi.

Torben se tut quelques instants.

— Il m'a fallu un moment pour retrouver tous mes sens. Ensuite, j'ai commencé à chercher des traces de toi ou de Mary. Il n'y en avait pas. Mais un peu plus loin, j'ai retrouvé les vêtements et le corps sans tête de MacDuff.

Torben se tut à nouveau. Il hésitait à poursuivre son récit.

— Je ne savais que faire, reprit-il lentement. Je me sentais totalement impuissant, écœuré et furieux à la fois. Je n'ai jamais cru pouvoir éprouver un sentiment de vengeance et pourtant c'est ce qu'il m'est arrivé. Par n'importe quel moyen. Mais je n'avais qu'un couteau pour arme et que pouvais-je faire avec un couteau contre des individus qui ne reculaient devant rien ? Tu peux imaginer à quel point j'étais désespéré, lorsque l'idée m'est venue que la seule façon de m'en sortir était de les effrayer à en perdre la raison. Pas un seul peuple en Europe n'est aussi superstitieux que les Celtes. La seule chose qui pouvait les faire fuir était le fantôme de MacDuff. J'ai donc enfilé les vêtements de MacDuff et j'ai pris sa tête avec moi.

Torben attendait que je fisse une remarque, mais que pouvais-je dire ? Je vis combien il souffrait à l'idée de se revoir désespéré, parcourant l'île à notre recherche, la tête sanguinolente de MacDuff sous le bras. Torben venait lui aussi de vivre quelque chose qu'il n'oublierait jamais.

— Je me suis hâté vers la chapelle, reprit-il, où j'ai découvert nos deux amis. J'ai eu une chance incroyable. Ils revenaient avec leurs armes, et ils étaient tellement pressés qu'ils ne prenaient aucune précaution. Je n'entendais pas ce qu'ils faisaient dans la chapelle, mais une chose était sûre, vous étiez libres et ils devaient vous rattraper à tout prix. Je les ai suivis et lorsqu'ils se sont rapprochés de l'annexe, j'ai surgi du brouillard comme le fantôme de MacDuff. Cela a dû être une apparition épouvantable. Je n'ai jamais vu quelqu'un être aussi terrorisé. Ils se sont enfuis vers l'intérieur de l'île, et cela m'a donné le temps de faire un tour à leur bateau pneumatique et de le rendre inutilisable. Il ne me restait plus qu'à attendre votre arrivée. Par chance, vous êtes venus avant qu'ils n'aient eu le temps de se remettre de leurs émotions. Sinon, je ne sais pas ce que j'aurais pu faire s'ils étaient revenus par ici.

Il essayait de relater l'histoire en plaisantant, comme si toutes les épreuves que nous avions vécues n'avaient aucune importance. Mais le plus dur restait à raconter et je savais ce qu'il allait demander.

— Il y a une chose que je ne comprends pas. Les coups de feu. Qui a tiré ? Et d'où tiens-tu cette mitraillette ? Heureusement que je l'ai vue quand tu es passé.

Je lui racontai ce qu'il s'était passé et que j'avais abattu Dick. Torben me regarda longuement ; je vis qu'il comprenait ce que je ressentais, et que rien ne serait plus jamais comme avant. Mais il ne dit rien. Il n'y avait rien à ajouter.

— Descends auprès de Mary, lui dis-je finalement. Elle aura besoin de toi à son réveil. Je me débrouille tout seul.

Lorsqu'il partit, je repris mes calculs. Plus trois moins un est égal à deux. C'était la somme avec laquelle j'allais être obligé de vivre pour le restant de mes jours. Tout comme MacDuff.

Je mis ensuite le cap à l'ouest, tout droit vers l'Atlantique. Il n'y avait plus rien à faire. Lorsque nous parvînmes à Firth of Lorne, je jetai la mitraillette et le pistolet de Mary à la mer. Je préférais de loin être en fuite toute une vie que d'avoir à utiliser une arme à nouveau. Le monde et les océans sont suffisamment vastes pour pouvoir y vivre une vie décente sans jamais être découvert.

À trois heures du matin, j'inscrivis dans le livre de bord que nous avions dépassé le phare Dubh Artach, avec un vent du sud, une mer de force quatre, la pleine lune et un ciel clair. Le brouillard se leva dès que nous atteignîmes le large. J'avais jeté un coup d'œil sur Mary qui dormait profondément ; elle paraissait calme. Torben était resté à son chevet, depuis qu'il était descendu. Lorsque je le rejoignis, il me regarda d'un regard qui contenait toute notre amitié. Il était redevenu lui-même et pourtant il était très différent. Tout comme moi. Je compris qu'il ferait tout ce qui était en son pouvoir pour apprendre à Mary à vivre à nouveau.

Je remontai m'asseoir seul dans le cockpit. Au-delà de Dubh Artach, l'océan s'étendait sur des milliers de milles. L'air doux du printemps procurait une sorte d'optimisme. Le *Rustica* filait à cinq nœuds sous les étoiles, au pilote automatique. Cap à l'ouest. Je disposais encore de plusieurs jours avant de décider dans quelle direction aller. Je pensais aux réflexions de MacDuff sur l'immensité de la mer. Je connaissais maintenant une partie de ce qu'il avait décrit. J'allumai une cigarette et me versai un peu plus de café ; j'éprouvai une liberté, un soulagement immenses, quelque chose qui ressemblait à du bonheur. Horizons infinis, variété, joie de vivre, ce devait être cela que MacDuff avait eu et avait perdu. En mer, m'avait-il dit, on ne peut rien prévoir et rien ne permet de conclure. Apprendre cela serait ma façon de me souvenir de lui et de le regretter.

ÉPILOGUE

Cinq mois se sont écoulés depuis que les éclats du phare de Dubh Artach ont disparu dans l'obscurité des Hébrides. Je n'ose pas encore raconter où nous nous trouvons. Mais le monde est grand pour un bateau comme le *Rustica ;* depuis les bancs couverts de brouillard de la Nouvelle-Écosse et des fjords profonds du Chili jusqu'aux bandes de corail de Madagascar et au delta de l'Amazone. Il faudrait toute une vie pour nous trouver.

Lorsque j'ai jeté la mitraillette de Dick et le pistolet de Mary à la mer, c'était pour ne plus avoir à les utiliser à nouveau. C'était la raison pour laquelle j'étais persuadé que notre avenir à Torben, Mary et moi ne serait qu'angoisse et fuite. Ce que je savais suffisait amplement à nous faire vivre sous une menace perpétuelle. En ayant Mary à bord et en vie, il n'y avait aucun doute sur ce qu'il nous arriverait si jamais le Cercle ou l'une de ces organisations fanatiques que Dick et O'Connell représentaient nous retrouvaient.

Depuis, Mary a recommencé à vivre. Je suis seul à bord. Elle a quitté le *Rustica* depuis longtemps avec Torben. Ils sont très loin. Et c'est sans doute ce qu'il y avait de mieux à faire. Mary et moi ne sommes jamais devenus proches malgré quelques tentatives maladroites. Nous sommes toujours amis, Torben et moi, mais quelque chose a changé. Avec le temps, j'ai compris que son amour pour elle existait au fond de lui bien avant qu'ils ne se rencontrent, comme une aspiration vers l'infini et l'absolu. C'était peut-être un manque qui expliquait le scepticisme de Torben envers les symboles et les théories. La foi en la puissance et le sérieux des mots, la fiction et la réalité comme les deux faces d'une même réalité, la connaissance à la fois essence et sens de la vie, tout ce que les druides avaient enseigné et ce pour quoi ils avaient vécu, avaient toujours existé dans le cœur de Torben.

Il ne faut pas qu'il lui arrive quelque chose. Ni à Mary. C'est pour cette raison que j'ai écrit cette histoire. Non pour dénoncer les Celtes et les empêcher de devenir libres. Au contraire. Je souhaite que les peuples celtiques deviennent celtiques et indépendants. Tout peuple qui forme véritablement un peuple et qui veut devenir libre doit avoir le droit de l'être. MacDuff m'a fait comprendre qu'il existe un droit des peuples qui concerne l'identité de l'être humain, un droit qui a toujours été réprimé au saint nom du nationalisme, quel que soit le système politique. Les Celtes disaient que de prendre le nom de quelqu'un revenait au même que de tuer cette personne. C'est exactement ce que l'Angleterre a toujours tenté de faire au pays de Galles, en Écosse et en Irlande ; ce que la France a souvent réussi à faire en Bretagne.

Non, je n'ai pas écrit pour refuser aux Celtes le droit à leur nom. J'ai seulement écrit pour que Mary, Torben et moi-même ne soyons pas obligés de vivre le reste de notre vie dans la crainte. Plus il y aura de personnes qui connaîtront ce que certains veulent garder secret, moins nous devrions courir de risques. Je sais très bien que certains auteurs ont été condamnés à mort ou à la prison pour avoir écrit ce qu'ils croyaient être la vérité, mais je ne peux pas arriver à croire que le Cercle celtique me poursuivra jusqu'au bout du monde par pur esprit de vengeance. Les Celtes ont toujours professé la vérité et ils ont toujours fait passer les mots avant la violence. Je suis convaincu qu'ils doivent pouvoir devenir libres sans effusion de sang et sans cachotteries.

J'ai également écrit ce récit de façon aussi juste et précise que possible, et j'affirme ne pas en savoir plus que ce que j'ai rédigé ou raconté. Il n'y a pas d'autres secrets qui nécessiteraient de nous faire disparaître, Torben, Mary ou moi. Les points qui restent obscurs le sont aussi pour moi. Je prie mes lecteurs de m'excuser de partager avec eux la menace qui pèse sur moi, mais je n'ai pas trouvé une autre solution.

À bord du *Rustica*, août 1990

DU MÊME AUTEUR

Aux Éditions Grasset

LES POÈTES MORTS N'ÉCRIVENT PAS DE ROMANS POLICIERS, 2012.

LE RÊVE DU PHILOLOGUE, 2004.

LA VÉRITABLE HISTOIRE D'INGA ANDERSSON, 2004.

LA SAGESSE DE LA MER : DU CAP DE LA COLÈRE AU BOUT DU MONDE, 2002.

LE MAUVAIS ŒIL, 2001.

LE CAPITAINE ET LES RÊVES, 1999 (Livre de poche n° 15297).

LONG JOHN SILVER, 1998 (Livre de poche n° 15010).

Aux Éditions du Seuil

BESOIN DE LIBERTÉ, 2006.

Aux Éditions Denoël

LE CERCLE CELTIQUE, 1995 (Folio Policier n° 9).

COLLECTION FOLIO POLICIER

Dernières parutions

542.	Bernhard Schlink	*La fin de Selb*
543.	Jean-Bernard Pouy	*La clef des mensonges*
544.	A. D. G.	*Kangouroad Movie*
545.	Chris Petit	*Le Tueur aux Psaumes*
546.	Keith Ablow	*L'Architecte*
547.	Antoine Chainas	*Versus*
548.	Joe R. Lansdale	*Le mambo des deux ours*
549.	Bernard Mathieu	*Carmelita*
550.	Joe Gores	*Hammett*
551.	Marcus Malte	*Le doigt d'Horace*
552.	Jo Nesbø	*Le sauveur*
553.	Patrick Pécherot	*Soleil noir*
554.	Carlene Thompson	*Perdues de vue*
555.	Harry Crews	*Le Chanteur de Gospel*
556.	Georges Simenon	*La maison du juge*
557.	Georges Simenon	*Cécile est morte*
558.	Georges Simenon	*Le clan des Ostendais*
559.	Georges Simenon	*Monsieur La Souris*
560.	Joe R. Lansdale	*Tape-cul*
561.	William Lashner	*L'homme marqué*
562.	Adrian McKinty	*Le Fils de la Mort*
563.	Ken Bruen	*Le Dramaturge*
564.	Marcus Malte	*Le lac des singes*
565.	Chuck Palahniuk	*Journal intime*
566.	Leif Davidsen	*La photo de Lime*
567.	James Sallis	*Bois mort*
568.	Thomas H. Cook	*Les ombres du passé*
569.	Mark Henshaw - John Clanchy	*L'ombre de la chute*
570.	Olen Steinhauer	*La variante Istanbul*
571.	Thierry Bourcy	*Les traîtres*
572.	Joe R. Lansdale	*Du sang dans la sciure*
573.	Joachim Sebastiano Valdez	*Puma qui sommeille*

574. Joolz Denby — *Stone Baby*
575. Jo Nesbø — *Le bonhomme de neige*
576. René Reouven — *Histoires secrètes de Sherlock Holmes*
577. Leif Davidsen — *Le dernier espion*
578. Guy-Philippe Goldstein — *Babel Minute Zéro*
579. Nick Stone — *Tonton Clarinette*
580. Thierry Jonquet — *Romans noirs*
581. Patrick Pécherot — *Tranchecaille*
582. Antoine Chainas — *Aime-moi, Casanova*
583. Gabriel Trujillo Muñoz — *Tijuana City Blues*
584. Caryl Férey — *Zulu*
585. James Sallis — *Cripple Creek*
586. Didier Daeninckx — *Éthique en toc*
587. John le Carré — *L'espion qui venait du froid*
588. Jeffrey Ford — *La fille dans le verre*
589. Marcus Malte — *Garden of love*
590. Georges Simenon — *Les caves du Majestic*
591. Georges Simenon — *Signé Picpus*
592. Carlene Thompson — *Mortel secret*
593. Thomas H. Cook — *Les feuilles mortes*
594. Didier Daeninckx — *Mémoire noire*
595. Graham Hurley — *Du sang et du miel*
596. Marek Krajewski — *Les fantômes de Breslau*
597. François Boulay — *Traces*
598. Gunnar Staalesen — *Fleurs amères*
599. James Sallis — *Le faucheux*
600. Nicolas Jaillet — *Sansalina*
601. Jean-Bernard Pouy — *Le rouge et le vert*
602. William Lashner — *Le baiser du tueur*
603. Joseph Bialot — *La nuit du souvenir*
604. Georges Simenon — *L'outlaw*
605. Kent Harrington — *Le serment*
606. Thierry Bourcy — *Le gendarme scalpé*
607. Gunnar Staalesen — *Les chiens enterrés ne mordent pas*
608. Jo Nesbø — *Chasseurs de têtes*
609. Dashiell Hammett — *Sang maudit*
610. Joe R. Lansdale — *Vierge de cuir*
611. Dominique Manotti — *Bien connu des services de police*
612. Åsa Larsson — *Horreur boréale*
613. Saskia Noort — *Petits meurtres entre voisins*

614. Pavel Kohout	*L'heure étoilée du meurtrier*
615. Boileau-Narcejac	*La vie en miettes*
616. Boileau-Narcejac	*Les veufs*
617. Gabriel Trujillo Muñoz	*Loverboy*
618. Åntoine Chainas	*Anaisthêsia*
619. Thomas H. Cook	*Les liens du sang*
620. Tom Piccirilli	*La rédemption du Marchand de sable*
621. Francis Zamponi	*Le Boucher de Guelma*
622. James Sallis	*Papillon de nuit*
623. Kem Nunn	*Le Sabot du Diable*
624. Graham Hurley	*Sur la mauvaise pente*
625. Georges Simenon	*Bergelon*
626. Georges Simenon	*Félicie est là*
627. Ken Bruen	*La main droite du diable*
628. William Muir	*Le Sixième Commandement*
629. Kirk Mitchell	*Dans la vallée de l'ombre de la mort*
630. Jean-François Vilar	*Djemila*
631. Dashiell Hammett	*Moisson rouge*
632. Will Christopher Baer	*Embrasse-moi, Judas*
633. Gene Kerrigan	*À la petite semaine*
634. Caryl Férey	*Saga maorie*
635. James Sallis	*Le frelon noir*
636. Gabriel Trujillo Muñoz	*Mexicali City Blues*
637. Heinrich Steinfest	*Requins d'eau douce*
638. Simon Lelic	*Rupture*
639. Jenny Siler	*Flashback*
640. Joachim Sebastiano Valdez	*Les larmes des innocentes*
641. Kjell Ola Dahl	*L'homme dans la vitrine*
642. Ingrid Astier	*Quai des enfers*
643. Kent Harrington	*Jungle rouge*
644. Dashiell Hammett	*Le faucon maltais*
645. Dashiell Hammett	*L'Introuvable*
646. DOA	*Le serpent aux mille coupures*
647. Larry Beinhart	*L'évangile du billet vert*
648. William Gay	*La mort au crépuscule*
649. Gabriel Trujillo Muñoz	*Mezquite Road*
650. Boileau-Narcejac	*L'âge bête*
651. Anthony Bourdain	*La surprise du chef*

Composition Nord Compo
Impression Novoprint
le 15 février 2014
Dépôt légal : février 2014
1er dépôt légal dans la collection : décembre 2013

ISBN 978 2-07-045598-0./Imprimé en Espagne.

267790